재혼황후

재혼 황후

Remarried Empress

알파타르트 장편소설

해피북스
투유

차례

Remarried Empress

20

소비에슈의 공포

"문제가 생긴 것 같아."

한밤중에 집무실로 부르더니. 얼굴을 보자마자 하는 소리가 이 랬다. 맥켄나는 떨떠름해서 물었다.

"무슨 문젠데 이 밤중에 그러십니까?"

"마법사 감소 현상에 관한 문제."

맥켄나는 고개를 기웃했다.

"문제가 생길 구석이 있습니까?"

마법사들의 마력을 뺏는 건 막상 알고 보면 생각보다 쉬운 이 치였다. 하지만 조건을 맞추기가 상당히 까다로워서, 웬만한 사 람들은 그 쉬운 이치를 깨달을 수 없었다. 하인리 역시 어린 시절 우연히 겪은 끔찍한 사고가 아니었더라면 그 조건을 알지 못했을 것이고.

"마력 목걸이."

"아."

맥켄나가 작게 탄식했다. 하인리는 한숨을 내쉬었다.

"확실한 건 아니야. 하지만 그 목걸이 외엔 문제 될 구석이 없어."

"그렇지요."

맥켄나는 하인리의 말에 동의하며 물었다.

"그러면 제가 그쪽으로 가서 상황을 알아보고 올까요?"

상황을 알아보러 간 김에 좀 푹 쉬고 와도 괜찮을 것이다. 요즘 열심히 일했으니까. 맥켄나는 자신이 떠올린 묘안에 감탄하며 거듭 자원했다.

"이런 일을 해결하는 덴 저만 한 사람이 없지요. 제가 가서 목걸이가 문제가 되었는지 확인해보고 오겠습니다, 폐하."

"무슨 소리야. 넌 일해야지, 맥켄나."

"!"

"농담이고. 네가 가면 너무 눈에 띈다. 화살에 맞아서 다친 적도 있잖아."

걱정과 진담 사이의 애매한 말을 던진 하인리는, 잠시 생각해보다가 말을 이었다.

"아무래도 눈에 잘 안 띄고 무난한 애가 좋은데……."

"까마귀는 어떨까요? 덩치도 작고 재빠릅니다."

"괜찮겠군. 그럼 까마귀를 보내서 상황을 알아봐. 만약 정말 그 목걸이 때문에 들킬 것 같으면, 무슨 수를 써서든 회수해 오고."

"예."

"운반이 어렵다면 차라리 파기해버리라 해. 그게 나으니."

"그렇게 전하겠습니다."

볼일이 끝났는지, 하인리는 맥켄나의 어깨를 몇 번 두드리고서 몸을 돌렸다.

맥켄나는 속으로 구시렁거리면서도 하인리의 뒤를 따라갔다.

어쨌든 오늘은 그도 일정이 다 끝났으니, 이 길로 집에 돌아가 한숨 푹 자고 꿈속에서 하인리에게 좀 이것저것 따져볼 셈이었다. 그런데 웬걸. 하인리가 나가다 말고 문 앞에 우두커니 서 있는 게 아닌가. 이제 그냥 문고리만 돌리면 되는데, 하인리는 손을 바닥에 떨군 채 문고리를 뚫어져라 쳐다보고만 있었다.

"왜 그러십니까, 폐하?"

맥켄나가 다가가며 묻자, 하인리는 그제야 "아아." 하고 말을 살짝 끌더니, 입꼬리를 올렸다. 그뿐. 대답은 없었다.

맥켄나는 하인리가 보고 있던 문고리를 쳐다보았다. 뭐기에 저러시지?

하지만 곧 맥켄나도 문고리에서 이상한 점을 알아차렸다.

"어?"

문고리가 하얗게 얼어 있었다.

"이게 뭘까요?"

문고리는 척 보기에도 얼었단 걸 알 수 있을 만큼 하얬고, 위로 얼음이 0.7센티미터는 솟은 듯 보였다. 누군가 문고리만 얼린 것이다.

"얼음 계열 마법사!"

맥켄나는 한 박자 늦게 놀라 중얼거렸다. 이런 짓을 할 수 있는 건 마법사뿐이었다. 그러나 맥켄나가 알기로, 현재 궁전 안에 들어와 있는 얼음 계열 마법사는 한 명도 없었다. 사실 서대제국에 소속된 마법사 자체가 거의 없었지만.

"폐하, 누군가 우릴 염탐하나 봅니다! 동대제국일까요? 동대제국에서 스파이를 심어둔 걸까요?"

맥켄나가 허둥지둥하며 물었다. 그러나 스파이가 있을지도 모른다는데도 하인리의 표정은 태연했다. 하인리는 별말 없이 문고리 위에 손만 올렸다. 그의 손이 닿자 하얗게 언 문고리에서 얼음이 스르르 녹아내렸다.

까마귀. 목걸이. 들킨다.

'이 세 개가 핵심 단어인가…….'

자연스럽게 안으로 들어갔어야 했다. 자연스럽게 "무슨 이야기예요?" 하고 물으면서 들어갔어야 했어. 갑자기 대화가 끝나는 바람에 얼결에 그 자리에서 달아나버렸다.

그래서는 안·됐는데.

결국 근처를 서성거리다가 침대로 돌아와 옆을 보고 누웠다. 하지만 여전히 하인리가 한 말이 머릿속을 맴돌았다.

그가 정말 마력 감소 현상과 관계가 있을까? 목걸이, 까마귀를 가지고 마력 감소 현상을 떠올리는 게 너무 이상한가? 만약 하인리가 그런 현상과 관계가 있으면? 있으면 또 어떻게 하지?

자신이 쓸모없어졌다며 울던 에벨리가 떠올랐다.

그때 문손잡이를 잡는 소리가 들렸다. 달칵, 하는 소리가 혈관을 툭 두드리자마자 나는 황급히 눈을 감고 이불을 끌어당겼다. 나지막한 발소리가 가까워지자, 이불을 잡은 손에서 고동이 느껴졌다.

잠시 뒤. 인기척은 얼굴 가까이로 다가왔고, 낮고 부드러운 목소리가 귓가에 들려왔다.

"자요?"

평소의 내 하인리와 다를 바 없는 목소리. 그래도 대답하지 않고 자는 척하자, 이불처럼 포근하게 속삭이는 목소리가 재차 들려왔다.

"좋은 꿈 꿔요."

볼에 녹녹한 입술이 닿았다 떨어져도 나는 자는 척을 그만두지 않았다. 하인리는 이불을 끌어 올려주고는 내 옆자리로 조심히 들어와 누웠다. 옆자리가 기우뚱하는가 싶더니, 커다란 팔이 내 몸을 끌어당겼다. 하인리의 단단한 가슴이 등에 닿는 게 생생히 느껴졌다. 목덜미에 닿는 그의 이마도.

나를 끌어안은 자세 그대로, 하인리는 잠에 빠져들었다. 그 후에야 내 고르지 못한 숨도 점차 차분해졌다. 나는 이불을 잡고 있던 손을 내려, 내 몸을 감싼 그의 팔 위에 내 팔을 겹쳤다.

하인리가 마법사들의 마력을 빼앗고 있다 해서, 내가 그를 탓할 수만은 없겠지. 그는 동대제국에 경쟁 심리를 가지고 있는 것 같고. 실제로 경쟁 국가의 황제이기도 하니까. 게다가 그는 서대제국 사람이고 서대제국 황제이니, 그가 서대제국을 최우선으로 두고 행동했다 해서 그를 탓할 수만은 없을 것이다. 마법 아카데미 학생들은 전 세계에서 오지만 자국인 동대제국인의 비중이 가장 높고, 실제로 아카데미 졸업생의 대부분이 동대제국으로 흡수되고 있으니……

하지만 나는 동대제국 사람이었다. 내 부모님과 가문, 친척, 조상, 친구 모두 동대제국에 있었다. 하인리가 자기 나라를 사랑하듯, 나도 내 나라를 사랑한다.

하인리를 사랑하는 만큼 서대제국을 사랑할 생각이고, 동대제국 국민들을 사랑했듯 서대제국 국민들을 사랑할 생각이고, 동대제국과 서대제국이 하나의 이득을 두고 싸운다면 서대제국 쪽에 유리하도록 힘을 실을 각오도 되어 있다.

하지만 서대제국을 사랑하기 위해 동대제국을 밟을 수는 없었다.

마력 감소 현상의 범인이 하인리가 맞다면, 그 역시 나와 같은 마음이겠지. 그러니 내가 동대제국 출신이란 걸 알면서도 동대제국에 해를 끼칠 방법을 계속 찾고 있었겠지. 그래. 이성적으로 그를 탓하진 않을 것이다. 하지만 감정적으로 그를 원망하지 않을 수도 없다.

그러니…… 제발 그대가 아니기를.

아침에 눈을 뜨자마자 든 생각은 '배고파'였다. 하인리가 구워준 빵을 먹고 싶었다. 바삭하고 얇은 그 빵. 빵을 먹고 싶단 충동이 가라앉은 다음에야 어제의 일이 떠올랐다.

내 안에서 우선순위는 허기인 건가…….

예상 못 한 스스로의 실체에 충격을 받아 있자니, 하인리가 "퀸."
하고 작게 불렀다. 얼른 상체를 일으켜 세우자, 하인리가 음식용 수
레를 끌고 들어오는 게 보였다.

"벌써 일어났어요?"

"퀸이 요즘 통 음식을 못 먹는 것 같아서요. 평소 잘 먹던 것 위
주로 만들어봤습니다."

"이거 냄새…….."

"아. 혹시 별로입니까? 어떤 음식은 냄새도 맡기 싫어진다던데."

나는 고개를 젓고 얼른 음식용 수레 앞으로 걸어갔다. 수레 위
접시에 놓인 연노랑 천을 걷자, 그 안쪽으로 오믈렛과 야채수프, 그
리고 내가 먹고 싶어 하던 얇게 구운 빵이 보였다. 나도 모르게 곧
장 빵에 손이 나갔다. 빵을 뜯어 수프에 찍어 입에 넣고 씹자, 열흘
가까이 말라붙었던 미각이 이제야 활동을 시작했다.

"맛있어요."

"그렇게 허겁지겁 먹으니까 내가 미안해지잖아요, 퀸."

"맛있는데?"

"먹고 싶었는데 못 먹은 것 같아서 그래요."

"이상하게 이게 계속 먹고 싶었어요."

빵을 다시 입안에 넣으면서 남은 덩어리를 가리켰다. 한 접시를
다 비운 후에야 내 체면의 안부가 걱정되었다.

'바보같이! 혼자 말없이 빵만 먹다니.'

그나마 하인리의 빵까지 가져다 먹진 않아서 다행이었다……고 생각을 하자마자, 하인리가 자기 몫으로 구운 빵까지 내밀었다.

"화이트 몬드에 대한 건 어떻게 되었나요?"

급한 허기가 가라앉은 후에야 나는 아무렇지 않은 척 질문할 수 있었다. 마음속에서는 이미 이불로 얼굴을 감싸고 발을 구르고 있었지만, 그런 내색은 전혀 하지 않았다.

사실은 어제 맥켄나와 나누던 대화에 대해 물어보고 싶었지만. 그에게서 '그대의 나라를 침략하고 싶어 준비했어요'라는 대답이 나올까 봐 두려웠다. 그 말을 들을 준비가 되지 않았다. 그러니 이 질문은 잠시 미뤄두자. 화이트 몬드에 대한 결과도 정말로 궁금하긴 하고. 내가 도착했을 땐 그곳 왕은 이미 떠난 후였으니까.

왕이 뭐라고 하고 갔을까? 여기까지 찾아온 걸 보면 그쪽도 전쟁은 하고 싶지 않은 듯한데…….

"왕이 항구를 다시 빌려줄 수 있다고 합니다."

"잘되었네요?"

"그게. 좀 애매합니다."

"왜 그러나요?"

"항구를 빌려주기 전에, 절대 항구 사용을 빌미로 침략하지 않겠다는 협정을 맺어달라 했거든요. 그 협정서는 월대륙 연합 쪽에 공증받고 싶답니다."

"그러면 항구를 이전처럼 빌려주겠다는 건가요? 다를 바 없이?"

"네."

"위험에 대한 반격은 가능하단 내용이 있나요?"

"네."

그래도 좀 포괄적인데. '항구를 사용하지 않을 땐 이 조약의 효력은 발휘되지 않는다'거나 하는 조항도 넣었나?

먼저 전쟁을 하기 위해서가 아니라, 그쪽의 도발에 대응하기 위해서. 하지만 이 조항을 넣으면, 화이트 몬드 측에서는 '항구를 사용하지 않는 도중엔 침략하겠단 거냐?'고 받아들이겠지.

"어떻게 할 생각인가요?"

"복잡하게 가느니 쉽게 가는 게 나을 것 같은데……."

중얼거리던 하인리는 갑자기 내 쪽을 쳐다보더니, 슬며시 말을 바꿨다.

"일단 더 생각해봐야지요."

나비에와 하인리가 애매하게 서로의 눈치를 보는 그 시각. 크리스타의 아버지인 즈멘시아 노공작은 자신의 집 서재에 서 있었다. 그의 뒤쪽에는 노공작의 가신이 불편하게 방 안을 둘러보고 있었다. 가신은 나비에 황후가 불임일지도 모른다는 엄청난 소문이 도는 와중에, 노공작이 아무 행동도 하지 않는 걸 의아하게 여기고 있었다. 황후 쪽에 붙기로 한 것도 아니면서 아무 반응이 없다 보니, 속을 짐작하기 어려웠다.

"케트런 후작가는 당장 손을 보태긴 어려울 겁니다. 후작 부인이 후작의 추문 사건 이후 완전히 입장을 바꿨거든요. 후작과 전 왕비

사이의 의리보단 자기 아이들의 미래가 더 중요하다면서, 후작에게 가만히 있으라 다그치는 모양이었습니다."

가신이 초조하게 말했다.

"저희도 빨리 입장을 정리해야 하지 않을까요? 복수를 하거나 아예 갈아타거나, 둘 중 하나를 선택해야 합니다."

그러자 말없이 책 껍데기만 바라보던 즈멘시아 노공작이, 거친 쇠 같은 목소리로 말했다.

"불임 문제는 함정일 가능성이 크다."

"황후가 불임이 아니란 말씀이십니까?"

"불임이 아닌 정도가 아니라, 이미 임신했을지도 모르지. 당당하게 그 일로 함정을 팔 정도면."

가신의 눈이 커다래졌다.

"하지만 그 소문을 시작한 건 나비에 황후가 아니라 케트런 후작 아닙니까? 게다가 나비에 황후는 후계자 이야기만 나와도 정색하고서 말을 돌린다 했습니다."

"동대제국을 주무르던 황후가 표정 관리 하나 못 할 것 같으냐?"

"아."

"게다가 그 능구렁이 같은 황제가 소문을 계속 방치하고 있어. 원하는 게 있단 거다."

"그렇군요."

가신은 난처한 얼굴로 물었다.

"그러면 어쩌지요?"

"우선은 자리를 지켜야지. 입을 다물고."

즈멘시아 노공작은 무겁게 말을 하고서 천천히 몸을 돌려, 서재 책상 위에 놓인 액자를 보았다. 액자 안에는 어린 크리스타가 그의 무릎에 앉은 채 활짝 웃고 있었다.

눈시울이 붉어진 노공작이 힘없이 입을 열었다.

"지금은 일단 내 딸부터 보고 싶구나. 아직도 크리스타는 연락을 받아주지 않느냐?"

"예. 공작님께서 나서서 변호해주지 않은 게 많이 화나신 모양입니다."

생기가 빠져버린 고목나무처럼 잠시 멍하니 서 있던 노공작은 책상에 놓인 액자를 들어 올렸다.

"안 되겠다. 내가 직접 가봐야겠어."

로테슈 자작은 척박한 변경 지대인 파르메 지방을 장거리 조사의 시작 지점으로 잡았다. 파르메는 대규모 도적 떼인 상시천이 한창 활동했던 곳이었다. 최근에는 활동이 뜸하지만, 이스쿠아 자작 부부가 아이를 잃어버렸을 시기에는 활동이 왕성했다. 이스쿠아 자작 부부가 동대제국에서 아이를 잃어버린 건 아니지만, 상시천의 습격에 휘말렸다 했으니, 아이가 이쪽으로 흘러들어왔을 가능성은 있었다.

그렇게 로테슈 자작은 자신의 딸과 남의 딸을 추적하며 몹시 바쁜 시간을 보내느라, 알렌이 어떻게 지내는지 알지 못했다. 그가 라스타에게 한 말은 과장이 아니었다. 알렌이 맹한 성격이다 보니 가끔 걱정이 되긴 했으나, 그래도 성인이니 잘 지내고 있을 거라며 자작은 스스로를 안심시켰다. 게다가 알렌은 아이가 태어난 후로 집 안에 틀어박혀 아이를 돌보는 데만 정신이 팔려 있었으니까.

'멍청한 놈. 후계자도 될 수 없는 서자 따위, 뭐 그리 예쁘다고.'

그렇게 지낸 지 여러 날. 로테슈 자작은 이스쿠아 자작 부부의 친딸에 대한 소식을 한 가닥 잡았다. 그 아이가 데로즈 고아원에 갔을지도 모른단 이야기였다. 아이는 양부모 둘을 거친 후 고아원으로 흘러갔다 했다.

르베티를 찾기 위해 온갖 소식을 다 뒤적거리다가 얻어걸린 소식으로, 그가 지금 당장 원하는 소식은 아니었으나 그는 소식을 듣자마자 그 고아원을 찾아갔다. 이스쿠아 자작의 친딸보단 르베티가 훨씬 중요했지만, 로테슈 자작은 미신적인 기대에 빠져 있었다. 르베티를 찾다가 이스쿠아 자작 부부의 딸 흔적을 발견했으니, 이스쿠아 자작 부부의 딸을 찾다 보면 자신의 딸 흔적도 발견할 수 있을 거란 기대에.

"보자…… 연령대가 어떻게 된다고요? 신체 특징이라거나 그런 게 없나요? 성격은 특징을 말해주셔도 별 도움이 안 되니 꼭 몰라도 괜찮습니다. 도적 떼에 휘말려서 올 정도면 성격이 확 변해 있을 확률이 높거든요. 게다가 아이들 성격은 계속 변해가니까요. 음. 신체적 특징도 모르시는구나."

원장이 이스쿠아 자작 부부가 딸을 잃어버린 시기부터의 기록을 훑는 동안, 로테슈 자작은 원장실 벽에 걸린 나비에 전 황후의 초상화를 묘한 기분으로 바라보았다.

그러고 보니 이 고아원. 나비에 황후가 후원하던 고아원이었다. 나비에 황후의 돈으로 라스타가 생색을 낸 고아원이기도 했다. 그런 고아원에 오게 되자 괜히 불안한 마음이 들었다. 나비에를 몰아내고 그 자리에 앉은 라스타가, 과연 여기에서 좋은 소식을 들을 수 있을까?

"아, 다행이네요."

그때 원장이 탄성을 뱉으며 생긋 웃더니, 살피던 서류를 로테슈 자작 쪽으로 돌려 내밀었다.

"그 시기에 우리 고아원에 들어온 여자아이는 둘뿐이거든요."

"둘이요?"

"인원이 다 찬 상태여서 더 이상 받지 않으려 했는데, 사정이 딱해서 어쩔 수 없이 추가로 받은 두 명이에요."

로테슈 자작은 황급히 원장이 내민 서류를 보았다. 어린아이를 그린 작은 초상화 두 장이 나란히 붙어 있었다. 그중 한 명의 초상화 아래에는 '퇴거'라고 적혀 있었다.

"이 아이는······."

"두 명이 들어왔다 말씀드렸잖아요. 그중에 한 아이는 다행히 친부모가 찾으러 와서 5년 전에 나갔답니다. 그러니 이쪽 아이만 확인해보시면 될 거예요."

손가락으로 아무 표시가 없는 아이를 가리킨 원장이 활짝 웃으며 밝게 웃었다.

"우리 원의 자랑이죠. 에벨리랍니다."

에벨리라면 소비에슈 황제가 정부로 삼으려 한다는 그 마법사가
아닌가!

로테슈 자작은 흥분해서 벌떡 일어났다. 이게 진짜라면 정말 어
마어마한 사건이었다. 사람들은 이스쿠아 자작 부부의 두 딸이 모
두 황제의 여자가 된다 생각할 테고. 라스타는 에벨리에게 모든 걸
빼앗긴단 느낌을 받게 될 터.

'일단 확실히 하자.'

로테슈 자작은 신중해지기로 마음먹었다. 이런 일일수록 조심해
서 다루어야 했다. 그는 우선 자신이 고용해 라스타에게 소개해주
었던 그 용병을 다시 불러 명령했다.

"궁전 안 남궁에 에벨리라는 여자가 있다. 황제 폐하의 예비 정
부이지. 그 여자의 피를 작은 병으로 한 병 가져다 다오."

로테슈 자작은 미리 준비해둔 손가락 두 개 크기의 병을 내밀었
다. 그리고 용병이 돌아오길 기다리는 며칠 동안, 로테슈 자작은 르
베티의 흔적을 찾는 데 열중하며 시간을 보냈다.

그 사이. 서대제국의 즈멘시아 노공작은 직접 수도를 떠나 컴프
셔에 도착했다. 딸인 크리스타를 만나기 위해서였다. 나비에 황후
가 정말로 임신 중이라면, 그가 당장 나서서 할 일이 없다. 그러니

앞으로의 일도 정리할 겸, 딸을 만나 달래주고 싶었다.

'많이 화났겠지.'

그는 마지막으로 보았던 딸의 모습을 떠올렸다. 회의장 안에서였다. 딸은 몇 번 그를 쳐다보았다. 무표정한 얼굴이었지만 눈으로는 도움을 청하고 있었다.

그가 나서면 결과가 바뀌었을지도 모른다. 하지만 결과가 바뀌더라도 크리스타는 예전만큼의 영광을 찾지 못할 것이기에, 노공작은 더 큰 가능성을 가진 손자를 위해 크리스타를 포기했다.

여기에 화가 난 걸까. 크리스타는 그의 얼굴을 보지 않고 컴프셔로 떠나버렸다. 이후로 내내 편지며 사람들을 보냈지만 받아주지 않았다. 노공작은 한숨을 내쉬었다. 가문에 좀 더 이득이 되는 방향을 선택했지만, 딸을 사랑하지 않는 건 아니다 보니 마음이 아팠다.

마침내 마차가 컴프셔의 거대한 저택 앞에서 멈춰 섰다. 왕비들이 여생을 보내는 장소인 만큼, 저택은 화려하고 아름답게 꾸며져 있었다. 노공작은 마차에서 내리려다가, 아직 마차가 저택 안으로 들어가지 않았단 걸 알아차리고 마부에게 물었다.

"더 안쪽으로 들어가자."

그러나 마부의 대답 대신, 약간의 말다툼이 들려왔다. 창문을 열고 내다보자, 저택 주위를 칼처럼 지키고 선 기사들이 마부에게 돌아가라 말하고 있었다.

"무슨 일이냐."

노공작이 위엄 있게 묻자, 마부가 얼른 고자질했다.

"공작님. 이자들이 마차를 들여보내줄 수 없다 우기고 있습니다."

노공작은 인상을 찡그렸다. 컴프셔의 호위병들이 저택 안으로 아무도 들여보내주지 않는단 이야기는 들었지만, 거기에 아버지인 자신까지 포함되리란 생각은 당연히 하지 않았다.

"내가 누군지 알렸느냐."

"예. 즈멘시아 가문의 노공작님이라 말씀드렸는데도 이럽니다."

대화를 들은 걸까. 마부를 막아서던 기사가 노공작 쪽을 돌아보며 딱딱하게 사과했다.

"죄송합니다, 공작님. 크리스타 님께선 누구도 들여보내지 말라 명령하셨습니다."

"난 그 애 아버지다."

"가족이 와도 예외를 두지 마라 하셨습니다."

"다시 가서 물어보아라."

노공작의 냉랭한 명령에, 기사가 어쩔 수 없다는 듯이 다른 기사 한 명에게 눈짓했다. 신호를 받은 기사가 저택 안쪽으로 달려갔다. 그러나 돌아온 대답은 같았다.

"죄송합니다. 크리스타 님께선 누구도 만나고 싶지 않다고, 아버님이라 해도 마찬가지라 하셨습니다."

노공작은 얼굴이 굳어졌으나 호통을 치는 대신 차분하게 물었다.

"크리스타는 그럼 평소에 누굴 만나지?"

"뭔가 이상하다. 이상해."

여관 하나를 통째로 빌린 즈멘시아 노공작은, 가장 높은 층 침실에 들어가며 중얼거렸다.

"크리스타가 아무도 만나지 않는다고?"

하인이 짐을 내려놓고 나가자, 가신이 문을 닫으며 대답했다.

"조용히 지내고 싶으신 모양입니다."

충분히 그럴 만한 상황이지 않던가. 자존심이 있다면 1년쯤은 아마 쥐구멍에 숨어 있고 싶을 것이다.

"공작님, 이제 어찌하시겠습니까? 몇 번 더 사람을 보내보고 돌아가실 건지요?"

그러나 노공작은 고개를 저었다.

"아니."

"허면……."

"몸이 날랜 용병을 구해 와라."

"예?"

가신이 놀라 물었다.

"몰래 안으로 들어가실 생각이십니까?"

"내가 이 몸을 해서 저 기사들을 뚫고 들어가겠느냐? 그러니 몸이 날랜 용병을 구해 오란 거다. 그 용병이 혼자 안에 다녀올 수 있도록."

"하지만 크리스타 님께서 아무도 안 만나신다고……."

"그러니까."

노공작이 손가락을 뻗어 가신을 가리켰다. 그러곤 부리부리한 눈을 깜빡이며 물었다.

"이상하지 않느냐? 크리스타는 사람들과 어울리는 걸 좋아해. 바보처럼 남을 챙기다 제가 손해를 볼 정도로 사람들을 좋아하지."

노공작의 눈이 가느스름해졌다.

"그런 아이가 아무도 만나지 않는다고? 날 만나지 않는 거야 화가 나서 그럴 수 있다지만. 아무도 만나지 않는 건 이상하다."

왕비 자리에서 물러나 컴프셔로 간다고 해서 감금 생활을 하는 건 아니었다. 화려한 궁중 생활에 익숙해진 왕비들은 왕비 자리에서 물러난 후에도 호화롭게 지냈고, 자국의 귀족은 물론 외국의 귀족들도 전 왕비를 방문해 예의를 갖추었다.

전 왕비들이 사교계에 끼치는 영향력은, 컴프셔로 간다고 해서 줄어들지 않았다. 그런데 이렇게 조용하다? 물론 부끄럽게 물러났으니 이전 왕비들과 행보가 다른 걸지도 모른다. 그렇더라도 모든 사람들을 거부하는 건 크리스타답지 않았다. 적어도 그녀를 따르던 이들의 방문은 받아주었어야 했다.

노공작의 우려는 몇 시간 후 현실이 되어 돌아왔다. 한밤중에 급히 저택으로 투입된 용병은, 새벽 해가 뜨기 전 여관으로 돌아와 노공작에게 보고했다.

"저택의 모든 창문과 문이 막혀 있습니다. 그나마 있는 창문은 너무 높은 데 있고 크기가 작아서, 절대로 사람이 드나들 수 없었고요."

"뭐라?"

"정문 밑에 작게 개구멍이 나 있는데, 그 구멍을 통해 먹을 것과 마실 걸 넣어주는 듯했습니다."

노공작은 대번에 상황을 파악했다.

'하인리 그 망할 황제가 내 딸을 감금했구나!'

그는 분노에 차 손을 덜덜 떨었다. 용병이 돌아간 후에도 침대에 앉지조차 못했다. 제자리에 있으면 몸이 빵 터져버릴 것처럼, 억울하고 원통하고 분해서 견딜 수가 없었다. 사람 좋아하는 그 밝은 아이가 고립된 채 갇혀 있다니!

더욱 화가 나는 건, 그 여우 같은 황제가 남들에겐 크리스타를 컴프셔로 보내는 걸로 일을 덮는 척 처리해놓고 뒤에서 이따위로 굴고 있단 점이었다. 지금도 사람들 중엔 하인리 황제의 뒤처리가 너무 온순하다며 걱정하는 이들이 있지 않던가.

이런 상황인데도 그의 힘으로는 기사들을 물리고 딸을 꺼내줄 수 없자, 노공작은 화를 견디지 못하고 탁자 위의 술병을 바닥에 패대기쳤다. 완전히 박살난 병 안쪽에서 흘러내린 술은 그의 고통만큼 붉었다.

"절대로 이대로 넘어가진 않을 거다, 하인리 황제……."

노공작은 그 길로 곧장 컴프셔를 떠나 수도로 돌아왔다. 수도로 돌아오자마자 그가 한 행동은 '제슬렌'이란 음식을 구하는 것이었다. 그 음식은 맛도 좋고 몸에도 좋지만, 태아에게 나쁜 영향을 끼치기에 임산부라면 꼭 피해야 할 음식이었다.

"설마 이걸 황후에게 먹이실 생각이십니까?"

가신이 놀라서 노공작에게 물었다.

"위험하지 않을까요?"

임신 중이라면 제슬렌을 보내도 먹지 않을 것이다. 그러면서 이쪽의 의도를 의심하기 시작할지도 모른다. 황후에게 제슬렌을 보내는 건, 효과는 보지 못하고 눈총만 받게 될 악수였다.

그러나 노공작은 "아니." 하고 대답했다.

"곧 황제가 주관하는 대기도가 있지. 이 음식은 대기도 때 제물로 바칠 거다."

"예?"

노공작은 희미하게 웃었다.

"거기 나오는 음식은 반드시 먹어야 하니까. 사람을 시켜서 이 음식이 무조건 제단에 올라가게 만들어라."

서왕국에는 왕이 직접 제물을 올리고 기도를 주관하는 '대기도'라는 행사가 있는데, 곧 그 행사를 치를 시기였다. 서대제국이 되었지만 행사는 계속될 거라 해서, 나는 부관들에게 그 행사에 대해 설명을 듣고 약간의 연습을 했다. 위치를 잡는 게 조금 헷갈리긴 하지만, 대체로 어렵지 않았다. 다만 행사 중간 즈음에 음식을 먹어야 한다는 건 좀 걱정이었다.

"총 여섯 종류의 음식이 제물로 올라옵니다. 제물이 올라오면 신관들이 음식에 독이 있는지 없는지를 확인하지요. 그 음식을 두 분 폐하께서 드셔야 합니다."

요즘 들어 나는 하인리가 해주는 요리 몇 종류를 제외하고는 아예 입에 넣지 못했다. 입덧은 없었지만, 먹고 싶지 않은 음식을 입에 넣으면 바로 속이 더부룩해졌다. 그런데 여섯 종류나 되는 음식을 먹어야 한다니.

"다 드실 필요는 없지만 생색을 낼 만큼은 드셔야 합니다, 폐하. 음식을 엎거나 뱉지 않도록 조심해야 하고요. 음식 좀 엎었다고 큰 문제가 생기는 건 아니지만 불운하다고 보거든요."

'큰 문제네.'

황제나 황후는 불운하다 여겨지는 일은 절대 해서는 안 된다. 이후에 안 좋은 일이 터졌다 하면 바로 꼬투리를 잡히고 원망의 대상이 되기 쉬우니까. 실제로는 전혀 관련이 없는 일이라도 마찬가지다.

나는 잠시 고민했다. 차라리 임신했단 사실을 밝히고 그 행사에 참여하지 않는 게 어떨까? 먹기 싫은 음식을 먹다가 구토라도 해버리면 큰일이잖아.

하지만 음식 때문에 당장 임신 사실을 공개하기엔, 지금 나와 하인리가 판 불임 소문 함정이 너무 효과가 좋았다. 귀족 위험도 등급을 벌써 몇 차례나 갱신했는지. 하인리는 위험도가 높은 가문에 한미한 일을 맡기거나, 아예 일을 맡기지 않거나, 실패할 가능성이 높은 일을 맡기는 등 차츰차츰 그들의 세력을 깎아내는 작업 중이었다.

그런데 음식 조금 먹는 게 싫어서 덫을 도로 치운다고? 안 되지. 안 될 일이다. 그래. 태아에 해가 될 음식이 나올 것도 아니잖아? 내가 조금 참아보는 수밖에.

그러나 상황은 예상보다 좀 더 나쁜 쪽으로 흘러갔다. 간단한 몇 가지 절차가 끝난 후. 독 검사를 끝낸 음식이 앞에 내밀어졌을 때, 나는 황당한 기분에 웃을 뻔했다.

몸에 좋지만 임산부는 먹을 수 없는 음식이 올라와 있었다. '이런 음식만 아니면 되지' 하고 생각했는데. 딱 그 음식이 나온 것이다. 하인리도 임산부가 먹을 수 없는 음식을 알아본 건지 인상을 찌푸리고 있었다. 그러다 나와 눈이 마주치자 난감하단 미소를 지었다.

"황제 폐하? 황후 폐하?"

나와 하인리가 둘 다 음식을 먹지 않고 있자, 행사 진행을 돕는 신관이 의아한 목소리로 우리를 불렀다.

나는 배 위에 손을 올렸다. 이제 2개월 정도 되었나?

아기에 대한 발표는 사실 최대한 미루고 싶었다. 못해도 하인리의 생일 연회까지는 미루려 했다. 그때쯤 하인리가 조금조금 쳐내는 중인 적대 귀족들이 한 번 사고를 크게 칠 것 같아서.

하지만 일이 이렇게 되었으니 어쩔 수 없었다. 이 음식을 먹을 수는 없으니, 사실을 밝힐 수밖에. 나는 얼굴에 밝은 미소를 띠고서 신관을 한 번 하인리를 한 번 번갈아 바라보았다. 어차피 밝히기로 한 이상 최대한 기쁜 얼굴을 하는 게 나았다.

"황후 폐하?"

신관이 어리둥절해서 나를 다시 불렀다.

나는 대답 대신 하인리에게 손을 뻗었다. 이런 일에는 눈치가 100단인 하인리는 얼른 내 손을 마주 잡았다. 그러곤 내 손등을 가 져가 입을 맞춘 후 신관에게 화려하게 웃어 보였다.

연애 금지인 신관의 얼굴이 불그스름해졌다. 아무리 부부라지 만, 평생 연애 한 번 할 수 없는 신관 앞에서 지금 이 작자들이 뭐 하나 싶을 것이다.

하인리는 이번엔 고개를 돌려 귀족들을 보았다. 귀족들은 부끄 러워하진 않았지만, 황제 부부가 먹으란 음식은 안 먹고 손키스나 해대자 어리둥절해 보였다.

하인리는 밝은 얼굴로 그런 귀족들을 한 번 둘러본 후. 내 곁으 로 더 가까이 다가와 내 배 위에 손을 가볍게 얹으며 말했다.

"저 음식은 이번엔 내가 혼자 먹어야겠군. 신께서도 당신의 아이 가 이걸 먹고 탈이 나는 건 원치 않으실 테니 말이다."

귀족들은 한번에 알아듣지 못했다. 나는 그들을 향해 더없이 행 복해 죽겠다는 듯 웃었다. 만약 이 음식이 올라온 게 우연이 아닌 누군가의 계략이라 한들, 참 시시한 계략이었다.

"2개월이랍니다."

사실대로 말하면 그뿐인걸.

"누가…… 누가 임신해?"

글로리엠을 무릎에 앉혀놓고 어르는 중이었다. 소비에슈는 카를 후작의 보고에, 한 손에 들고 있던 아기용 장난감을 떨어트렸다. 자기 장난감이 툭 떨어지자 공주가 우앙 울음을 터트렸다. 소비에슈는 아기를 고쳐 안아 등을 토닥거리며 카를 후작에게 물었다.

"그게 무슨 소리냐. 다시 말하라."

"나비에 님께서 임신하셨다 합니다, 폐하."

카를 후작이 무거운 목소리로 거듭 대답했다.

소비에슈는 벌떡 일어났다. 충격으로 그의 눈이 커다래졌다.

"누가 그랬지? 믿을 수 있는 사람이 한 말이냐?"

"행사 장소에서 직접 밝히셨다 합니다."

소비에슈의 눈동자가 물 한 모금 먹지 못한 식물마냥 말라 비틀어졌다. 건조한 얼굴로 굳은 그를, 품에 안긴 공주가 톡톡 두드렸다. 공주가 머리카락을 잡아당기자 소비에슈는 그제야 가까스로 정신을 차렸다.

하지만 여전히 표정이 흔들렸다. 소비에슈가 손을 지나치게 떠는 바람에, 카를 후작은 자기 손을 들었다 내리길 반복했다. 황제가 손에 힘이 풀려 아기를 떨어트릴까 봐 겁이 났다.

다행히 소비에슈는 아기를 떨어트리지 않고 다시 의자에 앉았다. 구명줄이라도 되는 양 공주를 꼭 끌어안은 채, 그는 조용히 숨을 골랐다. 손을 휘저어 카를 후작을 내보낸 뒤, 소비에슈는 혼란에 차 공주의 머리카락을 연신 쓸어주었다.

머릿속으로 거대한 폭풍이 연달아 휘몰아쳤다.

나비에가 임신을 했다고. 임신을.

하지만 나비에는 불임이 아니었나?

두 사람 사이에서는 몇 년이나 아이가 태어나지 않았는데. 그 나라로 간 지 1년도 못 된 상태에서 임신을 했다고?

소비에슈는 고개를 저었다.

아니. 아니다. 그럴 리가.

부정하고 싶었다. 만약 나비에가 불임이 아니라면……. 그는 벽에 걸린 액자를 바라보았다. 눈동자를 고친 덕에, 액자 속 나비에는 이제 그를 내려다보고 있었다.

소비에슈는 으으 무거운 소리를 뱉었다. 만약 나비에가 불임이 아니라면. 그가 세운 계획과 이혼은 도대체 무슨 헛짓이었단 말인가. 아기 때문에 나비에를 버렸는데, 불임이 아니었다고? 불임이 아니…….

모든 행동과 생각이 멈췄다. 호흡조차 멈췄다.

아기를 안은 소비에슈의 팔에 힘이 꽉 들어갔다. 소비에슈는 두려운 눈으로 시선을 아래로 떨어트렸다. 라스타를 꼭 닮은 예쁜 은발이 보였다. 어린 짐승의 털마냥 보드라운 은발이. 소비에슈는 이렇게 보드라운 은색 머리카락을 이전에도 본 적이 있었다.

그의 눈이 공포로 물들었다.

혹시 불임이…… 나비에가 아니라 자신이라면?

임신 중이란 말을 듣자마자, 대기도를 도와주던 신관이 황급히 다가와 손을 저었다.

"큰일 날 뻔했군요. 이 음식은 절대로 드시면 안 됩니다, 황후 폐하."

겁먹은 표정이었다. 2대에 걸쳐 가까스로 생긴 황족이 잘못될 뻔했으니 그렇겠지. 신관은 급히 음식을 옆으로 치웠다.

"이렇게 해도 문제가 없겠는가."

혹시나 싶어 묻자, 그는 당연하다며 손을 다시 휘저었다.

"그럼요, 그럼요. 서대제국을 위한 기도를 하면서 서대제국의 미래께 해를 끼칠 수야 없는걸요."

몇 마디 주고받는 사이 귀족들도 한결 침착해졌다. 수군거리는 소리가 여기저기서 들려오기 시작했으나, 대부분은 얼굴이 환했고 목소리도 밝았다. 하인리를 지지하는 귀족이건 지지하지 않는 귀족이건, 후계자 문제는 중요하니까. 게다가 이런 상황에서 내가 외국인이란 건 의외로 강점이기도 했다. 귀족들은 누구나 내 아이의 미래 측근이 되길 바랄 텐데. 이곳엔 나와 혈연으로 얽힌 가문이 없으니까.

하인리는 내내 부드럽게 웃고 있다가, 소란이 가실 때쯤 다시 행사를 진행하겠다고 나섰다. 그런데 행사가 끝나고 모여서 다 같이 식사를 할 즈음. 즈멘시아 노공작이 길쭉한 잔을 들고 다가왔다.

"온 마음을 담아 축하드립니다, 황후 폐하."

축하한다며 다가온 귀족들은 이미 많았지만, 즈멘시아 노공작이 다가올 줄이야. 의외였다.

이 사람은 크리스타의 아버지 아닌가? 진심으로 축하할 사람이 아닐 텐데.

일단 고맙다고 마주 대답했으나, 그가 뭔 말을 하러 온 건가 싶어 긴장을 늦출 수 없었다. 긴장한 채 음료수를 네 모금 마셨을 때에야 노공작은 속내를 드러냈다.

"하지만 참 너무하셨습니다, 두 분 폐하."

"너무하다니요?"

"황후 폐하의 회임은 나라의 경사이자 저희 모두의 소망인데. 2개월이 되도록 비밀로 하시다니요. 황후 폐하께서 이미 아기님을 가지신 줄도 모르고, 귀족들은 내내 후계자 걱정을 하지 않았습니까."

아아…… 태아에게 좋지 않은 음식이 나왔길래 고의인지 아닌지, 고의라면 누구의 짓인지 궁금했더니. 이 사람이 범인일 확률이 높구나. 시시한 계략을 썼다 생각했더니. 이쪽이 진짜 공격이었던 모양이다.

즈멘시아 노공작의 말에, 아기 이야기를 하느라 들떠 있던 귀족 몇몇이 움찔했다. 많건 적건 후계자 걱정과 내 불임 소문을 한 번씩 입에 담아본 이들일 것이다. 지금 즈멘시아 노공작은, 기쁨에 젖은 그들에게 슬쩍 알려주는 거였다. 이 황후가 너희를 떠보기 위해 임신 사실을 비공개했던 모양인데, 하고.

"임신 초기엔 조심해야 하니까."

덤덤하게 말한 하인리는 빙그레 웃었다. 그러고는 내 손에 든 빈 잔을 대신 치워주면서, 피하지 않고 그대로 맞받아쳤다.

"하지만 내내 둘러둘러 표현해주지 않았나. 아무 문제 없으니, 염려 말고 다른 일이나 신경 쓰라고. 지금은 내치가 중요하다고. 괜찮다 말해도 믿지 않는 것까지 우리가 어쩔 수는 없지. 안 그렇습니까, 퀸?"

하인리가 피하지 않고 바로 '문제없다는데도 안 믿은 건 너희 탓. 너희가 불온한 사상을 지녀서 생긴 문제'라고 받아쳐버리자, 몇몇 이들의 시선이 더욱 어두워졌다.

노회한 미소를 띤 즈멘시아 노공작과 하인리가 말없이 웃음을 주고받았다.

그날 밤, 시녀들과 부모님, 오빠까지 죄다 난리가 났다.

"저희한테까지 비밀로 하시고 너무하세요! 흐어엉……. 하지만 좋아요! 그래도 너무하세요! 그치만 다행……. 흐어어엉!"

로라는 골이 나서 따지더니 갑자기 흐어엉 울다가, 다시 골이 나서 삐졌다가 다시 흐어엉 우는 등 걱정스러운 증세를 반복했다.

"그럼 아가 옷을 준비해야 하는 건가요? 아가 옷은 몇 벌을, 아니 장난감을 먼저 준비해야 할까요? 아니, 아니에요, 우선 요람을……. 요람은 어떤 디자인으로 해야 하는 거지?"

로즈는 자기가 아는 지식을 총동원하느라 갑자기 바빠졌고, 결혼과 출산, 육아의 경력이 풍부한 주베르 백작 부인은 어깨를 넓게 펴고서 자신의 경력을 자랑했다.

"결혼도 안 한 영애가 그런 걸 뭘 안다고. 나한테 다 맡겨요, 로즈 양. 저한테 맡기세요, 황후 폐하."

"보고 들은 게 많으니 저도 할 수 있답니다, 주베르 백작 부인."

로즈는 별로 양보할 생각이 없어 보였지만.

"황, 황후 폐하, 황후 폐하. 지금 서 있으셔도 되는 겁니까? 누우셔야, 아니, 앉으셔야 하는 게 아닌지."

마스타스는 내가 갑자기 지푸라기로 변한 마냥 허둥지둥했다. 그러다가 한 번씩 오빠를 쳐다보며 몹시 걱정스러운 표정을 지었다. 어째서인진 모르겠지만.

오빠가 한시도 가만히 있질 못하고 계속 방 안을 서성거려서 저렇게 보는 걸까?

반면, 아버지는 우두커니 선 채로 손수건을 들어 눈물을 찍찍 닦으실 뿐 아무 말도 하지 않았다. 최대한 근엄한 모습으로 기뻐하고 싶으신 듯하지만, 안타깝게도 목이 잠기셔서…… 입을 열 때마다 바람 빠지는 소리 외엔 나오지 않으신 탓이다.

어머니는 처음엔 아버지의 등을 몇 번 두드리며 위로했지만, 나중에는 신경에 거슬리시는지 뒤돌아서 울라 말했고, 아버지는 그게 서러운지 더욱 크게 흐느끼며 뒤돌아서 울기 시작했다.

어색하게 웃고 있자니, 어머니는 내 배에 손을 올리고 내 머리를 부드럽게 쓸어주었다.

"사랑하는 내 딸. 내 눈엔 아직도 네가 너무나 조그만 아이인데. 이 조그만 아이가 누군가의 어머니가 된다니……."

"솔직히 조그맣진 않아요, 어머니."

영애들 사이에서도 귀부인들 사이에서도 나는 상당히 큰 편인데.

"너도 아이를 낳으면 알게 될 거야. 내 아이는 거인으로 자라도 작고 연약해 보인단다."

사고를 칠 때마다 연약한 취급은커녕, 호되게 혼이 난 오빠가 옆에서 항의하고 싶은 듯 입을 뻐끔거렸다.

"하지만 걱정이구나."

"어떤 게요?"

"낳기 전, 낳는 것, 낳은 후 모두 다."

어머니는 내 머리를 꼭 감싸 안더니 어깨를 다독거렸다. 어머니가 내쉬는 한숨이 내 머리카락 사이로 흘러 들어왔다.

"잘할 수 있어요, 어머니."

"넌 손이 가지 않는 아이였지. 아주 얌전하고 말을 참 잘 들었어."

"알아요."

"똑똑한 사람은 똑똑하지 않은 사람을 가르치기 힘들다잖니. 네 아이가 널 닮았으면 괜찮지만, 혹시라도……"

어머니의 시선이 오빠와 아빠를 번갈아 살피다가 빠르게 떨어졌다.

"너만큼 조용하지 않으면 네가 감당하기 어려울까 봐 걱정이야."

어머니에겐 절대로 하인리의 어린 시절 이야기를 해주면 안 되겠다.

"괜찮아요, 어머니."

"내가 네 곁에서 도와줄 수 있다면 좋을 텐데."

나도 어머니가 옆에 있다면 좋겠지만……. 어머니는 동대제국을 사랑하시지. 차마 함께 있어 달란 부탁을 하지 못하고, 어머니의 배에 이마를 가져다댔다.

"어머니께서 여기에 나비에와 함께 남아주시면 안 될까요?"

그러고 있자니, 오빠가 마음이라도 읽은 마냥 물었다. 나도 약간 기대되는 바가 있어서, 어머니를 바라보았다. 어머니는 잠시 머뭇 거리다가 아버지의 등을 곁눈질하며 대답했다.

"생각을 좀 해보자. 그리고 여보, 그만 뒤돌고 있어도 되니 이리 와요."

"부인…… 나는…… 나는 우리 나비에가…… 우리 나비에는 아직 아가인데 아가를…… 흐윽."

아버지를 보던 마스터스가 입술을 꾹 깨물고 고개를 숙이자, 어머니의 이마에 파랗게 힘줄이 올라왔다.

눈치 좋은 아버지는 황급히 다시 돌아서서 손수건을 들었다.

"황후 폐하의 측근들은 다들 난리가 난 모양이더군요."

웃음기 섞인 목소리가 오른쪽 귓가에서 들려왔다. 하인리는 "음?" 하고 고개를 돌렸다.

"트로비 공작 부부와 시녀들 말입니다."

옆에는 맥켄나가 노란 편지를 들고 서 있었다.

"웃는 소리가 어제부터 내내 복도를 떠나질 않는대요."

"아아."

하인리의 입가에 따뜻한 미소가 어렸다.

"그렇지. 좋아하시겠지."

"빨리 폐하께서도 거기로 가셔야죠."

"음. 그렇지."

"이건 좀 내일이나 모레쯤 하시지."

안타깝다는 듯 말한 맥켄나는 들고 있던 노란 편지를 하인리에게 내밀었다.

하인리는 편지를 받으며 대답 대신 질문을 던졌다.

"즈멘시아 노공작이 앞에서 입 놀릴 때, 퀸 표정 봤어, 맥켄나?"

"웃고 계시던데요?"

"뭐야, 너 내 아내 얼굴을 왜 이렇게 자세히 쳐다봐?"

어쩌란 건가. 맥켄나가 황당하단 듯이 하인리를 쳐다보았다. 하인리도 자기가 생각해도 이건 아니다 싶은지, 흐흠 헛기침을 하고서 맥켄나가 건넨 편지를 펼쳤다.

"퀸의 그 모습은 화난 얼굴이었어. 임신 중일 땐 좋은 것만 생각해야 하잖아? 치울 건 빨리 치워야지."

중얼거리며 편지를 훑던 얼굴에 이윽고 잔인한 미소가 어렸다.

그때였다. 다른 비서가 즈멘시아 노공작의 방문을 알렸다.

"부르셨다 들었습니다, 폐하."

집무실 안으로 들어온 노공작은 하인리의 책상에서 열 걸음 떨어진 곳으로 다가가 고개를 숙였다. 그러나 태연한 표정이었다. 어제 사람들 앞에서 황제와 황후를 돌려서 비난하는 말을 한 사람 같지 않았다. 과연 능구렁이란 생각을 하면서, 맥켄나는 하인리에게 보여주었던 노란 편지를 도로 집었다.

"불렀지. 재밌는 걸 봐버려서 말이야, 공작."

노공작이 감정 없는 건조한 눈길을 들어 올렸다. 그게 무엇이든 전혀 겁날 게 없단 태도였다.

하인리가 눈짓하자, 맥켄나가 노란 편지를 공작에게 건넸다.

"무엇입니까?"

노공작은 피로에 찌든 목소리로 물으며 편지를 받아 펼쳤다. 잠시 후, 그의 표정이 약간 움찔했다. 하인리는 턱을 괸 채 그 모습을 재밌다는 듯 바라보았다. 얼마 지나지 않아 노공작은 읽던 편지를 도로 맥켄나에게 건넸다. 흔들리는 시선을 감추기 위해서인가. 고개를 아래를 향하고 있었다.

"어떻게 생각하나, 공작?"

하인리는 빙그레 웃으며 물었다.

노공작은 덤덤하게 대답했다.

"제 글씨를 위조하셨군요."

"위조라니?"

"전 이런 편지를 쓴 적이 없습니다, 폐하."

"하지만 발견했어, 공작."

"만들어내신 거겠지요."

"이런. 자기가 쓴 편지를 보고서도 발뺌할 생각인가, 공작? 여기에 쓰여 있잖아. 황후가 임신을 했으니, 태아에게 해로운 음식, 하지만 독이 아니라 사람들이 이상하게 여기지 않을 음식으로 준비하라고."

"제가 그런 지시를 했다면 편지를 남겨두겠습니까?"

노공작의 질문에 하인리가 뻔뻔스럽게 수긍했다.

"그러게. 왜 남겨두고 그래, 공작. 이런 건 좀 바로바로 폐기하거나 간수하지 그랬어."

즈멘시아 노공작은 어이가 없어서 젊은 황제를 한심하게 쳐다보았다. 기분이 상한다고 해서 바로 대응하는 게 위조 편지라니. 그는 절대로 문제가 될 편지를 남기지 않는다. 아니, 애초에 그는 저런 편지를 쓴 적이 없었다. 편지는 당연히 가짜였다. 잔머리가 좋으니 어쩌니 해도 역시 어리긴 어리구나. 즈멘시아 노공작은 속으로 혀를 찼다.

"제가 두 분 폐하 앞에서 근간의 소문 이야기를 꺼낸 게 기분이 나빠 이러시는지요? 하지만 그런 소문은 차라리 공개적으로 털고 가는 게 나은 법입니다. 정말로 불임이라면 모를까, 이미 임신을 하신 후이지 않습니까."

"이건 복수가 아니야, 공작. 조사지."

그러나 하인리는 딱 잘라 부정하고는 책상 위에 놓인 종을 눌렀다.

"도서관 대여 일지를 가져오라."

댕그랑 맑은 소리가 나며, 안쪽으로 굳게 닫혀 있던 문이 열렸다.

한심하구나. 저런 한심한 것한테 내 딸이 당하다니. 노공작은 속상하게 여기며, 스르르 열린 안쪽의 문으로 시선을 돌렸다. 그러나 시선을 돌리자마자 그의 눈동자가 커다래졌다. 노공작은 못 볼 걸 본 표정으로 눈을 홉떴다.

열린 문으로 한 여자가 걸어 들어오고 있었다. 짙은 파란 눈에 갈색 머리, 약간 큰 키의 단정하고 부드러운 인상…… 책을 들고 들어오는 여자는 크리스타와 꼭 빼닮은 얼굴이었다.

그러나 즈멘시아 노공작이 놀란 건 그녀가 놀라울 만큼 크리스타를 닮았기 때문이 아니었다. 여자는 크리스타와 많이 닮았지만, 구분이 가지 않을 정도는 아니었다. 노공작이 놀란 건 그녀의 목에 달린 밧줄 때문이었다.

"저게 대체…….."

그녀의 목에 걸린 건 분명 교수형에 사용되는 굵은 밧줄이었다. 매듭 모양까지도.

하인리는 노공작의 반응을 무시하고서 손을 내밀었다. 여자가 순순히 하인리의 손에 책을 내려놓고 나갔다.

"도서관 대여 일지다, 공작."

하인리는 한 손으로 책상을 가볍게 두드려 노공작의 관심을 다시 자기 쪽으로 끌어온 후, 책을 들고 가볍게 흔들었다.

"대체 이게 무슨 짓이십니까?"

"도서관 대여 일지라고, 공작."

"그게 뭐 어쨌단 말입니까."

"여기 그대 손자가 빌려간 책 제목들이 나와 있어."

보자……. 중얼거리며 종이를 획획 넘긴 하인리가 중간 즈음에서 손을 멈추었다.

노공작은 마른침을 삼켰다.

하인리의 입에서 노래하듯 책 제목들이 흘러나왔다.

"때론 독이 되는 약. 몸에 좋지만 위험한. 주의해야 할 음식들. 이야. 그대 손자는 책 취향이 특이하군?"

즈멘시아 노공작의 얼굴이 창백해졌다.

이건 협박이었다. 편지가 위조되었다는 건 그가 계속 부정하면 된다. 죄를 인정하지 않고 버티기만 하면 아무 문제 없이 넘어갈 수 있었다. 귀족 사회에서 입지가 좁아질 수도 있긴 하지만, 그게 끝이다.

노공작이 부인하더라도 황제가 자기 뜻대로 죄를 덮어씌울 수는 있겠지만, 그렇게 되면 귀족들은 황제를 폭군이라 여기게 될 터였다. 안 좋은 소문이 넘쳐나는 데다 옆 나라 황후와의 재혼을 단독으로 추진하기까지 한 젊은 황제. 혈기가 넘치고 제멋대로라 여겨지는 젊은 황제에게는 치명적인 평가였다. 그래서 지금 하인리 황제는 협박을 하는 거였다.

거짓 증거를 부인하지 마. 인정해. 증거를 부인하면 네 딸을 교수형시킬 거다.

교수형시키지 않더라도, 하인리가 크리스타에게 보내는 음식을 끊어버리기만 해도 그녀는 죽는다. 음식에 독을 타도 죽는다. 죽인 후 문을 폐쇄해버리면 죽었단 사실조차 묻히고 만다.

즈멘시아 노공작의 낯빛이 하얘졌다. 눈앞의 황제는 얼결에 황위에 올라버린 젊은 청년이 아니었다. 웃는 얼굴 아래로 잔인한 계획을 세우고 실행하는 간교한 남자였다.

"공작. 대답해."

하인리가 다정한 목소리로 책을 덮으며 채근했다.

"이 편지가 위조된 건가? 아니면 그대 손자가 호기심이 많은 건가?"

즈멘시아 노공작은 갈등의 기로에 놓였다. 선택해야 했다. 자신이냐 딸이냐. 오롯이 자신의 목숨만을 두고 결정을 내린다면 고민할 것도 없었다. 당연히 딸을 살렸을 것이다. 문제는, 그가 황족을 해치려 고의로 음식을 준비했단 걸 인정해버리면, 가문 전체가 위태로워진단 점이었다. 그의 부인과 아들, 사랑스러운 손자 두 명까지다.

"폐하께서는 참으로 잔인하십니다."

노공작은 기가 막혀서 중얼거렸다.

태아에게 해가 될 음식을 준비하긴 했지만, 임신인지 아닌지 확신하지도 못한 상태였다. 임신이 확실하더라도 알아서 먹지 않을 거라 여겼다. 그는 단지 사람들 앞에서 황제 부부가 약간의 망신을 당하길 원했을 뿐이었다. 사람들이 황제의 저 달콤한 껍데기가 독이란 걸 알아보길 원했을 뿐이었다.

잘한 짓은 아니다. 하지만 삭막한 성에 갇혀 짐승처럼 지내는 딸을 보고 온 후 아닌가. 이 정도의 복수는 그의 딸이 받는 고통에 비하면 아주 가볍지 않던가? 이 정도면 사교계의 귀족들이 주고받는 일상적인 다툼이나 다름없었다. 그런데 저 무정한 황제는 그 잠깐의 불쾌함을 풀고자 사람의 목숨을 가지고 협박한다.

사람의 목숨을 대할 때 저리 거침이 없다니. 인자하고 선한 선왕에 익숙한 즈멘시아 노공작에게는, 하인리 황제가 나라를 황폐하게 할 막돼먹은 폭군으로 여겨졌다. 차라리 알아서 칼을 휘두르면 그나마 낫다. 그러나 저 황제는 그조차 하지 않는다. 칼끝을 쥐여주고, 누구를 찌를지 직접 선택해보라 한다. 참으로 무자비한 성정 아닌가.

눈이 마주치자 황제의 입꼬리가 부드럽게 올라갔다. 노공작의 표정이 일그러졌다. 황제는 저런 얼굴로 사람들이 '이번 폐하께서는 너무 온건하시다'고 말하게 만들었지. 저런 얼굴로!

그러나 골라야 했다. 그의 손으로 직접 한 명을 골라 희생양으로 보내야 했다. 노공작은 가까스로 입을 열었다.

"그 편지는 제가 쓴 게…… 아닙니다."

그의 눈에 녹슨 피가 흘러내렸다.

"안타깝군."

중얼거린 하인리 황제는 "진심으로 안타까워"라고 덧붙이더니, 책상 위에 서 있던 조각상을 툭 밀었다. 바닥에 떨어진 조각상이 산산이 조각나며 깨어졌다.

울음을 그친 아버지는 이번에는 아기에게 줄 선물을 고르는 데 푹 빠져버렸다.

아차 하고 보니 디자이너들이 와 있었고, 최신 유행하는 아기 옷들이 방 안을 가득 채우고 있었다. 그 외에 앨범 가득 그려진 아기 옷 디자인들도 있고. 멍하니 그것들을 보다가, 나는 가까스로 끈끈이주걱 같은 그 포근한 유혹에서 빠져나왔다.

아직도 아버지와 오빠, 어머니, 시녀들은 아기 옷을 구경하느라 정신이 팔려 있었지만, 나는 가장 마음에 든 옷 견본품 몇 개만을 챙겨 바구니에 담은 후 하인리를 만나러 집무실로 내려왔다.

푹 쉬어야 한다는 궁의의 진단 때문에 당장 할 일이 없긴 하지만. 그래도. 어제 그런 일이 있었는데. 하인리 혼자 험한 밖에 내버려두고 즐겁고 안락하게 지내려니 미안했다.

"폐하께서는?"

그런데 집무실 앞에서 만난 맥켄나의 표정이 이상했다. 게다가 나를 보자 수상하게 허둥지둥하더니 하하 어색하게 웃었다.

"그게, 황제 폐하께서는 지금 많이 바쁘십니다. 어, 이것저것 할 일이 많으신 듯했지요. 아무래도 이제 아기님에 대해서도 공표했고…… 음. 그렇지요. 아, 그건 뭡니까? 우리 하인리 폐하 옷입니까?"

"아기 옷이에요."

"어이쿠 아기 옷 사이즈가 꼭 우리 하인리 폐하 사이즈랑 비슷하네요. 어, 제 말은, 아시죠? 파닥파닥 한 상태이실 때요."

아니. 하인리 쪽이 더 클 것 같은데. 척 보기에도 말도 안 될 비교잖아. 왜 저러는 거지?

의문은 잠시 후 풀렸다. 집무실 문이 열리고 나온 사람 때문에.

'즈멘시아 노공작……'

크리스타의 아버지이자, 어제 일부러 사람들 앞에서 나와 하인리가 귀족들을 속이려 임신 사실을 숨긴 게 아니냐고 날카롭게 공격하던 그 남자였다.

맥켄나는 내가 저 사람과 마주칠까 봐 걱정한 거구나.

몇 걸음 느리게 걸어가던 즈멘시아 노공작이 힐긋 내 쪽을 보았다. 그의 시선이 나를, 그리고 내가 든 아기 바구니를 향했다. 그러자 부리부리한 눈이 꽉 구겨지며 얼굴이 험상궂게 변했다. 마치 내가 크리스타를 쫓아낸 원수라도 되는 듯이 쳐다본 그는, 맥켄나가 헛기침을 하자 망토를 크게 펄럭이며 마지못해 멀어져 갔다.

뒤에 서 있던 랑드레 자작이 작은 목소리로 중얼거렸다.

"눈빛이 좋지 않습니다. 당분간 호위를 강화해야겠습니다, 황후 폐하."

"그러게요……."

하인리가 어제 일로 매섭게 다그친 걸까. 표정이 하루 사이에 완전히 험악해졌다. 멀어지는 뒷모습을 보고 있자니, 문이 열리며 하인리가 나왔다.

"퀸!"

반갑게 날 부른 그는 얼른 곁으로 오더니, 바구니에 담긴 노랗고 빨간 옷들을 들어 올리며 물었다.

"내 건가요?"

대체 무슨 일이야? 무슨 얘길 나눴기에 둘 다 상태가 이상해?

"아가는 엄마 손을 잡고…… 우리 아가 예쁜 아가……."

흥얼거리는 노랫소리가 수풀 사이사이로 흘러 들어왔다.

로테슈 자작은 서궁 안으로 들어가려다 말고 노랫소리가 들려오는 곳을 보았다.

'라스타?'

라스타의 목소리 같았다. 로테슈 자작은 몸을 돌려 소리가 들려오는 쪽으로 가보았다. 수풀 사이로 동그란 빈 공간이 있고 짧게 잔디가 깔려 있었다. 라스타는 그곳에 놓인 커다란 둥지 의자에 앉아 인형을 끌어안고 노래하는 중이었다.

"우리 아가……."

인형을 쓰다듬으며 흥얼거리는 라스타를 보다가, 로테슈 자작은 기가 막혀서 혀를 찼다.

"네가 진짜 미쳤느냐?"

라스타는 인형의 뒤통수를 쓸다 말고 고개를 기웃했다. 멍하던 눈동자가 로테슈 자작을 보자 초점이 돌아왔다. 이윽고 그녀는 인상을 와그작 구기며 인형을 옆으로 밀었다.

"아기 안는 연습 중이잖아."

원망이 가득한 날카로운 목소리에 로테슈 자작은 차라리 안심이 되었다. 순간 정말로 라스타가 미친 줄 알았던 것이다.

"아기 안는 연습이나 할 때가 아니다, 이것아."

"아기를 못 안아. 못 안으니 연습이라도 해야지. 또 떨어트리면 안 되잖아. 그러면 정말 얼굴을 못 볼지도 몰라."

"무슨 헛소리냐?"

라스타의 말을 흘려들은 로테슈 자작은 얼른 라스타 쪽으로 다가갔다. 그러곤 주위를 둘러본 다음 목소리를 낮추어 말했다.

"정신 차려. 네가 찾으라던 이스쿠아 자작 부부의 친딸 얘기다."

"찾지 마. 안 찾아도 돼. 내가 남의 딸 찾아주게 생겼어?"

딱 잘라 말한 라스타는 잠시 로테슈 자작을 바라보더니 풋 사랑스럽게 웃음을 터트렸다.

"하긴. 너도 네 딸이 사라졌는데 남의 딸이나 찾고 있구나."

조롱조의 목소리에 순간 로테슈 자작의 눈이 시뻘게졌다. 라스타는 손을 들어 그의 뺨을 두 번 톡톡 치고 히죽 웃었다.

"넌 벌을 받는 거야. 너 때문에 내 새끼를 잃었으니, 너도 네 새끼를 잃는 거라고 등신아."

"이게 진짜 미치기라도 한 게야?"

"시끄러. 할 말이 뭐야? 라스타 바빠. 할 말 하고 꺼져."

로테슈 자작은 입을 벌리고 뻐끔거렸다. 도대체 무슨 일이 있었기에 안 보던 사이에 사람이 이렇게 변한 건가? 그는 라스타를 싫어했고, 그녀가 여우같이 간교하다 여겼다. 그러나 그 내면에는 순진하고 어설픈 성품도 존재한다고 생각했다. 하지만 지금의 라스타에겐 그런 점이 전혀 보이지 않았다.

그렇지만 로테슈 자작은 라스타의 고통엔 관심이 없었다. 그는 라스타에게 무슨 일이 벌어지고 있는지 좀 더 물어보는 대신, 자신이 알아 온 이야기를 급히 퍼부었다.

"이스쿠아 자작 부부의 친딸 말이다. 그 여자일 가능성이 높다."

"그 여자? 나비에?"

"에벨리! 남궁에 죽치고 앉은 마법사 말이다!"

"에벨리? 마법사?"

영혼이 빠진 듯하던 라스타의 눈에 분노가 스며들었다.

"그년이라고?"

"그래!"

라스타는 인형을 패대기치고 로테슈 자작의 멱살을 잡았다.

"확실해? 라스타를 놀리려고 그러는 거 아니야?"

"내가 널 놀려서 뭘 한다고!"

돈줄인데! 로테슈 자작은 뒷말을 삼켰다. 애초에 르베티를 찾느라 바쁜 와중에도 이런 정보를 전하는 이유가 뭐겠는가. 라스타가 그의 돈줄이자 가문의 미래이기 때문이었다. 그런데 앞으로도 단단히 황제의 마음을 차지하고 돈을 쪽쪽 뽑아내야 할 라스타가 저러고 있으니 화가 났다. 르베티를 찾는 것도 다 돈 돈 돈 돈인데. 기둥이 되어야 할 것이 저 꼴이라니.

"그럴 리가 없어."

라스타는 로테슈 자작의 멱살을 놓고 확 뒤로 밀치며 중얼거렸다.

"그럴 리가 없잖아! 많고 많은 여자 중에 개일 리가 없잖아! 검, 검사는? 검사는 했어?"

"검사는 못 했다. 피를 구해서 가져가긴 했는데, 신전에서 검사받을 본인이 직접 오지 않으면 안 된다고 거절했어. 피를 바꿔치기하는 등 악용이 너무 많이 돼서, 요즘은 직접 본인들이 찾아와야만 검사를 해준다더라."

"그럼 가짜네. 그럼 가짜야."

라스타는 웃으면서 말했다. 그러나 웃고 있는 눈과 달리 이는 사정없이 입술을 물어뜯고 있었다.

"가짜지. 진짜일 리가. 나더러 언니 언니 하던 그게 친딸이라고?"

"라스타. 무조건 아니라 해서 될 일이 아니잖느냐. 제대로 알아 봐. 억지로 끌고 가서라도 제대로 확인을 하란 말이다."

"확인해서 뭐 해? 확인하려 해도 못 하게 해야 할 판에 내가 나 서서 왜!"

버럭 고함을 지른 라스타는 이윽고 하하 웃음을 터트리다가 손 가락으로 로테슈 자작을 가리키며 알겠다는 듯 빈정거렸다.

"라스타를 상처 주려고 거짓말하는 거지? 자작 부부가 몇 년을 찾아도 못 찾았다는 친딸을, 그쪽이 몇 주 만에 찾는 게 이상하지 않아? 그래. 거짓말이야. 사실일 리가 있나."

"그쪽이 왜 몇 년이나 못 찾았는진 나도 모르지. 다른 나라를 뒤 지느라 못 찾은 건지, 건성으로 찾은 건지, 그자들 머리가 나쁜 건 지. 어쨌든 난 사실대로 말했다. 에벨리란 여자가 진짜인지 가짜인 진 모르지만, 진짜일 가능성은 분명 있어."

라스타의 눈가가 붉게 물들기 시작했다. 가엾은 모습이었으나, 로테슈 자작은 지금 그녀를 챙길 정신이 없었다. 그는 황급히 손을 내밀었다.

"돈을 좀 챙겨다오. 아주 솜씨 좋은 정보원이 있는데, 요구하는 금액이 너무 크다."

"……."

"그리고 저택으로도 돈을 보내서 알렌이 잘 지내게 해주어라. 네 아들을 키우고 있지 않으냐."

라스타가 팔에 차고 있던 보석 팔찌를 빼서 주자, 로테슈 자작 은 얼른 그걸 챙기고는 자기 볼일은 끝이라는 듯 돌아서서 수풀을 얼른 빠져나갔다. 수풀을 헤치고 밖으로 나온 로테슈 자작의 등 뒤로, 다시 "아가야 엄마랑 손잡자……." 하는 흥얼거리는 노래가 들려왔다.

로테슈 자작은 괜히 소름이 돋아서 팔을 쓸었다. 저게 진짜 미쳐 가기라도 하는 건가?

"마력이 담긴 목걸이를 훔쳐 갔다?"

"예."

"범인은 누군지 모르고?"

"감쪽같이 사라졌습니다. 철통같이 보안에 신경을 썼는데, 그걸 가져갔습니다."

카를 후작의 옆에서 궁정 마법사가 울 것 같은 표정을 지었다. 가까스로 마력 감소 현상의 실마리를 잡고 연구 중이었는데. 중심이 되는 목걸이가 사라졌으니, 미칠 지경이었다.

소비에슈는 하인리가 새를 이용해 나비에와 편지를 주고받던 걸 떠올렸다.

"전서구를 다루는 데 일가견이 있는 건가."

카를 후작이 물었다.

"어찌할까요, 폐하?"

소비에슈는 바로 대답하는 대신 궁정 마법사 쪽을 보며 물었다.

"바로 연구를 잇는 건 힘들다 치고. 당장 피해를 줄이려면 뭘 어떻게 해야 하지?"

"확실한 건 아니지만, 일단 마력석을 멀리하는 게 나을 겁니다."

"마력석은 마법을 쉽게 사용할 수 있도록 도와주는 물품이 아닌가?"

"그렇지요. 에벨리 양도 마력석의 도움을 받아 잃어버린 마력을 되찾았으니까요. 소수이긴 하지만 에벨리 양 외에 마력이 갑자기 커진 케이스도 있긴 했습니다. 하지만 제 조수는 마력석 때문에 마력을 잃어버렸습니다. 이후로 마력 목걸이를 가까이해보았지만 마력은 돌아오지 않았고……."

생각하니 너무 서글픈 듯 잠시 훌쩍인 궁정 마법사가 가까스로 말을 이었다.

"어떤 조건에서 마력이 사라지고 마력이 돌아오는 건지 모르니, 우선은 아예 마력석을 멀리하는 게 낫습니다."

"네 말이 맞다. 그대로 따르라. 또한, 마법 아카데미 쪽에도 연락을 넣어. 학생들의 마력석 사용을 당분간 자제하라 이르라."

"예, 폐하."

집무실 밖으로 나가던 카를 후작은 잠시 황제의 책상 옆을 보았다. 벌써 며칠째 소비에슈 황제는 공주를 데리고 다니지 않았다. 전에는 늘 끼고 다니려 하더니. 무슨 심경의 변화가 일어난 걸까. 요람을 치운 건 아니지만 빈 요람은 오히려 더 적막해 보였다.

밖으로 나오니 비슷한 생각을 한 건지 궁정 마법사가 물었다.

"폐하께서 요즘은 공주님을 데리고 다니지 않으십니까?"

"공주님은 아직 어리니까요. 시시때때로 울어대시니, 업무에 방해가 된다 여기시는 거겠지요."

"하긴. 갓난아기들이야 우는 게 일이지요."

궁정 마법사는 고개를 끄덕이다가 불안한 목소리로 거듭 물었다.

"혹시 나비에 황후님께서 임신하셨단 소식 때문에 저러시는 걸까요?"

"설마요."

카를 후작은 딱 잘라 부인했다.

소비에슈가 나비에의 불임을 사유로 이혼을 신청한 건 그와 본인들 외에는 모르는 일이기에, 궁정 마법사는 "하긴. 그렇습니다." 하고 바로 납득해서 고개를 끄덕였다.

그러나 카를 후작의 낯빛은 더욱 어두워졌다. 정말로 그런 이유로 소비에슈가 공주를 멀리하는 게 아닌가 불안했다.

그리고 그 불안은 정답이었다. 소비에슈는 혼자 집무실 안에서 서성이다가 빈 요람을 보다가 복도를 이리저리 돌아다니다가, 결국 참지 못하고 아기방으로 갔다. 공주는 그곳의 안락한 요람에 누운 채 색색 잠들어 있었다.

"참으로 순한 분이십니다."

황제가 공주를 보자 베르디 자작 부인이 얼른 말했다. 소비에슈는 대꾸하는 대신 손을 저어 그녀를 내보낸 후, 요람으로 다가갔다. 그는 잠든 아기의 얼굴을 뚫어져라 내려다보다가 아기의 뺨을 슬쩍 만져보았다. 아기는 대번에 눈을 뜨더니, 그의 얼굴을 알아보고 해죽 웃으며 부부 소리를 냈다.

가슴을 쥐어뜯는 고통에 인상을 찡그리면서도 그는 아기를 안아 올렸다. 아기는 영문도 모르고 까르르 웃으면서 소비에슈의 볼이며 귀를 마구 잡아당겼다. 소비에슈는 아기가 마음껏 놀게 내버려둔 채, 공주의 얼굴에서 자신을 닮은 구석을 하나라도 찾기 위해 애썼다.

눈, 코, 입, 머리카락, 손, 발, 피부…….

그러나 없었다. 손가락과 발가락이 열 개고 머리가 하나란 걸 제외하면 아기는 그와 닮은 구석이 단 하나도 없었다. 아기가 닮은 사람은 단 두 명이었다. 라스타와 라스타의 첫째 아이.

소비에슈는 얼핏 보았던 라스타의 첫째 아이를 떠올렸다. 로테슈 자작이 기르고 있다 했던가.

'그 아이를 자세히 봐야겠다.'

소비에슈에게 있어서 그 아이는 라스타의 첫째일 뿐, 아무런 관심도 가지 않는 아이였다. 그 아이를 떠올리며 슬퍼하는 라스타를 보면 가여웠지만, 그게 전부였다. 그래서 그 아이를 보았을 때 '라스타를 많이 닮았다'고 생각은 했지만, 제대로 얼굴을 살피진 않았다.

하지만 이젠…….

소비에슈는 아기를 요람에 내려놓고 집무실로 돌아가, 그가 그림자처럼 부리는 기사를 불렀다.

"당장 로테슈 자작의 저택으로 가서 라스타가 처음 낳은 아이를 찾아 데려와라. 로테슈 자작도."

기사가 돌아오길 기다리는 내내 소비에슈의 피는 바짝바짝 말라갔다. 그는 앉지도 못한 채 방 안을 서성이다가, 이따금 공주의 얼굴을 확인하길 반복했다. 시간이 너무 느리게 흘러갔다. 그러나 초조한 소비에슈와 달리, 아이는 색색 편안히 꿈나라를 거닐었다.

"폐하."

마침내 그를 부르는 묵직한 목소리가 들려왔다. 잠시 후. 기사가 어린아이를 안은 남자를 앞세우고 들어왔다. 그러나 기사가 데려온 남자는 로테슈 자작이 아니었다. 그렇다고 아주 낯선 얼굴도 아니었다.

"너는 분명……."

소비에슈는 알현실에 아이를 축복해달라며 찾아왔던 남자를 떠올렸다. 그래. 그때도 저 남자가 라스타의 첫째 아이를 안고 왔다. 그 남자였다.

"알렌 림웰입니다, 폐하. 로테슈 자작의 아들입니다."

기사가 옆에서 조심스럽게 남자를 소개해주었다. 하지만 소비에슈가 부른 건 저 남자가 아니었다.

"내가 널 불렀던가?"

소비에슈의 말에 알렌이 두렵단 목소리로 대답했다.

"몇 주째 동생이 돌아오질 않고 있어서…… 아버지께서는 그 일로 자리를 비우셨습니다."

"동생? 아아. 그래. 동생."

알렌을 질책하려던 소비에슈는 그의 설명에 마음이 누그러졌다. 하긴. 로테슈 자작은 지금 한창 바쁠 것이다.

'괜찮겠지.'

어차피 로테슈 자작이 오나 알렌이 오나, 별 차이 없기도 했다. 소비에슈는 그렇게 생각하며 명령했다.

"그 아이를 이리로."

알렌은 겁먹은 듯 소비에슈의 눈치를 살피다가, 뜬금없는 명령에 기겁해서 뒤로 두 걸음 물러났다.

"예?"

알렌은 아이를 꼭 끌어당겨 안으며 물었다.

"아, 이는 왜 왜……."

갑자기 아이를 데리고 오라 한 것도 이상한데. 아이를 가까이 내밀라 하자 더욱 이상하게 여겨졌다.

"확인할 게 있다."

알렌은 소비에슈가 재차 지시하는데도 오히려 뒤로 반걸음 더 물러났다. 소비에슈의 눈썹도 그만큼 올라갔다. 아기에게 해코지를 하려 드는 것도 아니고. 잠시 데려와 보라는데 도망은 왜 가고 있는가.

원래 소비에슈는 알렌에겐 아무 생각이 없었다. 로테슈 자작은 아이의 아버지가 누구인지 모른다고 말했다. 알렌과 로테슈 자작은 라스타의 아이를 맡아 기를 뿐이고. 그러나 아기를 보호하려는 듯한 저 겁먹은 태도는, 없던 의심을 만들어낼 만큼 수상쩍어 보였다.

"이리 오라 하였다."

소비에슈가 천천히 또박또박 거듭 명령했다. 알렌은 그제야 눈앞에 있는 이가 무력으로든 권력으로든 대적할 수 없는 상대란 걸 깨닫고서, 느릿하게 걸어가 아기를 내밀었다.

'이상한 청년이군.'

소비에슈는 자신을 역병처럼 대하는 알렌을 불쾌하게 여기며 아기를 받아 들었다. 그러나 아기를 보자마자 소비에슈의 머릿속에선 알렌에 대한 게 싹 날아갔다. 낯빛은 더욱 어두워졌다. 아기는 기억 속에서보다 더욱 더 글로리엠과 닮아 있었다.

'왜 이 정도로 닮은 거지? 혹시 이 아이의 아버지가 글로리엠의 아버지와 같아서…….'

스멀스멀 의심이 솟았다. 소비에슈는 황급히 아니라고 속으로 외쳤다.

'말도 안 되는 소리다. 그래. 글로리엠이 날 닮지 않았다고 해서 이상할 건 없다. 글로리엠이나 이 아이나 둘 다 라스타의 얼굴 외엔 보이지 않아. 시기상 라스타의 첫째 아이와 내 아이가 같은 아버지를 두었을 리도 없고.'

소비에슈는 최선을 다해 긍정적인 방향으로 생각하려 시도했다. 그럴 수밖에 없었다. 사실 이 의구심을 떨치는 데 가장 좋은 방법은 신전에 가서 혈육 검사를 받는 것인데. 혈육 검사를 한다는 건 정부 두기를 당연시하는 귀족들조차 부끄럽게 여겼던 것이다. 심지어 혈육 검사를 받으려면 직접 찾아가야 하지 않던가.

일국의 황제인 그가 딸을 데리고 나타나 혈육 검사를 받는다? 황실의 체면이 확 깎이는 일이었다. 무조건 검사를 해야만 하는 상황이 닥친다면 어쩔 수 없이 하겠지만, 아무도 의구심을 가지고 있지 않은데 공주를 데리고 가 검사를 요청하는 건 수치스러웠다.

소비에슈는 낯선 아이에게서 자신의 아이가 보이는 게 끔찍하게 여겨져서, 안을 황급히 알렌에게 다시 건넸다. 알렌을 세워둔 소비에슈는 침실로 들어가 요람에 누운 공주를 안았다. 소비에슈가 공주를 데리고 나오자, 이번에는 알렌의 눈이 휘둥그레졌다.

황궁 안의 화려하고 고풍스러운 장식을 정신없이 헤매고 다니던 눈길이, 공주의 얼굴에 못 박혔다. 그러나 알렌의 시선은 곧 공주가 입은 옷으로 내려갔다. 1년에 몇 필 생산되지도 않는다는 최고급 원단으로 만든 편안한 아기 옷과 앙증맞은 발에 신겨진 보드라운 양말. 양말 장식은 손톱만 한 진주였다.

알렌은 자신이 안은 아이를 살폈다. 나름대로 애를 써서 잘 입혔지만, 공주의 의상과는 차이가 분명했다. 일반 귀족가의 아이여도 공주와는 비교가 될 텐데. 경제권을 틀어쥔 로테슈 자작이 손자를 싫어하는 바람에, 알렌은 아이를 다른 귀족가 자제들처럼도 키우지 못하고 있던 것이다.

그래도 이전엔 혼자 저택에 틀어박혀 아이를 기르니 비교할 여지가 없었는데. 똑같이 생긴 아기 둘이 다른 차림을 하고 있자, 자꾸만 비교하게 되었다. 알렌은 슬며시 배알이 뒤틀렸다. 그러나 뒤틀려가던 마음은 소비에슈의 질문에 저 바닥으로 뚝 떨어졌다.

"그 아이. 아버지가 누구지?"

알렌은 놀라서 소비에슈를 보았다.

"예?"

"누구의 아이냐 물었다."

"아 그게……."

소비에슈의 매서운 시선에 알렌은 눈을 내리깔았다. 아버지는 황제가 안의 친부가 누구인지 모른다고 했는데. 설마 뭔가를 짐작해내고서 저런 질문을 하는 건가? 아니면 그냥 두 아이 얼굴이 똑 닮았으니 궁금해서 묻는 건가? 머릿속이 핑글핑글 돌아갔다. 하지만 알렌은 곧 로테슈 자작이 당부했던 그대로 이야기했다.

"거기까진 저도 모르겠습니다."

"모른다?"

"예. 저는 그, 그냥……."

"아이에게 축복해달라며 알현실까지 찾아올 정도면 꽤 정성이 가득한 모양인데. 모른다?"

"키우다 보니 정이 붙어서요. 워낙 사랑스러운 아이여서……."

"키우다 보니 정이 붙어?"

"예. 예, 폐하."

황제의 위압감을 이기지 못하고 알렌은 눈을 내리깔았다. 아들을 안은 손가락이 자꾸 덜덜 떨렸다. 다행히 소비에슈는 그를 오래 붙잡아두진 않았다.

"그래. 되었다. 데리고 나가라."

"감사합니다. 감사합니다."

소비에슈의 축객령을 들은 알렌은, 뭐가 감사한지도 모른 채 꾸벅꾸벅 인사하고서 황급히 복도로 나갔다. 문을 닫자마자 그는 다리에 힘이 풀려서 쓰러질 뻔했다. 그만큼 저 방 안에서는 숨이 콱 콱 막히는 기분이었다. 복도로 나오자 이제야 숨이 쉬어졌다.

그러나 나가는 도중 한 번이라도 뒤를 돌아보았더라면 알렌은 절대로 안심하지 못했을 것이다. 나가는 그의 뒷모습을, 소비에슈가 어떤 표정으로 빤히 쳐다보았는지를 발견했더라면. 하지만 알렌은 뒤를 돌아보지 않았고, 소비에슈가 그를 유심히 쳐다보고 있었단 것도 몰랐으며, 소비에슈가 '안의 친부가 알렌은 아닐까' 의심하기 시작했다는 것도 몰랐다.

아니, 숨조차 쉬기 어려운 방 안을 벗어난 순간부터 소비에슈에 대한 생각은 걸음걸음마다 뚝뚝 떨어져 나가고 있었다. 대신 그 자리를 라스타와 안에 관한 생각이 채워나갔다. 알렌은 그 길로 곧장 서궁을 찾아가, 궁전 앞을 지키고 선 기사에게 황후를 만나고 싶단 청을 올렸다.

부모님과 시녀들이 내 임신 소식의 충격에서 조금이나마 진정이 되자, 나는 하루를 통째로 비워놓고 카프멘 대공을 찾아갔다. 마법 때문이었다. 무의식중에 마법을 두 번 사용했는데, 둘 다 좋지 못한 결과를 냈다. 한 번은 하인리의 머리카락을 얼려버릴 뻔했고, 다른 한 번은 문고리를 얼려 고장 냈다.

지금까지는 다른 사람을 직접 건드릴 일이 거의 없으니 괜찮지만. 아기가 태어난 후에는 아기와 손이 닿을 텐데. 최악의 경우 아기에게 동상을 입힐 수도 있으니 그 전에 이 문제를 해결해야 했다.

"마법을 사용하셨다고요?"

카프멘 대공은 내 설명을 듣자 황당하다는 얼굴로 되물었다.

"황후 폐하께서 말입니까?"

너무 뜬금없지 않냐는 표정이었다.

하긴. 지금까지 마법에 관련해서는 재능이 한 톨도 없던 사람, 심지어 다 큰 성인이 갑자기 마법사가 되었다니 이상하긴 하겠지. 성인이 되어 마법사로 발현하는 경우도 있긴 하지만, 흔한 케이스는 아니니까.

"네. 얼음 계열 같았어요. 어쩌면 물일 수도 있고."

"도대체 당신은 못하는 게 뭡니까? 내 심장을 얼리는 것부터 주위 사물을 얼리는 것까지."

"음."

"……앞부분, 아니, 뒷부분도 다 흘려들으십시오."

"대공도 고생이군요."

"언젠가는 약효가 떨어지길 바랄 뿐입니다."

"꼭 그럴 거예요."

"날 위해 기도해주시는 겁니까, 나의 천사?"

"음."

"이것도 흘려들어주십시오. 앞뒤 다."

"그러겠어요."

다행히 어색한 분위기는 마력에 관해 이야기를 시작하자 서서히 풀려갔다. 말하는 도중 옆으로 자주 새긴 했지만, 아카데미 수석 졸업자답게 그는 내가 그간에 겪은 이야기를 듣자 별일 아니란 듯이 바로 설명해주었다.

"그렇게 어려운 일은 아닙니다. 황후 폐하께서 실수를 한 부분도 아니고요."

"바로잡을 수 있나요?"

"물론입니다. 사실, 시일이 지나면 배우지 않아도 자연스럽게 통제할 수 있습니다. 대부분은요."

"자연스럽게 되기까지 기다릴 수가 없어서 그래요."

"그렇겠지요. 앞서 두 번 마법을 사용할 때, 갑자기 마법이 나갔다고 했지요?"

"네."

"마력을 통제하지 못할 때도, 영 뜬금없이 마법이 나오는 건 아닙니다. 마법이 나오기 전, 원하거나 몰입하던 게 있을 겁니다."

하인리의 사랑스러운 뒤통수와 닫혀 있던 문고리가 떠올랐다. 하인리가 그 머리로 대체 무슨 생각을 하고 있는지 궁금했고, 닫힌 문 너머에서 무슨 이야기를 나누는지 궁금…… 아.

내 생각을 읽었는지, 카프멘 대공이 작게 입을 달싹였다. '그겁니다'라고 말을 해주고 싶지만, 지금 말해버리면 생각을 읽는 티가 너무 날까 봐 자제하는 듯했다.

"무슨 말인지 알겠어요. 그러면 더 문제 아닌가요? 내가 신경을 쓸 때마다 마법이 나간다면……."

"우선 마력의 흐름을 구분하는 법을 알려드리겠습니다. 마법은 규칙이 있는 게 아니라 본능에 가깝게 하는 거라, 어쨌든 직접 몸으로 느끼고 스스로 조절하는 수밖에 없거든요."

말을 마친 카프멘 대공은 내 곁으로 다가와서 손을 들어 올렸다. 마치 내 팔의 어딘가를 잡으려는 듯이. 하지만 팔을 잡지 못하고 멈칫거리다 손을 내렸다. 뭐 하나 싶어 쳐다보자, 그가 곤란하단 표정으로 중얼거렸다.

"제가 손을 잡아야 합니다."

뭐?

"괜찮을까요?"

그의 질문에 나도 덩달아 곤란해졌다.

가르침을 주는 사람으로서 잡는 거니까, 다른 사람이라면 상관없다. 하지만 상대가 카프멘 대공이다 보니 좀……. 주저하고 있자, 카프멘 대공이 한숨을 내쉬며 말했다.

"황제 폐하께 부탁해보지요. 어쩌면 하실 수 있을지도 모르니."

"모두 다 할 수 있는 일이 아닌가요?"

"아닙니다. 저 같은 경우는 아카데미에 있을 때 교수님들을 보조하는 역할을 하면서 익힌 거고, 보통은 남의 마력을 신경 쓸 일이 없지요."

카프멘 대공의 설명은 자랑이 아니라 사실이었다. 점심시간이 되길 기다려 하인리에게 찾아가 사정을 설명했지만, 무엇이든지 다 잘할 거라 여겼던 하인리가 놀랍게도 당황해서 손을 휘저었다.

"퀸. 그건 좋은 생각이 아닌 것 같습니다."

"할 수 없나요?"

"할 수 있다면 퀸을 혼자 아카데미에 보내지도 않았겠죠. 하려고 들면 할 수도 있겠지만 내가 하는 건 위험합니다."

왜?

눈이 마주치자 하인리는 시선을 피하며 중얼거렸다.

"비슷한 걸 시도하다가 안 좋은 결과가 나온 적이 있어서요."

무슨 사정이 있구나. 관련되어서 트라우마가 있나 보다. 하긴. 평소 하인리 성격이라면, 임신한 나를 아카데미에 혼자 보내느니 차라리 아카데미에 가지 않고 자기가 알아서 나서려 했겠지.

어쨌든 저렇게 무서워서 질색하는데 우길 수는 없었다. 결국 대화를 나눈 끝에, 하인리가 보는 앞에서 카프멘 대공이 내 마력을 이끄는 걸 도와주기로 했다.

"황후 폐하. 손을."

그러나 내가 카프멘 대공의 도움을 받는 걸 동의했으면서 막상 하인리는 카프멘 대공이 내 손을 쥐자 초조한 표정이 되어 연신 몸을 미세하게 움직여댔다. 카프멘 대공이 약을 먹고 날 좋아하게 되었단 걸 모르면서도.

그래도 어쩔 수 없어, 하인리. 나는 애써 그 표정을 모른 척하며 카프멘 대공과 잡은 손에 집중했다.

"팔을 따라 올라가는 감각에 집중하십시오."

"알겠어요."

처음엔 하인리가 신경 쓰여 손에 집중하기 어려웠다. 그러나 아예 눈을 감아버리자, 손바닥 부근에서 뭔가 찌릿한 느낌이 났다.

"아."

"느껴지십니까?"

"방금 무언가……."

잠시 후 이번에는 손목 부근에서 그 느낌이 났다. 이상한 기분이었다. 아주 미약한 전류가 튀는 느낌. 아플 정도는 아니지만, 확실한 감각이다.

"느껴져요. 찌릿하고."

"제 마력 특성 때문입니다. 이번엔 좀 더 위쪽으로 다시 넣겠습니다."

알겠다 대답을 하고 팔에 집중하려는 찰나. 누군가 강제로 내 손에서 카프멘 대공을 떼어냈다. 놀라서 눈을 뜨고 옆을 보자, 하인리가 벌게진 얼굴로 나와 대공 사이에 끼어 있었다. 한 손은 내 손을, 다른 한 손은 카프멘 대공의 팔뚝을 잡고서.

"하인리?"

왜 그러나 싶어 쳐다보자, 하인리가 힘겹게 웃으며 말했다.

"퀸? 대공한테 내가 직접 배워서 해줄게요."

"방금 트라우마가 있다고……."

"질투심이 트라우마를 누른 것 같습니다."

하인리가 무슨 생각을 하는 건지, 카프멘 대공이 픽 웃고 말았다. 어쨌든 나야 좋다. 하인리가 직접 해주는 게 편하지. 나는 순순히 옆으로 물러났다. 하인리는 아까 내가 섰던 자리로 왔고, 두 사람은 머뭇거리다가 서로의 손을 잡았다.

그런데…… 저게 대체 뭐야. 나는 아무 생각 없이 그 모습을 보다가 나도 모르게 아랫입술을 깨물었다.

아 웃겨. 둘 다 표정이 왜 저런 거야? 너무 대놓고 질색하는 얼굴이잖아.

하지만 여기서 내가 웃으면 두 사람이 민망해질 거다. 나는 억지로 무표정을 꾸며내고서, 다시 두 사람을 바라보았다.

그 순간.

"폐하, 폐하!"

황급히 문이 열리며 맥켄나가 뛰어 들어왔다. 몹시 다급한 표정이었다. 맥켄나는 집무실에 자유롭게 오가도 좋단 허락을 받았다. 그래서 이번에도 급한 일도 있고 하니 바로 뛰어든 모양인데……. 손을 잡고 선 하인리와 카프멘 대공을 보자마자 맥켄나의 표정에 얼이 빠졌다.

"아니 두 분이서 뭐 하십니까?"

그 표정은 근처에 서 있던 나를 보자 더욱 심해졌다.

"황후 폐하는 옆에서 뭘 구경하고 계시고요?"

맥켄나의 동공이 빠르게 흔들렸다.

"왜, 왜, 우리 폐하랑 대공이 그렇게 사이좋게 손을 잡고 계시고, 우리 황후 폐하는 왜 또 그걸 그렇게 흐뭇하게 구경하시고……."

뒤늦게 하인리와 카프멘 대공이 잡고 있던 손을 떼고서 뒤로 각자 대여섯 걸음을 물러났다.

"나 때문에 그래요."

사태를 수습해야겠다 싶어 나서자, 맥켄나는 눈을 가느스름하게 뜨고서 중얼거렸다.

"아아. 물론 황후 폐하 때문에 그러시겠죠. 뭐, 기본은 빵과 수프지만 거기에 치즈를 얹으면 더 맛있을 테니까요."

몹시 의미심장한 말투였다. 게다가 무슨 비유를 하는 거야, 대체?

"됐습니다. 세 분이서 합의 하에 뭘 하든 무슨 상관입니까. 근데 혹시나 싶어 드리는 말씀인데요. 저한테 잼 역할은 부탁하지 마세요."

잼?

"아, 이게 중요한 게 아닌데."

자기 머리를 툭툭 두드린 맥켄나가 다시 급한 얼굴로 외쳤다.

"크리스타 님이 자살하셨다 합니다!"

나비에와 카프멘 대공이 나간 후. 하인리는 책상 뒤로 돌아가 앉으며 맥켄나를 재촉했다.

"자세히 말해봐. 정말이야?"

"예. 기사들 말론 확실하답니다. 개구멍으로 맥도 확인했다 하고요."

"아니, 갑자기 왜? 심심할까 봐 놀잇거리도 넣어드렸고. 같이 지낼 친구들도 넣어드렸고. 좋아하는 음식도 종류별로 가져다드리고. 왜 자살을 하지? 저택도 넓잖아?"

"음식 사이에 넣어 전한 편지 때문 아닐까요?"

맥켄나의 말에 하인리가 "아아." 하고, 뭔지 알 것 같지만 공감은 안 된단 소리를 냈다.

"즈멘시아 노공작이 자기를 버리고 조카들을 살리기로 했단 편지?"

"충격이었겠죠. 회의 날에도 노공작에게 많이 섭섭한 눈치였지 않습니까."

"그러니까 이해가 안 된다고."

"예?"

"한 번 자길 버린 아버지가, 두 번은 못 버릴 거라 생각했나?"

"뭐. 사람마다 생각은 다르지 않겠습니까."

맥켄나는 좀 안됐다는 듯 혀를 차며 물었다.

"어쨌든 죽은 사람은 못 살릴 테고. 일은 터졌습니다. 어찌하실 건지요?"

"자살하면서 유언장 같은 건 안 써뒀대?"

"그런 얘기는 없었습니다."

"하나 만들어서 보내."

"!"

"아버지를 원망하는 내용으로."

잠시 곰곰이 생각해보던 하인리는 달리 또 떠오른 게 있는 듯 고개를 끄덕이고 덧붙였다.

"형수님과 같이 감금된 시녀들 쪽에는 마지막으로 선택의 기회를 한 번 더 준다 그리고."

"그게 무슨 소리야! 크리스타가 자살하다니!"

즈멘시아 노공작이 벌떡 일어났다. 방금 전까지 그가 짜고 있던 계획서가, 옆으로 팔랑 날아갔다. 소식을 가져온 부하가 송구하단 얼굴로 고개를 숙였다. 즈멘시아 노공작은 손을 떨면서 머리를 저었다.

"그럴 리가 없다! 그 강한 애가 스스로 목숨을 끊을 리가 없어!"

이윽고 충격에 빠진 눈동자는 분노로 험악해졌다.

"하인리, 그 망할 황제가 내 딸을 죽이고 자살로 위장했구나!"

두 손주가 작은 망아지를 두고 싸우는 소리가, 열린 창문 너머로 흘러 들어왔다. 오빠가 자꾸 내 걸 뺏어가요, 너 혼자만 계속 타려 하잖아 욕심꾸러기야, 저마다 목소리를 높여 자기가 억울하다고 소리를 질러댄다. 노공작은 창가로 다가가 창문을 쾅 닫았다.

"그게 저…… 유언장이 발견되었습니다, 공작님."

부하가 더욱 오그라들며 말했다.

노공작은 파란 사유지 들판을 제멋대로 뛰어다니는 두 아이를 심란한 눈으로 바라보다가 확 몸을 돌렸다.

"유언장이라니?"

"그게……."

"똑바로 말해!"

"공작님께 버림받은 게 너무 가슴 아프다고. 다른 사람은 몰라도 공작님은 자신의 편이어야 하는 게 아니냐고, 너무 괴롭다면서 더는 살 이유가 없다고 하셨습니다."

노공작의 눈동자가 흔들렸다. 가슴 안쪽에서 매캐한 탄내가 올라왔다. 눈가에 뿌옇게 눈물이 차올라서, 그는 균형을 잃고 몸을 비틀했다.

"공작님!"

부하가 다급히 노공작을 붙들었다.

"일단 이쪽으로."

노공작을 의자에 앉힌 부하가 초조하게 몸을 움직였다. 노공작은 의자에 기대 잠시 멍하니 있다가 고개를 저었다.

"가짜다! 가짜 유언장이다!"

"크리스타 님과 함께 컴프셔로 간 시녀들이, 유언장은 진짜라 증언하였습니다."

"뭐야?"

"게다가 컴프셔에서 지내는 내내, 크리스타 님께서 노공작님을 계속 원망하셨다고 합니다. 잘나갈 때는 옆에서 간이라도 빼줄 것처럼 굴던 노공작님이, 쓸모없어지자마자 자길 버리고 공작님과 손주들만 챙긴다고요."

즈멘시아 노공작의 눈동자가 흔들렸다.

"아니! 그럴 리가 없다! 거짓말이다!"

노공작이 버럭 호통치는 소리에, 창밖에서 나던 웃음소리가 멈췄다. 노공작은 주먹을 부르르 떨다가 확 몸을 돌리더니, 벽에 걸어둔 검을 뽑으며 외쳤다.

"이건 다 하인리 그 황제의 짓이다."

노공작의 눈에서 불이 튀었다. 진심으로 그는 이 일이 하인리의 계략이라 여겼다. 이미 딸을 교수형시킬 거라 예고까지 하지 않았던가. 설령 크리스타가 정말 자살을 했다 한들, 거기에 하인리의 입김이 없었을까?

그렇지 않은가. 감금된 크리스타가 무슨 수로 노공작이 '또' 자신을 버리기로 결정했는지 안단 말인가. 그 일에 대해 아는 건 협박 당사자인 하인리와 협박을 당한 노공작 이렇게 둘뿐인데?

　"빌어먹을 황제 놈! 절대로 가만히 두지 않겠다! 절대로!"

　씩씩거리던 노공작은 혈압이 올라 결국 비틀거리며 의자에 엎어졌다.

　"공작님!"

　"케트런은? 케트런은 뭘 하고 있느냐? 자기 사촌이 죽었는데 그놈은 뭘 하고 있기에 코빼기도 보이질 않아!"

　"케트런 후작은 야비하지만 머리는 좋지. 머리는 좋은데 좀 허술하고."

　하인리는 차를 홀짝이며 시큰둥하게 말했다.

　"불임 소문을 퍼트릴 때도 자기는 절대 안 나서고 뒤에서 부채질만 한 놈이야. 형수님이 돌아가셨으니 이젠 절대로 앞에 안 나설 거다."

　"글쎄요. 벌써 다른 방향으로 앞에 나서고 있긴 하던데요."

　"무슨 소리야?"

　"케트런 후작 부인이 황후 폐하께 화대륙에서 수입해 온 임단나무 아기 요람을 보내왔다 합니다."

　"뭐? 벌써?"

"네."

"생각보다 빨리 갈아타는데?"

"케트런 후작 부인의 독단적인 행동일 수도 있지요. 전에 후작이 폐하의 바람기를 이용하려다 자기가 당했지 않습니까. 그 후로 두 사람 사이가 나빠졌다 하니까요."

하인리는 그럴 수도 있겠다며 고개를 끄덕였다.

어쨌든 이 일을 계기로 노공작과는 완전히 틀어져버렸다. 몇 세대에 걸쳐 인망을 쌓아온 가문이니 바로 나가떨어지진 않겠지만, 하인리와 노공작이 손을 잡을 가능성은 완전히 사라져버린 것이다.

"그럼 이제 어떻게 하실 겁니까? 노공작은 크리스타 님이 자살했단 걸 안 믿으려 할 텐데요."

"그렇겠지. 자기 탓이라 생각하면 견디기 힘들 테니."

"절대 가만히 있지 않을 겁니다. 동대제국과 문제가 생겼을 때도, 다들 그냥 넘어가자는데 아득바득 물고 넘어져서 결국 릴테앙 대공의 사과를 받아내지 않았습니까."

"아아. 난 그땐 즈멘시아 노공작이 정말 좋았는데. 나라가 작다고 자존심까지 작은 줄 아냐면서 호통칠 땐 진짜……."

잠시 한숨을 내쉬며 고개를 저은 하인리는 곧 생글 웃으며 대수롭지 않게 말을 이었다.

"어쨌든 이렇게 되었으니, 그 앞만 보고 달려드는 불같은 성미를 이용해야지."

"어떻게 말입니까?"

"더 열 받게 만들려고. 대놓고 내게 적대적으로 나와서, 측근들이 '이쪽 진영에 있으면 위험할 것 같은데?' 생각할 정도로."

즈멘시아 노공작의 측근이라고 해서 서대제국을 떠날 생각은 없다. 당연히 역모를 꾸밀 마음도 없다. 하인리는 그들의 그 선을 알고 이용하려는 것이었다.

"그냥 적당히 죄를 만들어 내치시는 게 안 낫습니까?"

"그자가 날뛰는 걸 사람들이 직접 눈으로 보게 해야지. 난 수동적으로 있을 거야, 맥켄나."

하인리는 덤덤하게 크리스타의 유언장을 맥켄나에게 건넸다.

"즈멘시아 노공작은 내 평판을 떨어트려 귀족들 사이에서 날 고립시키려 했지. 그러니 나도 그자가 미쳤단 소리를 듣게 해서 귀족들 사이에서 고립시킬 거다."

"예……. 근데 유언장은 왜요?"

"노공작에게 전해줘. 심심한 위로의 뜻과 함께."

'크리스타가 자살할 줄이야.'

뜻밖의 소식은 사람을 멍하게 만드나 보다. 나는 방 안의 안락의자에 앉아 창가에 놓인 화분을 바라보았다. 크리스타에게 받은 화분이었다. 임신 도중에 그런 이야기는 안 듣는 게 좋다고 해서, 되도록 지나치게 그 일을 생각하지 않으려 하고는 있지만……. 그래도 계속 생각이 난다.

물론 난 크리스타를 싫어했다. 하지만 죽었단 이야기를 들으니 마음이 좋지도 않았다. 차라리 마음껏 원망할 수 있도록, 컴프셔에 서 멀쩡히 지내는 게 좋았을 텐데.

억지로 그녀에 관한 생각을 떨쳐내기 위해서, 나는 고개를 빠르 게 저었다. 앉아 있는 대신 일어나서 방 안을 한 바퀴 돌다가, 응접 실로 나왔다. 다행히 효과가 있었다. 응접실로 가자 새로운 골칫거 리가 눈에 들어왔으니까. 그 골칫거리는 케트런 후작 부인이 보내 온 요람이었다. 어중간한 위치에 처치 곤란하게 놓인 최고급 요람.

요람 자체는 아주 좋은 물건이지만, 내내 적대적이던 케트런 후 작가에서 보내온 것이다 보니 어떻게 처리할지를 두고 의견이 분 분해서 내내 이 상태였다. 사실, 이 요람 외에도 매일같이 귀족들이 보내오는 아기 선물이 한가득이었지만.

그때였다. 응접실 문을 노크하는 소리가 나더니, 기사가 카프멘 대공의 방문을 알려주었다.

마력 수업 때문인가? 가르쳐주다가 이상한 데에서 끊어져버린?

"황후 폐하."

아닌가 보다. 문을 열고 들어온 카프멘 대공은 평소보다 덜 침착 해 보였다. 목소리 역시 높았고.

"무슨 일인가요?"

"급히 상단 일로 보고할 게 있습니다."

게다가 급히 보고해야 할 일까지 있다고.

불안하다. 전에도 저렇게 찾아와서는, 화이트 몬드에서 상단이 붙잡혔단 소식을 전해주었잖아?

괜히 긴장되어 쳐다보았다. 이번엔 대체 무슨 일인 거지?

그러나 카프멘 대공의 입가에 떠오른 건 밝은 미소였다.

"시범 상단 중 한 곳에서 연락이 왔습니다!"

"반응이⋯⋯."

"좋습니다! 아주 좋다고 합니다!"

라스타는 로테슈 자작과 이스쿠아 자작 부부가 돈을 빨아먹는 거머리라 생각했다.

"또 돈을 보내라고?"

거기에 친아버지가 합세하자 상황은 더욱 난처해졌다.

"예. 몸이 안 좋아서 병원비가 필요하시다고⋯⋯."

라스타는 두 손으로 머리를 감쌌다. 라스타가 친아버지에게 보내 심부름꾼 역할을 맡게 된 하녀가, 이런 말을 전해 미안하다는 듯 눈을 내리깔았다.

하지만 사실 하녀는 전혀 미안해하지 않고 있었다. 라스타에게는 돈을 쪽쪽 다 빨아먹는 그녀의 친부는, 다른 이들에게는 꽤 배포가 컸다. 라스타의 친아버지는 딸에게 돈을 왕창 뜯어내고 나면 더욱 씀씀이가 커져서 이웃들에게 잔뜩 베풀었다. 그중엔 라스타가 친아버지에게 보낸 하녀 역시 포함되어 있었다.

"며칠 전만 해도 멀쩡했잖아! 병원은 또 무슨 병원!"

"저도 잘 모르겠습니다. 전 말씀만 전할 뿐이니까요."

결국 라스타는 보석함에서 몇 개의 보석을 꺼내서 하녀에게 건

넣다. 하녀가 나가자 라스타는 침대에 무너지듯 쓰러져 몸을 비틀었다. 마음에 드는 사람이 단 한 명도 없었다. 단 한 명도!

'아니. 에르기 공작님이 있잖아.'

그때, 이번에는 이스쿠아 자작 부부가 찾아왔다. 설마 또 돈을 달라 하는 건가. 라스타는 긴장했지만, 오늘은 돈 얘기를 하러 온 게 아닌 듯했다.

"세상에. 폐하께서 공주님을 네게 안 보여준다는 게 정말이니?"

"네가 어머니인데 어떻게 네게 아기를 안 보여주신단 거야!"

"베르디 자작 부인이라면 네 시녀 아니냐. 그 시녀는 왜 갑자기 공주님의 보모가 된 거고?"

부부가 호들갑을 떨며 챙겨주자, 라스타는 엉엉 울음을 터트렸다. 내내 한 사람의 위로도 받지 못하다가, 가까스로 자신의 편이 나타나자 둑이 무너지듯 눈물이 밀려들었다.

한참을 울먹이다가, 라스타는 흐느끼며 속삭였다.

"이게 다 그 에벨리라는 예비 정부 때문이에요."

"에벨리? 그 여자가 왜?"

"그 여자가 네게 뭔 짓을 한 거니?"

"대놓고 하진 않았어요. 하지만 그 여자가 아니라면 폐하께서 라스타를 갑자기 멀리할 이유가 없잖아요."

"그건 그래. 사랑에 빠지면 눈이 멀어버리니까."

라스타는 자작 부인의 품에 안겨 더 울다가, 슬쩍 고개를 들어 부부의 반응을 확인했다. 이스쿠아 자작 부부는 에벨리가 얼마나 천박한 여자인지에 대해 떠들고 있었다. 친딸이라 여기기는커녕 화가 나서 견딜 수 없단 얼굴들이었다.

'다행이야.'

라스타는 안도했다. 핏줄이라고 해서 본능적으로 끌린다거나, 그런 건 전혀 없는 모양이었다.

하지만 여기서 안심해서는 안 됐다. 로테슈 자작이 에벨리를 찾아냈듯, 이스쿠아 자작 부부가 에벨리를 찾아낼지도 몰랐다. 지금 그들은 '황후의 부모'라는 명성에 취해서 사교 생활에 푹 빠져 있지만, 그게 언제까지 갈지는 알 수 없는 일 아닌가.

"그 여자가 황궁에 있는 게 싫어요."

라스타는 그렇게 말하고서 다시 손수건을 꺼내 눈가를 닦았다.

저렇게 싫어하니까 뜬금없이 친자 검사를 하러 가진 않겠지.

하지만 일단 에벨리를 쫓아버려야 한다. 절대로 두 사람이 찾지 않을 곳으로. 그러나 자신이 나서서 에벨리를 쫓아내면 그림이 좋지 않다. 일이 잘못되어 에벨리가 친딸인 걸 알게 된 후에도 마찬가지. 그러니, 이스쿠아 자작 부부가 '극성스러운 애정'에 젖어 자발적으로 에벨리를 쫓아내게 만들어야 했다.

"염려 마라, 라스타. 들어보니 그 여자는 말만 마법사지 그리 능력이 좋지도 못하단다. 얼굴이야 두말할 것도 없이 네가 가장 예쁘지. 얼마 안 가 폐하께서도 그 마법사에게 흥미가 식으실 거야."

"그래. 마법사라고 하니 잠시 호기심을 보이는 것뿐일 거다."

이스쿠아 자작 부부가 떠난 후. 라스타는 무거운 한숨을 내쉬고서 다시 침대로 돌아가 엎드렸다. 여전히 찝찝한 점이 남아 있긴 했지만, 그래도 간만에 부모의 애정을 받아보니 마음이 조금 진정되었다.

마음이 진정되자, 에벨리 외에도 급히 해결해야 할 일이 있단 게 떠올랐다. 라스타는 달력을 펼쳐 소비에슈가 약속한 1년이란 기한이 얼마나 남았나 살폈다.

그래. 기한. 그녀는 기한제 황후였다. 그 1년 안에 다시 소비에슈의 마음을 가져오고, 아기에 관해서도 신뢰를 얻어야 했다. 그렇지 않으면 정말로 두 번 다시 아기를 못 보게 될지도 몰랐다.

"아리언!"

"예, 황후 폐하."

"아기를 빌려와."

"예?"

"아기 말이야, 아기. 라스타의 딸과 비슷한 크기의 아기를 빌려오라고. 돈을 줄 테니까 하루에 여섯 시간만 빌려달라고 해."

"하지만 아기는 갑자기 왜……."

"공주에게 또래 친구가 필요하다 하면 되잖아."

아리언은 떨떠름해하면서도 알겠다고 나갔다.

라스타는 후, 무거운 숨을 내뱉었다.

'아기 안는 연습을 하면 돼. 그러면 글로리엠도 떨어트리지 않고 안을 수 있을 거야. 곰 인형은 백날 안아봐야 전혀 아기 같지 않은걸.'

한결 진정한 그녀는 손바닥으로 자신의 양 뺨을 짝 두드리고서, 어깨를 털었다.

'아무리 어려운 일도 라스타는 항상 이겨냈어. 이번에도 이겨내

야 해.'

에벨리를 처리하고, 아기를 되찾고, 소비에슈의 마음을 도로 붙잡고, 친부와 그 기자를 처리할 방법을 찾아야 한다. 그 기자는 사람들의 시선을 너무 많이 받고 있어서 당장 처리하기 어렵지만, 그래도 방법은 있을 것이다. 분명.

그때였다.

"황후 폐하."

밖으로 나간 아리언이 다시 들어와 보고했다.

"알렌이란 청년이 황후 폐하를 뵙고 싶다 합니다."

"누구?"

"알렌 림웰이라 하였습니다."

라스타는 벌떡 일어나서 미쳤냐고 외치려 했다.

"웬 아이를 안고 왔던데요."

그러나 아리언의 뒷말에 터져 나오려던 고함이 멈췄다.

"아이?"

"예."

처음엔 황당해서 말을 할 수 없었다. 로테슈 자작은 자식 관리를 뭘 어떻게 하는 건지, 그게 대체 무슨 정신머리로 여기까지 찾아온 건지, 게다가 아기는 왜 안고 온 건지 기가 막혔다. 당장 끌어내라 명령하고 싶은 충동이 굴뚝같았다.

그러나 라스타는 곧 마음을 바꿨다. 생각해보니 잘된 일인지도 모른다. 안는 연습을 할 아기가 필요했는데. 지금 막 그녀에게 트라우마를 안겨준 그 아기가 온다지 않는가.

첫째도 공주와 흡사하게 생겼으니, 그 아기로 안는 연습을 하면 더욱 잘되지 않을까?

"좋아. 올라오라고 해."

"예, 황후 폐하."

잠시 뒤, 알렌이 포대기와 커다란 모자로 얼굴을 거의 감춘 아이를 안고 나타났다. 응접실 문을 닫고 아무도 들어오지 말라 명령한 라스타는, 알렌과 알렌이 안고 온 첫째를 노려보았다. 쓸모가 있을 것 같아 부르긴 했지만, 막상 얼굴을 보자 다시금 열이 치솟았다.

"뻔뻔하긴. 네가 여긴 왜 온 거야?"

"라스타……."

"황후 폐하라 불러. 라스타가 네 친구니?"

"다른 볼일 때문에 잠시 들어왔다가 아이를 보여주고 싶어서……."

"네가 여기에 볼일이 있을 게 뭔데?"

"그냥…… 좀."

알렌이 얼버무리자, 순진해 보이는 그 모습을 라스타는 가증스럽다는 듯 보다가 손을 내밀었다.

"애나 이리 내놔."

"어. 어. 그래."

알렌은 허둥거리며 모자를 벗기고 아기를 건넸다. 라스타는 아기를 두 손으로 안아 들고서 얼굴을 내려다보았다. 알고는 있었지만, 공주와 똑같이 생긴 얼굴을 보자 기분이 묘해졌다. 하지만 나이 차이가 있기 때문인지, 공주보다는 좀 더 큰 티가 확연했다.

"이름이 뭐라고?"

"안. 안이야."

"촌스럽긴."

차갑게 쏘아붙인 라스타는 다시 아기의 얼굴을 물끄러미 내려다보았다. 어째서인지 심장이 좀 간지러웠다. 등에서 식은땀이 흐르면서도, 팔에 힘이 꼭 들어갔다.

그 모습을 알렌은 감동받은 얼굴로 멍하니 바라보다 입을 열었다.

"실은 네게 꼭 해야 할 말이 있어서 왔어, 라스타."

"반말하지 말라 했지?"

"라스타. 우리 안도 네 아이잖아."

"반말하지 말라 했어."

"황후의 첫째 아이. 동대제국 황후의 첫째 아이잖아, 우리 아들이."

알렌이 자꾸 반말을 해대는 게 거슬려서 인상을 쓰고 있던 라스타는, 갑자기 튀어나온 불안한 전조에 구겼던 얼굴을 도로 폈다.

"얘가 왜 내 애야? 네 애지."

"네 아이이기도 해. 그리고 넌 황후고. 라스타, 우리 안도 황후의 아들인데 서자로 살아가는 건 너무 가엾지 않아?"

"무슨 소리야."

"적어도 준황자 대우는 받아야 하는 거 아닐까?"

라스타는 눈을 커다랗게 뜨고 알렌을 쳐다보았다. 꿈이라도 거니는 듯 몽롱하고 기대 가득한 얼굴로, 알렌이 찐득하게 웃었다.

"저기…… 전에는 네가 노예여서 아이한테 도움이 안 되었지만, 이젠 아니잖아. 그러니까 굳이 널 숨길 필요가 없지 않을까? 우리 안이, 동생은 공주님인데 자기만 서자로 살면 마음 아플 텐데……."

라스타의 눈이 공포로 물들었다.

⸻⟨❀⟩⸻

한 나라에 강대한 영향력을 끼치던 전 왕비가 죽은 후에도, 세상은 평온하게 돌아갔다. 날씨는 점점 더워졌고, 사방이 수레국화 향으로 가득해졌다. 귀족들의 옷차림도 점점 얇고 색상이 화려해져서, 지상에서 피어난 꽃들 같았다.

하인리는 며칠 동안 카프멘에게 계속 마력 흐름 느끼는 걸 돕는 방법에 대해 배웠다. 나는 근처에서 동화책을 읽거나 육아에 관련된 책을 읽었고, 이따금 피아노를 연주했다. 그러다가 하인리와 카프멘을 두고 몰래 방을 빠져나와, 화장실에 다녀오는 게 요즘 내 일과였다.

마스타스는 오빠에게 전해달라면서 몸에 좋다는 무슨 약을 구해 왔고, 어머니는 서대제국에 좀 더 오래 체류하는 문제를 두고 아버지와 진지하게 의논을 시작하셨다. 라스타가 어머니와 아버지에게 암살자를 보내려 했지만, 하인리 덕에 중간에 가로막혔단 이야기도 전했다. 암살자 따위한테 당할 가문이 아니라고 단호하게 비웃으시긴 했지만.

어쨌든 이따금 크리스타 생각이 나서 싱숭생숭한 걸 제외하면,

대체로 평화로운 나날이었다.

하인리가 파티 이야기를 꺼낸 건 수도 시찰을 다녀온 그날 저녁이었다.

"우리도 임신 축하 파티를 열까 하는데. 어떻습니까, 퀸?"

나는 안락의자에 앉아 눈을 뜨고 졸다가, 뜻밖의 이야기에 놀라서 그를 쳐다보았다.

파티라고?

자연스럽게 소비에슈가 라스타에게 열어준 파티가 떠오른다. 당시의 비참한 감정도. 반사적으로 반대하고 말았다.

"얼마 안 있어 그대의 생일 연회가 있을 텐데. 지금 파티를 열면 참가하는 사람들에게 부담이 될 겁니다, 하인리."

가져다 붙인 변명거리였지만 그럴듯했다. 실제로 나는 동대제국에 있을 때, 내 생일과 신년제 기간이 비슷해서 생일을 챙기지 않았다. 하지만 하인리는 물러나는 대신, 내 어깨를 감싸 안으며 거듭 말했다.

"그러면 아주 성대하게 하는 대신, 간단하게요."

"……."

"룁트와의 무역이 잘되어가고 있는 것도 축하할 겸."

이 정도로까지 말하는 걸 보니, 하인리가 파티를 꼭 하고 싶은가 보다. 마지못해 고개를 끄덕였다. 하고 싶으면 해야지.

"알았어요."

그렇게 좋은가? 하인리는 신이 나서 입이 활짝 벌어지더니, 은근한 목소리로 다시 졸랐다.

"퀸. 초대장은 내가 쓰겠습니다."

"그건 내 역할……."

"퀸은 책상에 오래 앉아 있으면 안 되잖아요. 지금이 제일 위험한 시기라던데."

이때 유산되기 가장 쉽단 말은 들었다. 그렇지 않아도 시녀들 역시 내가 행동을 약간만 크게 해도 다들 긴장해서 쳐다보니까. 그렇다고 해서 책상에 앉아 편지를 쓰지 못할 수준은 아니었다.

"그럼 나눠서 써요."

결국, 타협점을 제시해봤지만, 하인리는 이것도 싫다고 바로 거절했다.

"아니요, 제가 쓰겠습니다."

"?"

"퀸은 그냥 편안하게 쉬세요. 음악 듣고, 공연도 보고."

대신해주면 나야 편하긴 하지만. 도대체 뭘 기대하기에 저렇게 입을 못 닫고 좋아하는 거야? 저런 표정일 땐 분명 꿍꿍이가 있는데…….

"이 개자식……."

소비에슈는 거친 욕을 뱉으며, 서대제국 황제가 친히 보낸 초대장을 꽉꽉 구겨 집어 던졌다. 초대장은 벽에 부딪쳐 튕겨 나와 볼품없이 바닥을 굴렀다. 소비에슈는 조용히 씩씩거리다가 눈을 감고 호흡을 골랐다. 화가 거세게 치밀어 올라서, 눈앞이 다 어질어질했다.

자기 아내가 임신했으니 꼭 와서 축하해주었으면 좋겠다고? 과거의 인연이 있으니 이 정도 걸음은 해줄 수 있을 거라 믿는다고? 먼저 임신과 출산을 경험한 선배 아버지로서 조언해줄 게 없냐고?

"미친 자식."

꼭 자기와 소비에슈가 오래도록 두터운 정을 나눈 친구인 것처럼 초대장을 써서 보냈다. 약 올리는 거였다. 소비에슈는 이를 갈다가, 바닥을 구르는 초대장을 한 번 더 걷어찼다.

게다가 꼭 왔으면 좋겠단 말도 어이가 없다. 아주 가식적이고. 그 자리에 소비에슈가 참석했다가 무슨 일이 벌어질지, 모두가 알고 있지 않던가. 결혼식이야 국가 대 국가의 일로 참석할 수도 있다지만. 임신 축하 연회에 일국의 황제가 참석하는 경우는 오히려 적었다.

그런데 참석하라고? 이혼한 지 1년도 못 되어서?

소비에슈 자신이 이 연회에 참석하는 걸 보고 '동대제국과 서대제국이 사이가 좋구나!'라고 여길 사람이 있을까? 아니. 다들 키득거리면서 손가락질할 터였다. 소비에슈 황제는 전 부인에게 아직 미련이 뚝뚝 남았나 봐, 하면서. 사실이라서 더욱 화가 났다.

그때였다.

"폐하."

카를 후작이 문밖에서 그를 불렀다.

"무슨 일이냐."

침실로 들어온 카를 후작은 문을 꼭 닫고서 목소리를 낮춰 보고했다.

"라스타 님이 에르기 공작을 끌어안고 울었다 합니다."

소비에슈의 한쪽 눈썹이 삐딱하게 올라갔다.

"지금?"

"아니요. 지금은 아닐 겁니다. 소문이 돌고 돌아 제게까지 들려온 거니까요. 아마 어제쯤일 겁니다."

어제는 소비에슈가 라스타의 첫째 아기를 불러 얼굴을 확인한 날이었다. 소비에슈는 황당해서 헛웃음을 터트렸다.

"소문이 돌고 돌 정도면 궁전 안 사람들은 죄다 그 이야기를 하고 있단 말이로군."

카를 후작이 난처한 표정을 지었다. 사실인 모양이다.

"그 애는 자기가 황후 껍데기를 쓰고 있단 자각이 아예 없는 건가?"

소비에슈는 어이가 없어서 중얼거렸다. 안 그래도 에르기 공작과 한 번 불미스러운 소문이 돌았는데. 또 에르기 공작을 만나러 간다고?

게다가 다른 귀족들은 아직 모르는 일이지만, 소비에슈는 나비에가 불임이 아니란 걸 알게 된 후 자신이 불임이 아닐까 염려하기 시작한 터였다. 간신히 얻은 공주는 동복 오빠와 얼굴이 똑같고, 소비에슈 자신을 닮은 구석은 손가락과 발가락 개수뿐이다. 이래저래 심란한데 라스타가 에르기 공작을 끌어안고 있었다 하니 몹시 불쾌했다.

"알렌이 날 만난 이후 바로 라스타를 만나러 갔다 했지."

"예, 폐하."

"……."

"폐하? 왜 그러십니까?"

라스타 첫째 아이의 친부가 알렌이라면…… 혹시 라스타는 첫째 아이의 아버지를 보자 옛날의 감정이 되살아나서 울음을 터트린 건가? 그 감정을, 지금의 연인인 에르기 공작에게 털어놓으면서 위로라도 받고자 한 건가? 혹시 에르기 공작이 친부일 가능성은 없나?

'아니. 시기적으로 말도 안 된다. 로테슈 자작의 장자도 마찬가지. 시기적으로 그자가 공주의 친부일 수는 없어.'

라스타의 이야기에 불쑥 치솟는 불안감을, 소비에슈는 억지로 털어냈다. 하지만 불신은 자꾸만 꼬리에 꼬리를 물고서 머리를 들이밀었다.

'또 다른 제삼자가 있을 가능성은 없는 건가?'

라스타가 귀족 남자들만을 불러놓고 티파티를 열었던 일이 뒤늦게 거슬렸다.

"정말 하나하나 다 마음에 들지 않는군."

"괜찮으십니까, 폐하?"

"1년이 이렇게 길 거라곤 생각지도 못했다."

"제가 가서 라스타 님께 행동을 조심해달라 말씀드려볼까요?"

"그 금붕어가 말한다고 듣기는 하겠느냐."

"라스타 님을 가르친 선생의 말로는, 배움이 짧으실 뿐 타고난 머리가 나쁘진 않다 들었습니다."

"그래서 더 문제란 거다. 머리가 나빠서 그러면 몰라서 그런다 여겨지지. 머리가 나쁘지 않단 걸 분명 아는데 이러니 더 화가 나는 거다."

따끔하게 말한 소비에슈는 카를 후작에게 나가보라 지시한 후, 아까 자신이 구겨서 걷어찬 편지지를 다시 주웠다. 그는 슬쩍 편지를 다시 꺼내 읽고는 인상을 한 번 더 쓰면서 편지지를 집어 던졌다.

몹시 불쾌했다. 하지만⋯⋯.

'선물은 보내야 할 것 같은데.'

선물을 보내면 나비에가 부담스러워할지도 모르지만, 보내지 않으면 섭섭해할 수도 있지 않나?

게다가 이웃 나라 황실의 첫 자손이 태어날 때 선물하는 건 자연스러운 일이었다. 사이가 아주 나쁘거나 나빠질 생각이 아닌 이상에야⋯⋯.

그래. 그렇다면 선물을 보내자. 그편이 자연스럽다. 하지만 보낸다면 어떤 선물을 보내야 하지?

나비에의 아이에게 어떤 선물을 보내야 하나. 신중하게 생각하던 소비에슈의 눈길이, 고쳐 그린 초상화에 닿았다. 그의 표정이 일그러졌다. 자신과 나비에 사이에서 태어날 아이. 어릴 때부터 수십 번 수백 번 그려본 그 아이의 모습이 대번에 그려졌기 때문이다.

나비에의 아이. 어쩌면⋯⋯ 내 아이가 되었을지도 몰랐던 아이.

폐를 잡고 꽉 쥔 것처럼 갑갑해져 온다. 소비에슈는 억지로 고개를 저었다. 황자이든 황녀이든, 언젠가 한 번은 그 아이를 보게 되겠지. 그때를 생각하는 것만으로도 벌써 숨이 가빠왔다.

소비에슈는 초상화에 이마를 기대고 입술을 악물었다. 차라리 아이가 하인리 황제만 닮았기를. 절대로 나비에를 닮지 않았기를.

드디어 하인리가 카프멘 대공에게 마력 유도법을 다 배웠다. 요 며칠 내내 무료하게 보냈기 때문에, 나는 빨리 새로운 걸 익히고 싶어 안달이 난 상태였다. 초조한 기분을 내색하진 않았지만, 하인 리가 빨리 내게 마력 조정하는 법을 알려주었으면 싶었다. 마법을 사용할 수 있게 되면 부모님에게 보여주고 싶어서, 미리 '꼭 보여 주고 싶은 게 있어요'라고 말씀도 해두었다.

그러나 하인리는 얼른 마력 다루는 걸 도와달란 내 말에, 고개를 저었다.

"지금은 안 됩니다, 퀸."

"어째서요?"

"제가 이제 막 배웠지 않습니까. 위험합니다."

"시간이 지나면 잊어버려서 더 위험하지 않을까요?"

"제가 이걸 잘할 수 있는지 아닌지, 우선 시험을 해봐야 합니다."

시험은 무슨 시험. 이걸 어떻게 시험해본다고.

인상을 구기고서 '이렇게 나올 거냐?'는 눈으로 하인리를 쳐다 보았다. 그러나 하인리는 내 안전 문제에 있어서는 칼이었다.

"그렇게 귀엽게 노려보셔도 소용없어요."

한숨이 나온다. 하지만 하인리는 은근히 고집이 있어서, 이런 문제에서는 절대로 타협하지 않았다.

"뭘 어떻게 시험해볼 생각인데요?"

결국, 약간의 신경질을 담아 묻자, 하인리는 의미심장하게 웃으
며 대답했다.

"마침 시험해볼 상대가 있거든요."

"시험 상대요?"

"네. 그러니 퀸, 안심하고 기다려요. 얼른 시험해보고 바로 퀸을
도와줄게요."

"그래요⋯⋯."

"섭섭해요, 퀸?"

"별로."

"섭섭한 것 같은데⋯⋯."

"아뇨."

"퀸⋯⋯."

"왜요."

잠시 나를 물끄러미 바라보던 하인리가 시무룩한 얼굴로 고개를
저었다.

"아닙니다. 퀸이 아니라면 아닌 거겠죠. 자꾸 두 마디로 대답하
는 게 좀 신경 쓰이지만, 아니라 하니 아니라 믿겠습니다."

"폐하? 누구한테 맞으셨습니까?"

맥켄나의 즐거운 목소리에 하인리가 내리깔고 있던 시선을 들었다. 맥켄나는 그 음침한 시선에, 깜짝 놀라 뒤로 물러났다.

"진짜로 뭔 일 있으셨습니까? 눈 밑이 시커멓게 변하셨는데요?"

"없다. 그보다 케트런 후작은? 아직도 안 왔어?"

"슬슬 도착할 시간이……."

되었다고 대답하려던 찰나. 밖에서 시종이 케트런 후작이 도착했다 알려왔다. 맥켄나는 얼른 자신의 자리로 가서 의젓하게 허리를 폈다.

"들어오라 해라."

하인리는 딱딱한 목소리로 말하고는, 탁자에 팔을 괸 채 케트런 후작이 문을 열고 들어오는 모습을 지켜보았다.

들어오는 후작의 발걸음에는 힘이 없었다. 거만하던 입가도 축 아래로 내려갔고, 오만한 눈매 역시 흐늘흐늘했다. 평소의 그는 해마 같았지만, 오늘만큼은 반 건조된 미역처럼 보였다. 창백하고 어두운 낯빛은, 그가 요즘 가족 문제로 골치 아프단 소문이 사실임을 짐작케 했다. 어쩌면 사촌인 크리스타가 죽은 일로 저러는지도 모르겠다고, 맥켄나는 속으로 생각했다.

그러나 힘없는 케트런 후작을 보면서도 하인리의 표정엔 변화가 없었다. 기쁜 얼굴도 아니었고 가엾어하는 얼굴도 아니었다. 하인리는 팔을 괸 자세 그대로 있다가, 케트런 후작이 책상에서 다섯 걸음 떨어진 곳까지 다가오자 무덤덤한 목소리로 물었다.

"즈멘시아 노공작의 약점이 뭐지?"

케트런 후작은 깜짝 놀라 눈을 휘둥그렇게 뜨고 하인리를 쳐다보았다.

크리스타가 자살했단 소식이 전해진 후. 놀란 마음이 가시기도 전에 즈멘시아 노공작이 그를 찾아와서, 이 일에 하인리가 관여되어 있는 게 분명하다며, 그는 크리스타와 관련 있는 이들을 모두 쳐낼 생각이니 단단히 각오해야 한다 당부했다.

그로부터 두어 시간 후에는 궁전에 들어오란 황명이 내려왔다. 지금 케트런 후작의 머릿속은 뒤죽박죽이었다. 사촌의 자살과 삼촌의 당부, 연이은 황제와의 독대, 아내와의 불화, 아이들의 차가운 눈길까지. 모든 게 엉망이다. 두렵기도 하지만 혼란스러운 감정이 가장 컸다. 그런데 갑자기 즈멘시아 노공작의 약점을 묻다니?

"그건 갑자기 왜 물으시는지……."

"알아들었잖아, 후작."

"!"

"지금 난 그대에게, 갈아탈 기회를 주는 거다."

케트런 후작의 눈동자가 거세게 흔들렸다.

"그 말씀은……."

"삼촌을 팔아."

케트런 후작의 눈동자가 더욱 빠르게 흔들렸다.

"폐하, 무슨 말씀을 그렇게 하십니까."

"안 될 게 있나? 즈멘시아 노공작은 딸을 팔아서 자기 죄를 덮었는데."

이건 또 무슨 말이지? 케트런 후작의 낯빛이 더욱 창백해졌다. 궁지에 몰린 상황이 그의 머리를 제대로 돌아가지 못하게 만들었다. 하인리는 그가 차분하게 생각할 틈을 주지 않고, 계속해서 그의 목줄을 쥐어짰다.

"즈멘시아 노공작만큼 극단적인 상황도 아니잖아? 삼촌의 약점을 내게 바치면, 그대가 내게 한 짓들을 덮어주겠단 것뿐인데."

"하지만……."

"뭘 고심하는지 모르겠군. 쉽잖아. 이렇게 생각해봐. 딸을 팔아서 자신을 살린 노공작이, 조카인 그대를 팔진 못할 것 같나?"

한참을 고민한 끝에 케트런 후작은 어물어물 입을 열었다.

"그분은 즈멘시아 공작의 두 아이에게 몹시 약합니다."

하인리의 입꼬리가 비틀려 올라갔다.

"하긴. 딸이 죽는데도 챙길 정도면 끔찍하게 아끼겠지."

케트런 후작은 속이 울렁거렸다. 진짜인가? 진짜로 하는 말인가? 아니면 그와 노공작 사이를 갈라놓으려 하는 말인가.

정말로 노공작이 크리스타를 버린 건가? 노공작이 자신을 위해 크리스타를 버리는 건 상상하기 어렵지만, 아들과 그 자식들을 위해 크리스타를 버리는 건 쉽게 상상이 갔다. 그는 평소에도 자신의 손주 둘을 몹시 어여삐 여겼다. 실제 크리스타를 컴프셔로 보낸 그 회의 때에도, 노공작은 입도 뻥긋하지 않았고.

하지만 그래서 이상했다. 그렇게 해서까지 크리스타를 컴프셔로 보낸지라, 내내 조용히 지내더니. 도대체 무슨 일이 있었기에 노공작이 크리스타를 또 버렸다는 건가.

하인리는 얼빠진 표정의 케트런 후작을 지그시 바라보다가 다시 입을 열었다.

"약점을 알려주어서 고맙군. 하지만 이 정도만으로 그대의 죄를 씻는 건 너무 간단해. 그렇지 않나?"

또 뭐가 있다고?

멍하니 눈만 깜빡거리던 케트런 후작이 놀라 하인리를 쳐다보았다. 이건 맥켄나 역시도 몰랐던 일인지라, 놀라 하인리를 쳐다보았다.

"또 뭘 원하시는 건지……."

"그대의 몸."

맥켄나가 들고 있던 서류를 풀썩 떨어트렸다. 케트런 후작이 뒤로 주춤 물러났다.

"예?"

저녁이 되어서 생각해보니, 낮에는 내가 필요 이상으로 그를 냉담하게 대한 것 같았다. 요즘 들어서 화장실 가는 횟수와 함께 늘어난 게 이런 점이었다. 순간 울컥울컥 화가 나는 횟수.

그래도 이전에는 내색하지 않을 수 있었는데. 오늘은 결국 불쾌한 티를 내고야 만 것이다. 이 생각을 하자 이번에는 급격히 미안한 마음이 들면서, 하인리 같은 귀여운 독수리를 냉정하게 대한 게 참으로 잔인하고 모진 일로 여겨졌다.

"주베르 백작 부인."

"네, 황후 폐하."

"주베르 백작과 말다툼을 해본 적이 있나요?"

"어휴, 얼굴만 보면 하죠. 꼴도 보기 싫어요. 마찬가지겠지만."

"싸울 땐 보통 어떻게 싸우나요?"

"우리는 인신공격을 하죠."

"아……."

인신공격.

"황제 폐하와 싸우셨나요?"

"싸운 건 아니에요. 폐하는 화를 내지 않으셨으니까. 내가 일방적으로 섭섭해서 차갑게 대한 것뿐이에요."

주베르 백작 부인은 웃음을 터트리며 가져온 차를 내밀었다.

"임신하면 감정 기복이 심해지기도 하니까요. 폐하께서도 이해해주실 거예요."

그럴까? 하인리도 그렇게 생각하고 상처받지 않는다면 좋겠는데. 그래도 이따 식사하러 오면 곧장 사과하자. 나름대로 날 배려하기 위해 시간을 끄는 건데, 차갑게 대하지 말았어야 했어.

후회하고 있자니 마스타스가 손을 들며 끼어들었다.

"저, 황후 폐하?"

"말해요, 마스타스 양."

"황후 폐하께서는 기본이 차가운 표정이시니까, 그 부분은 별로 신경 쓰지 않으셔도 될 것 같습니다."

뭐라고? 그게 무슨 소리냐고 되물으려는데, 체스판을 들고 오던 로즈가 마스타스의 등짝을 찰싹 두드렸다.

"아 선배! 제 등짝이 뭐 북입니까? 왜 맨날 칩니까?"

마스타스가 항의하자, 로즈는 도끼눈을 뜨고서 이런저런 수신호를 보냈다. 내가 해석하기엔 '굳이 그런 걸 알려드릴 필요는 없다' 뭐 이런 뜻 같은데.

'······난 항상 차가워 보이는구나.'

어색하게 웃으면서 주베르 백작 부인이 준 차나 마셨다. 곧 하인리가 오니까. 너무 걱정하지 말자. 얼굴을 보고 잘 말하면 돼.

그러나 10분 후 나타난 건 하인리가 아니라 심각한 표정의 맥켄나였다. 그가 따로 날 찾아올 일이 있나? 맥켄나가 날 개인적으로 찾는 일은 드물기에 의외였다.

"황후 폐하. 괜찮으시다면 시녀들을 잠시 물려주시겠습니까?"

그런데 심지어 맥켄나는 시녀들을 내보내달라 청했다.

'정말로 무슨 일이 있나?'

시녀들이 자리를 비켜주자, 맥켄나는 얼른 내 곁으로 다가와, 입가에 손을 올리고 말했다.

"황후 폐하. 황후 폐하. 이제부터 제가 드리는 말씀은 무조건 비밀입니다. 약속해주실 수 있으시지요?"

뜬금없이 찾아와서 시녀들을 내보낸 것도 이상한데. 심각한 얼굴로 갑자기 비밀 이야기? 무슨 소린가 싶어 쳐다보자, 맥켄나가 목소리를 낮추더니 속삭이듯 털어놓았다.

"하인리 폐하께서 케트린 후작에게 이상한 요구를 하셨습니다."

"이상한 요구라니요?"

"몸을 내놓으라 하셨지 뭡니까!"

맥켄나는 고개를 마구 저으며 다시 말을 이었다.

"저게 무슨 뜻이신가, 처음엔 저도 이해가 잘 안 갔는데요. 하인리 폐하께서 그 후에 저더러 나가 있으라 하셨습니다. 집중하기 어렵다고."

맥켄나는 나를 묘한 눈으로 쳐다보며 물었다.

"이게 무슨 뜻인지 아시겠지요?"

케트런 후작에게 몸을 내놓으라 했고. 집중이 안 되고. 이전에는 내게 마력 조절을 시험할 상대가 필요하다 했고……?

아아. 알 것 같다. 케트런 후작이 마법사라 했지. 그의 몸을 이용해 카프멘 대공에게 배운 걸 실습해볼 생각이구나.

나는 고개를 끄덕였다. 맥켄나는 자기 가슴을 주먹으로 퍽퍽 두드리면서 어이구 어이구 소리를 냈다.

"제가 다른 건 몰라도 이 분야에서는 황후 폐하 편입니다. 아시죠?"

"그런가요?"

"당연하죠!"

"고마워요."

왜 이렇게 과장되게 행동하는 건진 잘 이해가 안 가지만, 그래도 편이라고 해주니 고마웠다. 생각해보면 파랑새일 때부터 맥켄나는 날 위해 여러 가지 도움을 주었지. 하인리를 돕다 보니 날 도운 거겠지만, 어쨌든.

"알려줘서 고마워요. 이제 난 기쁜 마음으로 하인리를 기다리면 되겠군요."

"예?"

그런데 내 감사 인사에, 맥켄나는 오히려 펄쩍 뛰며 뒤로 물러났다.

"기쁜 마음이라니요?"

말도 안 된단 태도였다. 그러고 보니 올 때도 심각한 표정이었지. 혹시 맥켄나는 하인리가 멀쩡한 사람을 마력 시험 상대로 삼는 게 싫은 걸까?

생각해보니 케트런 후작이 상대여서 별생각이 들지 않을 뿐. 아주 무서운 일이긴 했다. 날 위해서 다른 사람을 실험 상대로 삼는다는 거니까.

"미안해요, 맥켄나. 하지만 너무 놀라지 말아요. 폐하께서는 날 위해 그러신 거니까요."

"황, 후 폐하를 위해 하신 일이라고요?"

"아. 몰랐나요?"

"보통은 모르지요!"

"그렇군요. 사실 나도 정확히는 몰라요. 하지만 폐하께서는 날 위해 케트런 후작의 몸을 빌리는 게 맞을 겁니다."

맥켄나의 낯빛이 창백해졌다. 그러고는 나를 지그시 바라보다가 떨리는 목소리로 중얼거렸다.

"전에 카프멘 대공 때에도 그렇고…… 황후 폐하, 전 황후 폐하에 대해 도무지 짐작이 가지 않습니다."

"별거 없어요. 난 새로운 걸 배우고 싶을 뿐이에요, 맥켄나."

맥켄나? 왜 갑자기 벌떡 일어나서 뒤로 물러나는 거지?

"괜찮아요?"

어리둥절해서 쳐다보다가 덩달아 따라 일어나자, 맥켄나가 서둘러 문가로 가더니 내게 물었다.

"황후 폐하. 혹시 저도 황후 폐하의 '새로운 지식'에 넣고 싶으십니까?"

무슨 소리야?

"맥켄나에 대해서도 많이 알면 좋겠죠. 그대는……."

나와 이래저래 연이 깊지 않냐고 말을 하려는데, 맥켄나가 황급히 꾸벅 허리 숙여 인사하고는 화장실이 급하다면서 달아나버렸다. 멍하니 흔들거리는 문을 보고 있으려니, 자리를 비켜주었던 로라가 들어오며 물었다.

"왜 저래요? 얼굴이 사색이 되었던데."

나는 고개를 저었다.

"모르겠어요."

전에 잼 이야기도 그렇고. 저 파랑새는 대체 무슨 생각을 하고 다니는 거야?

"아, 맞다. 폐하. 오늘 시내에 갔다가 레이디 니안을 만났는데요! 랑드레 자작과 싸우고 있었어요!"

"정말인가요?"

"그럼요! 왜 싸우지? 난 두 사람은 절대 안 싸울 줄 알았는데. 의외였어요."

그러고 보니 전에 랑드레 자작이, 리버티 후작이 니안에게 구애하고 있다며 불안해하지 않았던가? 설마 그 일과 관련이 있진……
않겠지.

"황후 폐하? 짐작 가는 바가 있으세요?"

"아니요."

"방금 표정이 '설마?' 막 이런 표정이셨는데요?"

"아니에요."

눈을 빛내는 로라를 피해 방 안을 돌아다니고 있자니, 다행히 하인리가 나타났다.

"퀸? 술래잡기해요?"

마침 하인리에게 사과할 것도 있는지라, 나는 얼른 하인리를 데리고 침실로 들어와 문을 닫았다. 하인리는 어리둥절해하면서도 얼른 따라왔다. 하지만 낮의 일이 생각나서인지 연신 내 눈치를 살폈다.

"낮엔 미안해요."

그러다가 나와 하인리가 거의 동시에 사과하는 말을 꺼냈다.

"그대가 뭐가 미안해요. 괜히 신경질을 내서 내가 미안해요."

"퀸, 그대를 위해서 한 행동이란 게, 그대가 불쾌하더라도 참아야 할 이유는 아니잖아요."

"하지만 이번 일은 분명 내 잘못이에요, 하인리."

"아닙니다. 내가 좀 더 잘 말했어야 했어요. 게다가 퀸은 화가 나도 차분하게 말했는걸요. 신경질을 내지 않았습니다."

내내 걱정했던 게 무색할 만큼, 우리는 금방 감정을 털어냈다. 하인리 덕분이었다. 하인리에게 이 말을 하면, 그는 내 덕이라 하겠지만.

"아, 퀸. 어쨌든 퀸이 마력 흐름을 느끼도록 돕는 거요. 이젠 잘

할 수 있을 것 같습니다."

"그래요?"

"그럼요. 확실합니다. 여러 번 확인, 열심히 배웠으니까요."

케트런 후작에게 실험해봤단 이야기는 나한테 하지 않을 생각인가? 알고 있다고 먼저 말을 해야 할지 말아야 할지. 알고 있다고 말을 하면 하인리가 맥켄나를 잡는 건 아닐지.

머뭇거리는 사이, 그는 내 팔을 가져가 손목 위쪽에 쪽 입을 맞추며 말했다.

"이 부분부터 시작하겠습니다."

"입 맞추는 것도 절차인가요?"

"절차입니다."

"꼭 해야 해요?"

"하는 게 도움이 된답니다."

"누가 그래요?"

"내가요."

능구렁이 같기는. 웃음을 터트리자, 그가 다시 한번 손목에 입을 맞추며 물었다.

"싫습니까?"

좋지.

"도움이 된다니까. 어쩔 수 없군요. 해도 괜찮아요."

라스타는 나무둥치에 기댄 채, 한 시간 전쯤 카를 후작과 주고받은 대화를 떠올렸다.

"행동에 좀 더 조심해주셨으면 합니다, 황후 폐하."

"라스타가 뭘 어쨌다고 그래요? 라스타는 요즘 아무것도 못 해요. 우스갯거리가 되어버려서."

"에르기 공작을 만나러 가지 않으셨습니까."

"네. 만났어요. 에르기 공작은 소문에 휩쓸리지 않고 라스타를 챙겨주는 단 한 사람이거든요. 라스타는 친구와 만나지도 못하나요?"

"황후 폐하. 오늘 아침 신문, 평민들이 보는 신문에까지 황후 폐하와 에르기 공작이 잦은 밀회를 가진단 이야기가 실렸습니다."

"라스타도 그 이야긴 봤어요. 하지만 카를 후작, 그 기사를 쓴 조 앤슨이란 자는 항상 라스타에 대해 나쁘게 말하는 사람이에요!"

"사람들은 그런 걸 생각하지 않습니다."

"폐하께선 라스타를 위로해주지 않아요. 그런데 라스타가 다른 사람한테 가서 위로를 받는 것도 안 된다고요?"

"그런 자리입니다."

"거짓말. 황후도 정부를 둘 수 있잖아요. 그런 나라에서 라스타는 친구를 만나는 것조차 눈치를 봐야 한다니. 말이 안 돼요."

"황후 폐하께서는 여타 다른 황후님들과 상황이 다르지 않습니까. 황후 폐하께서는 신뢰가 두텁던 나비에 님의 자리에 앉았습니다. 그 결혼이 성립된 데에는, 황후 폐하와 황제 폐하 사이의 동화

같은 사랑 이야기 덕이 컸고요.”

라스타는 주먹을 쥐고 나무에 뒤통수를 쿵 쿵 살짝살짝 박았다. 도대체 뭘 어쩌란 말인가. 소비에슈가 먼저 다른 정부를 들였고, 소비에슈가 먼저 아기를 빼앗아 갔고, 소비에슈가 먼저 그녀를 차갑게 대하는데!

그녀는 잘못한 게 하나도 없었다. 그가 정부를 들이지 않았더라면, 아기를 빼앗어가지 않았더라면, 차갑게 대하지 않았더라면, 사람들이 수군댈 일도 없었다. 에르기 공작과 친하게 지낸 건 이전이나 지금이나 마찬가지인데. 소비에슈의 총애를 잃자마자 소문이 안 좋게 나는 것부터 이상하지 않나? 그러니 이건 전부 다 소비에슈 황제의 탓이었다.

‘조앤슨. 그 기자. 어떻게든 처리하지 않으면······.’

게다가 조앤슨이란 기자. 그녀에 대해 안 좋게 쓴 그 기자도 문제였다. 카를 후작이 말한 신문? 라스타 역시 싫었다. 그 기자는 라스타와 에르기 공작 사이에 떠도는 밀회를 이야기하며, ‘설마 그럴 리가 없다’고 착한 척 써놓고는, 다음 코너에서 공주에 관한 이야기를 적었다.

겉으로 보기엔 공주에 대한 칭찬이 가득했지만, 문제는 기사의 첫 문장이었다.

조산으로 태어났지만 건강하신 공주님.

황후의 밀회 기사를 읽은 다음 공주가 조산으로 태어났던 기사를 보면, 사람들은 의심을 하게 된다. 누가 봐도 조앤슨 기자의 속내는 시커멨다.

'괴로워.'

제정신을 차리려 하면 할수록 상황은 막막하고 가슴은 답답하다. 라스타는 툭툭 자신의 가슴께를 주먹으로 두드렸다. 양부와 친부, 로테슈 자작은 수시로 돈을 뜯어 가고, 공주는 얼굴조차 보기 힘들고, 최측근이던 베르디 자작 부인은 그녀를 배신했고, 알렌 그 미친놈은 자기 아들을 준황자로 만들어달라 조른다.

이것만으로도 괴로운데. 심지어 여기서 끝이 아니었다. 조앤슨이란 기자는 동생을 내놓으라면서 악의적인 기사들을 뿌리고, 소비에슈는 다른 여자에게 빠져 싸늘해졌고, 남편을 뺏어간 못된 여자가 양부의 친자식일 확률이 높다.

사방에서 그녀를 향해 손을 뻗고 목을 죄어오고 있었다. 사방에서.

그때였다. 한 무리의 귀족들이 줄지어 산책하며 떠들어대는 소리가 났다. 라스타는 황급히 몸을 감추었다. 자신이 몸을 숨길 이유가 없단 반발심이 들었지만, 안 좋은 소리만 내내 듣다 보니 반사적으로 튀어나온 행동이었다. 그런데 산책하는 이들은 의외로 라스타에게 호의적인 대화를 나누고 있었다.

"……그래서 한소리를 했더니, 세상에. 에벨리 그 여자가 눈을 동그랗게 뜨면서 악담을 퍼부었답니다. 뭐라더라? '그쪽이 잃어버린 딸도 고아로 컸을 텐데, 그쪽 같은 사람들을 만나 고생하고 컸을 게 뻔하다'던가?"

"세상에. 아주 몹쓸 말을 하는군요. 아이를 잃어버린 부모 앞에서 그따위 말이라니."

"그래서 내 딸은 남의 남편과 놀아나는 사람이 아니라 말했더니 얼마나 펄펄 뛰던지."

"그냥 볼 땐 싹싹한데, 확실히. 그 에벨리란 여자는 말하는 게 너무 건방지지요."

"예의도 없고. 예절도 없고. 예법도 모르고."

"평민이 마법사가 되면 이래서 안 된다니까요? 기고만장해지거든."

"그렇지도 않아요. 우리 라스타를 봐요, 여러분. 그 애는 자기가 평민인 줄 알 때도 얼마나 순수하고 착했는데요."

"하긴. 그건 그래요. 그때 황후 폐하는 정말 해맑은 들꽃처럼 보이셨지요."

라스타는 슬프게 웃었다.

'이스쿠아 자작 부부가 사람들이 나에 대해 좋게 말하도록 유도해주는구나.'

돈을 뜯어 가긴 해도, 그나마 돈값을 하는 건 저 부부뿐이다. 라스타가 얼마나 순수하고 맑았는지 일장 연설을 끝낸 부부는, 이제는 소비에슈가 라스타를 좀 더 잘 보살펴야 한다 주장하고 있었다.

라스타는 수풀 사이에 숨은 채 그 이야기를 기분 좋게 들었다. 오래간만에 들은 칭찬에 잠이 솔솔 찾아왔다. 그러나 이어서 튀어나온 이름에 대번에 잠이 달아났다.

"여러분은 이번에 나비에 님의 임신 축하 연회에 가실 건가요?"

라스타는 꾸벅꾸벅 졸다가 눈을 휘둥그렇게 떴다. 임신? 누구 임신?

"글쎄요. 좀 눈치가 보이긴 하지만 짧은 여행도 할 겸 다녀올 생각이에요. 나비에 님과는 친분이 있으니까요."

"폐하께서 나비에 님과 이혼한 이유가 혹시 나비에 님의 불임때문은 아닌가, 이런 소문이 돌더니. 역시 헛소문이었군요."

"헛소문이야 항상 많지요. 하인리 황제도 그렇게 바람둥이로 유명하더니. 나비에 님께 그리 잘한다지요?"

라스타는 마른침을 삼켰다. 심장이 아까와 다른 의미로 급하게 뛰어댔다. 불쾌한 감정에 온몸이 간지러워졌다. 나비에? 그 여자는 불임이 아니었나?

소비에슈가 나비에의 불임을 의심한단 걸 알게 된 후. 라스타는 그 말을 찰떡같이 믿었다. 그녀는 나비에가 진짜 불임이라 확신했다. 그런데 임신을 했다고? 게다가 하인리 황제와 사이가 좋아? 이건…… 이건 말도 안 된다. 말도 안 되는 이야기다.

나는 누구 때문에 이런 고생을 하고 있는데. 자기는 안 좋은 건 모조리 팽개치고 훨훨 날아가듯 떠나서, 단란한 가정을 이루며 살고 있다고?

꽉 쥔 주먹 안쪽에서, 손톱이 살을 파고들었다. 억울해서 코끝이 매워졌다. 이쪽은 아기 얼굴조차 못 보는데. 그쪽은 임신을 했어? 게다가 애초에 하인리 왕자가 좋아했던 건 그 여자도 아니었지 않나.

21

그는 아직 날 사랑해

하인리가 이쪽에 관심을 보일 때 만났어야 했나 보다. 라스타는 사람들이 지나가길 기다렸다가, 모두가 사라지자 그제야 나무 뒤에서 나와 에르기 공작의 방으로 걸어갔다. 발밑에서 풀 밟는 소리가 들릴 때마다 분노가 거스러미처럼 일어났다.

"표정이 안 좋습니다?"

방 안에 들어서자, 에르기 공작은 그 까슬까슬하게 솟아난 분노를 대번에 눈치채고서 물어왔다.

"안 좋은 이야기를 들어서요."

라스타는 주위에 아무도 없단 걸 확인한 뒤 방문을 닫으며 털어놓았다.

"안 좋은 이야기?"

"공작님이랑 사이 나쁜 사람이 행복해지면 어떤 기분일 것 같아요?"

"좋진 않겠죠. 좀 불쾌하겠고."

"라스타도 그래요. 라스타가 싫어하는 사람이 행복해지고 있대요. 그게 싫어요. 라스타한테 자기 불행을 떠넘기고 가서 행복해지다니."

"누구 얘길 하는 겁니까?"

"……그런 사람이 있어요."

라스타는 얼버무리다가, 에르기 공작의 뒤쪽에서 여행 가방을 발견했다. 잠깐 근처에 나갈 때 들고 가는 그런 크기의 가방이 아니라, 아주 커다란 가방이었다.

"근데 어디 가세요?"

"서대제국에 잠시 다녀오려 합니다."

"서대제국이요? 왜요?"

라스타는 겁먹은 얼굴로 에르기 공작 가까이 다가갔다. 두 손이 그의 옷자락을 슬그머니 거머쥐었다.

"라스타를 두고 어디 가려고요?"

"잠시 다녀오는 겁니다. 하인리 얼굴을 보려고요."

"그분은 왜……."

"첫 아이가 생겼다니 축하해줘야지요."

라스타의 표정이 더욱 어두워졌다. 지금 그 일 때문에 심란하고 기분이 나쁜 건데. 에르기 공작은 그걸 축하하러 가겠다니 창자가 뒤틀리는 듯했다.

"그래요. 하긴. 하인리 폐하는 공작님과 친한 사이니까요."

"황후 폐하께선 안 가십니까?"

"라스타가 거길 왜 가요?"

"정식으로 초대장이 왔을 건데. 가기 싫으십니까?"

라스타는 시무룩해서 중얼거렸다.

"가기 싫다기보다는. 요즘 라스타는 동대제국에서도 제대로 황후다운 대접을 못 받고 있잖아요. 자국에서도 이런데 남의 나라에서 라스타를 잘 대접해주겠어요?"

"남의 나라니까 잘 대접할 수밖에 없지요. 동대제국의 황후에게 예의를 갖춰 대접하는 건 국가 예의니까요."

에르기 공작의 말에 라스타는 솔깃해졌다. 사실 가고 싶은 마음과 가기 싫은 마음은 반반 정도였다. 가서 그 여자가 행복한 모습을 과시하는 모습은 보기 싫다. 하지만 하인리 황제는 한번 만나보고 싶었다. 당시엔 자신이 소비에슈 황제에게 푹 빠져 있어서 그를 모른 척했고, 그 바람에 결국 그 여자가 하인리와 맺어졌지만, 이젠 상황이 바뀌었으니 다른 결과가 나올 수도 있지 않을까?

마음이 변했든 변하지 않았든 한번 떠보고 싶었다. 아니, 하인리 황제를 떠나서, 자신을 구덩이에 밀어 넣고 떠난 여자가 혼자 잘나가는 건 보고 싶지 않다. 게다가 에르기 공작도 그곳에 간다 하고…….

"생각해보니 안 갈 이유가 더 적네요."

"같이 가는 겁니까?"

"그래야겠어요. 하지만 폐하께서 허락해주실지 모르겠어요."

라스타는 걱정스럽게 한숨을 내쉬었다.

그러나 예상외로 라스타가 서대제국에 다녀오고 싶다 청하자, 소비에슈는 바로 허락해주었다. 라스타 자신도 예상 못 할 만큼 흔쾌한 태도로.

"정말 다녀와도 괜찮은 건가요?"

"요즘 우울해 보이던데. 여행을 다녀올 겸 괜찮겠지."

"고맙습니다, 폐하!"

"이왕 간 김에 나비에를 보고 황후의 태도를 잘 배워 오도록 해라."

너무 순순한 태도는 미심쩍었지만, 자신이 먼저 청한 부탁이기에 라스타는 결국 서대제국 방문을 확정 짓고 여행 채비를 시작했다.

그리고 며칠 후. 라스타는 릴테앙 대공과 동행해 서대제국으로 떠났고, 에르기 공작은 다른 일행과 다른 길로 따로 출발했다. 그다음 날에는 파르앙 후작이 친구인 코샤르를 만나기 위해 길을 나섰고, 소비에슈는 하인리의 생일에 보내려 했던 에벨리를 지금 보냈다. 그 외에도 개인적으로 서대제국에 놀러 간 궁정인들이 많다 보니, 떠들썩하던 궁 안은 갑자기 조용해진 듯 보였다.

사람들의 이목이 서대제국에 쏠린 이때. 소비에슈는 자신의 측근 기사들을 풀어 라스타의 하녀들을 잡아들였다.

비슷한 시각. 즈멘시아 노공작은 손자와 손녀를 불러서, 고모인 크리스타에 대해 이야기한 후 당부했다.

"너희 고모는 가문을 위해서 자결했다. 너희의 앞길을 위해서. 그러니 너희는 공부도 열심히 하고 훌륭하게 성장해서, 우리 가문을 굳세게 지키고 고모의 복수도 해야 한다. 알았느냐?"

크리스타가 자발적으로 아이들을 위해 희생한 건 아니지만, 즈멘시아 노공작이 크리스타를 버린 이유는 이 아이들을 위해서였다. 이 애들을 위해 딸을 포기해야 했지만, 그는 아이들이 크리스타의 희생을 숭고하게 받아들이고 기억해주길 원했다. 아니면 그의 딸이 너무 가엾으니까.

그러나 아이 둘은 영 뚱한 표정이었다.

"왜 표정들이 그래?"

보다 못한 즈멘시아 노공작이 따끔하게 묻자, 손자가 뚱하게 말했다.

"친구들이 고모가 거짓말쟁이라고 놀려요."

"뭐야?"

"고모가 남자한테 미쳐서 황후 폐하를 욕보이려 하다 끌려간 거라던데요? 이게 뭐가 우릴 위해 희생한 거예요?"

"그 헛소리를 믿는단 말이냐?"

"솔직히 그렇잖아요. 고모가 자살하건 말건 우리랑 무슨 상관이에요. 고모는 아버지 동생이지 내 동생도 아닌데."

"이…… 이 몹쓸 망아지가!"

손자의 말에 화가 난 즈멘시아 노공작이 찰싹 아이의 뺨을 때렸다. 제 오빠가 우앵 울음을 터트리자, 옆에 멀뚱히 있던 손녀가 발끈해서 외쳤다.

"왜 때려요! 할아버지 깡패야? 오빠가 틀린 말한 거 아니잖아요! 고모가 우릴 위해 죽었다 해도 그건 고모 선택이지, 우리가 죽으라 한 것도 아니잖아요!"

"이 매정한 것들아!"

즈멘시아 노공작은 어이가 없어서 버럭 소리 질렀다.

"고모가 황궁에서 너희를 불러 생일 파티도 열어주고, 니들 친구 초대해서 놀 수 있게 해주고, 아이들만 여는 파티도 몇 번이나 열어주고, 온갖 선물을 다 보내줬는데! 고모가 무슨 상관이냐니! 너희가 어찌 이리 박정하게 군단 말이냐!"

그러고 있자니 아치문 너머로 "세상에! 아버님!" 하는 날카로운 외침이 들렸다. 돌아보자 즈멘시아 공작 부인이 씩씩거리며 다가오고 있었다. 금세 곁으로 다가온 공작 부인은, 엉엉 우는 아들을 끌어당겨 안으면서 항의했다.

"얘들이 무슨 틀린 말을 했다고 애들을 때리세요?"

"니르히아!"

"맞잖아요! 요즘 크리스타 님 때문에 우리 입장이 아주 말이 아니에요! 황가의 첫아이를 축하하는 파티가 열리는데, 나도 남편도 초대받지 못했어요! 사람들이 우릴 볼 때마다 비웃어요! 이게 다 크리스타 님 때문이잖아요!"

"이…… 고얀! 내 딸 덕에 어깨를 펴고 다닐 때는 좋고, 죽고 나니 우스운 게냐?"

"도움 될 때만 좋고 도움 안 될 땐 싫은 게 당연한 거 아닌가요?"

"니르히아!"

즈멘시아 노공작은 분노로 눈이 시뻘개져서 외쳤다. 높아진 언성을 듣고 모인 집사는, 주인어른의 혈관이 터지는 게 아닐까 싶어 방을 동동 구르다가 노공작이 휘청이자 얼른 달려가 그를 부축했다. 하지만 노공작이 휘청이건 말건, 즈멘시아 공작 부인은 차갑게 노공작을 쏘아보고서 아이 둘만 감싸 데리고 나가버렸다.

"저 애가…… 저 애가 어찌…….'

노공작은 하도 기가 차서 아예 말문이 막혀버렸다. 눈시울이 뜨거워지고 억울한 마음에 오장이 뒤틀렸다.

크리스타가 자발적으로 희생한 건 분명 아니다. 하지만 그는 저 아이 둘을 위해서 크리스타를 희생시켰고, 딸은 버려진 데 슬퍼하며 세상을 떠났다. 컴프셔에서 도착한 시체는 얼마나 원통한지 눈조차 감지 못하고 있었다. 게다가 크리스타가 생전에 자신의 가족들에게 얼마나 잘해주었던가.

"내가 어찌 저런 것들을 살리자고 내 딸을!"

"주인어른!"

노공작이 숨을 헐떡거리다가 가슴을 부여잡자, 집사는 황급히 노공작을 가까운 의자에 앉혔다. 노공작은 의자 손잡이를 꽉 붙잡고 숨을 거세게 들이쉬다 뱉길 반복했다.

"집사…… 집사."

"예, 주인어른. 여기 있습니다. 제가 여기 있습니다."

"내가 저 애 둘을 위해 그 망할 황제와 타협하지 않았다면 어떻게 해서든 내 딸을 여기에 둘 수 있었어. 가문이 무너질지언정 그 애 하난 지킬 수 있었다고!"

노공작의 눈에서 눈물이 줄줄 흘러내렸다.

"그런데 저 매정한 애들이…… 우리 크리스타가 왕비일 때는 고모가 최고라고 졸졸 따라다니던 애들이…….."

필요한 게 있을 때마다 씀씀이 넓은 크리스타부터 찾아가던 두 손주와 아들, 며느리를 떠올린 노공작은, 가슴이 미어져서 내내 의자 손잡이를 퍽퍽 내리쳤다.

"주인어른……."

태어날 때부터 함께 크리스타를 길러온 집사 역시 눈가가 붉어져서 소맷자락으로 눈물을 찔끔찔끔 닦았다.

"우리 딸. 내 크리스타. 내 새끼."

노공작은 엉엉 울음을 터트리며 두 손으로 얼굴을 감쌌다. 딸이 저런 것들을 위해 눈도 감지 못하고 죽었을 생각을 하자 심장이 으깬 것처럼 아파왔다.

더욱 끔찍한 건, 이렇게 화가 나고 치가 떨리는데도 그들을 내쳐 버릴 수 없단 것이었다. 저들을 내치면 딸의 죽음은 그야말로 헛된 게 되어버리니까. 게다가 홧김에 그들을 내쫓으면 정말로 그에겐 남은 가족이 없었다. 조카인 케트런 후작조차 요즘은 그의 연락을 받지 않고, 리버티 공작은 무슨 꿍꿍이인지 두 아들을 이리저리 보내며 황후와 인맥을 트려 들지 않던가.

"주인어른……."

어두운 저택 안을 두 노인의 흐느끼는 소리가 가득 채웠다.

하인리의 생일 파티와 최대한 멀찍이 떨어트리기 위해서, 임신 축하 파티는 날짜를 촉박하게 잡고 열었다. 초대장에도 '머지않아 또 볼 일이 있으니 무리해서 오진 않았으면 좋겠다'고 일일이 덧붙여 적었다.

어쨌든 일정이 너무 촉박하다 보니 초대에 응할지 말지에 대한 답장이 오갈 시간은 없어서, 나는 파티 당일이 될 때까지도 어떤 손님이 찾아올지 알 수 없었다. 그저, 근처의 귀족들은 당연히 올 테지만, 외국 귀빈들은 많이 못 올 거라 짐작해볼 뿐. 그러나 입장을 시작하자 의외로 외국에서 온 손님들도 많았다. 그리운 이들도 보였는데, 개중 한 명이 파르앙 후작이었다.

"여기서 뵈니 기분이 좀 이상한데요."

파르앙 후작은 오빠와 얼싸안고서 장난을 치다가, 내가 가까이 다가가자 복잡한 표정으로 말했다.

"잘 지내셨습니까?"

"폐하께서 여러모로 신경 써주신 덕분에요. 그대는 잘 지냈나요?"

"전 신경 써주실 폐하가 떠나버리셔서 외롭게 지냈습니다."

파르앙 후작의 우는 소리에 오빠가 그를 무표정하게 쳐다보자, 후작은 깜짝 놀라는 시늉을 과도하게 하더니 서둘러 자기 입을 틀어막았다. 하지만 곧 발끈해서는 손가락 틈을 살짝 벌리고 그 사이로 말했다.

"아니 내가 뭐 틀린 말 했나?"

"내 동생한테 너무 친하게 장난치지 말았으면 좋겠어."

"아니 말도 못 하나? 웃긴 친구로구만."

"내 동생한테 너무 과하게 친한 척하지 않았으면 좋겠어."

"자네, 질투하나? 날 폐하께 뺏기기 싫단 거지?"

"입을 더 꽉 틀어막는 게 어떨까."

"좋은 조언이네."

파르앙 후작이 다시 입을 틀어막자, 오빠는 그제야 웃으면서 그의 어깨에 손을 둘렀다. 두 사람이 오랜만에 장난치면서 노는 걸 보자 저절로 미소가 올라왔다. 오빠도 말은 저러지만 오랜만에 파르앙 후작과 만나서 좋은지 내내 입꼬리가 옆으로 찢어져 있었다.

하인리는 뭘 하고 있나 싶어 살펴보니, 그도 에르기 공작과 오래간만에 만나 즐겁게 노는 듯했다. 둘이서만 딱 떨어져서 무어라 속닥거리는데. 연신 웃음이 끊이지 않는 걸 보니.

그런데…… 대체 무슨 말을 나누는 거야? 대화 도중 에르기 공작이 갑자기 인상을 쓰는데, 왜 하인리가 에르기 공작의 뺨을 눌러서 붕어 입으로 만들고 있지?

그러다 에르기 공작이 급격히 미소를 띠자 다시 손을 놓아주고. 미심쩍어서 입 모양을 자세히 보니, 하인리가 '웃어'라고 말하는 중이었다.

'……대체 무슨 이야기를 하는 거야?'

"폐하께선 요즘 왜 이리 조용하신 겁니까? 일은 저 혼자 하는 느낌입니다?"

"무슨 소리야 에르기. 너도 일을 직접 나서서 하진 않잖아."

"그래도 폐하보다는 제가 많이 하고 있죠. 한데 정말 요즘은 왜 이렇게 조용하신 겁니까?"

"입장이 달라져서."

"나비에 황후님 때문입니까."

에르기 공작의 질문에 하인리는 말없이 나비에를 돌아보았다. 멀리 떨어지지 않은 곳에서, 그녀는 동대제국 친구들에게 둘러싸여 있었다. 그날 연회장에서 보았던 그녀의 친구들 상당수가 발걸음을 재촉해준 듯, 낯익은 얼굴들이 자주 보인다.

하인리는 나비에가 웃을 때 슬쩍 움직이는 목, 그때마다 흔들리는 몇 가닥의 귀여운 머리카락, 부드럽게 아래로 내려가는 목선, 가끔 활짝 드러나는 환한 미소, 반달 모양으로 접히다가 돌아오길 반복하는 눈매를 찬찬히 바라보며 중얼거렸다.

"이러니저러니 해도 퀸의 모국이잖아."

"흠."

"현실적으로 동대제국과 사활을 건 전쟁을 벌여서 승리하긴 어려워. 승리하더라도 멸망시킬 순 없지. 앞으로 생겨날 마법사 수를 줄이는 거지, 기존의 강력한 마법사들 숫자를 줄이는 게 아니니까. 그조차도 눈치 좋은 놈들이 차단해버려서 효과가 예전 같지 않고."

"애초에 정복 전쟁을 노린 건 아니잖습니까."

"그러니까."

하인리는 쓸쓸하게 웃었다.

"퀸은 동대제국을 사랑하고, 동대제국 국민을 사랑하고, 동대제국 친구들을 사랑하고, 퀸의 가문은 동대제국에 뿌리내리고 있어. 퀸의 가문이 몇 대째 가꾸어온 영지도 있고."

"그건 그렇죠."

"어떤 이유로 전쟁을 하든, 동대제국이 멸망하지 않는다면 기록이 남아. 역사학자들은 이웃 나라 황후가 된 퀸이, 복수심에 자기 모국을 전쟁으로 몰아넣었다고 할 거야. ……사실 서대제국 외의 다른 모든 나라가 그렇게 말하겠지."

하인리의 이마가 구겨졌다.

"난 퀸이 그런 오명을 얻는 걸 원하지 않아."

에르기 공작은 눈썹을 치켜올리다가, 하인리가 입꼬리 옆을 손가락으로 문지르는 시늉을 하자 얼른 웃는 표정을 만들어 보이며 중얼거렸다.

"그럼 포기하기로 결정한 겁니까?"

"생각 중이야."

"알았습니다. 마음대로 하십시오. 그런다고 해서 제 몫이 줄어드는 건 아니니."

"넌 계속 그대로 하려고?"

"굳이 이제 와 포기할 이유가 없지요."

단호하게 말한 에르기 공작의 시선이 아무도 서 있지 않은 계단

난간으로 향했다.

"전 계속 진행할 겁니다."

말을 마치자마자, 난간 너머 보이는 커다란 문으로 새하얀 드레스가 찰랑거리며 들어섰다. 하얀 드레스는 샹들리에의 빛을 받아 반짝거리며 눈부시게 빛났다.

"동대제국에서 오신 라스타 황후님이십니다!"

입장을 알리는 관리가 큰 소리로 라스타의 이름을 불렀다. 에르기 공작의 입꼬리가 올라갔다.

"수확 철이 멀지 않았거든요."

뜻밖에 여기까지 찾아와준 남왕국의 서즈 공주와 떠들며 노는 중이었다. 서즈 공주와 마스타스가 의외로 서로 대화가 잘 통하는 데다, 두 사람이 아무렇게나 떠드는 말들은 내게도 너무 재미있어서 내내 배를 잡고 웃는데, 갑자기 서즈 공주가 어딘가를 쳐다보더니 자기 이마를 짚으며 중얼거렸다.

"저분은 여기엔 안 올 줄 알았는데."

무슨 소린가 싶어 쳐다보니, 라스타가 막 홀 안으로 들어서고 있었다. 그녀의 시선이 곧장 내게로 향했다. 시선뿐만이 아니었다. 그녀는 날 발견하자마자, 곧장 망설임 없이 척척척척 걸어왔다.

가까이 다가온 라스타는 날 향해 방긋 웃으며 입을 열었다.

"아기를 가지셨다면서요. 축하해요, 나비에 황후."

서즈 공주가 소리 없이 웩 하는 입 모양을 만들며 고개를 돌렸다. 그녀는 라스타가 날 따라 하는 정부인 시절 외엔 본 적이 없다 보니, 지금 같은 모습이 영 보기 싫은 듯했다. 사실 라스타가 보기 싫은 건 나 역시 마찬가지지만.

그런데 릴테앙 대공도 여기 오지 않았나? 따로 왔나? 왜 따로 입장하지?

"그래요. 고마워요."

하긴. 아무려면 어때.

나는 그냥 건조하게 웃으면서 대답했다. 오히려 지금은 나와 라스타보다, 우리 두 사람 사이를 아는 사람들이 더 숨을 죽이고 긴장하고 있었다. 나는 더 말을 붙이는 대신 가만히 그녀를 내려다보았다. 그래. 축하한다는 인사는 방금 했고. 이제 무슨 말을 하나 보자 싶어서.

아마 선물을 주겠지. 전에 내가 보검을 주었다고 싫어했으니, 이번엔 그녀가 내가 싫어할 만한 선물을 골라 오지 않았을까 싶은데…….

"아, 선물을 드려야지요."

예상을 한 치도 벗어나지 않네.

아, 정정. 약간 벗어나긴 했다. 라스타가 내민 선물은 평범하게 싫어할 만한 선물이 아니었으니까.

"익숙한 물건이로군요."

전에 내가 그녀에게 주었던 그 보검. 정확히 그 보검이었다. 그러니까 라스타는, 내가 준 선물을 내게 도로 건네고 있었다. 내 시선이 검에 닿자 라스타가 방긋 웃으면서 물었다.

"인연이 참 신기하지 않나요?"

그녀의 눈꼬리가 반달 모양으로 휘어졌다. 목소리는 또 어찌나 상냥한지. 자신에겐 한 톨의 악의도 없다고 말하고 싶은 듯했다. 여기서 그녀가 내게 원하는 건 화를 내는 반응이겠지. 그러나 싸우는 상대가 내게 원하는 반응이 분노라면, 절대로 화내는 모습을 보여선 안 된다. 사실 그리 화가 나지도 않았기에, 나는 일부러 평소만큼만 웃으면서 그녀의 선물을 받아 들었다.

"돌려주어서 고맙군요."

일부러 '돌려주다'는 단어를 선택했다.

"사실 그대에겐 내 물건 하나도 주고 싶지 않았답니다."

이후 라스타에게만 들리도록 작게 덧붙이자, 라스타가 표정을 굳혔다. 미안한 기분은 들지 않았다.

나와 함께 있기 싫은 건 마찬가지인지, 라스타는 차갑게 나를 응시하다가 획 몸을 돌려 가버렸다.

라스타가 적당히 멀어지자, 마스타스의 뒤에 숨어 있던 서즈 공주는 그제야 슬그머니 제자리로 돌아오며 물었다.

"전에도 싫었지만 새삼 보니 더 싫네요. 그런데 분위기가 좀 바뀐 것 같지 않습니까?"

"이전보다 차가운 표정을 잘 짓게 되었네요."

그러게. 전에는 무조건 여리고 애달프게 보이려 하더니. 동대제국에서 좋지 못한 일들이 있다더니, 그 일들 때문에 변한 걸까?

잠시 생각하고 있자니, 이번에는 파르앙 후작이 물었다.

"그런데 소비에슈 폐하께선 무슨 선물을 보내셨습니까?"

오빠와 계속 장난치면서 노는 것 같았는데. 귀는 이쪽으로 기울이고 있었나 보다.

"릴테앙 대공을 통해서라면, 마차를 선물했어요."

나는 멀어지는 라스타의 뒷모습을 잠깐 곁눈질하다가, 그녀가 가는 방향에 하인리가 있는 걸 발견하고서 계속 쳐다보며 대답했다.

"속도를 빠르게 낼 수 있는 경주용 마차요."

그러나 파르앙 후작은 "응? 아니요." 하고 고개를 저었다.

"릴테앙 대공을 통해 온 선물 말고요."

"다른 선물이 더 있나요?"

"예. 에베르? 에벨리? 그런 여자를 보내신 것 같았는데."

뜬금없는 이름 때문에 정신이 흐트러졌다. 나는 라스타에게서 눈길을 거두고 파르앙 후작에게 놀라 물었다.

"에벨리? 확실한가요?"

에벨리는 지금쯤 마법 아카데미에 있어야 하지 않나? 당황해서 묻자 파르앙 후작이 "아. 아직 안 도착했습니까?" 하고 중얼거렸다.

"에벨리가 정말로 여기 오는 건 확실한가요?"

거듭 묻자, 파르앙 후작은 에벨리의 특징을 몇 가지 대면서 물었다.

"아닌가요?"

"그 에벨리가 내가 아는 에벨리가 맞는 것 같긴 하네요."

내가 떨떠름하게 대답하자, 파르앙 후작은 '이런저런 복잡한 사정이 있겠지만, 그건 본인에게 직접 듣는 게 낫겠다.' 말하고서 고개를 갸웃했다.

"저와 거의 비슷하게 출발했습니다. 충분히 도착하고도 남을 시간이죠. 바로 올 줄 알았는데. 어디 다른 데로 샜나? 아직 안 왔다니 이상하네요."

"길을 잃은 건……."

"설마요. 마차를 직접 몰고 오는 것도 아닐 텐데요."

그건 그렇지. 소비에슈가 보낸 선물을 가지고 온다면 개인적으로 오는 게 아닐 테니.

불안한 생각이 든다. 혹시 오는 길에 산적이나 강도라도 만났나? 마차가 고장 나기라도 했나? 어느 쪽이든 걱정이었다.

결국, 사람들을 시켜서, 손님 중 한 명이 제대로 도착하지 않고 있으니 상황을 알아보라 지시했다.

"괜찮을 겁니다, 황후 폐하. 혼자 오는 것도 아니데요 뭐."

파르앙 후작이 자신만만하게 장담했다.

그러나 파르앙 후작의 호언장담과 달리, 에벨리는 그날 밤, 다음 날 새벽, 그 후까지도 나타나지 않았다. 정말로 무슨 일이 있는 건 아닌가 염려될 정도로.

에벨리는 심지어 파티가 공식적으로 끝날 때까지도 오지 않았다. 그러다 보니, 아직 궁전에 머무는 귀빈 몇몇과 모여 앉아 식사하는 자리에서도 에벨리 걱정을 떨칠 수가 없었다. 덕택에 제대로 식사하지 못하고 있었는데, 맑은 웃음소리가 내 정신을 일깨웠다.

'누가 웃는 거지?'

곧 빠르게 기분이 나빠졌다. 라스타의 웃음소리였다.

"그럼요. 어쩌면 지금 나란히 앉아 있는 건, 나비에 님과 하인리 폐하가 아니라, 저와 하인리 폐하일 수도 있었어요."

게다가 더 들어보니, 웃음소리가 문제가 아니었다. 이게 무슨 헛소리야?

"그러면 저와 나비에 황후는 서로 정반대 입장이었겠지요?"

헛소리가 이어진다. 여하간 라스타는 계속 저런 식으로 말했다. 하인리는 거듭 아니라고 단호하게 말했지만, 그때마다 라스타는 장난치듯 웃으면서 자기 말이 맞다 우겼다. 당연히 하인리의 표정은 시시각각 어두워졌고.

"동대제국의 황후께서는 참 이상한 말씀을 하시는군요. 그런 일은 만에 하나라도 일어나지 않았을 겁니다."

"그렇게 발뺌하시더라도 하인리 황제 폐하. 사실은 사실인걸요."

"이런. 언제부터 가정이 사실에 포함되었습니까?"

"항상 라스타에게만 짓궂으시다니까."

"라스타 님."

"그냥 옛날 일을 얘기한 것뿐이잖아요? 왜 그래요?"

그런데 라스타야 그렇다 치고. 하인리는 왜 평소만큼 말을 또박또박 하지 않아? 왜 저렇게 잘 들어주고 있지?

"편지 생각. 나지 않아요, 폐하?"

아아. 라스타가 툭툭 내뱉은 저 편지 이야기 때문이구나.

아무래도 그는 라스타가 까딱 말실수라도 해서 나와 그가 이전에 주고받았던 편지 이야기를 꺼낼까 봐 염려하는 듯했다. 내가 이혼 전부터 그와 편지를 주고받았단 사실이 알려진다면, 내 적들이 드디어 건수를 잡았다고 기뻐할 테니까.

그들은 애초에 우리 쪽이 먼저 바람을 피운 게 아니냐고 몰아가거나, 소비에슈의 잘못으로 헤어진 일을 맞바람으로 헤어졌단 식으로 몰아가겠지. 크리스타가 죽은 후 그녀를 따르던 이들의 입지는 확 줄어들었다. 그들은 어떤 꼬투리라도 좋으니, 잡히기만 하면 당길 준비가 되어 있을 터였다.

"아니, 하인리 폐하. 틀린 말은 아니지 않습니까? 지금이야 폐하께서 나비에 님 외엔 아무도 마음에 두지 않지만, 그전엔 라스타 님을 좋아하시지 않았습니까."

편지 이야기에 하인리가 관자놀이를 누르는 사이. 이번엔 릴테앙 대공이 끼어들어서 하인리가 정말 라스타를 좋아했던 것처럼 표현했다. 하인리가 한숨을 내쉬면서 라스타를 지그시 바라보았다.

정말로 대책 없는 사람이란 얼굴로. 그리고 무어라 말하려는 것 같은데.

"라스타 황후. 그대는 내 남편들에게 항상 관심이 많군요."

보다 못해서 내가 결국 대놓고 말해버렸다.

"아니면 내게 관심이 많은 건가?"

"언제부터 관심을 가지게 된 건가?"

"……."

"아니, 왜, 자넨 처음엔 그쪽엔 전혀 관심이 없었잖나. 귀족이니 가십이니 하는 것들."

"……."

"정말로 말 안 해줄 건가? 응? 치사해. 친구 좋다는 게 뭔가. 응?"

연달아 질문을 퍼붓는 동료의 말에, 조앤슨은 결국 대답했다.

"관심은 원래 있었어. 그 관심이 좋은 쪽이 아니었을 뿐이고."

대답은 하지만 대놓고 귀찮아하는 태도였다. 그러나 동료는 여전히 조앤슨의 옆에 달라붙어 물었다.

"근데 그 좋지 않은 쪽이던 관심이, 왜 갑자기 그렇게 구체적으로 변했는데? 응?"

"뭐가 그렇게 궁금한 건가."

"다!"

동료가 눈을 빛내며 외쳤다.

"귀족, 파티, 가십 등에 관심 없던 자네가 갑자기 그쪽에 관심을 가진 것도 놀랍고. 관심을 가지자마자 온갖 소문을 몰고 다니는 것도 당연히 놀랍지. 자넨 지금 동대제국에서 최고로 유명한 기자야. 몰라?"

동료의 주장은 사실이었다. 조앤슨이 처음 라스타 황후를 깎아내리기 시작했을 때. 그의 의견에 동조하는 이들은 많이 없었다. 연달아 라스타 황후에 대한 의혹을 제기했을 때에도 마찬가지였다. 그러나 이젠 상황이 달라졌다. 조앤슨이 라스타 황후에 관해 기사를 쓰면 신문은 아주 불티나게 팔렸다. 그는 이제 손꼽힐 정도로 인기 많은 기자였고, 사람들은 그가 라스타 황후에 대해 의혹을 제기할 때마다 재밌어하고 화를 냈다.

"자네 정말, 어떤 수를 쓴 건지 안 알려줄 건가?"

연신 졸라대는 동료의 말에 조앤슨은 결국 심드렁하게 대답했다.

"믿을 만한 고위 귀족이 정보를 주고 있어."

동료는 눈을 커다랗게 떴다.

"고위 귀족이? 정말인가? 고위 귀족이 사교계 가십을 알려준다고?"

"어."

"믿을 수 있긴 한 건가?"

동료는 떨떠름해서 물었다.

"귀족들은 전부 다 믿을 수 없잖아? 그 사람은 특별한가?"

조앤슨은 한쪽 입꼬리를 올렸다.

"나도 그 사람 자체를 믿진 않아."

동료의 표정이 더욱 혼란스러워졌다. 믿지 않는다고? 믿지 않으면서 그런 예민한 기사를 쓰고 있단 건가?

파티에 직접 다닐 수 없는 평민 기자들에게, 귀족들의 가십거리는 다루기 어렵고 민감한 부분이었다. 하물며 상대가 황후라면 더더욱. 그런데 믿지도 않는 고위 귀족에게 그런 아슬아슬한 정보들을 받다니……?

동료의 어리둥절한 표정이 조앤슨을 웃게 했다.

"괜찮아. 내게 정보를 전해주는 그 고위 귀족. 그 귀족 자체는 믿을 수 없지만, 그자가 나와 같은 사람을 싫어하는 건 확실하거든."

"그 사람이 누군데?"

조앤슨은 대답 대신 일어서며 물었다.

"라스타 황후가 오늘 오후쯤에 수도로 도착하나?"

라스타가 동대제국 수도로 돌아온 건 오후 3시경이었다. 그녀는 마차에서 콧노래를 흥얼흥얼 불렀다. 서대제국에서의 일정이 제법 만족스러워서, 오래간만에 기분이 좋았다. 몇 번 트러블을 겪긴 했지만, 동대제국에서의 일에 비하면 그 정도는 뭐. 대수롭지 않게 넘어갈 정도였다.

하인리 황제는 이제 그녀에게 관심이 없는 것 같았지만, 이 역시 괜찮았다. 즐거운 기분을 방해할 정도로 큰 충격은 아니었다. 그녀가 하인리 황제를 먼저 거절했으니 당연히 그럴 만했다. 라스타는 심지어 나비에 황후와의 대립조차 별것 아니라 여겼다.

진심이었다. 마주 보고 말다툼을 하면 불쾌해지고, 그 여자가 사람들의 축하를 받고 있으면 보기 싫었지만, 어쨌든 그런 감정은 순간일 뿐 아닌가. 라스타는 배시시 웃었다. 지금 그녀를 기쁘게 하는 건 서대제국 사람들이 동대제국 황후에게 보내는 예의 바른 태도였다.

에르기 공작의 조언이 맞았다. 동대제국에서 라스타가 어떤 위치이든, 서대제국 사람들은 라스타를 동대제국의 황후로서 대했다. 아기를 빼앗긴 이후, 아니, 조앤슨이란 기자가 그녀의 명예를 깎아먹기 시작한 이후, 아니, 나비에의 어음을 자신이 사용했던 게 알려진 이후 오래간만에 받는 뿌듯한 대접이었다.

'시간이 지나도 폐하께서 절대로 글로리엠을 보여줄 수 없다고 하시면, 차라리 서대제국에서 지내는 건 어떨까.'

마차가 갑갑한 궁전 안으로 들어설 때, 라스타는 아쉬워하며 생각했다.

그래. 생각해보니 이것도 괜찮을 수 같았다. 이곳에서 무시받는 황후로 지내느니, 차라리 옆 나라 귀빈으로서 대접받는 게 편하지 않나?

'하지만 그러면 폐하가 다른 여자들을 자유롭게 만나시겠지? 그건 싫은데…….'

그러나 마차가 서궁의 정원 안으로 접어들자, 들떴던 마음이 점차 바닷물에 쓸려 나가는 모래처럼 조금씩 조금씩 눅눅하게 가라앉았다. 흥분으로 고조되어 발개진 뺨도 제 색상을 되찾았고, 초조하게 구르던 기분도 싹 사라졌다.

동대제국 황후로서 서대제국에서 지내고 싶다는 소원이, 점차 말이 되지 않게 여겨져서 라스타는 급격히 우울해져 마차 커튼을 꽉 잡았다. 그 기분은 서궁 건물로 들어가는 입구에 서 있는 알렌을 보자 더욱 강해졌다. 게다가 그가 오늘도 무기처럼 안을 안고 있자 라스타는 눈앞이 분노로 노래졌다.

'저게 또 여기서 뭘 하는 거지?'

설마 아직도 자기 아들을 준황자처럼 대우해달라는, 말도 안 되는 요구를 하러 온 건가? 전에 따끔하게 일러서 보냈는데. 그새 말귀를 또 까먹었나?

"황후 폐하."

라스타가 마차 창문 너머로 안과 알렌만 쳐다보고 있는 사이, 마차가 입구 부근에 멈춰 섰다. 멀뚱히 마차를 구경하던 알렌은, 마차 안에 누가 타고 있는지 깨달은 듯 아이를 다시 고쳐 안았다.

이쪽은 상대의 얼굴을 보자마자 아주 기분이 더러워졌는데. 저쪽은 마차에 라스타가 타고 있단 생각만으로도 표정이 환해지고 있었다. 당장 마차를 뒤로 빼라 명령하고 싶은 충동을 누르고서, 라스타는 억지로 마차에서 내렸다. 저 두 사람을 보고서 자리를 피한다면, 오히려 이상한 소문이 날 터. 당당하게 나가야 했다.

"무슨 일이지?"

라스타는 마차에서 내린 후, 알렌을 향해 다가가며 조용히 물었다.

"저기…… 그냥……."

알렌은 머뭇거리면서 안을 꼭 끌어안았다. 다행히 이번엔 아이가 울고 있지 않아서, 사람의 이목이 덜 집중되었다.

"일단 들어가서 얘기하지."

당장 쫓아내고 싶은 마음을 누르며, 라스타는 황급히 앞서 걸어갔다.

그런데 그렇게 몇 걸음을 걸어갔을까. 저 위쪽에서 푸드덕거리는 소리가 들려왔다. 고개를 들어보니, 전서조로 사용되는 듯한 커다란 새가 앉아 있었다. 다리에는 돌돌 말린 편지가 감겨 있었고.

저런 건 좀 똑바로 간수해야 하지 않나, 싶었지만 라스타는 다시 고개를 내렸다. 전서조가 어디서 휴식을 취하건 아무 상관도 없었다.

그래. 지금 중요한 건 알렌 저놈을 빨리 돌려보내는 거지. 라스타는 먼저 서궁 건물 안으로 들어섰다.

그러나 알렌이 아이를 데리고 뒤따라오려는 바로 그 순간. 털을 고르며 얌전한 척 굴던 전서조가, 갑자기 아래로 확 내려왔다.

"저리 가!"

알렌은 놀라서 손을 휘저었다. 하지만 새가 무서워지도 않고 속도를 더욱 높이며 날개를 펼치자, 안이 놀라서 흐애앵 제 아버지에게 달라붙었다. 그 작은 아이를, 커다란 새가 스치듯 날아갔다. 잠시 소란을 피운 새는, 그 길로 곧장 다른 곳으로 날아가버렸다.

라스타는 고개를 설레설레 저으면서 다시 건물 안으로 들어가려다가, 흠칫해서 확 고개를 돌렸다.

'안 돼!'

새의 날개나 발에 맞은 건지, 안의 머리를 가려주던 모자가 바닥에 나뒹굴고 있었다. 라스타는 황급히 모자를 향해 달려갔다. 그러나 손을 뻗어 모자를 쥐려고 하는 순간. 사람들의 시선은 이미 어린 안에게로 쏟아지고 있었다.

에벨리가 발견된 건 손님 대부분이 돌아간 후였다. 아니, 날짜만으로 따지자면 며칠 전에 발견되었을 것이다. 하지만 기사들이 에벨리를 찾아 궁전에 데려왔을 때는, 이미 연회의 즐거운 분위기가 가라앉은 때였다.

"에벨리!"

정원으로 느리게 들어온 마차 문이 열리자, 내 기억보다 한 뼘은 훌쩍 자란 에벨리가 힘없이 모습을 드러냈다. 마차에서 내린 에벨리는 고아원에 있을 때보다 더욱 마른 데다 피부도 까슬까슬해져서, 기운이 먼지만큼도 남아 있지 않은 것처럼 보였다. 세상에. 얼마나 고생을 하고 온 거야? 그렇지만 마지막으로 만났을 때, 마력을 잃고서 절망하던 그때보다는 나아 보였다.

"황후 폐하. 오래간만에 인사드립니다."

"괜찮다. 일어나거라."

나는 에벨리가 허리 숙여 인사하려는 걸 막고서, 근위기사에게 아이를 내 방으로 데려가 달라 부탁했다. 이후 에벨리가 근위기사를 따라가는 걸 잠시 지켜보다가, 에벨리를 찾아 데려온 기사들을 보았다. 랑드레 자작이 이끄는 초국적 5기사단이었다.

"아까 나와 인사한 그 아이. 어디에서 찾았나요?"

그중 에벨리를 찾으러 길을 떠났던 기사 한 명에게 묻자, 기사가 바로 대답했다.

"달숲에서 헤매고 있었습니다."

달숲은 동대제국에서 서대제국으로 오는 길목 근처에 있는 숲이었다. 원래도 그 길은 잘못 드는 사람들이 많은데, 심지어 달숲 자체도 수목이 빼곡하고 지형이 복잡하다 보니, 유난히 그쪽에서 길을 잃어버리는 사람이 많긴 하지.

"동대제국 기사와 사절 몇 명이 함께 있었고요."

기사가 덧붙이는 소리를 들으며, 나는 에벨리가 내린 서대제국의 녹색 마차와 그 뒤쪽에 있는 망가진 마차를 살폈다. 망가진 마차는 바퀴 하나가 완전히 빠져 기울어져 있었다.

"구출한 사람들이 처음엔 저 마차를 타고 있었나요?"

"발견 당시에 이미 마차는 부서져 있었습니다. 짐은 많은데 마차는 부서졌고 길은 찾기 어렵다 보니, 이러지도 저러지도 못하고 있었습니다."

"고생했겠군요."

"예. 그런데 좀 이상한 점이 있습니다."

"이상한 점이라니요?"

"마차를 보십시오. 한쪽이 완전히 일그러져 박살 나 있지 않습니까? 저 정도면 최소한 한 명은 부상자가 나왔어야 합니다. 그런데 일행 중 상처 입은 사람이 없습니다."

마치 마법처럼요, 하고 기사가 의미심장하게 덧붙였다.

"일행 중 마법사가 있던가요?"

"공식적으로는 없었습니다. 제가 물었을 때에도 아무도 나서지 않았고요."

난 마법사가 누구인지 안다. 에벨리지. 하지만 에벨리는 마력을 잃지 않았던가? 물론 에벨리가 마력을 되찾았다면 기쁜 일이지만……

"우선 구출해 온 사람들의 신원과 위치를 확보해줘요. 그 안에 마차를 망가뜨린 범인이 있을지도 모릅니다."

"예, 폐하."

기사가 망가진 마차를 수습하기 위해 동료들 쪽으로 가버리자, 어디서부터 듣고 있던 건지 하인리가 다가와 물었다.

"퀸은 범인이 내부에 있다고 확신합니까?"

"소비에슈가 사절단을 보내면서 마차 바퀴 하나 확인하지 않을 리가 없으니까요. 에벨리를 보낸 건 의외지만."

하인리는 눈썹을 치켜올렸다.

"깜먹었을 수도 있지요."

"배우자로서는 최악이었지만, 황제로서 그 정도로 둔하진 않아요."

어쩌면 사절단 안에 위장한 기사가 끼어 있을 수도 있고. 일어날지도 모를 위험을 미리 파악해둔 다음 대책을 세워두는 것. 그게 소비에슈의 방식이니까.

"마차 점검은 물론 바퀴도 여분으로 두세 개씩 준비해두는 사람이에요. 분명 누군가 고의로 마차가 부서지게 한 겁니다. 아마……
마차가 부서진 부분에서 가장 멀리 떨어져 앉은 사람이 범인일 확
률이 높겠지요."

그런데 말을 하고서 보니 하인리의 표정이 좋지 않다. 좀 떨떠름
해하는 표정이었다.

"하인리?"

왜 그런 표정이지? 이마에 손을 올리고서 굳은 눈가를 엄지로
문질러주자, 그는 손길을 느끼는 고양이처럼 반쯤 눈을 감으며 중
얼거렸다.

"퀸이 그 남자에 대해 조금이라도 좋게 말하는 게 싫습니다."

"칭찬처럼 들렸나요?"

그런 의도는 아니었는데. 그냥 그런 성격이니까, 마차가 부서진
게 실수는 아니었을 거라 말하고 싶을 뿐. 하지만 하인리는 어두워
진 얼굴로 고개를 끄덕였다. 그러고는 연신 내 손에 자기 이마를
비볐다.

"하인리. 사람들 앞에서 이런 행동을 하면 그대 체통이 상합니
다."

걱정스럽게 중얼거리자 마지못해 머리를 비비적거리던 걸 멈췄
지만. 그래도 입가가 시무룩하게 내려가 있다. 한숨을 내쉬고서 그
의 뺨에 가볍게 입을 맞추었다.

하지만 이 요망한…… 하인리는 시무룩해진 게 풀린 게 분명한
데. 입술을 꿈틀거리면서도 여전히 시무룩한 척 불쌍한 척 눈을 내
리깔았다. 빤히 쳐다보자 한 손으로 내 시선을 차단하면서도 여전

히 섭섭해하는 시늉을 계속한다. 마치 저렇게 하면 자기가 되게 가엽고 귀여워 보일 거란 걸 안다는 듯이.

실제로도 그래서 순간 짜증이 났다. 얼마나 저런 내숭을 자주 부렸으면, 자기 표정이 어떻게 보일지 훤히 꿰뚫고 있는 거지?

하인리가 슬쩍 내 눈치를 본다. 내가 이제 어떻게 자기를 달래줄지 기대되는 듯이.

"하인리. 난 그대가 이럴 때마다 참 귀여워요."

그 모습을 뚫어져라 보다가 솔직하게 말해주었다. 하인리는 내 말이 마음에 드는지 희미하게 웃었다.

"나 외에, 그대가 이런 행동을 할 때마다 귀여워해준 사람이 또 있나요?"

내 질문에 슬쩍 입가가 딱 굳었지만.

"퀸?"

예상한 반응이 아니었나. 하인리가 손을 내리고서 내 쪽으로 몸을 돌렸다. 고양이 흉내를 내던 표범이, 약한 흉내를 그만 내려는 것처럼.

"퀸. 그런 사람은 없습니다. 아시겠지만⋯⋯."

"모르는데요."

"!"

"그대는 나의 과거를 알지만, 난 그대의 과거를 모르지요. 너무 많으니까."

"!"

마법을 걸지도 않았는데, 하인리는 자발적으로 얼음으로 변했다. 속으로 씩씩거리며 통쾌하게 웃었다. 그러게, 누구는 질투를 몰라서 안 하는 줄 아나?

"퀸, 저는⋯⋯."

"에벨리를 보러 가야겠어요."

"저기, 퀸?"

내 방으로 가보니, 에벨리는 시녀들과 함께 있다고 했다.

'시녀들하고?'

시녀들은 에벨리를 만난 적이 없을 텐데. 무슨 일이지? 의아했지만 일단 시녀들의 방으로 가보았다. 그곳엔 로라가 에벨리를 화장대 앞에 앉혀놓고서 머리를 꾸며주며 놀고 있었다. 에벨리는 어느새 깨끗하고 단정한 옷차림이었고, 머리카락은 뭘 어떻게 한 건지 희한하게 땋은 상태였다. 하지만 이런 모습이 부끄러운지 에벨리는 얼굴이 벌게서 자기 발만 내려다보고 있었다.

"에벨리."

다가가며 이름을 부르자, 에벨리는 살았단 얼굴로 벌떡 일어났다.

"황후 폐하!"

그 모습에 로라가 낄낄 웃는 걸 보니, 또래인 에벨리와 있는 게 재밌었나 보다. 하긴. 동대제국에 있을 때에도 로라는 늘 또래 영애들과 몰려다니며 놀았으니까.

"마실 걸 좀 가져올게요!"

로라가 나가자, 에벨리는 엉거주춤 내 앞으로 다가와 손을 꼭 잡고서 꾸벅 인사를 올렸다.

"기사를 보내 도와주신 게 황후 폐하라 들었어요. 감사합니다. 전 항상 황후 폐하께는 도움만 받네요."

"어떻게 된 일이니?"

그녀에게 다시 의자에 앉도록 하고서 물었다. 에벨리가 혼자 앉아 있기 영 불편해하기에, 근처의 다른 의자를 가져와 나도 맞은편에 앉았다. 에벨리는 그것조차 어색한지 다시 벌떡 일어섰지만.

"피곤할 텐데 앉아서 얘기해. 괜찮단다."

"하지만 그건 무례한 일이라고……."

"괜찮아."

몇 번이고 일어서려는 에벨리를 말리고 있자니, 로라가 사과와 포도, 얼음, 설탕을 섞어 만든 시원한 과일청을 가져왔다. 음료수를 손에 쥐여주자 에벨리는 쭈뼛거리면서 얌전히 의자에 앉았다. 그러고는 몇 모금을 홀짝홀짝 마시더니 상황을 설명했다.

"소비에슈 폐하께서 황후 폐하께 선물로 보내라는, 아니, 전달하라는 선물이 있어서요. 공식적인 선물 외 개인적으로 따로 보내시는 거라 하셔서 제가 들고 오는데, 오솔길에서 갑자기 마차 한쪽이 완전히 무너졌어요."

"이런."

"결국 마차에서 내려서 길을 찾으려 했지만 쉽지 않아서……. 게다가 마차에는 황후 폐하께 드릴 공식적인 선물들이 실려 있었거든요. 귀하고 무거운 것들이라 들고 운반하기도 어려웠고요. 그래도 다 같이 나눠 들고서 조금씩 조금씩 길을 찾고 있는데 기사분들이 먼저 우리를 찾아주셨어요."

"다행이구나."

"다 황후 폐하 덕이에요."

내 덕이 아니라니까. 하지만 이 말을 하면 에벨리가 또 어색해서 진땀을 흘리겠지. 굳이 감사 인사를 거절하는 대신, 나는 아까부터 궁금했던 마력에 대해 물었다.

"다친 사람들은 네가 치료해준 거니?"

나는 에벨리의 마력이 치료 관련인 건 모르고 있었다. 후원을 할 때도 마법 아카데미에 들어가게 되었다고만 들었지, 구체적인 마력 형태에 대해서는 듣지 못했으니까. 마력에 관해서는 숨기고 싶어 하는 사람들이 많으니, 나 역시 굳이 캐묻지 않았고.

하지만 지금은 상황이 좀 달랐다. 에벨리가 치료 마법을 사용하는 게 궁금한 게 아니라, 에벨리가 마력을 되찾았는지가 궁금했다. 그러나 바로 대답할 거라 여겼던 아이는 쭈뼛거리면서 말문을 흐렸다.

"에벨리?"

내가 묻자, 아이는 얼굴이 홍당무가 되어서 두 손을 꼭 깍지 끼고 우물거렸다.

'내게 그 이야기를 하고 싶지 않은 건가?'

싫은데 캐물을 수는 없겠지. 결국, 더 물어보는 대신 다른 방향으로 화제를 돌렸다.

"동대제국 황제께서 내게 개인적으로 보낸 선물은 어떤 거니?"

"아 그게, 근데 저……."

"?"

"마차가 부서질 때 좀 망가졌어요."

"괜찮아."

에벨리는 의자에서 내려가더니, 화장대 앞에 놓은 찌그러진 사각 손가방 앞에 쪼그리고 앉아 가방 뚜껑을 열었다. 똑 소리가 나며 가방이 열리자 손수건으로 몇 겹을 싼 작은 상자가 보였다. 상자 역시 한 귀퉁이가 찌그러져 있었다.

"이거예요."

에벨리는 상자를 내게 내밀며 말했다.

"안에 뭐가 들어 있는지는 저도 모르겠어요."

궁금해진다. 소비에슈가 과연 내가 후원하던 아이를 통해 개인적으로 보내려 한 물건이 무엇일지.

이후 몇 마디를 더 나눈 후. 나는 내 방으로 돌아가 소비에슈가 준 상자를 테이블 위에 내려놓고 쳐다보았다. 이걸 열어도 되는지 받아도 되는지, 이제 와서 왜 이런 걸 보내는지 혼란스러웠다.

공식적인 선물은 벌써 두 가지나 보냈잖아. 하나는 릴테앙 대공을 통해 보낸 경주용 마차. 다른 하나는 아직 확인하지 못했지만, 어쨌든 에벨리를 태우고 온 사절단이 가져온 물건. 그럼 이건 뭘까. 이게 무엇이든, 내가 이걸 확인해야 하나? 다른 선물은 이웃 나라 황제로서 준 것이겠지만. 이건 '소비에슈'가 '나비에'에게 보낸 선물이 분명한데.

한참을 가만히 서 있다가, 조심스럽게 상자 끄트머리를 잡고 힘을 주었다.

⚜

알렌이 안고 있던 아이가 라스타와 꼭 닮았다는 게 만천하에 드러난 이후. 궁전에 고용된 하인과 하녀는 둘 이상만 모였다 하면 다들 그 이야기를 하느라 바빴다.

"세상에. 그러면 그 아이가 황후 폐하의……."

"분명 맞아. 아닐 리가 있나. 완전히 똑 닮은 얼굴이라던걸?"

"잘못 본 건 아니야?"

"한 사람만 본 게 아니라니까? 모자가 확 날아가니까, 황후 폐하가 얼굴이 사색이 되어서 알레에에에에엔! 하고 외쳤대!"

실감 나게 라스타를 흉내 낸 하인이 낄낄 웃음을 터트렸다. 둘러앉아 이야기를 듣던 일꾼들도 다 재밌어하며 배를 잡았다. 주인이 바뀌기 전 서궁에서 일했던 한 하녀는, 잘됐다는 듯이 비웃으며 팔짱을 꼈다.

"아주 난리도 아니네. 그러게 처음부터 아기가 있단 걸 밝히고 결혼을 했으면 되잖아. 그런데 굳이 속이고 폐하와 결혼하다니, 이거 순 사기꾼 아냐?"

"폐하께선 모르셨겠지?"

"당연히 모르셨겠지! 그러니 나비에 님을 쫓고 결혼까지 하셨겠지."

수군거리는 건 하인과 하녀뿐만이 아니었다. 콧대 높은 귀족들 역시, 공주와 똑같이 생긴 아이에 대해 떠들어댔다.

"그러면 그 알렌이란 청년이 첫째 아이의 아버지인 건가요?"

"아니, 그보다 그 청년이 안고 온 아이가 황후 폐하의 아이가 맞는지부터 알아야죠."

"맞겠죠. 맞으니 황후 폐하를 뵈러 찾아왔겠죠."

"황후 폐하 미모가 어디 보통 미모인가요? 그 얼굴을 쏙 닮았으면 당연히 자기 새끼겠죠."

"새끼라니. 말이 심하네요."

"말이 심하기는. 만약 이 일이 사실이라면 계속 황후 자리에 남을 수 있는지 없는지도 간당거리지 않나요?"

사람들이 이렇게 흥분해 떠들 수밖에 없었다. 그날. 안의 얼굴을 본 목격자가 너무 많은 탓이었다. 놀란 라스타가 비명을 지르는 바람에, 처음엔 무슨 일인지 몰랐던 이들조차도 고개를 돌려버렸다.

이 와중에 알렌은, 공주와 똑같이 생긴 남자아이가 대체 누구의 아이인지에 대해서 며칠째 대답을 회피 중이었다. 사람들이 라스타가 감히 황제를 속이고 재혼했다고 수군댈 만했다.

그나마 이런 의혹을 제기하는 이들은 점잖은 편이었다. 더 자극적인 소문을 떠드는 이들은, 한 배에서 나와도 이 정도로 똑같이 생겼다는 건 정말 놀라운 일이라며, 아버지 쪽도 의심해보아야 한다고 속삭거렸다.

"첫째 아이와 공주님이, 어머니뿐만 아니라 아버지도 같을지 누가 압니까."

물론 그 자극적인 소문의 배후에는 파르앙 후작과 그 일파들이 있었다.

소문은 라스타의 귀에도 속속들이 들어갔다.

'어쩌지?'

라스타는 방 안에서 홀로 울먹이며 고민했다. 소문이 가라앉길 기다렸지만, 며칠이 지나도 소문은 점점 더 거세지기만 했다. 처음엔 '첫째 아이가 있다'에서 시작된 소문이, 요즘 들어서는 '공주와 첫째 아이가 같은 아버지를 둔 게 아니냐'까지 갈 기미가 보였다.

그 빌어먹을 파르앙 후작이 입을 하도 지저분하게 놀려대서!

역겨운 알렌은 이 와중에 절대로 부정하지 않는다. 그가 부정을 한다 해도 믿을 사람이 없겠지만, 입을 다물고 있으니 소문은 더욱 눈덩이처럼 불어났다.

릴테앙 대공에게 부탁해 큰 파티를 열어달라 한 다음, 그 파티에서 분명하고 똑 부러지게 "난 이번이 초산이었고, 이전에 결혼한 적도 없다. 그 아이는 내 아이가 아니다"고 말하는 강수를 두었지만, 이조차 효과가 없었다. 닮아도 너무 닮은 두 아이를 두고서, 사람들은 아무도 라스타의 말을 믿지 않았다.

사람들이 안을 보려고 자꾸 집에 찾아와. 도와줘, 라스타.

도움 안 되는 알렌은 그 후에도 이딴 편지나 보냈다.

"이 새끼를 죽여버렸어야 했어! 르베티가 아니라 이 새끼를 갈아버렸어야 했어!"

라스타는 편지를 받자마자 분노해서 갈기갈기 찢어버렸다. 알렌은 그녀가 수렁이라 했지만, 라스타가 보기엔 알렌이 수렁이었다.

'어쩌지……. 어쩌지, 어쩌지……. 상황이 이런데 폐하께선 아무 말씀도 없으시고. 공주를 위해서라도 소문을 잡아주셔야 하지 않아?'

전에 투아니아 공작 부인에게 '사교계의 뼈다귀' 역할을 넘긴 것처럼, 이번에도 다른 사람을 뼈다귀로 만드는 건 어떨까?

마침내 라스타는 머리를 굴리고 굴려서 해답을 찾아냈다. 그러나 오답이었다. 당시의 계략은, 투아니아 공작 부인이 그만큼 유명한 인사기에 가능했던 것이었는데. 지금은 그만한 인물이 없었던 것이다.

결국 친자 검사 이야기까지 튀어나왔다. 내내 소식이 없던 소비에슈는 그제야 허락하는 말을 했다.

― 이번 일로 공주와 황후의 억울한 소문을 벗길 수 있다면 당연히 하겠다.

사람들은, 역시 소비에슈 황제는 이 일에 대해 몰랐던 게 분명하다고 수군거렸다. 그리고 라스타가 당당하다면 친자 검사를 받아들일 거라고 입을 모아 그녀를 압박했다.

'안 돼!'

하지만 라스타는 친자 검사를 받아들일 수 없었다.

"잘됐군요. 이왕 신전에 가는 김에, 내내 논란이었던 황후 폐하의 친부모 검사도 같이 받으면 되겠습니다."

이번에도 씹어 먹을 파르앙 후작 때문에!

공주가 어부부부 아부부부 하는 정체불명의 소리를 내며 짧은 손을 휘젓자, 소비에슈는 아이의 뺨을 손가락 하나로 누르면서 웃음을 터트렸다.

"아가. 아빠? 아빠?"

"아브!"

"아빠?"

"아브브!"

베르디 자작 부인은 그런 소비에슈를 힐긋거렸다. 소비에슈는 누가 봐도 자상한 아버지였다. 이런 와중에도 그는 공주를 수시로 찾아와 보살폈다. 이전처럼 집무실에까지 데리고 다닐 정도는 아니지만, 일반적인 황제들에 비하면 분명 다정했다.

그러나 베르디 자작 부인의 눈엔 이 다정한 부녀의 모습이 깨어지기 직전의 유리잔처럼 보였다. 소비에슈가 아기를 끌어안고 등을 토닥이다 짓는 어두운 표정을 몇 번이나 보았던가. 때로는 입은 웃는데 눈가가 붉기도 했다.

베르디 자작 부인은 아기가 웃는 소리를 듣고서야 상념에서 깨어났다. 그 순간. 소비에슈가 아기를 품 안에 안고 울음을 터트렸다. 베르디 자작 부인은 황급히 고개를 돌리고 자리를 피했다. 닫히는 문 너머로, 넓은 어깨가 들썩이는 게 보였다. 그녀의 눈에도 찔끔 눈물방울이 차올랐다.

소비에슈는 베르디 자작 부인이 가고 나서도 한참 동안 조용히 흐느꼈다. 무슨 일인지도 모른 채, 아기는 눈을 댕그랗게 뜨고서 여기저기 눈동자를 굴렸다. 세상을 향한 호기심으로 가득한 눈동자는, 그저 모든 게 즐겁기만 한 듯했다.

소비에슈는 한참 만에야 고개를 들어 아기의 얼굴을 보았다. 눈동자가 아기와 자신의 닮은 부분을 찾기 위해 집요하게 움직였다. 이건 요즘 들어 그가 매일같이 하는 행동이었다.

그러나…… 없었다. 하나도.

소비에슈는 손을 뻗어서, 허공을 향해 마구잡이로 솟은 아기의 연한 머리카락을 조심조심 뒤로 넘겨주었다.

"아가. 공주야."

"프……."

"공주야."

소비에슈는 몇 번 다정하게 아기를 부르다가, 조심스럽게 아기를 안아 들어 화려한 요람 안에 넣어주었다. 요람을 잡고 조심조심 흔들어주자 아이는 금세 눈을 가물가물 떴다. 참으로 순한 아기였다. 성격조차 그를 닮지 않았다.

그 사랑스러운 작은 모습을 한참 바라보다가, 아기가 완전히 잠이 들고서야 소비에슈는 요람에서 손을 떼고 천천히 몸을 일으켰다.

그가 나서서 친자 검사를 주도하는 건 굴욕적인 일이었고, 소비에슈는 공주가 자신의 핏줄이 맞는지 궁금하면서도 답을 아는 게 두려웠다. 그러나 알렌 그 멍청한 귀족 영식이, 제 손으로 이 상황을 만들어주었다. 하고 싶어도 하지 못하던 친자 검사를 수면 위로 끌어올려주었다.

이미 일은 터져버렸고, 소비에슈는 '공주와 황후를 위해서' 친자
검사를 어쩔 수 없이 받겠다는 말만 하면 되었다. 여자에게 빠져
멍청하게 굴었단 평판을 얻겠지만, 그 이상으로 동정표가 크리란
걸 알기에 한 선택이었다. 하지만…….

소비에슈는 평화롭게 잠든 아기를 내려다보다 고개를 젓고 아기
방을 나섰다. 그는 마지막으로 한 번만 더 라스타를 믿어보고 싶었
다. 지금의 라스타가 아니라, 그가 보호해주고 싶던 시절의 라스타
를. 뭘 기점으로 이렇게 변했는지 모르겠지만, 당시의 라스타는 분
명 다른 사람과 이성적으로 접촉하지 않았다. 자신이 사람을 잘못
보았던 게 아니라면, 글로리엠은 그의 딸일 것이다.

분명.

분명.

분명.

한 귀퉁이가 찌그러진 상자 뚜껑을 열자, 안에서 맑은 파란빛의
보석이 나왔다. 파랗고 둥근 보석 안에 꼭 요정처럼 생긴 하얀빛이
웅크리고 있는 보석. 저절로 탄식하는 소리가 나왔다.

'요정의 눈물'이란 이름의 이 보석은, 짝을 잃은 요정이 슬퍼하
며 스스로 영원한 잠에 빠지기 위해 만들었단 전설이 있는 보석이
었다. 굉장히, 아주 굉장히 값지고 귀한 것이다. 단순히 값이 비싼

보석은 많지만, 이 보석처럼 신비로운 이야기가 서린 보석은 드물었다.

그 보석을 소비에슈가 보낸 것이다. 내 전남편이.

'……뭐 하자는 건지.'

그러고 보니 생각난다. 몇 년 전이었던가. 생일 선물로 내가 아끼는 말을 받아 간 그가 얄미워서, 다음 내 생일에 그에겐 이 보석을 달라 요구한 적이 있다. 소비에슈는 처음엔 알겠다고 대답하더니, 이후 말을 바꿨다. 우리 첫아이가 생겼을 때 주겠다고.

'그 약속을 떠올린 건가.'

뭔가가 울컥 치솟는 느낌에, 주먹을 쥐고 상자에 보석을 도로 넣었다. 행복하게 잘 살라더니. 왜 이런 걸 보낸 거지? 왜 행복하던 시절을 떠올리게 하는 물건을 보내는 건가. 게다가 이런 귀한 선물을, 공식적으로 보낸 것도 아니고 개인적으로 보내다니. 이번 사절단이 공식적으로 가져온 선물이 어떤 건지는 아직 확인하지 않아 모르겠지만, 차라리 그들 손에 이걸 들려 보냈다면 그나마 나았겠다.

결국 선물을 상자에 다시 넣은 다음, 나는 에벨리를 불러 상자를 도로 건넸다.

"소비에슈 황제에게 이걸 돌려주련?"

하지만 에벨리는 우물우물하면서도 고개를 빠르게 저었다.

"아…… 죄송합니다, 황후 폐하. 하지만 저…… 곤란해요."

"부담스러워서 그래. 전남편이잖아."

"그렇지만 제게 꼭 전하라 명령하신걸요. 도로 가져가면……."

에벨리가 기어들어가는 목소리를 내며 두 손을 꼭 모아 쥐었다.

그 말을 듣고서야 에벨리도 입장이 난처하단 걸 깨달았다. 나야 전 남편인 데다 황후 대 황제로서 선물을 돌려보내도 상관이 없지만, 에벨리는 여전히 동대제국에서 살고 있는 그의 국민이었다.

'그래. 어렵겠지.'

결국 어쩔 수 없이 그녀를 돌려보내고, 상자는 작은 탁상 위에 올려둔 채 고민에 빠졌다.

이제 어쩐다. 곤란하다. 소비에슈가 에벨리를 통해서 내게 슬쩍 전달한 물건이다 보니, 다른 동대제국 사람에게 시켜서 전달하기도 곤란했다. '돌려주라'고 말을 하면서 건넨다 한들, 꼬아서 보는 사람들은 돌려준다는 걸 핑계로 취급하면서, 내가 소비에슈에게 선물을 보내는 거라 여길 테니.

'서대제국 사람을 시켜 은밀히 보내는 수밖에 없나.'

하지만 그러려면 내가 소비에슈에게 이런 물건을 보내더라도 이상하게 여기지 않을 정도로 온전히 날 믿는 사람을 보내야 하는데. 동대제국으로 가 소비에슈를 만날 만한 사람 중에 그런 사람이 있나?

일단 하인리에게 말해볼까? 그런데 하인리가 혹시 기분 상해하진 않을까? 그는 내가 소비에슈에 대해 좋은 평가를 내리기만 해도 섭섭해하는데. 소비에슈가 내게 이런 귀한 선물을 보냈다고 하면, 혼자서 괜히 신경 쓰고 끙끙 앓진 않으려나?

'그래도 말은 해야겠지. 하지만 적당한 타이밍에 잘해야겠어.'

그런데 한참 생각하는 사이. 뜻밖에도 카프멘 대공이 날 찾아와 의외의 질문을 던졌다.

"폐하. 동대제국에서 온 에벨리 양과 많이 친하십니까?"

"왜 그러나요?"

카프멘 대공이 물어볼 만한 일이 아니기에 어리둥절해서 되묻자, 그의 표정이 심각해졌다.

"질투가 나서요. 저도 당신과 친해지고 싶습니다."

"음."

"방금은 헛말입니다, 폐하. 무례를 용서하시길. 에벨리 양이 속으로 이상한 생각을 하고 있어서 찾아왔습니다."

"이상한 생각이라니요?"

"그대가 날 두려워할지 모르니 되도록 이 능력은 감추고 싶지만, 자꾸만 그대에겐 모든 걸 털어놓게 되는군요. 차마 가까이 할 수 없는 나의 아름다운 얼음……. 죄송합니다. 서대제국이 동대제국 마법사들을 공격했다 의심하고 있었습니다."

카프멘 대공이 한 말이 그의 헛소리와 붙어서 나온 바람에, 나는 그가 얼마나 심각한 말을 해주었는지 바로 알아차리지 못했다. 30초 정도 시간이 지나서야 나는 화들짝 놀라 되물었다.

"정말인가요?"

"예."

카프멘 대공은 거기까지 말하고는 눈을 가느스름하게 떴다.

"나름대로 그럴듯한 이유도 있는 듯하고…… 말입니다."

하인리가 맥켄나에게 내리던 명령이 떠오른다. 나를 경계하던 아카데미 학장의 태도도.

그래서 에벨리가 분명 마력을 회복한 것 같은데도 내게 그 사실을 숨기려 했구나.

카프멘 대공은 내 눈치를 보더니 덧붙였다.

"조사 중 결정적인 증거를 잃어버렸다고 하니, 그 일이 공론화되진 않을 겁니다."

순간 내 생각을 듣고 안심하라고 해주는 말인 듯했다. 다리에 힘이 빠지는 듯해서, 나는 근처의 의자로 가 앉았다. 손목에서 맥박 뛰는 게 느껴졌다. 고동 소리에 맞춰서 얼굴이 달아올랐다.

억지로 모른 척하려 했던 일이, 결국 이렇게…….

카프멘 대공은 일이 이렇게 흘러갈 줄은 몰랐던지, 머뭇거리다가 한 손으로 자기 얼굴을 쓸었다.

"제가 괜한 말을 한 겁니까?"

"아니. 아닙니다."

카프멘 대공 탓이 아니었다. 그의 입장에선, 동대제국에서 온 마법사가 서대제국이 마력 감소 현상의 주범은 아닐까 의심하고 있으니 놀라서 알려준 거겠지.

"알려줘서 고마워요."

카프멘 대공이 돌아간 후. 나는 멍한 기분으로 안락의자에 앉아 있었다. 어둑어둑해져가는 저녁 하늘 어딘가를 정신이 훨훨 날아다니는 느낌이었다. 그러다 정신을 차리고 보니, 하인리가 내 방 문을 두드리고 있었다.

"들어와요."

힘없이 대답했으나, 차마 일어설 기운도 없어서 나는 문소리를 듣고서도 그냥 의자에 상체를 파묻고 눈을 감고 있었다.

식욕도 들지 않았다. 하인리가 아무리 맛있는 음식을 해 와서 먹어보라 해도, 오늘만큼은 입에 들어가지 않을 것 같았다. 그만큼 입 안이 텁텁하고 써서.

하인리에게…… 직접 이 일에 대해 대놓고 물어봐야 할까? 그의 입에서, 내 모국을 해치고 싶었단 말이 나올 게 분명한데도?

갑갑한 마음은 갈피를 잡지 못했다. 흐려진 귓가로 하인리의 목소리가 들어오기 전까지는.

"퀸? 이 상자는 뭡니까?"

아차, 상자!

가짜 부모를 만들어줄 때 에르기 공작이 당부했다. 절대로 친자 검사에 응하지 말라고. 당연한 말이었다. 친자 검사를 받으면 가짜 부모를 만들어낸 사실이 바로 발각될 텐데. 뭐 하러 굳이 그 검사에 응한단 말인가?

그렇기에 친부가 등장하면서 가짜 부모 논란이 벌어졌을 당시. 라스타는 에르기 공작의 조언을 그대로 따라서, 친자 검사를 받지 않겠다고 딱 잘라 고집했다.

'눈 가리고 아웅' 같은 방식이지만, 이때에는 라스타를 이해하는 사람도 있었다. 친자 검사를 받는 건 굴욕적인 일이었기 때문이다. 사람들은 되도록 이 방식을 사용하지 않고 일을 해결하고 싶어 했다. 특히 귀족들은.

"친자 검사를 거부하는 걸 보니, 역시 수상하죠?"

"공주가 아니라 어느 놈팡이 자식 아냐?"

"세상에. 유일한 폐하의 핏줄이 가짜라면 그건 큰일이지요!"

그러나 일단 한번 의심을 사기 시작하자, 이전에는 자연스럽게 라스타의 친자 검사 거부를 이해해주었던 사람들도 갑자기 태도를 바꿨다. 사실 이건 온전히 라스타가 의심을 받아서만도 아니었다. 힘 좀 있다 하는 가문들은 다들 자기 집안에서 황후를 배출하고 싶어 했다. 트로비 공작가의 위세와 라스타의 인기에 눌려서 내색하지 못했을 뿐. 그러다 상황이 달라지기 시작하자, 다들 꽁꽁 감춰두었던 야욕을 조금씩 드러내면서 라스타를 공격하는 것이었다.

이럴 때 라스타를 보호해줄 세력이 있더라면 그나마 상황이 나았을 텐데. 라스타에겐 그런 세력도 없었다. 그나마 힘이 되어줄 수 있는 게 로테슈 자작인데, 그조차 요즘은 르베티를 찾아다니느라 코빼기도 보이지 않았고, 주기적으로 돈을 요구하는 편지나 사람을 보내지 않는다면 죽은 건지 살아 있는지조차 모를 정도였으니, 도움이 될 리가 없었다.

'어떻게 하지……. 어떻게 하지…….'

라스타는 발을 구르며 침실을 서성거렸다. 친자 검사를 받으면 자신이 귀족이 아니란 게 들통난다. 그나마 다행인 건 친아버지가 지금은 평민이란 점 정도였다. 그래도 노예의 자식이란 것보단 평민의 자식이란 게 나으니까. 자신의 아이를 다음 황제로 만들진 못했지만, 평민 출신 황후도 선대에 몇 명 있었고.

'아니, 아니야. 안 돼. 그러면 우리 글로리엠이 무시당할 거야.'

라스타는 손가락을 덜덜 떨면서 머리카락을 무의식중에 하나하나 뽑다가, 따끔한 통증에 거칠게 두피를 문지르면서 바닥에 주저앉았다.

무섭고 초조해서 견딜 길이 없었다.

친자 검사…… 받으면 안 되는데. 절대 받으면 안 되는데. 친자 검사를 미루면 미룰수록 사람들이 공주의 친부를 의심하니 문제다.

그렇다고 이 와중에 에르기 공작을 찾아가 조언을 구할 수도 없었다. 공주의 친부가 누구니, 유부녀였던 걸 숨겼느니 마니 문제가 되는 와중에 몇 번이나 스캔들이 난 에르기 공작을 찾아갔다가는, 더욱 안 좋은 소문에 휩싸일 게 분명하니까.

'어쩌지……. 어쩌지…….'

한참을 생각한 끝에 라스타는 결론을 내렸다.

'친자 검사를 받자. 대신 아버지랑 이스쿠아 자작 부부 두 쪽 다 떠나라 하는 거야. 그러면 괜찮아.'

그래. 차라리 잘됐어. 어차피 이스쿠아 자작 부부도 요즘은 에벨리 건 때문에 신경 쓰였잖아.

하필 이 시기에 두 부부가 사라진 걸 사람들이 이상하게 생각할 수는 있지만, 어쨌든 이스쿠아 자작 부부와 친부가 사라져주기만 한다면 결국 누가 친부모였는지 알 수 없게 되지 않는가.

결론을 내린 라스타는 우선 친부가 찾아오길 기다렸다. 친부는 주기적으로 라스타에게 하녀를 보내 돈을 요구했는데, 슬슬 그 시기였기 때문이다. 먼저 연락을 하는 것도 가능하겠지만, 그러면 너무 노골적으로 보인다. 그러니 친부가 먼저 찾아오길 기다려야 했다. 늘 그렇듯.

물론 약간 걱정스럽기도 했다.

'그 작자가, 그래도 자식이랍시고 일말의 걱정이 들어서 안 찾아오면 어쩌지?'

그러나 친부는 라스타가 어떤 소문에 휩싸였는지 알면서도 평소처럼 사람을 보냈다.

"저기, 황후 폐하. 이것을……."

하녀가 조심스럽게 내미는 편지를 받으며, 라스타는 속에 쌓아 온 무언가가 와르르 무너지는 상실감에 저도 모르게 눈물을 흘렸다. 분명 '아버지가 이번엔 다르게 행동하면 어쩌지' 하고 걱정했는데. 그 인간은 늘 하던 대로 행동했을 뿐인데. 왜 이렇게 가슴이 쥐어짜이듯 고통스러운 걸까.

"황후 폐하?"

라스타가 편지를 받아 들고 눈물을 뚝뚝 흘리자, 하녀가 놀라서 물었다.

"괜찮으십니까?"

괜찮냐고? 라스타는 버럭 고함을 지를 뻔했다. 지금 자신이 어떤 상황인지 뻔히 알면서, 괜찮냐고?

그녀는 눈을 부릅뜨고서 커다란 눈으로 하녀를 쳐다보았다. 온순하게 커다란 눈이 매섭게 쏘아보자, 마치 심해에서 만난 물고기처럼 기묘하고 섬뜩한 느낌을 주었다. 하녀는 움찔해서 시선을 아래로 내렸다.

라스타는 입술을 깨물고서 하녀에게 잠시 나가 있으라 명령했다. 그녀는 심호흡을 하고 편지 봉투를 열었다. 봉투를 열면서, 억울하게도 원치 않는 기대감이 다시 솟아 올라왔다.

이번은. 어쩌면 이번 한 번은 제대로 아버지 노릇을 하려는 걸지도 몰라.

이런 기대를 하는 자신이 경멸스러웠으나, 분명 그런 생각이 들었다. 라스타는 편지를 꺼내 빠르게 읽어 내려갔다. 이런이런 사정으로 돈이 필요하다……. 이런 사업을 해보려 한다……. 평소와 똑같았다. 안부조차 묻지 않는다. 자신이 요즘 얼마나 힘들게 지내는지, 구구절절 적기만 했다.

하지만 평소보다 요구하는 액수가 컸다. 소문을 아주 모르는 건 아닌 듯했다. 그런데 안부 이야기는 없고 돈만 더 요구한다. 눈물이 후두두둑 아래로 떨어졌다. 라스타는 편지를 팽개치고서, 바닥에 쪼그리고 앉아 두 손으로 얼굴을 감쌌다.

손끝에 닿은 상처, 예전에 하녀에게 얻어맞아 생긴 이마의 상처가 거슬리게 손가락에 닿았다. 앞머리로 아무리 잘 가려도 상처는 흉터로 남아 이렇게 거슬렸다. 라스타는 흉터를 손톱으로 긁었다.

억울했다. 너무했다. 도대체 뭔가. 차이가 뭔가. 뭐 때문에 자신은 이런 쓰레기 밑에서 태어나 날 때부터 노예이고, 뭐 때문에 그 여자는 자상한 부모님 밑에서 태어나 행복하게 살아온 걸까? 그 여자도 힘든 일은 있었겠지. 안다. 안다. 하지만 자신만큼은 아니었을 것이다.

애초에 쥐고 태어난 게 달랐다. 자신은 가진 게 없어서 손을 크게 넓게 뻗어 휘둘렀을 뿐이다. 많이 가져보고 싶었다. 사랑받고 싶었고, 웃고 싶었고, 행복해지고 싶었다. 딱 이 품 안에 들어올 만큼만이라도 행복해보고 싶었다. 자기 죄를 딸에게 밀어 넣고 자유로워진 아버지나, 사랑을 약속하고서 떠밀어버린 연인이 아니라, 정말 자신을 사랑해주는 그런 사람을 가지고 싶었다. 온전히 사랑하고 온전히 사랑받고. 아무 잘못도 없는데 노예란 이유로 손가락질받지 않고.

이게 잘못인가? 이게 그렇게 잘못인가?

황후의 자리를 빼앗아서…… 황후의 남편을 빼앗아서…… 그래. 빼앗았다. 그래서 이런 벌을 받는 거라고?

라스타는 울면서 피식 웃었다.

그럴 리가. 아니었다. 절대 아니지.

황후의 자리를 빼앗아서 이런 고통을 당하는 거라 하기엔, 그녀는 그전부터 불행했다. 아무것도 하지 않아도 불행해서, 이번엔 무언가를 해보려 했는데. 불행은 더욱 커졌다.

도대체 왜? 행복한 사람은 왜 끝까지 행복한데, 불행한 사람은 왜 끝까지 불행한 거지? 분수를 지키지 않아서? 하지만 분수를 지키면 어떻게 되는데? 고분고분한 노예로 평생 복종하며 살다가, 언젠가는 아버지가 구하러 올 거라 기대하며 살다가, 그렇게 기대하고 조리며 살다가 얌전히 죽었어야 한단 건가?

라스타는 엉엉 울면서 주먹으로 카펫을 두드렸다. 주먹이 카펫을 두드릴 때마다, 알이 굵은 화려한 반지가 날카롭게 살 속으로 파고 들어갔다. 손에서 피가 흘러나왔지만, 고통조차 느껴지지 않았다.

이 자리는 네게 어울리지 않아. 넌 높은 자리에 어울리지 않아. 화려한 보석이 살갗을 물어뜯으며 속삭였다. 난 네 손가락에 어울리지 않아.

엉엉 울음을 터트리다가, 라스타는 순식간에 뚝 울음을 그쳤다. 마음이 바뀌었다.

내가 뭘 잘못하거나 한 게 아닌데도 하인리가 상자에 대해 묻자마자 바로 "별거 아니에요." 하는 말이 튀어나갔다. 하인리는 내 말에 조금도 의심치 않고 다가와 뺨에 입을 맞추었다.

"그런데 표정이 왜 이렇게 안 좋아요? 응?"

저절로 입에서 한숨이 흘러나왔다. 그에게 소비에슈가 보낸 상자에 대해 먼저 말해야 할까, 아니면 모른 척 눈감고 싶었던 '그 일'에 관해 물어봐야 할까.

"퀸?"

"고민 중이에요."

"표정을 보니 기쁜 고민은 아닌 것 같고……."

하인리는 내가 앉은 의자에 몸을 기대고 서며 나를 물끄러미 쳐다보았다. 나는 고개를 끄덕였다. 기쁜 고민은 아니지.

"해야 할 말이 두 개가 있어요."

"말할지 말지 고민하는 건가요?"

"둘 중 뭘 먼저 말할지 고민하는 겁니다."

둘 다 꼭 해야 하는 말이니까.

결국 생각 끝에 더욱 커다란 일부터 말하기로 했다. 소비에슈가 보낸 상자야, 그냥 하인리가 그걸 보고 질투할까 염려되는 정도이지만. 마력 감소 현상에 관한 일은 정말로 중요한 일이니까.

"그리 말하니 무서운데요."

하인리는 중얼거리더니 자기 두 손을 꼭 모아 쥐고서 턱을 받쳤다.

"뭔가요, 퀸?"

"혹시 그대가 마력 감소 현상을 일으킨……."

범인인가요? 라고 말을 하려다가 좀 더 단어를 골랐다.

"일으키고 있나요?"

이 와중에 '범인'이라고 하니 꼭 그를 나쁜 사람 취급하는 것 같아서. 물론 그가 정말 마력 감소 현상을 일으켰다면, 이미 수백 명의 피해자를 만들었을 테고…… 그 사람들에겐 하인리가 나쁜 사람이겠지만.

눈 깜빡할 사이, 하인리의 얼굴이 살얼음이라도 낀 마냥 서늘해졌다.

"나비에."

그가 시린 목소리로 나를 불렀다. 평소보다 덜 따뜻한 눈동자가 내게 고정되었다. 저 표정이 꾸며내지 않았을 때의 표정이구나. 내숭을 부릴 생각도 하지 못한 채 얼어붙어 있는 모습은, 생각 이상으로 차가워 보였다. 하지만 그는 내게 화를 내고 있는 게 아니었다. 내 질문 한마디에, 늘 덮어쓰고 다니던 다정하고 상냥한 가면이 사라졌을 뿐.

"하인리."

변명조차 하지 못하고 굳어 있는 그 모습에 가슴이 아렸다.

"하인리."

거듭 그의 이름을 부르고서, 뺨에 손을 올렸다.

"하인리."

세 번 이름을 부르고 그의 윗입술에 살짝 입을 맞췄다. 하인리는
그제야 눈동자를 파르르 떨더니, 눈을 천천히 깜빡거렸다. 연한 금
색 속눈썹이 보라색 눈동자 위를 가냘프게 오갔다.

"나비에. 퀸. 나비에, 나는⋯⋯."

"그대를 탓하려는 게 아니에요."

하인리가 시선을 내리깔자 눈동자가 완전히 가려졌다.

"하인리. 그대에게 솔직하게 듣고 싶은 거예요."

방 안이 완전히 조용해지면서 시계가 똑딱거리는 소리만 들려왔
다. 이어서 창문 너머에서 나는 바람 소리, 풀벌레 소리⋯⋯. 현실
감이 사라지고, 세상에 나와 그가 단둘만 남아버린 느낌이 들었다.
하인리가 여기서 어떤 말을 하더라도, 전부 받아들일 수 있을 것
같았다.

하인리가 천천히 눈꺼풀을 들어 올리자 감춰졌던 눈동자가 다시
드러났다.

"퀸."

그가 나를 부르자, 마법 같은 기묘한 정적에 휩싸였던 분위기가
순식간에 깨져버렸다. 다시 현실이 우리를 낚아채 방 안으로 돌려

주었다. 갑자기 모든 게 두려워지면서 긴장감에 손바닥과 혓바닥이 가려워졌다. 하인리를 감싼 손바닥에서도 아무 감각이 들지 않았다.

"지금은 아닙니다."

하인리는 결론부터 이야기했다. 그러고는 얼른 자신의 뺨 위에 올라간 내 손 위에, 자기 손을 겹쳐 올리며 빠르게 말을 이었다.

"동대제국을 누르기 위한 방법으로 마법사들을 건드린 건 사실입니다. 마법사들은 동대제국을 최강의 국가로 만들어준 기둥이자, 동대제국 황제들의 권력 그 자체니까요. 하지만 이젠 아닙니다."

날 보는 하인리의 눈은 꼭 겁에 질린 것처럼 보였다.

"동대제국에서 온 그대와 결혼했잖아요. 그대를 위해서라도 동대제국에 먼저 전쟁을 걸 생각은 없습니다. 정말이에요."

"에벨리는……."

"제 계획에 휩쓸려서 마력을 잃은 게 맞습니다. 하지만 마력을 돌려준 것도 접니다, 퀸. 그대를 위해서요. 그대가 그 아이를 보고 아파했으니까요."

에벨리는 마력을 되찾았는데 어떻게 된 일인가요, 라고 물어보려 했는데. 겁에 질린 하인리가 알아서 다 이야기해주었다.

여러 가지 감정이 동시에 들쭉날쭉 고개를 들이밀었다. 자기들끼리도 마구 뒤섞여서 구분하기조차 어려운 그런 감정들이.

나는 입술만 달싹이다가 그냥 말없이 그의 얼굴을 양손으로 잡고 그의 이마에 내 이마를 가져다댔다.

복잡한 가운데 두 가지 감정만이 또렷했다. 고마운 마음과 죄책감. 전에도 각오했듯, 서대제국 황제인 그가 동대제국과 전쟁을 준비한다고 해서 내가 무조건 말릴 수는 없다. 이성적으로는. 하지만 섭섭하지 않을 자신도 없었다. 내 남편이 내 모국과 가문과 친구들을 공격하는 거니까.

그러나 하인리가 자신의 입으로 날 위해서 동대제국에 먼저 전쟁을 걸진 않을 거라 한다. 오래전부터 계획한 일일 텐데. 날 위해서 그 일을 포기했다고 한다. 고맙지만, 나 때문에 서대제국 황제라는 그의 정체성이 흔들린 게 미안했다.

그렇지만 '염려 말고 내 나라와 가족들을 공격해라'고 할 수도 없었다. 물론 복잡한 마음 한편에는 그에 대한 서운한 마음이라거나, 우리가 부부가 되지 않았더라면 적으로 만났겠구나, 하는 생각도 섞여 있었다.

"퀸."

하인리가 거듭 날 불렀다. 내가 말없이 가만히 있자 무서운 듯했다. 무언가 말을 해야 한다.

'하지만 뭐라고?'

머릿속과 가슴속을 빠르게 오가는 여러 가지 감정을 이리저리 들춰보다가, 개중에서 하나를 골라냈다.

지금 당장 필요한 말을.

"날 배려해줘서 고마워요."

그의 귓가에 대고 낮게 속삭였다. 하인리는 몸을 움찔하더니 덩달아 낮은 목소리로 물었다.

"화내지 않는 겁니까?"

"그대가 날 위해서 전쟁을 하지 않겠다는 거잖아요."

"에벨리를 아프게 한 게 나인데도요?"

"마력을 돌려준 것도 그대잖아요."

"애초에 내가 빼앗지 않았더라면, 그 애는 지금보다 더 강했을 겁니다."

마력이 다 돌아오진 않은 모양이구나. 하지만 이 부분은 내가 에벨리가 아니기에, 대신해서 괜찮다고 말할 수 없는 부분이었다.

"제게 실망하지 않았습니까, 퀸?"

그대가 내숭쟁이라는 건 이미 예전부터 알고 있었어요. 속으로만 자세히 대답하고서, 고개를 저었다.

"실망하지 않았어요."

"퀸……."

하인리가 내 질문에 '맞다'고 인정하고 미안하다 사과했다면, 아마 지금과 다른 감정이 들었을 것이다. 날 사랑하지만 황제로서 전쟁은 꼭 해야 한다거나, 그런 말을 했더라도 다르게 반응했겠지. 하지만 그는 더 이상 내가 두려워하던 일을 진행하지 않을 거라 했다. 날 위해 이미 커다란 욕심을 포기한 그에게, 내가 뭘 어떻게 말해야 할까.

날 사랑한다던 그의 고백이 다시 떠올랐다.

"하인리."

이 사람은 진심이구나. 진심으로 날 사랑하고 있구나.

멍한 기분이다. 멍한 기분 사이로, 아직까지 탁상 위에 놓여 있는 소비에슈의 선물 상자가 눈에 들어왔다.

문득 궁금해졌다. 소비에슈라면 이 상황에 어떻게 했을까.

"……."

모르겠다. 이젠 그의 행동 패턴은 잘 짐작도 가지 않는다. 동대 제국에 있을 때는, 그 자존심 강한 소비에슈가 이혼한 후 내게 저런 선물을 계속 보낼 거란 것도 상상하지 못했으니.

"그런데 퀸. 할 얘기가 두 가지가 있다고 했잖습니까. 다른 하나는……."

잠시 생각이 다른 데로 샌 사이. 하인리가 초조한 목소리로 물었다. 하나는 소비에슈 얘기란 걸 모르기에, 다시 한번 긴장한 듯 어깨와 팔의 근육이 딱딱해져 있었다.

"이건 그대 이야기는 아니에요."

"?"

"소비에슈가 내게 아주 귀한 선물을 보내왔어요."

"이번에 사절단이 가져온 공예품 말입니까?"

"개인적으로 하나 더 보낸 게 있어요."

"개인적으로……."

중얼거린 하인리가 힐긋 탁상 위에 놓인 찌그러진 상자를 보았다.

"혹시 저것입니까?"

고개를 끄덕였다.

"소비에슈에게 이런 걸 받기엔 부담스러우니 돌려보내고 싶은데. 내가 개인적으로 보내자니 남들의 오해를 살지도 몰라서요. 그대가 돌려보내주겠어요?"

하인리의 표정이 시무룩해졌다. 그러고는 몇 번이나 나를 번갈아 살피다가 초조하게 입술을 씹었다. 내가 '소비에슈가 꼼꼼하다'고 말했을 때처럼 질투심을 드러내고 싶은 듯했다. 하지만 평소처럼 굴지 못하고서, 그는 결국 내 어깨에 자기 이마를 기대며 한숨을 내쉬었다.

"퀸. 일부러 말하는 순서를 이렇게 고른 거지요?"

"실망했나요?"

하인리가 한 말을 그대로 흉내 내어 묻자, 그는 나지막하게 웃음을 터트리더니 고개를 들어 눈을 맞추었다. 입을 맞추었다. 마음을 맞추었다.

'그 인간은 내가 돌아가 달라 부탁한다고 돌아가 줄 사람이 아냐. 평생 내 발목을 잡을 거야!'

처음, 라스타는 친부를 불러 가진 재산의 상당수를 주어서라도 제발 사라져달라 부탁할 생각이었다. 다시는 내 인생에 나타나지 말아 달라고. 이 정도를 받으면 어지간한 인간이라도 받고 떨어지겠지, 생각했다. 아버지는 빌어먹을 조앤슨 기자와 잘 알고 지내는 듯하니, 자신이 어떤 궁지에 몰려 있는지도 누구보다 잘 알 게 아닌가.

그러나 아니었다. 라스타는 자신의 생각이 틀렸다는 걸 깨달았다. 아버지는 자신이 죽을 때까지 빌붙을 것이다. 아니, 어쩌면 죽은 후에도 빌붙을지 몰랐다. 글로리엠을 이용해서!

없애야 한다. 라스타는 이를 악물었다.

그딴 것도 아버지라고, 버림받을 때마다 마음이 아팠다. 그딴 것도 아버지라고, 다른 사람처럼 처리할 생각을 할 수도 없었다. 그 빌어먹을 아버지에게 해를 가하는 게 성역을 건드리는 것처럼 여겨져서. 하지만 아니다. 잘 생각해보니, 그자는 성역이 아니라 모든 불행의 시초이자 원인이었다. 그 썩은 뿌리를 잘라내야 했다.

마음을 굳게 먹은 라스타는, 거울을 보며 헝클어진 머리를 정리하고 손가락 살을 파고 들어간 반지를 빼내어 탁자 위에 올려두었다. 피 묻은 보석에서 피가 주룩 흘러내려 탁자 위에 빨간 점을 그렸다.

라스타는 붉은 장갑을 꺼내 착용한 후 응접실로 직접 나갔다. 응접실에는, 아버지가 보낸 하녀가 소파에 앉아 다른 하녀들에게 자신이 요즘 얼마나 즐겁게 지내는지 떠들고 있었다. 어쩌면 자신이 황후 폐하의 새어머니가 될 수도 있다고 웃음을 터트린다.

그러다 뒤늦게 라스타가 온 걸 알아챘는지, 하녀는 황급히 일어나서 두 손을 모으고 고개를 숙였다. 황후의 새어머니 운운한 걸 들었으니 라스타가 화를 낼 거라 생각한 듯, 하녀가 겁먹은 얼굴로 라스타의 눈치를 살폈다. 그러나 라스타는 하녀에게 화를 내는 대신, 빙그레 웃으면서 속상하단 듯이 말했다.

"아버지에게 선물을 보내고 싶지만 네가 혼자 들고 가기엔 너무 무거울 것 같네."

"괜찮아요. 전 힘이 셉니다."

"힘이 세도 못 들고 갈 거야. 어쩌면 이번이 마지막 선물이 될지도 몰라서, 라스타가 좀 많이 넣었거든."

"마지막 선물이요?"

"요즘 입장이 많이 난처해졌어. 설마 모르진 않겠지?"

"……."

"마지막으로 아버지 얼굴도 뵙고 싶고. 그러니 직접 와주셨으면 하는데. 그렇게 전해주겠어?"

하녀는 떨떠름한 얼굴로 "네." 하고 대답했다.

"아. 하나 더."

"네?"

"선물이 너무 커서, 들고 나가면 티가 많이 날 거야. 이 와중에 라스타한테 귀한 선물을 받아 갔단 소문이 돌면 아버지한테도 좋지 않겠지? 그러니까 꼭 사람들 눈에 안 띄게 오라고 전해. 뒷길로 오면 되겠네."

라스타는 이후 방 안으로 들어가서, 탁자 위에 내려둔 반지를 집었다. 반지에 묻은 피를 닦아내는 대신, 일부러 자신의 피를 더욱 쥐어짜 보석 여기저기에 얼룩덜룩 묻혔다. 이후 그 보석 반지를 작은 주머니에 넣고, 넓은 소매 통 안쪽에 비수를 달았다.

검은색의 가벼운 망토를 걸친 라스타는, 산책을 하겠다며 서궁을 나선 다음, 뒷길 초입으로 갔다. 딱히 구경할 경치도 없는 데다가 이쪽 길을 통하면 어딜 가든 빙 둘러 가는 것이라, 경치를 감상하고 싶어 하는 사람들도, 일하느라 바쁜 사람들도 모두 이 길은 사용하지 않는다. 아버지도 정체를 드러내고 오진 않을 테니, 이곳에서라면 일을 잘 처리할 수 있겠지.

얼마나 기다렸을까. 마침내 건들거리는 걸음걸이의 아버지가 모습을 드러냈다. 어깨를 당당하게 펴고 히죽히죽 웃으면서 팔자로 걷고 있었다. 라스타는 수풀 사이에 몸을 숨기고서, 아버지가 가까워지기를 기다렸다. 그런데 아버지 뒤로 따라오는 기사가 있었다.

'누구지?'

라스타는 인상을 찡그렸다. 혹시 아버지가 데려온 사람인가?

그러나 그건 아닌 듯했다. 기사가 아버지를 뒤에서 부르자, 아버지가 놀라 펄쩍 뛰었으니까. 기사는 공손한 태도로 잠시 무어라 말을 했다. 그러자 아버지는 고개를 몇 번 끄덕이더니, 이윽고 탐욕스럽게 웃으며 뒤를 쫓았다. 라스타는 뒤를 잠시 쫓다가, 들킬 것 같아서 결국 침실로 돌아왔다. 하지만 초조해서 의자에 앉을 수가 없었다.

'뭐지? 누가 아버지를 데려간 거지? 폐하인가?'

곰곰이 생각하고 있자니, 한 방울 기대감이 퍼져갔다. 그래. 폐하인가 보다! 그가 자신과 공주를 위해서 나서준 게 분명했다.

나비에 황후와 사이가 멀 때에도, 소비에슈 황제는 나비에 황후와 자신의 드레스가 겹치자 바로 나비에 황후를 편들었다. 그녀가 황후이기 때문에. 지금도 이런저런 일로 자신과 사이가 좀 틀어졌지만, 막상 위급한 상황이 되니 그녀를 편들어주는 게 분명했다. 이번엔 자신이 황후이기 때문에.

라스타의 짐작은 반은 진실이었다.

"그자는?"

소비에슈의 질문에 기사가 허리를 숙이며 말했다.

"지하감옥 깊숙한 곳에 얼굴을 망가뜨려 넣어두었습니다."

소비에슈는 이미 라스타의 친부가 나타났을 때부터, 사람들의 관심이 멀어지면 은밀히 처리하란 명령을 내려둔 후였다. 그런데도 굳이 지금 처리한 건, 상황이 너무 급박해졌기 때문이었다.

라스타가 이스쿠아 자작 부부의 친자식이 아니란 게 들통났을 때, 곤란해지는 건 라스타뿐만이 아니었다. 설령 이번 친자 검사에서 글로리엠이 자신의 친딸이란 결론이 난다 한들, 라스타의 친부가 살아 있으면 공주의 미래가 괴로워진다. 그러니 문제가 될 여지는 미리 잘라두는 수밖에. 게다가 그 남자를 라스타가 궁전으로 불렀을 때 처리했으니, 훗날 이런 점들을 사용할 수 있을지도 모르고.

"이스쿠아 자작 부부는 어떻게 할까요?"

소비에슈의 입꼬리가 비틀려 올라갔다.

그 부부는, 자신들이 라스타의 가짜 부모란 사실을 소비에슈가 모른다 생각하고 있었다. 그러니 아마…….

"라스타와 친자 검사를 받을 수 있거든 궁에 남고, 그런 게 아니거든 궁을 떠나라 해라. 이번 일에 휘말려 그나마 남은 명예조차 잃고 싶진 않을 테니, 아마 바로 달아날 거다."

소비에슈가 아버지에 대한 일을 처리했을 거라 생각한 라스타는, 안심하고서 이스쿠아 자작 부부를 불렀다. 소비에슈는 덫에 걸린 자신을 직접 구해주었으니 그 자작 부부가 가짜 부모라고 생각할 것 같긴 하지만, 그래도 혹시 모르니 이스쿠아 자작 부부는 자신이 직접 떠나게 할 생각이었다.

"그렇지 않아도 요즘 좋지 않은 이야기가 계속 나오는 것 같아 걱정했단다."

"염려 말아라. 우리가 네게 해가 될 일을 하진 않아."

이스쿠아 자작 부부는 라스타가 사정을 말하고 잠시 자리를 피해달라 부탁하자, 눈물까지 글썽이면서 알겠다 대답했다. 친딸을 찾아야 한다며 돈을 요구할 때는 억지스럽고 짜증 났지만, 이럴 때는 최소한 친부보다는 나았다.

"고마워요. 사정이 나아지면 다시 부를게요."

"도움이 필요해도 언제든 부르고."

"당연하지요."

라스타는 흐느끼면서 부부를 차례로 끌어안았다.

"두 분이 차라리 제 진짜 부모님이었으면 좋았을 걸 그랬어요."

말을 하자마자 에벨리가 떠오른 라스타는, 괜히 흠칫해서 얼른 손을 뗐다. 그러고는 원래 친부에게 주려고 했던 돈과 이스쿠아 자작 부부에게 주려고 했던 돈을 모두 합쳐서 건넸다.

에벨리가 죽거나 사라지지 않는 한, 그녀는 이 부부를 부르지 않

을 것이다. 어쩌면 이들과도 이 길로 영원히 작별일지도 모르지. 이
건 그녀가 마지막으로 넓게 베푸는 선물이었다.

'이 정도로 후하게 대접하면, 나중에 다른 나라나 마을에 가서도
나쁜 이야기는 하지 않겠지.'

자작은 훌쩍이며 돈을 받아 들고 서럽게 말했다.

"고맙다, 라스타."

자작 부인도 얼른 덧붙였다.

"우린 널 잊지 않을 거야."

"하지만 지금 당장 우리가 돌아가면 사람들이 더 이상하게 여길
지도 모르니, 기다리다가 적당한 때에 떠나도록 하마."

라스타도 그편이 나을 거라 생각해서, 알겠다고 수긍했다.

이후 그녀는 소비에슈를 찾아갔다. 소비에슈는 침실에서 그녀를
맞았다. 라스타는 파랑새 때문에 소비에슈의 침실에는 들어가고
싶지 않았지만, 어차피 파랑새가 라스타를 두려워한다는 건 베르
디 자작 부인 때문에 들통난 후였기에 억지로 소비에슈의 침실 안
에 들어섰다. 그러나 침실 안에 들어서는 순간. 예전에 소비에슈에
게 사랑받던 시절을 회상할 새도 없이, 라스타는 놀라서 입을 벌렸
다. 벽에 걸린 커다란 그림 액자 때문이었다. 침대에 앉았을 때 가
장 정면에서 볼 수 있도록 걸린 그림.

"저건……."

라스타는 입을 뻐끔거리다 더듬더듬 그림으로 다가갔다. 액자는
두 개였다. 요람에 누운 채 방긋방긋 웃고 있는 사랑스러운 글로리
엠 공주. 그 옆에 걸린 다른 하나는…… 나비에 황후. 소비에슈에게

무릎베개를 해준 나비에 황후의 그림이다. 그림 속 나비에 황후는 쌀쌀맞은 표정을 한 채, 소비에슈를 내려다보고 있었다.

그걸 보자 라스타의 머릿속에서 펑 하고 무언가 터지는 소리가 났다. 그녀는 기가 차서 허망하게 웃었다. 누가 뭐라 한들 지금 소비에슈의 아내는 자신이었다. 대신관이 직접 나비에 황후와 소비에슈의 이혼을 허락했고, 자신과 소비에슈의 결혼을 허락했다.

그런데 이미 다른 남자의 아내가 된 여자 그림을 침실에 걸어두다니! 그것도 자신의 딸과 함께!

속이 부글부글 끓어서 라스타는 주먹을 꽉 틀어쥐었다. 소비에슈는 욕실에서 나오며, 그런 라스타의 뒷모습을 복잡한 눈으로 바라보았다. 그러나 인기척을 느낀 라스타가 돌아보았을 때, 소비에슈의 눈은 무심하고 덤덤했다. 라스타는 원망스럽게 그를 쳐다보았지만, 소비에슈는 별다른 표정 변화가 없었다.

아슬아슬해진 분위기는 새가 괴상하고 날카로운 소리를 내며 새장을 마구 흔드는 바람에 조각났다.

"그래. 내게 할 말이 있다고?"

소비에슈는 새장으로 가 새를 달래주며 물었다. 원래 라스타는 소비에슈에게, 자신의 아버지를 죽였냐고 물어보려 했다. 그리고 소비에슈가 그렇다고 대답을 하면서 조금이라도 미안해한다면, 고맙다고 말하려 했다. 자신의 손으로 아버지를 해치지 않게 해주어서 고맙다고 말하고 싶었다. 비록 요즘은 사이가 예전보다 어색해졌지만, 위급한 순간 늘 그녀를 구해준 건 소비에슈였다고, 소비에슈는 언제나 자신을 잡아 올려주었다고 말하고 싶었다. 공주에 대해서는 걱정하지 말라고도 말하고 싶었다.

이렇게 말을 하면, 소비에슈가 어떤 이유에서든 아내의 아버지에게 해를 끼쳤단 것 때문에 죄책감을 가질 거라 생각했는데…….

모르겠다. 침실에 걸린 나비에 황후의 그림을 보는 순간, 자신감이 사라졌다. 그녀는 소비에슈가 자신의 아버지를 죽인 데 죄책감을 품기는 할지 의심스러워졌다. 소비에슈 황제는 그녀를 사랑한다는, 철석같이 믿고 있던 전제가 흔들리자 모든 게 엉망으로 여겨졌다.

"말을 하거라."

새를 진정시킨 소비에슈가, 태연히 침대에 앉아 물기 묻은 머리카락을 수건으로 문지르며 명령했다. 전 아내의 그림을 침실에 걸어두었으면서. 그 그림을 현재의 아내에게 들켰으면서도 전혀 개의치 않는 얼굴이었다.

라스타의 얼굴이 일그러졌다. 바닥을 내려찍을 때도 느껴지지 않던 반지의 통증이, 새삼 손가락에서 욱신거렸다.

"폐하께선……."

결국, 입 밖으로 튀어 나간 말은, 하고 싶던 말이 아니었다.

"라스타를 사랑하세요?"

진심이었다.

소비에슈가 미간을 찡그렸다.

"갑자기 와서 무슨 소리지?"

"말씀해주세요. 중요해요!"

"라스타. 네 투정을 받아줄 시간 없다."

"덫에 걸린 게 라스타가 아니라 다른 사람이었더라도, 폐하께서는 구해주셨을 건가요?"

"내겐 죽은 인간을 수집하는 괴상한 취향은 없다, 라스타. 당연히 누가 다쳤든 데려와서 치료해줬을 거다."

"그 사람이 라스타가 아니었더라도…… 폐하께선 정부로 삼으셨을까요?"

소비에슈는 묘한 눈길로 라스타를 바라보았지만 대답해주지 않았다. 라스타는 소비에슈의 침묵이 '그렇다'의 침묵인지 '아니다'의 침묵인지 짐작할 수 없었다. 그녀는 시무룩해져서 중얼거렸다.

"친자 검사를 받겠단 말씀을 드리러 온 거예요……."

라스타가 친자 검사를 받겠다고 나서자, 들판의 불길처럼 번져나가던 의혹이 조금씩 속도를 늦추다가 점점 사그라들기 시작했다.

"이렇게 당당하게 나서는 걸 보니, 역시 공주님이 다른 남자의 아이란 건 억측이었나 보네요."

"그렇더라도 첫째 아이 존재를 숨기고 황후가 된 건 사실 아닙니까?"

"그거야 그렇지만, 공주님의 출생까지 의심하는 건 심하단 거지요."

"친자 검사를 했는데 공주님이 당당한 황제 폐하의 따님이라면, 함부로 억측을 뱉은 사람들은 모두 부끄러운 줄 알아야 할 겁니다."

"흠. 답은 신전에서 밝혀주겠지요."

사람들은 라스타가 이렇게 당당하게 나올 때는 이유가 있을 거라 믿었다. 물론 공주에게 문제가 없단 게 밝혀진다 한들, 이미 과거를 숨기고 들어왔단 이유로 그간의 순수하던 이미지는 깡그리 무너졌지만, 그래도 '공주가 공주가 아니었다'는 소문이 워낙 파격적이다 보니 상대적으로 묻히는 감이 있었다.

귀족들은 물론 평민들까지도 모두 다 라스타 황후가 받을 친자 검사에 관심을 기울였다. 그러나 모두의 기대와 달리, 친자 검사는 약간 뒤로 미루어졌다. 검사 결과가 어떻게 나오든 당분간 혼란스러울 텐데. 곧 하인리 황제의 생일이기 때문이었다.

간단하게 생각하면 남의 나라 황제 생일일 뿐이지만, 외교 관계란 복잡한 것이어서, 동대제국 황실이 엉망이 된 채 외국 귀빈들이 모이는 곳에 가게 되면 우스갯거리가 된다. 그러니 이 일은 대외 행사가 끝난 다음 마무리 짓는 게 나았다.

이스쿠아 자작 부부에겐 참으로 다행스러운 일이었다. 부랴부랴 자리를 피하는 건 누가 봐도 눈 가리고 아웅인데. 이젠 여유가 좀 있으니, 도망치듯 떠나지 않아도 된다. 그들은 적당히 버티다가, 나중에 친자 검사를 할 때 즈음 적당히 이유를 대고 물러나기로 했다.

라스타에게도 이 시간이 소중하고 유용해서, 그녀는 사람들이 또다시 떠들어댈 걸 감안하고서 에르기 공작을 찾아갔다. 어쩔 수 없었다. 아주 중요한 일을 해야 하는데. 이 일은 에르기 공작 외엔 맡길 사람이 없었다.

"라스타 님?"

에르기 공작은 이런 시기에 라스타가 찾아오자 좀 놀란 듯 한쪽 눈썹을 비딱하게 올렸다.

"당분간은 제게 오지 않으실 거라 생각했는데요."

"부탁할 게 있어서 왔어요."

에르기 공작은 이 와중에도 귀찮아하는 내색 없이 웃으면서 물었다.

"무엇입니까? 라스타 님의 부탁이라면 뭐든 들어드려야지요."

라스타는 흔들리는 눈동자로 공작을 쳐다보다가 어렵게 입을 열었다.

"안을…… 알렌의 아들을 납치해줘요."

"라스타 님의 첫째 아이 말입니까?"

"라스타 아이가 아니에요!"

"……."

"라스타 아이는 죽었어요. 하지만 그 망령이, 라스타와 공주를 붙잡고 늘어지고 있어요. 그 아이가 있으면 우리까지 망가질 거예요."

에르기 공작은 잠시 무표정하게 라스타를 바라보다가, 곧 빙긋 웃으며 물었다.

"어떻게 해드릴까요? 죽여드릴까요?"

라스타는 황급히 고개를 저었다.

"아니, 그건 아니에요."

"그러면 어쩌길 바라십니까."

"아기가 간절한 집에…… 친자식이 아니어도 잘 키워줄 그런 집에 맡겨줘요. 동대제국 말고. 좀 먼 나라에……."

"먼 나라까지 가야 합니까?"

에르기 공작이 눈썹을 약간 찡그렸다.

"이번엔 까다로운 요구를 하시는군요."

"답례는 뭐든 할 테니까……."

"하지만 라스타 님은, 제게 약속한 항구도 아직 주지 않으셨잖습니까. 막대한 돈을 빌려드린 거라거나 여러 가지 다른 부탁을 들어드린 건, 우정에서 한 행동이니 달리 재촉하진 않겠습니다. 하지만 항구는 저도 좀 아쉽군요."

라스타는 초조하게 입술을 깨물었다.

"꼭, 꼭 줄게요. 하지만 공작도 알다시피 라스타가 지금은 그런 어마어마한 걸 줄 처지가 아니에요. 알잖아요."

"알지요. 하지만 라스타 님이 절 이용만 할 뿐, 나중에 쓸모가 다하면 이대로 내쳐버리는 건 아닐까 좀 걱정이 됩니다."

"절대 그렇지 않아요!"

"저도 믿고 싶지만, 사람 마음이야 매번 다르니까요."

고개를 끄덕인 에르기 공작이 악마 같은 미소를 띠고 다가가 물었다.

"그러면 제게, 이후 상황이 진정되면 항구를 주실 거란 징표를 하나 써주시겠습니까?"

소비에슈의 선물은 하인리에게 맡겼고. 그가 내 모국과 전쟁을 할지 모른단 걱정도 사라졌다.

하지만 두 가지 걱정이 사라지자 다시 새로운 걱정이 튀어나왔다. 물론 이번 걱정은 지난번과 달리 심장이 내려앉을 정도로 어둡고 무거운 고민이 아니었다. 좀 더 가볍지만, 잘 풀고 싶은 고민이다. 바로 코앞에 다가온 하인리의 생일 선물 문제였다.

"내 팁대로 하라니까."

"너무 성의 없어 보이지 않을까요?"

"요리사가 요리를 하든 네가 요리를 하든 재료와 시간은 똑같단다. 거기에 넌 추가로 돈을 더 내는 거야. 이게 왜 성의가 없는 거니?"

"……."

하인리에게 무슨 선물을 주느냐, 이 문제.

어머니는 '요리를 선물하고 싶다면 솜씨 좋은 요리사를 고용해서 네가 만든 척 주어라' 쪽이었다. 꼭 이렇게 하라고 강요를 하시는 건 아니다. 엉터리 요리를 해서 하인리가 억지로 음식을 먹게 하느니, 자신의 팁이 낫지 않겠냐고 말씀하시는 정도이긴 한데…….

"생각을 더 해볼게요."

결국, 나는 어머니 외 다른 사람들에게도 조언을 구하기로 했다. 하지만 다른 사람들도 도움이 되지 않긴 마찬가지였다.

"남편 생일에 선물이요? 우리 사이에 그딴 건 없어요."

주베르 백작 부인은 단호하게 말했고, 로라는 당황해서 이렇게 물었다.

"제가 연애를 해본 적이 없어서…… 친구한테 준 선물이 어땠는 지 알려드려도 될까요? 재작년엔 누르면 뼁 튀어 올라가는 케이크를 줬어요."

마스타스는 "선물하면 검이죠. 아니면 창이나. 요즘은 독도 유행한다고 듣긴 했습니다"라고 말했고, 아버지는 이렇게 말해서 어머니를 뜨끔하게 만들었다.

"생일 선물이라. 글쎄. 나는 네 엄마가 생일에 직접 해주는 그 특제 요리가 아주 좋았단다. 매년 먹어도 매년 좋아."

"눈물이 앞을 가려서 뭐라고 말해야 할지 모르겠어요, 아버지."

"응? 방금 농담한 거니, 나비에? 미안하구나. 난 아직 네 농담이 잘 구분이 안 가."

"……아니에요."

오빠에게 물었더니, 옷이나 모자, 신발 같은 걸 주는 게 낫지 않겠냐고 하고…….

로즈는 함께 보내는 시간을, 니안은 야한 속옷을 골랐다.

"야한 속옷을 받는다고 폐하께서 좋아하진 않으실 것 같은데요."

그리고 하인리가 야한 속옷을 입는 건, 오히려 내게 선물이지 않나?

니안은 다리를 꼬고 앉더니 나른하게 웃음을 터트렸다.

"일종의 도미노 효과랍니다."

"도미노 효과라니요?"

"난 애인에게 야한 속옷을 선물한 적이 있어요. 누구에게 선물했는지는 비밀로 할게요. 그 사람을 위해서요. 어쨌든 상대가 야한 속옷을 입어주면 내 눈이 즐겁거든요. 내 눈이 즐거우면 상대도 즐겁게 만들 수 있죠."

"그렇게 구체적으로 말해주지 않아도 괜찮아요, 레이디 니안."

"많이 생략했는걸요?"

큰일이다. 당분간 랑드레 자작과 눈도 못 마주치겠어.

일단 겉으로는 무표정하게 차를 마시면서 전혀 신경 쓰지 않는 척 굴었다. 하지만 여러 사람의 추천 중 니안이 추천해준 게 가장 마음에 들었다. 물론 정말로 하인리에게 그런 걸 선물하진 않을 거다. 하인리가 야한 옷을 입으면 참으로 어울리겠지만, 그래도 난 황후로서의 체통을 지킬 생각이니까.

그런데 니안이 돌아간 후, 맥켄나에게도 조언을 구해볼까 말까 고민하고 있을 때였다. 맥켄나가 먼저 찾아왔기에 그에게도 하인리가 무슨 선물을 좋아할지 물었더니, 맥켄나는 1초도 생각하지 않고 대답했다.

"예? 하인리 폐하께 드릴 생일 선물요? 하인리 폐하께서 되게 기쁠 때 추는 춤이 있습니다. 그 춤을 같이 춰주시면 아주 좋아하실걸요?"

물론 도움은 전혀 되지 않았지만.

"……."

"농담 아니고, 정말입니다. 전에 하인리 폐하께서 그러셨거든요. 이 춤을 완벽하게 구사하는 여자가 이상형이라고요."

"……정말인가요?"

"물론 여섯 살 때 하신 말씀이시지만요. 영민한 분이시니, 아직 기억하고 계실 겁니다."

맥켄나가 말하는 춤이 어떤 건지는 나도 알긴 안다. 임신 사실이 확실해졌을 때 '퀸'의 모습으로 춘 적이 있으니까. 귀여웠지만 같이 추고 싶은 춤은 아니었다. 그건 새의 모습으로 추니까 귀여운 거였지, 그걸 내가 춘다면……?

한숨을 내쉬고 있자니, 맥켄나가 "아차! 아차!" 하고 자기 머리를 두드리고서 진지하게 본론을 말했다.

"전에 말씀하신 마차 건이요. 동대제국 사절로 온 사람들을 다 조사했습니다."

"어떻던가요?"

"황후 폐하께서 말씀하셨던 대로, 부러진 바퀴에서 가장 먼 곳에 앉은 사람이 범인이었습니다."

역시 그랬구나. 하지만 이해가 가지 않는다.

"왜 그런 짓을 했다던가요? 소비에슈 황제가 내게 보내는 선물을 훼손시키려고? 아니면……."

혹시 라스타가 한 짓은 아닐까? 라스타가 내게 이런 짓을 할 이유가 있을 것 같진 않지만, 라스타가 내게 보인 적의 대부분이 이유 없지 않았던가.

그러나 맥켄나가 알려준 범인은 예상외였다.

"이스쿠아 자작 부부가 의뢰한 짓이라고요?"

사람 좋아 보이던 부부가 떠오른다. 나와는 제대로 대화조차 해 본 적 없는 사람들이지만, 또렷하게 기억났다. 그들은 내 오빠가 추방된 사건과 간접적으로 관련이 깊으니까.

"예. 막대한 금액을 주고서 마차 사고를 내달라 부탁했다는군요."

"하지만 그 부부가 갑자기 왜……?"

그들이 내게 원한을 가질 만한 사건이 있나? 아니면 소비에슈에게 원한을 가질 부분이 있나? 라스타와 소비에슈의 사이가 좋지 않다 들었지. 라스타를 딸로 맞은 그들이, 소비에슈에게 원한을 품게 되었나?

"에벨리 양 때문입니다."

맥켄나가 설명해준 원인은 이번에도 의외였다.

"에벨리라고요?"

갑자기 에벨리는 왜?

"절 오해해서 그랬을 거예요."

에벨리는 '마차를 부순 건 이스쿠아 자작 부부이며, 그들이 노린 건 너였다'는 내 이야기를 듣자 시무룩해서 웅얼거렸다.

"그 부부는 제가…… 제가…… 라고 생각하거든요."

그러나 동대제국에서도 사이가 안 좋았던 걸까? 나와 달리, 에벨리는 그 부부가 자기에게 해코지를 시도한 게 이상하지 않단 투였다. 하지만 에벨리가 말을 너무 늘어뜨리면서 띄엄띄엄 하는 바람에 제대로 알아듣기가 힘들었다.

"후우……."

게다가 한숨까지?

"에벨리?"

의아해서 부르자 에벨리는 황급히 손을 저었다.

"오해하지 마세요, 황후 폐하. 절대 절대 절대 아니니까요."

그러니까 그게 뭔데?

에벨리는 한참을 머뭇거리다가 자신의 두 손을 모아 잡았다. 그러고는 내 눈치를 심하게 살피며, 쭈뼛쭈뼛 털어놓았다.

"그 부부는 제가 소비에슈 폐하의 두 번째 정부라고 오해하고 있어요. 그래서 절 무척 싫어해요."

"정부?"

"절대 아니에요, 황후 폐하!"

혹시라도 내가 오해를 할까 겁이 나는 듯, 에벨리는 과도할 정도로 손을 크게 휘저으면서 벌떡 일어났다 앉았다.

"궁정 마법사님의 조수로 지내게 됐는데, 남궁에서 살고 있거든요. 폐하께서 여러 가지로 편의를 봐주시는데, 그것 때문에 오해를 샀어요."

소비에슈가 에벨리를 챙겨주고 있다고? 의외인데?

하지만 잘 생각해보니, 그가 에벨리를 챙겨주고 있었으니, 에벨리가 이런 심부름을 한 건지도. 아카데미에 있는 에벨리를 불러들여서 심부름을 시키는 건 영 이상하니 말이다.

마차 바퀴를 고장 낸 범인이 이스쿠아 자작 부부의 의뢰를 받아들인 것도, 어쩌면 그 오해 때문일지도 모르지.

"지내는 데 불편하진 않고?"

"네. 궁정 마법사님도 그렇고 선배들도 그렇고 다들 좋은 분들이에요. 소비에슈 폐하와는 얼굴 마주칠 일도 없으니 불편하지 않고요."

그런 것치고는 안색이 어두운데.

"이스쿠아 자작 부부가 계속 괴롭혔구나."

"……라스타 님도 제가 폐하의 정부라 오해하고 있는데, 일부러 오해를 안 풀었거든요. 열 받으라고."

에벨리가 얼굴이 빨개져서 고개를 숙이자 머리꼭지가 보였다. 상황은 가여운데. 그 모습이 귀여워서 웃음이 나왔다.

"그 사람이 열 받아 했니?"

슬쩍 묻자, 에벨리는 눈을 휘둥그렇게 뜨고 날 보더니, 곧 히히 웃으면서 얼른 고개를 끄덕였다.

"잘했어. 고맙다."

소곤거리는 목소리로 감사를 전하자, 에벨리는 더욱 얼굴이 빨개져서 몸을 비비 꼬았다.

그러나 에벨리가 귀여운 건 귀여운 거고. 그런 오해를 받고 있는 데다 괴롭힘까지 당한다면, 큰 문제 아닌가?

"그런데 에벨리. 거기서 계속 지내도 괜찮겠니?"

"네?"

"그 부부가 계속 널 괴롭힌다면서. 동대제국을 떠난 틈에 마차 바퀴를 부술 정도면, 괴롭히는 정도가 더 심해지고 있단 건데……. 이후에는 훨씬 심하게 나올지도 몰라."

"네. 충분히 그럴 사람들이에요."

배후에 라스타가 있을지도 모른단 생각이 들었지만, 일단 그 부분은 말하지 않았다. 대신 에벨리에게 조심스럽게 제안했다.

"차라리 서대제국으로 오는 건 어떨까?"

에벨리가 서대제국에 정말 올 거란 생각을 하고서 한 제안은 아니었다. 마력을 되찾았으니 이것저것 배우고 싶은 게 많을 텐데. 궁정 마법사의 조수 자리를 포기하긴 힘들지. 차라리 마법 아카데미로 돌아가면 돌아갔지, 서대제국에 오진 않을 거다.

예상대로 에벨리는 힘없이 거절했다.

"지금 제가 여기로 와봤자, 그냥 황후 폐하의 은혜를 입은 평범한 아이일 뿐이잖아요. 이곳에서 저는 폐하께 어떤 도움도 되지 못해요. 이전처럼 폐하의 도움만 받게 될 뿐이고요……. 하지만 궁정 마법사님 밑에서 이것저것 많이 배우고 익히면, 황후 폐하께도 쓸모 있는 사람이 될 수 있어요. 그땐 꼭 황후 폐하의 곁으로 올게요."

알겠다고 웃으면서 고개를 끄덕였다. 하지만 내 제안을 거절한 게 미안해서일까. 잠시 생각해보던 에벨리는 주먹을 불끈 쥐고서 덧붙였다.

"황후 폐하께서 절 필요로 하실 땐 다른 일 중이어도 바로 달려올게요. 그리고 정말 괜찮으니 염려 마세요, 폐하. 이스쿠아 자작

부부도 제가 멀리 떠나게 되니 이런 짓까지 하지. 막상 제가 남궁
에서 지낼 때는 그냥 뒷담화나 하고 재수 없는 소리만 가끔 하는
게 전부였어요."

늦게 도착해서 파티가 이미 끝났기에, 에벨리는 며칠밖에 머무
르지 않고 돌아갔다. 올 때와 달리 돌아가는 마차는 두 대였는데,
이스쿠아 자작 부부의 의뢰를 받고 마차 바퀴를 느슨하게 한 범인
을 따로 태우기 위해서였다.

범인은 아마 동대제국으로 돌아가, 황제가 보낸 예물에 손을 댄
죄로 처벌받게 될 거다. 서대제국에서 처벌해도 되지만, 이곳에서
처벌하면 자기들끼리의 내분이 사유가 되어서 동대제국에서보다
처벌의 강도가 약해지니까.

그 외에 나는 따로 소비에슈에게 편지를 써서, 이스쿠아 자작 부
부가 에벨리를 괴롭히고 있단 걸 알려두었다. 그가 과연 내 말을
믿을지는 모르겠지만 내 앞에서 후회하는 모습을 보인 게 거짓이
아니라면, 신경 써서 들여다보긴 하겠지.

그렇게 임신 축하 연회의 마지막 손님들이 돌아간 후. 서대제국
은 완전히 하인리의 생일을 준비하는 분위기로 접어들었다.

하인리의 생일 전날.

나는 결국 선물 고르기를 반쯤 포기하고서, 결정의 반은 운에 맡기기로 했다. 후보로 나온 여러 종류의 선물들을 각자 다른 상자에 담아 포장한 다음, 하인리가 직접 고르도록 맡기는 것이다. 물론 선물을 고르기 전, '선물 하나하나가 각기 다른 사람들의 의견을 받아 준비한 것들'이라고 하인리에게 미리 말해둘 거다.

이렇게 하면 하인리도 놀이처럼 재미있어할 테고, 그가 야한 속옷을 고르더라도 내가 흑심이 있어서 그런 선물을 넣은 것처럼 보이진 않겠지. 이렇게 마음을 먹고 나자 정말로 즐거워져서, 나는 빨리 내일이 되길 기다렸다.

그런데 막상 저녁이 되자 하인리가 내게 먼저 이렇게 말했다.

"퀸. 제가 선물로 꼭 가지고 싶은 게 있습니다."

솔직히 실망이었다. 열심히 다 준비했는데, 이제 와서 가지고 싶은 게 있다니. 하지만 생일 당사자에게 뭐라 하겠는가. 실망한 기색을 감춘 채, 차분하게 그게 뭐냐고만 물었다.

"그게 무엇이지요? 내가 당장 준비할 수 있는 건가요?"

"물론입니다."

"말해봐요."

그런데 대체 뭘 가지고 싶어서 이러나. 대범하게 말문을 열 때는 언제고. 막상 말해보라고 하니, 하인리는 뒷말을 잊지 못하고 우물거렸다.

"하인리? 가지고 싶은 게 뭔데 그러나요?"

혹시 내가 실망한 표정을 짓기라도 했나? 그래서 하인리가 이러나? 나는 다시 표정을 관리하며 상냥한 목소리로 물었다.

"무엇이든 원하는 걸 말해도 괜찮아요. 그대의 생일이잖아요."

하인리는 내 눈치를 살피면서 거듭 물었다.

"정말 무엇이든 괜찮습니까?"

여기서 갑자기 '동대제국을 가지고 싶어요' 이렇게 나오진 않겠지.

"그럼요."

고개를 끄덕이고서 웃으면서 그의 귓가를 문질렀다. 하인리는 그제야 안심해서 털어놓았다.

"소비에슈 황제가 그대에게 보낸 보석이요. 제가 가져도 됩니까?"

전혀 예상하지 못한 물건을 가지고 싶다고. 15초 정도 아무 말도 하지 못했다. 정말로 당황해서. 그걸 왜?

"……요정의 눈물을 말하는 건가요?"

결국 내가 혹시 뭘 잘못 들었나 싶어서 거듭 물었다. 그러나 잘못 들은 게 아니었다.

"네. 이전부터 가지고 싶은 보석이어서요."

유명한 보석이니 그럴 수도 있긴 한데…….

눈이 마주치자 하인리가 배시시 웃는다.

"보석은 죄가 없잖아요, 퀸."

보석을 좋아하는 건 알고 있었지만. 이 정도로 좋아하는 건가.

잠시 당혹스러워서 할 말을 잃었다. 전남편이 내게 보낸 귀한 선물을, 내가 현재 남편에게 보내도 될지 곤혹스러웠다. 하지만 잘 생각해보니 괜찮을 것 같았다. 소비에슈도 내 반지를 라스타에게 주려 한 적이 있잖아? 결국 주진 못했지만.

"그래요. 그대가 가져요."

생각하니 괜히 꿍해지는 게 있어서, 결국 충동적으로 허락했다. 하지만 이때까지만 해도 전혀 예상하지 못했다. 하인리가……

생일날은 아침부터 분주했다.

이른 아침부터 궁전 안으로 다양한 크기와 모양의 마차가 연이어 들어왔고, 마차를 세워두는 곳에서는 마부들이 삐딱하게 앉아 밝은 목소리로 떠들었다. 하인들은 마차로 운반해 온 각양각색의 짐을 밖으로 빼내느라 끙끙거렸다.

소란스러운 분위기는 연회가 시작되는 초저녁이 되자 정점에 올랐다. 하지만 모든 사람이 마냥 즐겁게 웃고 떠들며 노는 건 아니었다. 얼핏 둘러만 보아도 몇 명이 유난히 표정을 굳히고 있었다. 그중 가장 눈에 띄는 이들을 꼽자면, 화이트 몬드에서 온 사절단과 즈멘시아 노공작의 아들 부부, 그리고 소비에슈의 비서인 피르누 백작이었다.

'하인리. 진짜 못 말린다니까.'

화이트 몬드 사절단이야 양국 간 사이가 틀어졌으니 그렇다 쳐도. 즈멘시아 노공작을 제외한 즈멘시아 공작 일가는 뜬금없이 왜 초대한 건지. 게다가 소비에슈가 내게 보낸 요정의 눈물은 왜 굳이 오늘 달고 나온 거고?

동대제국 사절단 중 누군가 '요정의 눈물'을 알아보길 원하고 착용한 거라면, 딱 소원대로 이루어진 거지만. 피르누 백작의 표정이 아주 어둡고 불쾌하니 말이다. 자신도 찔리는 게 있는지, 하인리는 나와 눈이 마주칠 때마다 평소보다 더 반짝거리게 웃었다. 그래 봐야 저 해맑은 얼굴 뒤에는 어두컴컴한 먹구름이 둥둥 떠다니고 있겠지.

그런데 눈으로 하인리와 즈멘시아 공작 부부, 피르누 백작, 동대제국 사절단의 공식 대표인 릴테앙 대공, 화이트 몬드 사절단 등등을 골고루 살필 때였다. 눈이 잠깐 마주치는가 싶더니, 화이트 몬드 사절단 대표가 내 쪽으로 다가왔다.

"클리인 대사."

알은척을 하자, 그가 "황후 폐하." 하고 인사를 올렸다.

슬쩍 하인리 쪽을 쳐다보았다. 화이트 몬드에 관한 건은 예민하게 다루어야 하기에, 대사와 대화를 나누어야 한다면 되도록 하인리가 함께 있었으면 싶어서. 그러나 하인리는 화이트 몬드 사절단이 내게 오는 걸 보지 못했는지, 그새 릴테앙 대공에게 다가가고 있었다. 아쉽지만, 다른 사람과 대화 중인 하인리를 굳이 불러서 옆에 세워놓는 건 우스운 일이었다. 결국 내 선에서 화이트 몬드의 특파 대사를 상대하기로 하고, 나는 특파 대사에게 태연한 목소리로 환영 인사를 건넸다.

"아까는 제대로 감사를 전할 수 없었지요. 하인리 폐하를 위해 여기까지 와주어 고맙군요. 화이트 몬드에서 보낸 선물도 사려 깊고 좋았습니다."

"마음에 드셨다니 영광입니다, 황후 폐하."

"연회는 어떤가요? 즐겁게 지내고 있는지?"

"화이트 몬드와 비슷하면서도 다른 문화에 연신 감탄하고 있습니다. 특히 이 연회장은 아주 화려하고 아름답군요. 눈이 부실 지경입니다."

이 번쩍거리는 장식은 서대제국의 문화가 아니라 하인리의 취향이지만…… 모른 척 웃는 낯으로 고개를 끄덕였다.

그렇게 몇 마디 서로의 눈치를 보는 대화가 오고 간 후. 마침내 화이트 몬드의 특파 대사가 진짜 본론을 꺼냈다.

"황후 폐하. 황후 폐하께서도 아시다시피, 늘 견고한 동맹을 자랑한 두 나라가 이번에 처음으로 좋지 못한 문제를 겪고 있지 않습니까."

"네. 화이트 몬드 측에서 멀쩡한 상단을 갑자기 구류할 줄 몰랐습니다."

화이트 몬드와 서대제국 사이의 분쟁을 양측의 잘못으로 몰아가려기에, 딱 잘라 너희가 시작했단 걸 짚어주자, 특파 대사의 안색이 굳었다.

"물론…… 그 일은 저희의 잘못입니다."

하지만 곧 그는 무거운 한숨을 내쉬며 털어놓았다.

"이미 아시겠지만, 그 일 이후 저희 왕께서 하인리 폐하를 몸소 찾으셔서 두 나라의 화해와 친선을 도모하고자 하셨습니다. 하지만 서대제국 황제 폐하께서 아직 화해에 대한 답을 해주지 않고 계신 데다, 계속 국경 부근에 군사들을 보내시니, 온 국민이 두려워하고 있답니다."

하인리가 국경 부근으로 군사들을 보냈다는 건 나도 처음 알았다. 일종의 위협인가.

특파 대사는 두 손을 꼭 모으고서 힘없이 고백했다.

"화이트 몬드는 절대로 전쟁을 원하지 않습니다, 황후 폐하. 그저 앞으로 더욱 부강해질 서대제국이, 화이트 몬드를 만만히 보지 않길 바랐을 뿐이지요."

"그 방법이 상단에 대한 구류였으니 문제가 된 겁니다."

"황후 폐하께서는 한 번도 약소국에서 지낸 적이 없으시니, 부유한 강대국의 손짓 한 번에도 덜컥 겁이 나고, 그 손짓이 무슨 뜻이었는지 온갖 분석을 하게 되는 저희 입장을 모르실 겁니다."

"……."

"황후 폐하. 부디 황후 폐하께서 황제 폐하와 저희 사이에 중재를 해주십시오. 황후 폐하의 명성은 익히 들어왔습니다. 황후 폐하라면 하인리 폐하를 설득하실 수 있을 거라 생각합니다. 부디, 이번 전쟁으로 수없이 죽고 다치게 될 화이트 몬드의 국민을 가엾게 여겨주시길 바랍니다."

하인리가 군대를 어떻게 풀어놓았기에…….

특판 대사는 공손히 말을 마치자, 이번에는 주섬주섬 품 안에서 무언가를 꺼내 내밀었다.

"그리고 이건 선물입니다."

"이미 선물을 보내지 않았나요?"

"그건 하인리 폐하께 드린 선물이었습니다. 이건 임신 축하 연회 때 오지 못해 드리는 선물입니다. 태어날 아기님께 드리는 선물이지요."

특판 대사가 내민 건 봉투였다. 봉투를 열어 내용물을 보니, 군함과 무역선을 그린 그림이 두 장 있고, 배의 권한을 양도한다는 서류도 두 장이 있었다.

'설마?'

놀라 쳐다보자, 특판 대사가 얼른 말했다.

"그 그림과 똑같이 생긴 군함과 무역선을 준비해두었습니다. 아기님께서 좋아할 겁니다. 아이들은 배를 좋아하니까요."

선물을 상당히 세게 준비했는데? 내가 하인리에게 그 정도 영향력을 발휘할 거라 생각하는 건가?

사적으로 건넨다면 뇌물이라 바로 거절했을 텐데. 공식적인 자리에서 공식적인 사유로 건네는 선물은 거절하기 힘들었다. 이런 자리의 선물은 거절하는 게 실례니까.

'어쩌면 그걸 노리고 지금 선물을 건네는 걸지도 모르고.'

게다가 항구가 없는 서대제국에 배를 선물하다니. 의도가 훤히 보이지 않는가. 이 선물 자체가, 자기들과 다시 사이가 좋아져야만 사용할 수 있는 선물인데.

"고맙군요."

일단 웃으면서 봉투를 챙겼다. 하지만 여기서 봉투만 받고 돌아서려니 좀 애매한 감이 있어서, 잠시 생각해보다가 약간의 조언을 건넸다.

"어떤 뜻으로 침입불가협정서를 써달라 한 건진 알겠지만, 일방적으로 그런 협정서를 써주는 건 우리 측에선 손발이 묶이는 것처럼 여겨집니다."

대신은 깜짝 놀랐단 표정으로 허둥지둥하는 척 손을 저었다.

"어떻게 그럴 수 있겠습니까. 서대제국은 협정서를 어겨도 당당하게 목소리를 낼 수 있는 강대국이지만, 화이트 몬드는 협정서를 쓰지 않아도 서대제국을 감히 침범하지 못하는 약소국인데요."

"하지만 이미 우리 상단을 억류하지 않았습니까."

약소국 핑계를 대려면 그런 짓은 하지 말았어야지.

"그건……."

"물론 그건 침입은 아니지요. 하지만 전쟁까지 가지 않더라도 국민 한 사람 한 사람이 모두 소중하긴 화이트 몬드나 우리나 마찬가지입니다."

"황후 폐하의 뜻을 이해하지 못하겠습니다."

"전쟁은 나도 반대입니다. 하지만 침입불가협정서를 써야 한다면, 화이트 몬드 측에서도 같은 서류를 써야 합니다. 이번처럼 항구를 빌려 쓰는 우리 측 사람들을 함부로 공격할 수 없도록 말이지요."

특파 대사가 생각에 잠겨 다른 곳으로 간 후. 나는 하인리에게 이 대화를 전하기 위해 그를 찾았다. 그러나 하인리가 보이지 않았다. 아까는 악사들 근처에서 릴테앙 대공과 대화 중이더니?

"하인리 폐하를 보았느냐?"

결국 지나가는 하인들에게 물어가며 그를 찾았다. 대화할 상대는 많지만 특파 대사와 주고받은 지금 이야기를 최대한 빨리 하인리에게 전하고 싶었기에, 나는 다가오는 이들을 물리며 그부터 찾았다. 그런데 하인리를 찾기도 전에 어디선가 작은 비명과 소란이 들려왔다.

'무슨 소리지?'

유난히 요란스러운 쪽을 쳐다보니 테라스 너머 정원이었다. 무슨 일이 있긴 있는지 사람들이 그곳으로 모여들고 있고.

'무슨 사건이라도 일어났나?'

소동을 쫓아 다가가 보니 생각보다 큰일이 벌어졌다. 어린아이가 커다란 연못가에 빠져서 허우적거리고 있었던 것이다. 한 하녀는 그 아이를 필사적으로 끌어올리고 있었지만, 아이가 작은 덩치는 아니다 보니 쉽지 않아 보였다.

"미들렌!"

곁에서는 어린아이의 부모인지, 남자와 여자가 울면서 소리를 질러대는데…….

'저 사람들, 즈멘시아 공작 부부?'

그럼 즈멘시아 노공작의 손자가 물에 빠진 건가?

그사이, 가까스로 아이를 연못가에 눕힌 하녀는 본인도 기진맥진해서 쓰러졌다.

"궁의를 데려와주십시오! 빨리!"

즈멘시아 공작은 날카롭게 외쳤고, 공작 부인은 황급히 달려가 아이를 살폈다. 발 빠른 하인 몇몇은 궁의를 부르기 위해 뒤돌아 달려갔다.

안타까운 사건이지만 이 정도로 일은 끝나는 듯했다.

"저자가 내 아들을 떠밀었소!"

그러나 즈멘시아 공작이 어딘가를 가리키며 외치는 소리에 또 다른 사건이 바로 이어졌다. 그가 가리킨 인물은 릴테앙 대공이었다.

'이건 또 무슨?'

릴테앙 대공은 사람들 틈에 있지 않고 약간 물러난 채였는데, 자신이 지목당하자 발끈해서 외쳤다.

"내가 뭘 어쨌다고!"

"내 눈으로 똑똑히 보았습니다! 그쪽이 지나가면서 내 아들을 떠밀지 않았습니까!"

"괜히 꼬투리 잡지 마시오!"

"꼬투리가 아닙니다! 황제 폐하께서도 같이 보셨으니까요!"

여기서 하인리는 또 왜 나오는지 모르겠다. 하인리는 릴테앙 대공과 함께 있었잖아? 그런데 사건이 벌어질 땐 즈멘시아 공작과 함께 있었다고?

릴테앙 대공과 즈멘시아 공작 사이를 바쁘게 오가던 사람들의 시선이, 이번엔 하인리를 찾기 위해 정처 없이 헤맸다. 하인리는 즈멘시아 공작과 멀지 않은 곳에 있었는데, 사람들의 시선이 몰리자 몹시 안타깝단 표정으로 수긍했다.

"나도 보았다네, 릴테앙 대공."

크리스타의 자살 이후 즈멘시아 공작가가 사교계에서 배척받고 있다지만, 그래도 그 가문은 서대제국 가문이었다. 서대제국 대귀족이 동대제국의 대공과 문제가 생기면, 서대제국 귀족들은 대부분 같은 나라 대귀족을 편들 수밖에 없었다.

이 와중에 동대제국의 대공이 서대제국 어린아이를 연못에 떠밀었다고 하자, 구경 온 사람들의 눈초리가 서늘하고 매서워졌다.

"정말 아닙니다!"

릴테앙 대공은 주위 분위기가 스산해지자 버럭 외치고는 도망치듯 허둥지둥 달아났다. 그게 더 수상해 보이는데도.

"릴테앙 대공을 잡아라."

그러나 이곳은 서대제국 궁전의 한가운데였고, 혹시 모를 불온한 일을 방지하기 위해 병사들이 여기저기에 진을 치고 있었다. 하인리의 한마디 명령에 릴테앙 대공은 채 다섯 걸음을 가지 못하고 붙잡혔다.

그의 신분을 배려해 강제로 팔을 틀어쥐거나 무릎을 꿇게 하진 않았으나, 사방을 덩치 좋은 병사들이 둘러싸자 대공은 멈춰 설 수밖에 없었다. 대공은 이를 드러내고 으르렁대는 맹수들에게 둘러싸인 사람 같은 표정을 지었다.

그사이 궁의가 도착해 아이를 살폈고, 즈멘시아 공작 부인의 애타는 울음소리가 사방을 울렸다. 그러나 하인리는 그쪽으로는 시선도 돌리지 않은 채, 릴테앙 대공을 달의 방으로 데려오라고만 명령했다. 나도 궁의가 즈멘시아 노공작의 손자를 살피는 걸 보다가,

달의 방 쪽으로 갔다. 어지러운 상황이 걱정스러웠는지, 마스타스와 랑드레 자작, 주베르 백작부인도 바로 내 뒤를 따라왔다.

"아이를 연못으로 떠밀다니. 참으로 못된 사람이군요."

복도를 걸어가며 마스타스는 분에 차 씩씩거렸다. 그녀도 즈멘시아 공작가 사람들을 혐오했지만, 뼛속까지 서대제국 사람인지라 릴테앙 대공에게 몹시 화가 난 듯했다.

반대로 랑드레 자작은 심각한 표정이긴 했어도 화를 격하게 토해내진 않았다. 주베르 백작 부인 역시 즈멘시아 공작가의 아이가 위험했던 것보다는, 릴테앙 대공의 생각 없는 행동에 혀를 찼다.

"그 작자가 결국 또 사고를 쳤군요. 전에는 혓바닥으로 문제를 일으키더니, 이번엔 손으로 문제를 일으키네요."

동대제국 황실에는 사람이 적다 보니 '황실 대표' 자격으로 누군가를 보낼 때 다른 선택권이 없어 릴테앙 대공을 보내는 일이 잦았다. 평소에는 괜찮았다. 릴테앙 대공은 권력을 몹시 탐하지만, 그 탓에 오히려 행동을 자중하기도 하니까.

그러나 대공은 원한 관계가 뚜렷하고 욱하는 기질이 있어서, 한 번 싫은 사람이 생기면 적의를 감추지 못하고 어떻게 해서든 풀어 대려 했다. 내가 황후로 있을 때 아무리 거절해도 꿋꿋하게 뇌물을 바쳐대더니, 라스타라는 차선책이 생기자마자 당장 뇌물 바치는 걸 그만두고 날 모욕하는 데 앞장서기 시작한 것처럼.

그 탓일까. 주베르 백작 부인은 릴테앙 대공이 대형 사고를 쳤는데도 전혀 이상하게 여기지 않는 듯했다. 심지어 릴테앙 대공은 이전에도 헛소리를 하다가 즈멘시아 노공작에게 큰 망신을 당한 적이 있으니까.

떠들어대는 사이. 우리는 어느새 달의 방 앞에 도착했다. 그러나 방문이 꼭 닫혀 있고 주위로 근위기사 네 명이 철통같이 지키고 있어서, 바깥에서 소리를 들을 수 없었다. 문 앞에 선 근위기사 중엔 로즈의 남동생인 유님 경도 있었는데, 그가 날 보자 조심스레 물었다.

"황제 폐하께 황후 폐하께서 오셨다고 고해드릴까요?"

내게 몹시 무례하게 대하던 이전에 비해 굉장히 물러진 태도였다. 주베르 백작 부인과 마스타스, 랑드레 자작이 동시에 나를 쳐다보았다. 어떻게 할지 묻듯이.

'그러게. 어떻게 할까.'

결론을 내기도 전에 문 너머에서 희미한 고함이 들려왔다. 릴테앙 대공이 "폐하께서!"라고 외치는 소리였다.

그 소리를 듣고 잠시 생각해보다가 나는 마음을 바꾸고서 돌아섰다.

"괜찮네. 폐하께서 나중에 볼일을 마치고 나오시거든, 내가 방에서 기다리겠다고만 전해주게."

"황제 폐하! 제가 민 게 아닙니다! 정말입니다!"

달의 방 안에서 릴테앙 대공은 파래진 얼굴로 자신이 결백하다고 주장했다. 그러나 소용없는 일이었다.

"즈멘시아 공작의 말은 사실이라네, 릴테앙 대공. 난 일부러 그 공작 편을 든 게 아니야. 그대가 공작의 아들을 떠미는 걸 보았을 때 나도 바로 옆에 있었거든."

릴테앙 대공은 울상을 지었다.

"떠민 게 아닙니다! 그냥……."

"어깨로 치고 지나갔지. 그래. 물에 빠진 것까진 억울할 수도 있을 거야. 생각하기에 따라선."

"예! 그냥 어깨로 친 건데, 그 아이가 비틀거리다가 물에 빠질 줄은 저도 몰랐습니다!"

"하지만 어쩌겠나. 그 아이는 결국 물에 빠졌는데. 대공, 그대는 감히 서대제국 안에서 대귀족의 아이를 해치려 한 게 됐고."

릴테앙 대공은 눈물까지 글썽이며 항의했다.

"애초에 폐하께서 저 아이가 즈멘시아 노공작의 손자라고 알려주지 않으셨다면, 제가 그런 짓은 하지 않았을 게 아닙니까!"

하인리는 심드렁하게 눈썹을 치켜세웠다.

"누가 들으면 내가 꼭 노공작의 손자를 가리키고서 떠밀라 한 줄 알겠군. 난 그냥 그 애가 누구라고 소개해준 것뿐인데?"

"즈멘시아 노공작이 딸을 버리면서까지 지키려 한 손자라고 말씀하셨습니다! 폐하께서는 제가…… 제가…… 쉽게 흥분한단 걸 알면서도요!"

"억지도 적당히 해야지. 아니면 추한 법이네."

릴테앙 대공은 입술을 악물었으나 하인리의 말은 사실이었다. 사실 일이 이렇게 되고 나니 하인리 황제의 의도가 새삼 수상하게 여겨질 뿐, 따지고 보면 이상한 일도 아니었다. 하인리 황제의 주장처럼, 그는 공작의 손자에게 해코지를 하라면서 수군댄 게 아니니까. 그저 누구인지 알려주고, 노공작이 아주 소중하게 여기는 손자라 설명해주었을 뿐, 하인리는 이후에는 다른 사람과 인사를 하러 가버렸다.

그러나 하인리는 사교계에서 구르고 구른 인물이기에, 릴테앙 대공은 '그 하인리'가 아무런 의도 없이 자신에게 공작의 손자를 알려주진 않았을 거라 생각했다.

릴테앙 대공이 흥분할 때마다 사고를 치는 건 그의 측근들이 늘 염려하던 단점이었다. 서대제국이 서왕국일 적에도 대공은 이곳에서 험한 말실수를 한 적이 있었다. 그런데 하인리 황제가 과연 아무 의도 없이 자기 숙적의 약점을 알려주었을까? 게다가 잠깐 밀치는 그 찰나를 즈멘시아 공작이 바로 보았단 것도 이상했다. 그 옆에 하필 하인리 황제가 같이 있었단 것도.

릴테앙 대공이 알기로 즈멘시아 공작가는 하인리 황제와 완전히 척을 지지 않았던가. 그런데 왜 이럴 때 딱 붙어 있었던 거지?

하지만 억울한 건 릴테앙 대공의 사정이었다.

"이 일은 소비에슈 황제에게 공식적으로 항의하겠네."

딱 잘라 말한 하인리는 자기 생일에 이런 일이 벌어져서 안타깝다는 둥 입바른 말을 하고서 눈 하나 깜짝하지 않고 명령했다.

"릴테앙 대공을 귀빈이 머무는 방에 가두어두어라."

명령이 떨어지자마자 방 안에서 대기 중이던 지하 기사단 기사 두 명이 다가와 대공의 양팔을 붙잡았다.

"폐하! 폐하!"

릴테앙 대공은 버둥거렸으나 두 기사는 봐주지 않고 그를 끌어 냈다. 그나마 사람들 앞에서는 대공의 체면을 차려주느라 몸에 손을 대지 않았으나, 보는 사람이 없자 그런 정도조차 봐주지 않았다.

릴테앙 대공이 뒷문으로 끌려가자, 조용히 상황을 지켜보던 맥켄나는 혀를 차며 앞으로 나섰다.

"전에 폐하 앞에서 자기 나라 황후인 나비에 님을 모욕할 때부터 생각했지만, 정말 생각보다 행동부터 앞서는 자로군요."

"그러게. 적당히 사고를 칠 거란 생각은 했지만 대놓고 연못에 아이를 밀어버릴 줄은 나도 몰랐군. 아이는?"

"하녀가 바로 구조해서 생명엔 지장이 없답니다."

"감기에 좋다는 약이라도 보내."

"그 가문에서 폐하가 보낸 약을 애한테 먹일까요?"

"생색은 내야지."

"그러겠습니다."

순순히 대답한 맥켄나는 잠시 골똘히 생각하다가 물었다.

"그런데 동대제국에 이 일을 항의한다 해도, 소비에슈 황제가 자체적으로 처리하겠다며 대공을 돌려보내라 하지 않을까요? 데면데면한 사이라곤 들었지만 그래도 몇 안 되는 황족이잖습니까."

"평소라면 그렇겠지."

하인리는 코웃음을 치고서 옥좌에서 일어섰다.

"하지만 지금 동대제국에선 공주가 황제의 핏줄이다 아니다로 난리가 났잖아?"

"그렇죠."

"만약 그 공주가 소비에슈 황제의 딸이 아닌 걸로 밝혀지면, 릴테앙 대공과 그 아들이 다음 대 황제에 가장 가까워져. 하지만 소비에슈 황제는 젊고 릴테앙 대공은 소비에슈 황제보다 나이가 많으니, 사실상 진짜 후계자에 가까운 건 대공의 아들이지."

하인리의 입꼬리가 못되게 뒤틀려 올라갔다.

"소비에슈 황제로선, 만약을 위해서 릴테앙 대공을 치워두고 싶지 않을까?"

"아하."

"소비에슈 황제에게 전해. 릴테앙 대공이 한 짓은 흉악하지만, 본인 주장처럼 예상보다 심한 결과가 나온 것이기도 하고, 동대제국 황실의 체면도 있으니 한 5년 정도만 탑에 가두어두겠다고."

"예. 그렇겠습니다. 어느 탑에 가두어둘까요?"

"붉은 탑에."

'붉은 탑'은 한번 올라가면 죽어서 피를 흘려야만 내려올 수 있단 소문이 도는 흉흉한 곳이었다. '붉은 탑'이란 이름도 탑의 계단이 피로 인해 붉어졌다 해서 붙은 이름이었다. 높은 귀족이나 왕족을 가두어두기 때문에 탑 내부의 시설은 비교적 깔끔한 편이었지만, 그곳에 들어가고 싶어 하는 사람은 아무도 없었다.

"예, 알겠습니다."

히죽 웃으며 대답하는 맥켄나에게, 하인리가 생글 웃으며 덧붙였다.

"하나 더."

"네."

"입에 돌 넣고 꿰매드려."

내 방에서 기다린 지 두 시간 정도 되었을까. 하인리가 허둥지둥 나타나서 사과했다.

"미안합니다, 퀸. 퀸이 기다린단 이야기를 너무 늦게 들었습니다."

"괜찮아요. 그대가 방에서 나오거든 알리라 말한 게 나인걸요."

"그래도 그렇지, 유님, 이 눈치 없는 기사 같으니라고."

"내가 시킨 거라니까요."

단호하게 말하자, 하인리는 꼬리 치는 여우 같은 얼굴로 다가와서는 귀엽게 목덜미에 얼굴을 파묻으며 말했다.

"퀸이 날 기다렸다면, 귀찮은 일들은 뒤로 미루고 바로 달려왔을 겁니다."

"그래서 나중에 알리라 한 거예요."

하인리는 내 목덜미를 입에 넣고 가볍게 무는 시늉을 하더니, 자연스럽게 귓불을 슬쩍 깨물었다. 숨결이 여린 살에 닿자 간지러워서 저절로 어깨가 올라갔다.

"그만."

"너무 반가워서……."

"아까 계속 봐놓고 반갑긴. 그대는 새이지 개가 아니에요."

하인리는 내 말에 히죽 웃으면서 맞다고 수긍했다. 그러다가 내 뒤쪽에 놓인 선물 상자 더미를 발견하고는 놀라 물었다.

"퀸? 저거 다 제 겁니까?"

"선물은 이미 받아 갔잖아요."

일부러 소비에슈의 비서 앞에서 소비에슈가 내게 보낸 보물을 달고 있던 게 이제 떠올랐나. 하인리는 급속히 의기소침해져서 말 끝을 흐렸다.

"그건…… 일종의 과시……."

"농담이에요. 내가 진짜 준비한 선물은 저거예요."

하지만 '저 선물 더미가 네 거다!'라고 말을 하자마자 다시 어깨가 당당해지더니, 활짝 웃으면서 "다요?" 하고 묻는다.

"하나만요."

딱 잘라 말한 다음, 다시 의기소침해지려는 그의 볼에 입을 맞추고 침대에 앉혔다.

"그보다 먼저 해야 할 말이 있어요, 하인리."

"선물부터 보면 안 될까요?"

화이트 몬드 이야기부터 하고 싶지만…… 하인리 생일이니까. 좋아. 결국 화이트 몬드에 관한 건은 좀 더 뒤로 미루고, 나는 그에게 선물을 풀라 말한 후 당부했다.

"이 선물들은 모두 주위 사람들에게 의견을 받아서 준비한 거예요. 선물 상자마다 내용물이 다르니, 하나만 고르도록 해요."

"다 가지면 안 됩니까?"

"그러면 재미없잖아요."

사실 다 줄 생각도 있긴 하지만. 그건 내일이나 모레쯤에. 오늘
은 하나만.

하인리는 내 말에 아쉽다는 듯 한숨을 내쉬었지만, 곧 알겠다면
서 선물 더미 앞으로 다가가 심각하게 고민하기 시작했다. 그러더
니 가장 안쪽에 파묻힌 상자를 골랐다.

"이걸로 하겠습니다, 퀸."

말을 마친 그는 상자를 포장한 리본 끄트머리를 잡았다.

"잠시만."

나는 황급히 손을 뻗어, 리본 끄트머리를 잡은 그의 손을 잡았다.

22

친자 검사

하인리가 고른 건 속옷이었다. 넣을까 말까 망설이다가 약간 욕심을 넣어서 결국 넣은 속옷. 하인리는 야한 독수리니까 이런 걸 좋아할 것 같아서 반쯤은 재미 삼아 넣었다. 그래도 혹시나 해서 제일 밑에 깔아두었는데. 하필 고르고 골라서 이걸 딱 고르니. 내가 미친 짓을 했단 후회가 밀려왔다.

"퀸?"

"하인리? 다른 걸로 골라요."

"예? 아까는 아무거나 하나 고르라고……."

"생각해보니 이건 잘못 넣었어요. 그대 선물이 아닙니다."

"예? 그러면 누구 선물입니까?"

"랑, 드레 자작 거예요."

"예?"

하인리는 황당하단 표정으로 날 쳐다보았다. 전혀 믿지 않는 얼굴이었다. 그럴 만도 했다. 자기 생일 선물 사이에 랑드레 자작 선물을 끼워 넣었다니, 말도 안 되는 변명이었으니까.

'미안해요, 랑드레 자작.'

어쨌든 나는 황급히 그 선물을 낚아챈 다음, 침대 밑으로 집어넣고서 다시 요구했다.

"새로 골라요."

이럴 땐 내 표정이 무뚝뚝해서 다행이다. 부끄러워하는 티가 안 나니까.

"고르라 해놓고서. 이번에도 또 방해하려고요?"

"아니에요. 이젠 절대 방해하지 않을게요."

하인리는 나를 미덥지 못한 눈으로 바라보았지만, 결국 다른 선물을 골랐다. 금색 포장지에 은색 종이로 예쁘게 싼 반짝거리는 선물 상자였는데, 그 안에 든 게…… 도대체 왜 자꾸 저런 것만 고르지? 저건 맥켄나가 조언한 선물이었다. 하인리의 춤을 함께 춰주는 것!

아니, 하인리를 탓할 게 아니구나. 맥켄나가 한 이야기를 엉뚱하다고 생각하면서도 받아들인 내가 멍청이지.

속으로 몇 시간 전의 나를 질책했다. 하인리가 장난을 좋아하고 유머러스하니까, 거기에 맞춰보고 싶어 했던 나를. 농담도 잘 못 하면서 장난은 무슨 장난이야.

사실 내가 원한 구도는, 하인리가 적당한 선물, 누가 봐도 제대로 된 선물을 고르면 슬쩍 지나가듯 '이런저런 선물도 있었다'고 알려주는 거였다. 하인리가 내 이야기를 듣고는 '퀸은 유머 감각도 뛰어나네요!'라고 말할 수 있도록. 그런데…….

"퀸. 음. 제가 뭘 잘못 고른 건가요?"

내가 자책하는 사이, 감만 좋고 눈치는 없는 하인리가, 춤추는 사람 모양 그림을 들고서 떨떠름하게 물었다.

"이거 꽝입니까?"

사람 형태를 제대로 그리지 않고서 '춤'을 표현하기 위해 대충 쓱 쓱 선만 그어두었더니 저렇게 묻나 보다. 그래도 그렇지 꽝이라니.

"내가 그린 거예요."

"퀸은 그림도 독창적으로 그리는군요! 300년 정도 지나면 명화라 칭송받을 겁니다!"

300년이라니. 혹시 300년 지나면 아무리 엉터리 그림이라도 유물로 대접받을 거란 뜻이야?

"……못 그리는 거 알아요. 그보다 선물, 다시 고르면…….""

"싫습니다."

"그럼 그건 그냥 주고. 처음 고른 선물로 해요."

괜히 얄미워서 흘겨본 다음, 그가 든 그림을 뺏어 들고, 침대 밑에 넣어둔 상자를 도로 꺼내어 건넸다.

"도대체 뭘 준비했기에 그러는 건지 모르겠습니다."

하인리는 중얼거리면서도 첫 번째로 골랐던 선물이 궁금한지, 얼른 포장을 풀고 상자 뚜껑을 열었다. 그 즉시 헉하는 숨소리가 터져 나왔다.

"퀸. 이걸 랑드레 자작한테 주려 했다고요?"

그다음부터는 가관이었다. 하인리는 건수를 잡았다 싶은지 내내 "랑드레 자작한테 왜 그걸 주려 하신 거지?" "랑드레 자작이 그런 걸 좋아합니까?" "왜 랑드레 자작 선물을 내 선물 사이에 끼워뒀습니까, 퀸?" "그 그림은 뭐였어요, 퀸?" 하고 놀려댔다.

내가 몇 번이나 그런 게 아니라 말하는데도.

참다못해 내가 쥔 와인잔이 하얗게 얼기 시작하자, 하인리는 그때서야 입을 다물었다.

어쨌든 이왕 이렇게 된 김에, 그냥 선물을 죄다 하인리에게 주고 풀면서 놀라 했다. 장난삼아 넣은 선물 두 가지를 하인리가 첫 번째와 두 번째에 집어버렸으니 뭐.

깨달음도 얻게 되었다. 이런 장난은 같이 능글능글 어울릴 수 있는 사람이 해야 한다는 거. 나처럼 꽉 막힌 사람이 어설프게 장난을 시도하다가는 결국 혼자 놀림감이 된다는 거.

그렇게 선물을 뜯고 떠들면서 놀다가, 나는 거의 두 시간이 지나서야 화이트 몬드에 대한 이야기를 꺼낼 수 있었다.

"이제 중요한 이야기를 할게요, 하인리. 화이트 몬드에 대해서입니다."

"퀸. 화제 전환이 너무 갑작스러운데요."

"기억이 생생할 때 전해야 할 말이에요."

하인리는 좀 더 장난치고 싶은지 자꾸 슬쩍슬쩍 내 발가락을 만지려 들었다. 나는 그 몹쓸 손등을 찰싹 두드리고서, 하인리를 똑바로 앉힌 후 연회장에서의 일을 이야기해주었다. 그들이 내게 부탁한 이야기, 그러면서 건넨 선물, 그리고 내가 해준 조언까지.

내내 장난스럽던 하인리는 막상 이야기를 시작하자 진중한 얼굴로 고개를 끄덕거렸다. 그러다가 내가 이야기를 마치자 그제야 입을 열었다.

"퀸은 이 일을 어떻게 했으면 좋겠습니까?"

"나도 전쟁을 원하진 않아요."

"퀸은 평화주의자인가요?"

"무작정 평화만 외치는 건 허황된 일이겠지요. 하지만 확실한 실리와 명분이 없다면 전쟁은 최대한 피하는 게 낫다고 봐요. 약간의 이득을 얻기 위해 수많은 국민을 죽음으로 몰아넣을 수는 없으니까요."

"서대제국은 강합니다, 퀸. 무력으로 화이트 몬드의 항구를 뺏는 건 손쉬운 일이에요."

"서대제국 칭제를 경계하는 인접국은 화이트 몬드뿐만이 아니에요, 하인리. 당장의 이득을 취하기 위해 화이트 몬드를 공격하면 어떻게 될까요? 다른 나라들이 모두 다 서대제국을 경계하겠지요. 어쩌면 동대제국과 손을 잡으려 들지도 몰라요. 전쟁을 하더라도 지금은 아니에요."

하인리는 내 말을 진지하게 들으며 연신 고개를 끄덕였다. 머릿속으로 내 의견을 검토 중이란 게 표정에서 드러났다.

그걸 보다가 나는 작은 목소리로 덧붙였다.

"내가 배를 받아서 이렇게 말하는 게 절대 아니에요."

혹시라도 내가 뇌물을 받아서 이런다고 오해하면 안 되니까. 이건 대사가 주고 간 배와 정말로 상관없는 문제인걸.

"응? 배라니요?"

하인리는 눈을 휘둥그렇게 떴다.

"특파 대사가 선물이라고 주고 간 게 배였습니까?"

"상선 하나 무역선 하나요."

사실 선물로 배를 주고받는 건 나도 실제로는 처음 겪었다.

"보여줄까요?"

하인리가 관심을 보이기에, 나는 얼른 내 방으로 돌아가 잘 챙겨 둔 봉투를 가져온 후, 배 그림을 꺼내 내밀었다.

"어때요?"

하인리의 표정이 대번에 멍해졌다.

……가지고 싶어 하는 눈치인데?

궁전에 도착한 에벨리는 이대로 남궁으로 돌아가야 할지, 아니면 소비에슈를 찾아가 시킨 일을 잘 끝냈다고 보고해야 할지 고민했다.

찾아가야 할 것 같긴 한데. 부르지 않았는데 감히 황제를 찾아갔다가 괜한 입방아에 오를까 걱정도 되었고, 소비에슈 황제와 독대하는 게 그리 편한 일은 아니었기 때문이다. 짐을 풀며 내내 망설였지만, 결국 그녀는 찾아가 보고하기로 결심했다.

'사적으로 지시한 일이니 따로 알리는 게 맞겠지.'

그 선택은 옳았다. 에벨리가 피곤할까 봐 바로 부르진 않았지만,

소비에슈는 에벨리가 나비에에게 선물을 잘 전달했는지, 나비에의 반응이 어땠는지 궁금해서 안달이 난 상태였기 때문이다. 소비에 슈는 에벨리가 찾아오자마자 다급히 물었다.

"선물은? 전했느냐?"

에벨리는 인사를 올리기도 전에 황제가 바로 질문을 던지자, 황급히 두 손을 모으고 대답했다.

"예. 황후 폐하께 직접 전하였습니다."

"무어라 하였지?"

"예?"

"선물을 받고 황후가 무어라 하였느냐."

"아 그게……."

"표정은? 목소리는 어땠지?"

그러나 소비에슈가 이렇게 요란하게 물어볼 줄은 에벨리도 짐작하지 못했다. 에벨리는 당황해서 눈을 좌우로 데굴데굴 굴렸다. 그 난감해하는 표정을, 소비에슈는 눈치 좋게 알아보고서 쓰게 웃었다.

"하긴. 황후는 무얼 주더라도 늘 덤덤했지."

그러나 쓴 목소리와 달리 눈동자는 간절한 그리움으로 가득했다. 에벨리는 더욱 고개를 깊게 숙이고서, 당혹스러운 마음을 어찌해야 할지 몰라 발가락을 꼬물거렸다.

"심부름해주어 고맙다. 나가보아라."

소비에슈는 에벨리가 너무 난처해하자, 더 묻는 대신 손을 저어 내보냈다. 에벨리가 달아나듯 나가자, 그는 침대에 앉아 정면에 걸린 나비에의 그림을 쳐다보며 혼잣말했다.

"달라고 했을 때 진작 주었더라면 좋았을 것을……."

쓸쓸한 목소리가 방 안을 외롭게 울렸다. 그래도 선물을 전했다 생각하니 아주 약간이지만 마음이 편안해졌다. 뒤늦게나마 약속을 지킬 수 있단 점도 좋았다. 선물을 받는 순간은 나비에가 자신을 떠올릴 거란 점도.

'나비에가 약속을 기억할 것 같진 않지만…….'

그러나 아주 약간 풀어졌던 기분은 그로부터 두 시간 뒤. 사절단을 따라온 서대제국 사신이 나비에의 편지와 하인리의 편지를 전하자 와그작 구겨졌다.

두 통의 편지를 읽은 후에는 더욱 불쾌해졌다. 이스쿠아 자작 부부가 사절 중 한 명을 회유해 에벨리에게 해를 입히려 했다고? 그는 얼결에 나비에가 보낸 편지를 구기려다가, 나비에의 편지를 옆에 내려놓고 하인리가 보낸 편지를 와그작 구겼다.

외국에 사절로 가면서 그딴 짓을 벌이다니. 나라 망신이었다. 게다가 에벨리는 그가 심부름을 시킨 아이였다. 물론 사절단은 에벨리가 황제의 밀명을 받은 걸 몰랐겠지만, 그렇다 한들 죄가 감형되는 건 아니었다.

……한 일이 있었습니다. 서대제국에서도 처벌할 수 있지만, 어쨌든 동대제국 사절단은 동대제국을 대표해 온 사람이 아닙니까. 서대제국에서 일방적으로 처벌한다면 소비에슈 황제의 체면이 상할지도 모르니, 이 일은 동대제국에 일임하겠습니다.

이 와중에 하인리가 보낸 편지는 한 글자 한 글자에서 조롱이 묻어나서 소비에슈를 더욱 화나게 했다. 굳이 죄수를 동대제국 대표라고 콕 집어 말하면서, 살살 약 올리듯 남의 나라를 깎아내리고 있지 않은가. 배려심을 위장한 편지는 모욕적이었다. 이 편지에서 진실한 부분은 마지막 추신뿐이었다.

덧붙이자면, 관대한 처분은 안 내리셔도 됩니다.

소비에슈는 이 깐죽거리고 재수 없는 편지를 찢어서 도로 보내고 싶은 충동을 참기 위해 이를 꽉 악물다가, 이스쿠아 자작 부부를 당장 불러오라 명령했다. 그리고 이스쿠아 자작 부부가 영문도 모른 채 불려 오자, 그들이 제대로 인사를 하기도 전에 낮고 서늘한 목소리로 물었다.

"라스타가 시킨 짓이냐."

"무슨 말씀을 하시는지……."

"라스타가 에벨리를 해치라 시켰냐, 이 말이다."

소비에슈의 질문은 직설적이었다.

이스쿠아 자작 부부는 당황해서 외쳤다.

"절대 아닙니다!"

"갑자기 무슨 말씀을 하시는지 모르겠습니다, 폐하."

"저희는 그 여자를 해치지 않았고, 황후 폐하께서도 그런 명령을 내리지 않으셨습니다."

소비에슈는 커다란 의자에 등을 기대고 앉으며 느리지만 오싹한 목소리로 빈정거렸다.

"그럼 서대제국 황제가 존재도 모를 몰락 귀족 한 쌍을 해코지하고 싶어서 거짓말이라도 했단 건가?"

부부의 얼굴에서 피가 싹 빠져나갔다.

"너희가 사절단 마차를 부수라 명령한 걸, 서대제국 황제가 알아내고 항의를 해왔다. 서대제국 황제가."

"폐, 폐하."

"동대제국 사람도 아닌 너희 부부 때문에, 동대제국이 서왕국 따위에 놀림을 받았다 이 말이다."

소비에슈의 말 한마디 한마디에서 꾹꾹 눌린 분노가 새어 나왔다. 그래도 부부가 덜덜 떨기만 하고 대답하지 않자, 소비에슈는 의자에서 일어나며 웃었다.

"하긴. 너희에게 물어봐야 무슨 소용일까. 범인을 직접 추궁하는 수밖에."

"폐하! 말하겠습니다!"

그제야 이스쿠아 자작이 다급히 소비에슈를 불렀다. 그래도 소비에슈는 다시 의자에 앉지 않고, 그 자리에 선 채 부부를 냉담하게 내려다보았다. 할 말이 있으면 해보라는 듯. 하지만 들을지 말지는 나중에 결정한다는 듯. 이스쿠아 자작 부인은 자백할지 말지 빠르게 저울질해보다가, 마지못해 털어놓았다.

"의뢰를 맡기긴 했지만, 폐하. 동대제국에 망신을 주거나 사람을 다치게 할 뜻은 없었습니다."

이스쿠아 자작도 얼른 말을 받았다.

"정말입니다. 그저 에벨리 양에게 겁을 주어서, 궁전에 돌아오지 못하도록 쫓아내려 했을 뿐입니다."

이것만으로도 충분히 나쁜 행동이지만, '감히 황제의 물건에 손을 대고, 서대제국이 동대제국을 조롱할 빌미를 준 죄'보다는 나았다.

황제의 정부란 소문이 파다하지만 어쨌든 에벨리는 정식 정부가 아니었고, 배경 없는 평민이었다. 귀족이 평민을 이렇게 괴롭힌 정도로는 보통 큰 처벌을 받지 않았다.

"끝까지 거짓말이군."

그러나 소비에슈는 부부의 말을 믿지 않았다. 이 부부는 에르기 공작과 같은 나라에서 온 이들이었고, 에르기 공작은 행보가 수상쩍은 골치 아픈 손님이었다. 라스타와 사이까지 벌어진 지금, 소비에슈가 이 부부의 말을 믿을 리가 없었다. 게다가 부부는 이런 일에 익숙하지 않은지, 머리를 굴려대는 게 눈에 훤히 보였다.

"되었다. 역시 직접 물어보는 게 확실하지."

소비에슈는 그 꼴을 지켜보다가 차갑게 말하고서 탁자 앞으로 걸어가 종을 울리고 명령했다.

"하인리 황제가 범인이라고 보낸 자를 데려와라!"

잠시 후, 두 손이 뒤로 묶인 관리 한 명이 기사 둘에게 끌려 방 안으로 들어왔다.

이스쿠아 자작 부부는 그리 간이 크지 않았기에, 관리가 굴욕적으로 잡혀 온 모습을 보자 몹시 무서워졌다. 그러나 붙잡혀 온 관리가 소비에슈 황제에게, 이스쿠아 자작 부부가 마차를 부숴 에벨리를 해치길 사주했다 증언하자, 공포보다 눈이 더욱 커다래져서 펄쩍 뛰었다.

"절대 아닙니다!"

"에벨리 양에게 겁을 좀 주라 그랬지, 마차를 부수라든가 하는 말은 하지 않았습니다!"

정말로 억울해하는 얼굴이었다. 그러나 관리 역시, 이스쿠아 자작 부부의 말에 기가 막혀서 황제의 앞인 것도 잊고 버럭 소리 질렀다.

"날 이상한 사람으로 만들어놓고 혼자 살겠다고 거짓말을! 분명 마차를 부수라 하지 않았소! 그래서 그 막대한 금액을 보낸 거고!"

세 사람이 꽥꽥 외쳐대는 소리가 조용하던 방 안을 시끄럽게 만들었다. 소비에슈는 관자놀이를 꽉 누르고 낮게 윽박질렀다.

"셋 다 닥쳐라."

마음 같아서는 당장 이스쿠아 자작 부부와 범인을 본격적으로 심문하고 싶었지만, 소비에슈는 당장 이 일을 조사할 수는 없었다. 하인리 황제의 연회에 간 사절단이 돌아오면 곧 친자 검사를 받아야 할 텐데. 그때 이스쿠아 자작 부부는 이곳에 없어야 하기 때문이었다. 감옥에조차. 결국 소비에슈는 한참을 생각하다가, 명령을 내렸다.

"관리는 감옥에 가두어두고, 이스쿠아 자작 부부는 감옥에 가두진 않되, 그림자들을 시켜 도망치지 못하도록 감시하라."

"예, 폐하."

"그렇게 감시하다가 친자 검사 전에 사람들의 시선을 피해 밀실에 가두어두고."

"예, 폐하."

소비에슈는 골머리가 아파 침대에 앉아 이를 갈았다. 코샤르도 사고를 쳐서 주기적으로 골머리를 썩였지만, 최소한 나라 망신은 시키지 않았다. 트로비 공작 부부는 사고는커녕, 있는지 없는지 존재도 잘 드러내지 않고 지냈다. 그런데 황후의 진짜 부모도 아닌 가짜 부모가 이런 짓을 하고 다니니 기가 막혔다.

소비에슈는 치솟는 분노를 감당하기 어려워 연신 방 안을 서성이다가, 결국 테이블 위의 종을 미친 듯이 흔들며 명령했다.

"랑트 남작을 데려오라!"

그리고 랑트 남작이 들어오자마자, 소비에슈는 서늘하게 호통쳤다.

"쓸모도 없고 장식도 못 될 머리를 도대체 왜 달고 다니는 거냐!"

"폐하?"

랑트 남작은 당황해서 급히 무릎을 꿇었다. 소비에슈의 표정이 얼어붙을 것처럼 차갑고 매서웠다. 평소의 무덤덤하게 차가운 표정과 달랐다. 무언가에 몹시 화가 난 게 분명했다.

"폐하, 무슨 일로 이러시는지……."

"짐이 분명 그랬지. 라스타를 보살피라고. 이게 라스타가 살아 있나 가끔 확인만 하란 뜻으로 들렸느냐?"

"폐, 폐하."

"그 애야 배운 게 없어 그렇다지만 너는 대체 뭘 하는 거냐. 뭘 하길래 그 애가 사고를 치고 다녀도 아는 게 없어!"

소비에슈의 일갈에 랑트 남작은 창백해져서 고개를 숙였다.

소비에슈의 눈이 흉흉해졌다. 화가 쌓이고 쌓여서 폭발한 것이기도 하지만, 실제로도 그는 랑트 남작이 아주 쓸모없다 여겼다. 그의 비서 중 라스타를 돕는 이는 랑트 남작이었다. 그러나 랑트 남작은 라스타가 친 사고 어디에도 얽혀 있지 않았다. 한두 번이 아니라 매번. 얼핏 들으면 랑트 남작은 그만큼 죄가 없단 것처럼 들리지만, 바꿔 말하면 랑트 남작이 라스타를 제대로 살피지 못했단 뜻이기도 했다. 오히려 라스타가 하녀로 데리고 있는 아리언 쪽이 이런저런 정보를 잘 물고 오지 않는가.

"제 불찰입니다, 폐하."

랑트 남작은 침통한 목소리로 사죄했다. 라스타가 뭔가 사고를 친 모양이구나, 생각하면서. 하지만 랑트 남작은 소비에슈의 분노를 이해하면서도 좀 억울했다. 라스타는 황궁에 온 후 처음엔 랑트 남작에게 이런저런 조언도 구하고 도움도 구하면서 생활했다. 하지만 정부 시절이 길어지고 에르기 공작과 가까워지면서, 랑트 남작에게 더 이상 조언을 구하지 않게 되었다. 랑트 남작이 그녀의 재산 관리를 대신 맡아 하게 된 후에는 거의 자기 이야기를 하지도 않는 지경에 이르렀다.

랑트 남작은 진심으로 라스타를 돕고 싶었지만, 라스타가 아무것도 알려주지 않으니 어쩔 도리가 없었다. 어쨌든 라스타는 황후이기에, 사적인 얘기를 해달라 다그칠 수도 없는 위치 아니던가. 하지만 소비에슈에게 이런 말을 해봐야 모두 변명으로 취급할 터였기에, 랑트 남작은 입을 꾹 다물고 침통하게 바닥만 내려다보았다.

소비에슈는 후우 무거운 한숨을 내뱉고서 손을 까딱 올렸다.

"일어나라."

랑트 남작은 힘없이 일어나 두 손을 모으고서 황제의 명령을 기다렸다. 소비에슈는 지끈거리는 관자놀이를 누르며 물었다.

"노예 문서는. 아직도 못 찾았나?"

일이 엉망으로 얽혔으니 최악을 대비해야 한다. 라스타의 친부와 이스쿠아 자작 부부를 치운 후 공주가 친딸이란 결과가 나왔는데, 갑자기 노예 문서가 튀어나오면 곤란했다.

"그게……."

"똑바로 대답하라."

"예."

소비에슈는 배 속 아기를 서둘러 적자로 만들어야 한단 초조함에, 위험 요소를 끌어안은 채 라스타를 바삐 황후로 올린 자신을 탓했다. 물론 그러지 않았더라면 사랑스러운 공주는 지금쯤 서녀로 태어났을 것이지만…….

사실 소비에슈가 완전히 노예 문서 일을 잊고 일을 추진했던 건 아니었다. 코샤르가 노예 문서를 가져간 게 분명하고, 그 후 문서를 감출 틈도 없이 코샤르를 잡았기에, 소비에슈는 문서를 찾기 쉬울 거라 여겼던 것이다. 그러나 트로비 공작가에도, 파르앙 후작에게도 문서는 없었다. 명령을 듣고 코샤르를 잡으러 간 근위기사들의 집에도 문서는 없었고, 궁전을 다 뒤져도 없었다.

결국 마지막으로 남궁 귀빈들의 방을 몰래몰래 살피는 중이었다. 동대제국에 의탁 중인 외국 귀빈들의 방을 뒤지는 건 사실 위험한 일이었다. 조금만 삐끗하더라도 불편한 문제가 생기기 쉬웠다. 방을 뒤진 게 들통나더라도 동대제국에 감히 이 일로 심각한 문제를 제기할 사람들은 없겠지만, 그래도 괜히 사이좋은 나라들과 척을 질 필요는 없으니까.

소비에슈는 랑트 남작의 머리꼭지를 쳐다보며, 저 쓸모없는 걸 계속 비서로 두어야 할까 고민했다.

그때였다.

"폐하! 폐하!"

문밖에서 카를 후작의 다급한 목소리가 들려왔다.

"들어오라."

카를 후작은 방 안에 들어오자마자 황급히 외쳤다.

"폐하! 노예 문서! 노예 문서가!"

소비에슈의 낯빛이 차가워졌다.

"누군가 그걸 공개하기라도 한 거냐."

"아닙니다! 노예 문서를 찾았습니다!"

그 소리에 차가워진 안색은 붉은빛으로 변했다. 소비에슈는 벌떡 일어났다.

"정말이냐?"

"예."

"어디에서?"

"에르기 공작의 방에 있었습니다."

카를 후작의 말에 소비에슈의 입에서 부득 소리가 났다. 랑트 남작도 놀라서 눈을 커다랗게 떴다. 남궁에서 발견될 수도 있단 생각은 했지만, 에르기 공작의 방이라니? 라스타 본인 방에서 나왔다 해도 이보다 놀랍진 않을 것이었다.

"에르기 공작은 평소 자기 방을 철저하게 수비해서 뒤지기 힘들었는데, 무슨 일인지 라스타 님을 만난 후 급히 어딘가로 자리를 비웠습니다. 덕분에 샅샅이 뒤질 수 있었습니다."

카를 후작은 화를 억누르기 위해 부들부들 떨리는 목소리로 말을 이었다.

"카펫 안쪽에 문서를 실로 꿰매어 철저하게 감추어두었더군요."

카를 후작은 라스타를 싫어했지만, 이 일은 동대제국의 체면과 연관되어 있었다. 그런데 외국 손님이, 그것도 라스타와 추문이 난 에르기 공작이 그녀의 비밀을 악질적으로 감추고 있었단 게 드러나자 몹시 화가 났다.

"소문보다 더욱 쓰레기 같은 자입니다."

카를 후작의 말에 랑트 남작이 반사적으로 고개를 빠르게 끄덕였다. 에르기 공작이 노예 문서를 감추어둔 건 절대로 좋은 의도가 아닐 것이다. 연인을 위해서 한 짓이라면, 문서를 아예 파기하면 파기했지 그렇게 숨겨둘 리 없었다.

"그래도 문서를 발견해서 다행이군요."

랑트 남작이 조심스럽게 중얼거렸다.

소비에슈는 턱에 힘을 주고서 의자에 앉았다. 그래. 에르기 공작에게 화가 나는 것과 별개로 다행이긴 했다. 이제 공주가 그의 핏줄이기만 하면 아무 문제 없었다. 라스타가 자신의 과거를 감추고 황후 자리에 올랐단 추문은 사라지지 않겠지만, 어차피 1년만 데리고 있다가 폐위시킬 계획이었다. 이 일을 빌미로 조금 일찍 폐위시킨다 한들 무슨 상관인가.

"여기 있습니다, 폐하."

카를 후작이 품 안에 넣어 숨겨 온 노예 문서를 소비에슈에게 내밀었다. 소비에슈는 문서를 꼼꼼히 살핀 후 진품인 걸 확인한 다음 그 자리에서 바로 갈기갈기 찢어 태워버렸다.

"가지고 있는 게 낫지 않겠습니까?"

"라스타를 누를 빌미는 수없이 많다. 다른 걸 꺼내지 않아도, 과거를 숨겼단 것만으로도 충분하지. 공주에게 해가 될 여지가 있으니 이런 문서는 없는 게 나아."

노예 문서는 한 사람의 신분이 달린 일이기에, 몹시 엄격하게 취급되었다. 위조 방지를 위해 절대로 복제할 수 없는 인장이 찍혀 있었고 세상에 딱 한 장만 만들어두었다. 그런 것을 이제 없앴으니, 공주가 노예의 핏줄이라 무시할 사람은 없을 것이다.

랑트 남작이 안도의 한숨을 내쉬었다.

소비에슈는 문서가 탄 후 남은 까만 재를 내려다보다가, 머리카락을 쓸어 올리며 미간을 찌푸렸다.

"이제 문제는 에르기 공작이로군."

"예, 폐하. 문서를 교묘히 숨겨두고 있던 게 아주 수상합니다. 스캔들이 난 상대가 할 만한 짓이 아닙니다."

랑트 남작이 얼른 나서서 라스타를 슬쩍 편들었다.

"어쩌면 에르기 공작이 순진한 라스타 님을 꾀어 유혹한 건지도 모릅니다. 에르기 공작이 바람둥이인 건 세상 사람들이 다 알지 않습니까."

라스타가 순진하단 말에 카를 후작과 소비에슈의 표정이 동시에 구겨졌다. 앞서 몇 가지 사건이 있다 보니, 카를 후작과 소비에슈는 라스타가 순진하다는 데 동의할 수 없었다. 하지만 에르기 공작이 라스타보다 한 수 위의 몹쓸 바람둥이란 건 분명하긴 했다. 에르기 공작은 스캔들이 손꼽히지도 못할 정도로 많은데, 라스타는 그 정도는 아니었으니.

"에르기 공작은 어디로 간 거지?"

"모르겠습니다. 다시 돌아올 거라 말하고 갔다는데, 어딜 가는지는 알리지 않았다 합니다."

"에르기 공작이 돌아오면 문서를 숨긴 일을 사유로 당장 모국에 돌려보내야겠다."

강대국은 강대국 나름의 자존심이 있어서, 외국의 고위 귀빈들, 특히 왕족들이 손님으로 찾아오면 내치지 않고 잘 대접해주었다. 아무리 어렵고 까다로운 손님이 찾아와도 손쉽게 대접할 능력이 있단 걸 드러내면서 자존심을 챙기는 것이다. 반면 약소국일수록 외국 귀빈들을 감당하기 어려웠기에 그들이 찾아오는 걸 꺼려했다.

하지만 일이 이렇게 되었는데도 에르기 공작을 계속 남궁에 남겨둘 수는 없었다.

"에르기 공작이 거부할지 모르니, 블루 보헤안으로 사람을 보내어 그곳 왕에게 전하라. 에르기 공작이 황후와 추문을 일으키고 있으니, 피차 얼굴 붉힐 일을 만들지 말고 데려가라고."

"예, 폐하."

"친자 검사는 하인리 황제의 생일 연회에 간 사절단이 돌아오는 대로 받기로 하지."

"예, 폐하."

"신전에 사람을 보내어 날짜를 잡도록 해라."

두 비서가 나간 후, 소비에슈는 눈을 감고 멍하니 앉아 있다가 아기방을 찾아갔다. 노예 문서 일이 해결되었으니, 이제는 친자 검사만 제대로 나오면 된다. 그러면 그는 사랑스러운 딸을 세상에서 가장 고귀하게 만들어줄 수 있었다. 그의 피를 받은 이상 아이는 세상에서 가장 귀한 사람이었다. 반쪽의 피는 중요하지 않았다.

"글로리엠. 내 딸아."

부르는 소리를 듣기라도 한 듯 곤히 잠들어 있던 아이가 눈을 반짝 뜨고 아버지를 보았다. 소비에슈는 아이를 요람에서 꺼내 안고서 등을 토닥거렸다.

"넌 내 딸이다. 그렇지? 내 딸일 거다."

폭풍전야처럼 조용해져 가는 동대제국 황실과 달리, 서대제국의 즈멘시아 공작가에는 한참 비바람이 몰아치고 있었다. 즈멘시아 공작이 노공작에게 한 말 때문이었다.

"아버지, 하인리 황제는 미들렌이 릴테앙 대공 때문에 다치자 바로 원수를 갚아주었습니다. 게다가 왕족인 그자를 동대제국 황제의 미움을 살 걸 각오하고 탑에 가두었어요. 아버지 손자를 위해서요."

"그래서 어쩌란 거냐."

"크리스타는 이미 죽었고, 그 아이 죽음은 다 자기가 자초한 짓입니다. 그 애가 순순히 컴프서로 가서 조용히 지냈다면 저와 아버님, 니르히아, 우리 아이들 모두 이전처럼 잘 지냈을 겁니다."

아들이 죽은 동생의 이름을 안 좋게 언급하자 노공작은 눈을 번뜩였다.

"뭐야?"

즈멘시아 공작은 아버지가 탐탁지 않아 하는 걸 알면서도 말을 다 내뱉었다.

"그 애가 죽은 건 안타깝지만 산 사람이 우선입니다. 크리스타에 대한 원한을 버리고 새 물결에 올라타야 합니다, 아버지."

"……"

"나비에 황후는 이미 임신을 했습니다. 두 세대 만에 가까스로 생긴 후계자라고요. 나비에 황후를 좋게 보지 않던 귀족들조차 이젠 그 여자에게 머리를 조아립니다."

옆에서 조용히 앉아 있던 공작 부인도 말을 보탰다.

"맞아요. 무슨 수를 쓴 건지, 일단 그 여자와 가까워지고 나면 다들 그 여자를 입 모아 칭송한다더군요. 일전에 사이가 좋지 않았던 이들에게도 예의를 갖추어 대해준답니다. 우리도 원한을 버려야해요. 아이들을 생각해야지요."

노공작은 조용히 아들과 며느리가 하는 말을 듣다가, 결국 참지 못하고 호통쳤다.

"쌍으로 멍청하구나! 참으로 멍청해!"

"아버지!"

"릴테앙 대공에게 복수해주었으니 그 부부 밑으로 들어가자고? 내가 대체 뭔 죄가 있어 너 같은 무식한 자식을 얻었는지 모르겠다!"

"정말입니다, 아버지! 릴테앙 대공은 이미 탑에 끌려갔습니다! 제 눈으로 보았어요!"

"멍청하다 멍청해."

노공작은 더 심한 욕을 하고 싶은 걸 참으며 이를 갈았다.

"릴테앙 대공이 헛짓거리로 유명하지만, 그런 자리에서 대놓고 대형 사고를 칠 정도로 정신이 빠진 작자는 아니다."

"릴테앙 대공은 몇 번이나 대형 사고를 쳤어요. 아버지에게 원한도 품고 있고요. 그리고 대놓고 대형 사고를 친 것도 아닙니다. 미들렌이 빠진 연못 주위엔 사람이 거의 없었어요. 제 딴엔 머리를 굴린 거라고요."

"사고야 그렇다 쳐도. 그 대형 사고를 네놈과 황제가 같이 목격한 건 이상하지 않으냐? 황제와 공작이 하필 대형 사고의 목격자여서, 대공을 바로 탑에 가둘 수 있던 게 이상하지 않으냐 이 말이다."

다른 귀족이 목격자라면 형식상 조사라도 하게 되었을 텐데. 이일은 황제와 즈멘시아 공작이 목격자이다 보니 즉결 심판에 들어갔다. 물론 황제가 목격자라 한들, 동대제국의 대공을 곧장 탑에 가둔 건 동대제국 황제가 꼬투리 잡을 여지가 있는 판결이긴 했다.

즈멘시아 공작은 하인리 황제가 그런 위험을 감수하고서 자국민을 끌어안아준 거라 생각했다. 그런데 노공작은 오히려 그 점이 수상하다 말하는 것이다.

"아버지가 비화해서 생각하는 겁니다. 아버지는 하인리 황제를 너무 싫어해요."

"너야말로 멍청하다, 멍청해. 네 여동생을 잡아먹은 하인리 황제가 이젠 네 아들까지 노리는데 그런 자를 떠받들고 있다니."

서로 말이 통하지 않는다 여긴 부자는 입을 다물고 불만스럽게 고개를 다른 방향으로 돌렸다.

아들이 무어라 말하든, 즈멘시아 노공작은 하인리 황제를 믿지 못했다. 그는 하인리 황제가 릴테앙 대공을 처리하기 위해 손자를 위험에 일부러 빠뜨렸다 확신했다. 구체적으로 무슨 수를 쓴 건지는 모르겠지만, 우연에 우연에 우연이 거듭하면 필연인 법이다.

노공작은 분기를 감당하지 못하고 주먹을 꽉 쥐었다. 멍청한 아들과 멍청한 며느리, 이기적인 손주들이지만 그에게 남은 유일한 가족이었다. 하인리 황제가 머리 꼭대기에서 그와 가족들을 가지고 놀았다는 게 몹시 화가 났다.

소비에슈는 이제 모든 일이 다 해결되었고, 친자 검사만 기다리면 된다 여겼다. 신전에서도 바로 검사 날짜를 정해주었기에 동대제국에 남은 귀족들은 숨을 죽이고 그날을 기다렸다.

검사 결과를 떠나 앞으로 동대제국은 시끄러울 터였다. 검사 결과는 공주의 미래를 결정해줄 뿐, 라스타 황후의 과거를 지워주진 않기 때문이다. 황후의 친부라 주장하던 평민 남자가 '크게 돈을 구할 일이 생겼다'고 자랑을 하고 사라졌지만, 귀족들은 그에게는 별 신경을 쓰진 않았다. 어차피 그자는 어느 날 갑자기 나타나서는, 황후 딸을 두고 돈을 펑펑 즐겁게 쓴 인물이었다. 또다시 다른 돈을 찾아 사라졌다 해도 이상하지 않았고, 그자가 사라져도 이스쿠아 자작 부부가 남아 있으니 황후의 친부모를 가려내는 데는 문제가 없었다.

그러나 조용한 가운데 황궁에서는 예상치 못한 소란이 두 번 더 일어났다. 하나는 동궁에서 하나는 서궁에서.

서궁의 소란을 일으킨 건 알렌이었다. 알렌이 안이 사라졌다며 라스타에게 계속 편지를 보냈으나, 라스타가 내내 무시하자 직접 찾아와 소란을 부린 것이다.

"감히 황궁에서 소란을 부리다니. 당장 감옥에 가두어라!"

라스타는 화가 머리끝까지 뻗어서 명령을 내렸고, 소비에슈가 보낸 호위들은 그녀가 시킨 대로 알렌을 감옥에 가두었다. 뒤늦게 라스타가 아차 싶어서 알렌을 도로 꺼내려 했지만, 호위들은 알렌을 꺼내주진 않았다. 소비에슈가 친자 검사를 대비해 알렌을 데리고 있으라 명령한 탓이었다.

"어차피 잡아 올 생각이었는데. 제 발로 찾아왔으니 잘됐구나."

소비에슈는 차갑게 말하고서, 알렌이 그 누구도 만나지 못하도록 잘 감시하라 지시했다.

　그러나 얼마 가지 않아 동궁에서도 소란이 일어났다. 그 소란은
겉으로는 조용했으나, 소비에슈의 마음을 거세게 들쑤셨다. 하인리
의 생일 연회에 갔던 피르누 백작이, 사절단보다 한발 앞서 돌아와
전한 소식 때문이었다.

　"폐하. 하인리 황제가, 폐하께서 아끼던 '요정의 눈물'을 가슴 장
식으로 사용하고 있었습니다."

　"그게 무슨 소리냐. 제대로 본 게 맞느냐?"

　"예. 몇 번이나 똑똑히 확인했습니다. 요정의 눈물이 확실했습
니다."

　"그 작자가……."

　"분명 나비에 님이 주었을 겁니다. 아니면 말이 안 되지 않습니
까."

　소비에슈는 진심으로 하인리를 씹어 먹고 싶었다. 정말 머리부
터 발끝까지 마음에 드는 구석이라고는 하나도 없었다. 나비에가
선물을 돌려보낼지도 모른단 생각은 했지만, 설마 전남편인 자신
이 보낸 선물을 현재 남편에게 줄 줄이야.

　"나비에……."

　소비에슈는 기가 차서 허망하게 전 부인의 이름을 중얼거렸다.
그 자존심 높은 나비에가 그런 짓을 했다는 게 믿기지 않았다.

　그러나 불쾌한 소식은 여기서 끝이 아니었다.

　"저…… 그리고 폐하."

　피르누 백작은 소비에슈가 얼빠진 얼굴로 헛웃음을 터트리는 걸

보다가, 조심스러운 목소리로 보고했다.

"릴테앙 대공이 또 사고를 쳤습니다."

"사고라니? 또 무슨 헛소리를 한 거냐?"

"아닙니다. 이번에는 더 큽니다."

피르누 백작의 얼굴이 어두워졌다.

"즈멘시아 노공작의 손자를 연못에 떠밀었습니다."

소비에슈는 미간을 찡그렸다.

"뭐라?"

피르누 백작은 자신이 보고 들은 자세한 정황을 최대한 사감을 섞지 않고 세세하게 털어놓았다. 이야기를 들은 소비에슈의 표정이 굳었다. 그는 인상을 구기고 의자 손잡이에 몸을 기댄 채 턱을 문질렀다. 피르누 백작의 이야기가 좀 이상하게 여겨진 탓이었다.

릴테앙 대공이 원한 관계가 뚜렷한 데다 화가 나면 헛짓거리를 해대는 건 그도 알고 있었다. 서대제국에서도 이미 몇 번이나 헛짓을 하다가 망신을 당한 적이 있었고. 하지만 연회에서 아이를 연못에 떠민 적은 없었다. 마음에 안 드는 이들을 어깨로 치고 가거나 바닥에 떠민 적은 몇 번 있었지만…….

"아이는 어떻게 됐지?"

"상처 하나 없이 바로 건져졌습니다. 제가 돌아올 때 확인한 바로는, 감기에도 걸리지 않았다 들었습니다."

소비에슈의 의혹이 더욱더 짙어졌다. 릴테앙 대공의 헛짓거리가 평소보다 강도가 세졌는데. 그 원한을 받아낸 아이는 다친 데 한 곳 없고. 그 헛짓거리를 목격한 건 하인리 황제다……?

"하인리 황제는 릴테앙 대공을 바로 탑에 가두었습니다. 5년간 자기 나라에 가두어두겠다더군요. 사절단이 하인리 황제의 서신을 가지고 올 겁니다."

평소의 소비에슈라면 릴테앙 대공이 무슨 짓거리를 하든, 동대 제국의 자존심을 위해 그를 되찾아 왔을 것이다. 그러나 소비에슈 는 곰곰이 생각하다가, 이번에는 하인리 황제의 제안을 받아들이 기로 결정했다. 의심할 여지는 많았지만, 이렇게 하는 편이 그에게 도 이득이었기 때문이다. 만에 하나라도 공주가 자신의 딸이 아니 라면, 릴테앙 대공이 동대제국에 없는 게 훨씬 나았다.

"어떻게 하시겠습니까, 폐하?"

"남의 나라에서 행패를 부렸으니, 동대제국에도 수치다. 이참에 그 욱하는 성격을 죽이는 것도 괜찮겠지. 내버려두어라."

"예."

피르누 백작도 릴테앙 대공을 싫어했기에 순순히 받아들였다. 그러나 소비에슈는 결정을 내리고서도 심각한 표정으로 무언가를 곰곰이 생각해보다가, 편지 한 통을 빠르게 써서 피르누 백작에게 건넸다.

"하인리 황제에게 이걸 전하고."

소비에슈 황제가 보낸 편지는 전서조를 통해 빠르게 전달되었 다. 하인리는 편지를 보고 기분이 상해 인상을 찌푸렸지만, 쓸쓸하게 인정했다.

"알긴 아는군."

맥켄나가 어리둥절해 물었다.

"무어라 쓰여 있는데 그러십니까?"

"내가 자기 걸 유난히 탐낸다고. 아내도 보석도, 다 자기 걸 가지고 싶어 한다고."

'다'는 아니지만, 소비에슈 황제는 하인리가 원하던 걸 많이 가지고 있긴 했다. 마법사 군대, 마법 아카데미를 통해 마법사들을 계속 끌어들일 수 있는 체계, 많은 인재, 드넓은 바다와 항구, 지리적인 이점, 그리고 아내까지.

"예? 보석은 우리가 더 많은데요?"

'요정의 눈물'에 대한 일을 모르는 맥켄나가 어리둥절해서 되물었다. 서대제국은 보석 산출국이었고, 그 어느 나라보다 보석이 많았다. 소비에슈 황제가 다른 건 몰라도 보석을 가지고 큰소리칠 입장은 아니었다.

"소비에슈 황제가 내 아내에게 구질구질하게 선물을 보냈기에, 내가 그걸 착용하고 돌아다녔거든. 그 얘길 전해 들어서 이럴걸."

"예?"

맥켄나는 처음 듣는 이야기에 입을 떡 벌렸으나, 하인리의 표정이 워낙 쓸쓸해 보여서 잔소리를 퍼붓진 못했다. 대신 머뭇거리다 위로했다.

"두 분 폐하 사이에서 태어나는 아기님은 아주 현명하고 용맹하실 겁니다. 그분이 다음 세대에 서대제국에 항구를 만들어주실 수도 있지요. 암요. 태어나기도 전에 배부터 두 척 챙기셨으니, 분명 그러실 겁니다."

하인리는 맥켄나의 말에 그제야 웃음을 터트렸다.

"그건 그래. 나도 배는 선물 받은 적이 없는데."

"그럼요."

"태교로 전쟁 일대기를 읽어줘야겠어."

"아니, 그건 태교가 아닌데요."

"그래야 용맹한 아기가 태어나지."

"황후 폐하는 태교하신다고 매일 꿈과 희망이 가득한 동화책을 읽고 계시던데. 전쟁 일대기를 읽어주실 거라고요?"

"퀸이 잠들었을 때 읽어주면 되지. 꿈과 희망을 가진 정복자가 되면 되잖아?"

그러다가 또 사고를 쳐서 미혼인 자신에게 부부 일로 고민 상담을 하겠지. 맥켄나는 혀를 차며 미래를 예지하다가, 아차 싶어서 말했다.

"이럴 때가 아닙니다. 화이트 몬드에서 샬렛 공주님이 와 기다리고 있지 않습니까."

나비에가 하인리에게 화이트 몬드의 사절단이 한 말을 전하면서, 칭제 후 바로 전쟁을 치르는 건 좋지 않단 의견을 밝힌 후. 하인리는 맥켄나와 한참 상의를 하고, 자신의 비서들을 불러서도 계속 토론에 토론을 거듭했다.

이후 생일 연회에는 잠시 얼굴만 비추고, 화이트 몬드의 특파 대사와 일행을 불러서 몇 시간에 걸쳐 두 나라 사이의 일을 의논했다. 결국 특파 대사가 돌아갈 때, 하인리는 두 나라가 모두 침입불가협정서를 작성한다는 전제하에 화해를 제안했다. 그리고 지금 화이트 몬드에서 그 제안에 대한 답을 듣고 온 것이다.

하인리는 심드렁하게 대답했다.

"당연히 고맙다, 알겠다, 이런 대답이겠지. 자기들이 다른 선택권이 뭐가 있어서."

"그렇더라도 직접 공주를 사절로 보냈잖아요. 이왕 사이좋게 지내기로 한 김에 사이좋게 대해주십시오."

하인리는 알겠다고 중얼거리고서 의자에서 일어나 별의 방으로 갔다. 그곳엔 관련 관리들과 귀족들, 화이트 몬드에서 온 사절단들이 이미 모여 있었는데, 하인리가 나타나자 모두 동시에 인사를 올렸다. 그걸 본 하인리도 아까의 심드렁한 표정을 지우고서, 입가에 온화한 미소를 띤 채 황제의 자리에 서서 샬렛 공주 일행을 맞이했다.

"화이트 몬드의 왕께서 직접 공주님을 보내신 걸 보니 좋은 대답을 기대할 만하군."

"예, 황제 폐하."

도착하고서도 30분가량 황제가 오길 기다렸으니 기분이 상할 만한데도, 샬렛 공주는 부드럽게 웃으면서 감사 인사를 전했다.

"화이트 몬드의 실수를 너그럽게 넘어가주신 데 몹시 감사드립니다. 상단은 귀빈으로 대접하다 풀어주었고, 상단의 무역품에 화이트 몬드의 특산물을 보탰습니다."

"그런가."

"그리고 상단이 뤼트에서 볼일을 보는 동안, 저희 화이트 몬드의 무역선이 뤼트에서 함께 기다릴 것입니다."

화이트 몬드의 무역선이 교류가 거의 없는 서대륙에서 기다려주겠다는 건 놀라운 결정이었다. 상단이 얼마나 오랫동안 머무를지 모르는데, 그 불편한 시간을 감내하겠단 뜻이 아닌가.

귀족들이 작게 탄사를 뱉자, 그 틈에 케트런 후작이 목소리를 높여 큰소리쳤다.

"빼어난 황후님이 오시니 서대제국의 징조가 참으로 좋습니다!"

케트런 후작은 나비에를 찬양했지만, 그 순간 분위기는 싸늘해졌다. 귀족과 관리들은 입을 다물고 케트런 후작을 쳐다보았다. 그들은 케트런 후작이 박쥐 같다고 생각했다. 하지만 곧 그들도 입가에 미소를 띤 채 열심히 동의하기 시작했다.

"그렇군요!"

"이 일을 시작한 게 황후 폐하셨지요."

"1년도 못 되어 이렇게 큰 성과를 보셨으니, 앞으로가 더욱 기대됩니다."

"이 일이 잘 해결되면, 서대제국은 항구 하나 없이 무역 강대국이 될 수 있겠군요!"

케트런 후작이 뻔뻔한 박쥐 같긴 하지만, 이 와중에 그에게 동조하지 않으면 나비에 황후의 성과를 인정하지 않는 것처럼 보일 터이니 일단 입을 모아서 자리에 없는 나비에를 찬양해대는 것이었다.

그 꼴을 보며 하인리는 코웃음을 쳤다. 참 속 보이는 자들.

그러나 이 속 보이는 찬양을 들으면서, 그의 입꼬리는 슬금슬금 올라가고 있었다. 하지만 떠들썩한 분위기는 샬럿 공주의 뒷말에 찬물을 끼얹은 마냥 조용해졌다.

"두 나라가 화해하게 된 기념으로, 부왕께서는 국혼을 추진하고 싶어 하십니다. 그래서 저를 사절단 대표로 직접 보내셨고요."

사람들이 입을 다물고 동시에 하인리 황제를 쳐다보았다. 그럴 수밖에. 현재 서대제국에서 공주와 정략결혼을 할 만한 황족은 하인리 하나뿐이었던 것이다. 물론 하인리는 이미 결혼해 황후가 있지만, 약소국에서 온 귀한 영애나 공주가 강대국 황제의 정부가 되는 일 자체는 드물지 않았다. 그렇다면 지금 샬렛 공주는……?

상황을 지켜보던 기사 한 명이 슬며시 자리를 빠져나가 황후의 방으로 달려갔다.

"샬렛 공주가 국혼을 하고 싶다며 찾아왔습니다."

화이트 몬드에서 사절단이 찾아왔단 이야기에, 어떤 대답이 들려올지 기대하며 방에서 기다리던 중이었다. 뜻밖에도 유님 경이 헐레벌떡 찾아와 이런 이야기를 전해주었다.

"정말이야?"

로즈가 날카롭게 묻자, 유님 경이 덩달아 날카롭게 대답했다.

"내가 이런 일로 거짓말을 할 것 같아?"

심장이 쿵 떨어졌다. 하인리에게도 언젠가 정부가 생길 거란 각오는 했지만, 정말로 이런 상황이 되자 심장이 너무 크고 빠르게 뛰었다.

싫다.

이 생각부터 들었다.

"폐하는 그럴 분이 아니니 염려 마십시오, 황후 폐하. 거절하실 겁니다."

마스타스가 얼른 옆에서 말했지만, 머릿속에 아무 생각도 들지 않았다. 싫다 싫다 싫다 싫어, 이런 소리만 계속 떠올랐다.

"일단 상황을 좀…… 알아봐야겠어요."

결국, 가만히 앉아 있기 힘들어서, 억지로 침착한 목소리를 내고서 일어났다.

"제가 안내하겠습니다."

유님 경은 앞장서서 사절단이 어디 있는지 알려주었다. 별의 방이었는데, 인원수가 많아서인지 문을 열어두고 있었다. 슬쩍 보고 오려 했는데. 그 탓에 내가 나타난 걸 모두가 알아버렸다. 난감해서 정색하는데, 희한하게도 나를 본 사람들이 뜬금없이 박수를 쳤다.

'이건 또 무슨 일이야?'

이 와중에 박수라니? 구겨지려는 인상을 억지로 피고 있자니, 지적인 인상의 여자가 얼른 내 앞으로 다가와 공손히 인사를 올렸다.

"화이트 몬드에서 온 샬렛 공주입니다, 황후 폐하. 황후 폐하께서 이번 두 나라의 화해에 큰 역할을 해주셨단 이야기를 들었습니다."

목소리가 또랑또랑하고 자신만만한, 참으로 매력적인 여자였다. 억지로 웃으며 고개를 끄덕였지만 고통스러웠다. 이런 일이 생겼을 때 상처받고 싶지 않아서 하인리의 마음을 받아들이지 않았는데. 이미 너무나 고통스럽다.

하인리의 마음을 받아들이지 않았다는 건 내 착각이었을 뿐이었나. 어느새 나는 그를 사랑하고 있었던 걸까? 심장이 녹아내리는 느낌이었다. 라스타가 서서히 나를 옥죄어온 밧줄이라면, 샬렛 공주의 등장은 한 방에 심장에 틀어박힌 화살 같았다.

하인리는 항구를 가지고 싶어 하지. 샬렛 공주는 어쩌면 전쟁 없이 하인리에게 항구를 쥐여줄 수 있을지도 모른다. 숨을 쉬는 것조차 힘들었다. 하인리를 보니, 그가 굳은 얼굴로 내 쪽에 다가오는 게 보였다.

미안한 걸까? 절대로 이런 일이 없을 거라 했는데, 이렇게 되어서?

하긴. 이 일은 그의 탓은 아니었다. 나 역시 화이트 몬드에서 우정을 약속하자며 국혼을 꺼내 들 줄은 몰랐으니까.

그를 보면 더욱 힘들 것 같아서, 나는 억지로 미소를 띤 채 샬렛 공주에게 인사했다.

"그래요. 환영합니다, 샬렛 공주."

"마침 국혼 이야기를 하려던 참이었습니다. 황후 폐하의 허락을 구해야 하는 일이니, 폐하께는 예의를 갖추어 정식으로 따로 말씀드리려 했는데. 이렇게 바로 뵙고 말씀드리게 되었군요."

내 허락……. 역시 하인리의 정부가 되겠다는 거구나. 손끝이 파르르 떨렸다. 배 속이 요동치는 느낌이었다. 그래도 미소를 만들어 냈다. 각오했던 일이잖아, 아파하지 말자. 하지만 아픈데 어떻게 아파하지 않을 수 있지? 그래, 아직 결정이 난 건 아니고…….

"황후 폐하. 황후 폐하의 오빠인 코샤르 경과 결혼하고 싶습니다."

뭐?

서대제국에 갔던 사절단이 돌아오자, 릴테앙 대공에 대한 일이 공식적으로 드러났다. 사람들은 혀를 차면서도 릴테앙 대공이라면 그러고도 남을 자라고 수군거렸다. 소비에슈처럼 의혹을 품은 이들도 몇 있긴 했으나, 그들은 내린 결론도 소비에슈와 같았다. 입을 다무는 게 나아.

의혹을 품지 않으면서도 "서대제국이 멋대로 릴테앙 대공을 가두었다"며 분개하는 이들도 있었으나, 친자 검사 날짜가 가까워지자 그들도 점차 입을 다물었다. 릴테앙 대공의 일은 자연스럽게 옆으로 밀려났고, 마침내 친자 검사 날이 되었다.

친자 검사 날. 사람들은 이스쿠아 자작 부부가 릴테앙 대공 일로 시끄러워진 틈을 타 동대제국을 떠났단 걸 뒤늦게 알게 되었다.

딸의 흔적을 발견했다. 친자 검사는 나중에 받아도 되지만, 딸의 흔적은 시간을 끌면 사라질 테니 당장 가야 한다. 검사는 나중에 꼭 받도록 하겠다.

이스쿠아 자작 부부가 남긴 변명은 이랬다. 사라진 시기가 교묘하다 보니 많은 이들이 수상쩍게 여겼지만, 부부는 이미 감쪽같이 사라진 후였다. 그렇다고 친자 검사를 하기 위해 부하들을 풀기엔, 이스쿠아 자작 부부는 뚜렷한 죄가 없었다.

게다가 현재 가장 문제가 되는 건 공주가 황제의 딸인지 아닌지였다. 라스타 황후가 몰락 귀족의 자식인지 평민의 자식인지는, 사실 당장 급하게 처리해야 할 일이 아니었다.

친자 검사를 받기 위해 마차에 타면서, 라스타는 간만에 공주를 볼 수 있었다. 공주는 유모가 된 베르디 자작 부인의 품에 안겨 있었다. 아이들은 어쩌면 이렇게 빨리 자라는지. 라스타는 베르디 자작 부인이 안은 공주가 이전보다 좀 더 자랐단 걸 바로 알아차렸다.

"베르디 자작 부인."

라스타가 부르자, 베르디 자작 부인은 고개를 들지 못하고서 "예." 하고 조심스럽게 대답했다. 베르디 자작 부인은 여전히 라스타가 두려웠다. 그녀가 궁지에 몰려 있는데도.

라스타는 그녀를 뚫어져라 쳐다보다가 차갑게 물었다.

"당신도 공주가 폐하의 친딸이 아니라 생각해?"

베르디 자작 부인은 왜 라스타가 자신에게 이런 질문을 하는 건가, 의아하게 여기면서도 순순히 대답했다.

"저는 공주님이 황제 폐하의 친딸이라 생각합니다."

공주의 유모이니, 사실 이건 베르디 자작 부인에겐 당연한 대답이었다. 그렇기에 베르디 자작 부인은 라스타가 진짜 묻고 싶은 건 다른 일일 거라 여겼다. 그러나 라스타는 속을 알 수 없는 눈으로 베르디 자작 부인을 바라보기만 할 뿐, 진짜 질문은 끝까지 하지 않았다.

그녀는 공주를 안아보겠단 말도 없이 마차에 올라탔다. 탁 소리와 함께 마차 문이 닫히자, 베르디 자작 부인은 괜히 찝찝해져서 준비된 다른 마차로 서둘러 올라탔다.

사실 라스타가 묻고 싶던 건, 하녀가 그녀를 죽이려 의자로 내려칠 때 베르디 자작 부인이 구해준 일에 대해서였다. 소비에슈의 변심은 라스타에게 커다란 상처로 또렷하게 남았다. 그러나 베르디 자작 부인의 배신은 상처가 된 줄도 모른 채 희미하게 남았다. 라스타는 자신이 그녀의 배신에 충격을 받았던 걸 스스로도 잘 몰랐으나, 베르디 자작 부인이 자신을 구한 일이 이따금 떠오를 때면 화가 나면서도 궁금해졌다. 어차피 배신하고 떠날 거면서 왜 자신을 구했던 건지.

마차가 출발하자 달그락달그락 소리가 나면서 몸이 조금씩 흔들렸다. 라스타는 눈을 감은 채 습관처럼 자신의 배 위에 손을 올렸다.

마침내 마차가 신전 앞에 도착하자, 라스타는 마차에서 내리며 어깨를 당당하게 폈다. 그녀는 검사 결과에 자신이 있었다. 이후 소비에슈와 귀족들이 그녀의 과거를 빌미로 공격을 해오겠지만, 절대로 인정하지 않을 생각이었다.

문제가 될 안은 이미 치웠으니, 그녀가 인정하지 않으면 결국 그걸로 끝이다. 발버둥을 쳐도 폐위될 수 있겠지만, 그녀의 과거에 대한 증거가 하나도 남아 있지 않은데 심한 벌을 내릴 수 없을 것이다.

심한 벌을 받는 게 아니라면 그녀는 어떻게든 버틸 수 있었다. 몇 년만 버티면, 성장한 공주가 그녀를 구해줄 테니까. 어쩌면 하인리 황제가 나비에를 데리고 구출한 것처럼, 에르기 공작이 그녀를 구출하러 나설 수도 있었고.

그 순간.

'에르기 공작?'

라스타는 인상을 찡그리고서 신전 기둥을 쳐다보았다. 방금 그에 대한 생각을 해서인가. 에르기 공작과 비슷한 사람이 기둥 뒤를 지나가는 걸 본 것 같았다.

'에르기 공작이 여기에 와 있을 리가 없는데?'

"황후 폐하?"

라스타가 멈춰 서서 어딘가를 뚫어져라 쳐다보자, 호위가 의아한 듯 불렀다.

"잠시."

라스타는 에르기 공작을 본 것 같은 쪽으로 걸어가보았다. 그러나 그곳에 공작은 없었다. 비질 중인 신관만 있었다.

"혹시 누가 지나가지 않았느냐?"

라스타가 묻자, 신관은 조용히 대답했다.

"저 혼자 청소하는 중이었습니다."

"……그래."

에르기 공작이 아니어도 누군가 지나가긴 간 것 같은데……. 이상하게 여겨졌지만, 라스타는 그러려니 하고 돌아섰다.

어쩌면 자신이 본 사람이 에르기 공작이 아니라 저 신관이었을 수도 있지. 펄럭이는 옷차림이 비슷하지 않은가. 게다가 신관은 거짓말을 하지 않는다.

"얼른 가셔야 합니다. 황제 폐하께서 기다리고 계실 겁니다."

라스타가 시간을 일부러 끈다 여겼는지 호위가 차갑게 말했다. 라스타는 알겠다고 대답하고서, 친자 검사가 이루어지는 곳으로 다시 걸어갔다. 그곳엔 이미 다른 마차로 온 소비에슈와 베르디 자작 부인이 도착해 있었다.

소비에슈와 눈이 마주치자, 라스타는 견디지 못하고 자작 부인이 안은 공주에게로 시선을 돌렸다. 그를 보자, 소비에슈의 침실에 걸려 있던 나비에의 초상화가 떠오른 탓이다. 공주는 눈이 마주치자 라스타를 향해 방긋 웃었다. 라스타가 따라 웃으며 손을 들어 인사하자, 공주가 아예 까르르 소리 내어 웃었다. 떨어져 지내도 아이는 마치 자신의 어머니가 누구인지 알아보는 듯했다.

심장이 미어지는 느낌에 라스타는 눈시울이 뜨거워졌지만, 입술을 깨물어 눈물을 참았다. 곧 공주를 의심한 모든 이들이 입을 다물고 납작 엎드려야 할 거다. 그녀는 울보였지만, 눈에 불을 켜고 벼르는 귀족들에게 지금은 우는 모습을 보이고 싶지 않았다.

"이곳에 서시면 됩니다."

검사 장소에는 커다란 단상이 있고, 그 위에 접시 두 개가 있었다. 신관은 단상 너머에서, 황제 부부가 맞은편에 서도록 위치를 알려주었다. 소비에슈는 베르디 자작 부인에게 아기를 받아 안고서 신관이 가리킨 자리에 섰다. 라스타도 주춤주춤 다가가 그 옆에 나란히 섰다. 아이러니하게도 두 사람이 선 구도는 결혼 서약을 읊을 때와 비슷했다.

신관이 설명했다.

"피를 약간 내어 이 접시에 떨어트리시면 됩니다. 공주님은 제가 안고 있겠습니다."

접시 하나에는 이미 맑은 액체가 담겨 있었고, 다른 하나는 비어 있었다. 소비에슈는 신관에게 공주를 건네고서, 자신의 단도를 꺼내 엄지 끝을 찔러 피를 낸 다음 빈 접시에 떨어트렸다. 라스타는 차마 자신의 손을 직접 찌를 수 없어 소비에슈에게 손을 내밀었다. 그 손에는 라스타가 바닥을 내려치면서 다친 상처가 아직 남아 있었다. 소비에슈는 잠시 멈칫했으나, 곧 라스타의 손목을 잡고서 엄지 끝을 살짝 찔러 피를 낸 다음 자신의 피 위에 그녀의 피가 떨어지도록 만들었다.

두 사람의 피가 섞이자, 신관은 다른 접시에 담긴 맑은 액체를 피가 담긴 접시에 약간 부었다. 그 후 접시를 자기 쪽으로 가져간 신관은, 단상 위에 놓인 특수한 도구를 이용해 아기의 엄지를 살짝 찔렀다. 따끔한 통증에 얌전히 있던 공주가 자지러지게 울음을 터트렸다. 공주의 손에 빨간 피가 고이자 소비에슈는 마음이 아파 인상을 찡그렸다.

침 삼키는 소리조차 들리지 않던 신전을, 아기의 울음소리가 무섭게 울렸다. 사람들은 숨도 쉬지 못하고서, 신관이 도구 안쪽에 들어간 피를 다시 접시에 떨어트리는 모습을 바라보았다.

세 사람의 피와 특수한 액체가 섞이자 부글부글 거품이 올라왔다. 공주가 두 사람의 친자식이라면 이 피는 맑게 변해 사라질 것이지만, 아니라면 계속 찐득한 피로 남아 있을 것이다.

한참 후. 마침내 신관이 하얘진 얼굴로 외쳤다.

"공주님은 폐하의 친딸이 아니십니다!"

소비에슈의 안색이 굳어졌다. 그는 사방에 금이 가 당장이라도 깨어지기 직전의 유리창처럼 보였다. 라스타가 뒤로 주춤 물러나자, 나란히 서 있던 두 사람의 사이가 멀어졌다. 그녀는 얼굴이 창백해져서 필사적으로 부정했다.

"아닙니다! 아니에요! 말도 안 돼요! 폐하, 이건 말도 안 돼요!"

날카로운 침묵 속에서 미동조차 하지 않던 소비에슈가 가벼운 한숨을 뱉었다.

"말이 안 된다?"

라스타의 말을 한 번 따라 한 그는, 곧 허무한 목소리로 중얼거렸다.

"그래. 네 말처럼 이건 정말 말이 안 되지."

"그게 아니라……."

소비에슈는 주먹을 쥐었다 펴길 반복했다. 몹시 화가 나는데, 이 분노를 여기서 풀 수조차 없어 더욱 화가 난다는 듯. 실제로도 그는 심란하고 어지러운 건 물론, 온갖 부정적인 감정이 모조리 다

솟아나 괴로웠다. 화도 화지만 공주가, 자신이 그토록 사랑하던 공주가 자신의 딸이 아니라는 게 만만찮게 괴로웠다.

사람들은 숨도 쉬지 못하고 조용해졌다. 이 초유의 사태에 다들 무슨 말을 해야 할지 짐작도 하지 못했다. 피를 뽑힌 데 놀란 공주만이 계속해 자지러지게 울어댔다.

"카를 후작."

소비에슈는 한참 만에야 무뚝뚝한 목소리로 비서를 불렀다.

"예, 폐하."

상황을 지켜보던 카를 후작이 얼른 앞으로 나섰다.

소비에슈는 힘없이 중얼거렸다.

"내가 이 와중에 무슨 말을 해야 할까."

"폐하……."

그러나 이어지는 목소리는 단호했다.

"그자를 데려와라."

그자라니? 망연자실해 있던 라스타는 의아해서 고개를 들었다.

한 군데에서 소란이 일어났다. 그곳을 보니, 소비에슈의 부하들이 어딘가에서 알렌을 끌어내고 있었다.

알렌이 왜 여기에? 그가 이곳에 있을 거란 예상을 전혀 하지 못했기에, 라스타는 기겁해서 "폐하!" 하고 외쳤다.

"신관."

그러나 소비에슈는 대답하지 않고 신관을 불렀다.

"예, 폐하."

"혹시 공주가 이자의 아이는 아닌지, 다시 검사해보아라."

소비에슈의 명령은 덤덤했기에 더욱 차갑게 들렸다. 라스타는 온몸에서 피가 빠져나가는 기분에 놀라 외쳤다.

"폐하, 우리가 다시 검사해요! 말도 안 돼요! 공주는 정말로 우리 딸이에요! 차라리 우리가 다시 검사해요!"

그러나 소비에슈는 다시 그 치욕을 겪고 싶지 않았다. 피를 빼서 검사를 하고, 또다시 자기 딸이 아니란 소리를 듣고 싶지 않았다.

하지만 검사를 다시 해보고 싶은 마음은 마찬가지였다. 그래서 알렌을 데려오라 한 건데. 라스타가 직접 자신의 피를 또 달라 조르자 더욱 화가 났다. 아니, 지금 소비에슈는 라스타가 무슨 행동을 하든 나쁘게만 생각될 정도로 인내심이 얇고 가늘어져 있었다.

"놓, 아주세요, 놓아주세요, 라스타! 라스타!"

알렌은 끌려 나오면서 라스타의 이름을 애타게 외쳤다. 그가 황후의 이름을 대놓고 부르자, 구경 나온 이들이 수군거렸다.

라스타는 알렌을 무시하고 공주에게 달려가려 했다. 분명 누군가 조작을 한 게 틀림없었다. 무슨 수를 썼는지 모르지만, 조작을 했을 거다. 그게 아니라면 이런 결과는 나올 수 없었다. 그녀가 직접 공주를 안고 공주의 피를 빼서 확인한 결과가 아니라면, 절대 믿을 수 없었다.

"폐하, 누군가 조작을 했을 거예요. 아니라면 피를 작게 빼서 그래요. 더 많이 빼면 제대로 결과가 나올 거예요!"

신관은 주춤 뒤로 물러나며 겁먹은 얼굴로 외쳤다.

"적게 빼지 않았습니다. 여기서 더 많이 빼면 아기들이 놀랍니다!"

공주의 비명 같은 울음소리가 더욱 커졌다. 소비에슈의 얼굴은 더 굳을 수 없을 만큼 굳어갔다.

귀족들도 질려서 라스타를 쳐다보았다. 저 어린 아기의 피를 더 많이 빼자고 말하는 게, 공주가 공주가 아니라 한들 좋아 보이진 않았다. 이 와중에도 알렌은 겁에 질려서 라스타에게 도움을 청했지만, 아무도 그를 신경 쓰지 않았다.

"검사하라."

시간을 더 끌면 더욱 우스갯거리가 될 거라 판단한 소비에슈는 차갑게 신관에게 명령했다.

"예, 예, 폐하."

신관은 허둥거리며 다시 단상 앞으로 돌아와 라스타에게 말했다.

"황후 폐하. 이쪽으로 서주십시오."

그러나 라스타는 더 뒤로 물러나며 외쳤다.

"폐하와 검사하는 게 아니라면 받지 않겠어요! 저 남자와 친자 검사를 하라니! 이건 나에 대한 모욕이에요! 폐하! 정말 아니에요!"

주먹을 꽉 쥐고 이를 드러낸 그녀는 누구든 다가오면 한 대 후려칠 것처럼 보였다. 본인의 주장처럼 그녀는 아직 황후이기에, 격렬하게 거부하며 검사를 받지 않으려고 하자 어떻게 할 도리가 없었다.

신관은 쩔쩔매며 소비에슈의 눈치를 살폈다. 소비에슈는 미간을 찡그렸다. 알렌도 황급히 무릎을 꿇으며 외쳤다.

"폐하, 저도, 저도 공주님과 아무 관계가 없습니다, 폐하. 저는 라스타가 폐하의 정부가 된 후에야 다시 만났습니다."

그 와중에도 그가 꼬박꼬박 라스타를 이름으로 부르자, 라스타는 분노에 차서 알렌의 정강이를 구두로 찍어버렸다. 온 힘을 다해 내려친 것이기에, 정강이에서 피가 흘러내렸다.

"윽."

알렌은 드디어 그 입을 닥치고는 고통스러워하며 몸을 숙였다. 소비에슈는 그 광경을 한심하다는 듯 보다가, 라스타 주위의 기사 둘에게 눈짓했다. 신호를 받은 기사 두 명은 라스타에게 다가가 그녀의 팔을 잡고 억지로 당겨 단상 앞에 서게 했다. 황후를 대하는 태도가 아니었으나, 귀족들은 다들 이상하게 여기지 않았다.

일이 이렇게 된 이상 라스타는 절대로 황후 자리에 남아 있을 수 없었다. 얼마나 오래 더 버티느냐, 어떤 식으로 내려오게 되느냐, 황후 자리에서 내려온 뒤 면책되느냐 벌을 받느냐의 문제일 뿐.

라스타가 단상 앞에 서게 되자, 기사 한 명이 라스타를 잡고 다른 한 명은 라스타의 손을 내밀어, 아까 검사를 할 때 낸 상처 부근을 힘주어 눌렀다. 잠시 아물었던 상처에서 다시 피가 주르륵 흘러 새로 올린 접시에 맺혔다.

"놔라! 놓으라고! 난 황후란 말이야! 이럴 수 없어! 폐하, 아직 내가 황후예요! 내가 황후라고요! 이러면 안 돼요!"

라스타가 비참하게 울부짖는 소리에, 몇몇 마음 약한 귀족들이 인상을 찌푸렸으나 대부분은 눈도 깜짝하지 않았다.

피를 짜낸 후에야 기사 둘은 라스타를 놓아주었다. 라스타는 비틀거리며 뒤로 물러나다가, 울면서 기사들을 밀쳐냈다. 하지만 그걸로도 분이 풀리지 않아서, 자신을 거칠게 대한 기사들을 주먹을 쥐고 마구잡이로 때렸다.

이러니저러니 해도 아직 황후이기에, 기사들은 소비에슈가 별다른 명령을 내리지 않자 순순히 라스타의 공격을 몸으로 받아냈다. 그러나 한 대씩 맞을 때마다 점점 더 표정이 어두워져서, 눈치 좋은 귀족 몇몇은 혀를 찼다.

앞으로 이혼 절차를 밟든 폐위 절차를 밟든 실제로 그녀와 붙어 다니게 될 건 기사들인데. 저렇게 적으로 만드는 건 어리석은 행동이었던 것이다. 하지만 라스타가 본 이혼 절차는 모두의 동정과 죄책감 속에서 이루어진 나비에의 이혼뿐이었기에, 그녀는 이런 사실을 알 수 없었다.

"시간을 너무 지체하는구나."

소비에슈가 차갑게 말하자, 이번에는 다른 기사 두 명이 알렌을 잡고서 단상 앞으로 끌고 갔다.

라스타는 기사 둘을 때리길 멈췄다. 알렌을 대하는 그들의 태도는 아까보다 더욱 거칠어서, 보기에도 아찔할 정도였다. 게다가 단상 앞으로 끌고 와 손을 억지로 내밀게 하자마자, 배려 없이 손바닥 중앙을 단도로 그어버렸다.

"으악!"

알렌이 비명을 지르자, 피가 후두둑 접시로 떨어져 내렸다.

이렇게 많이는 필요 없는데. 신관은 덜덜 떨면서 피를 받아다가, 아까 특수한 도구로 미리 뽑아둔 공주의 피를 떨어트리고, 거기에 신전의 특수한 액체를 섞었다. 아까처럼 부글부글 거품이 올라왔다. 다른 게 있다면, 이번에는 피가 맑은 색으로 변했단 것이었다.

"공주님은 저자의 아기입니다. 공주님은 저자의 아기가 맞습니다, 폐하!"

신관이 외치자, 웅성이는 소리가 갑자기 확 커졌다.

소비에슈는 손으로 자신의 눈가를 짚었다. 눈가를 가린 손 아래로 눈물이 흐르는 게 보였다. 황제의 눈물에 놀란 사람들은 소비에슈가 알렌과 라스타에게 속았다며 동정했다.

"아니에요, 정말 아니에요 폐하! 난 저자와는 얼굴도 마주하기 싫을 정도예요! 저렇게 증오스러운 놈과 공주를 갖다니요!"

라스타는 날카롭게 비명을 지르며 단상에 놓인 그릇을 확 날려 버렸다.

"폐하를 두고 저딴 자와 아기를 가질 리가 없잖아요! 폐하, 공주는 폐하의 아기예요! 폐하의 하나뿐인 딸이라고요!"

그녀는 처절하게 외쳤지만, 구경 온 귀족들은 혀를 차며 더욱 한심하게 여겼다.

"아무리 그래도 그렇지 황제 폐하 앞에서 저런 발언이라니."

"말이 참으로 거칠군요."

"화려한 옷을 입고 고귀한 자리에 앉아도 피를 맑게 하진 못하는 거겠지요."

구경꾼들은 라스타의 거친 욕설을 들으면서, 이 사건과는 전혀 관련 없는 점을 두고 흉을 보았다.

조앤슨은 먼발치에서 이 모습을 기사로 작성하면서 웃음을 터트렸다. 사람들은 영웅을 좋아하는 동시에 은근히 질시했다. 평가가 아주 좋은 영웅이라면 조금 다르겠지만, 이 평가를 좋게 유지하는 건 힘들었다. 행동에 흠이 없던 나비에 황후조차 그 점으로 인해 냉정하다, 철 같다, 인간미가 없다고 흠이 잡히지 않았던가.

그런데 라스타의 최근 평가는 그 정도 수준을 훨씬 뛰어넘어 나빴다. 여러 가지 일과 스캔들이 연달아 벌어지면서, 평가는 나날이 곤두박질쳤다.

평민들의 희망이라 추앙받았던 만큼 평민들은 라스타에게 기대치가 아주 높았다. 그들은 평민 출신이어도 라스타가 나비에 황후보다 훨씬 빼어나서 그들의 자존심을 살려주길 기대했다. 그러나 실제 행보가 이에 미치지 못하고 여러 가지 나쁜 의혹만 줄줄이 생겨나자, 높았던 기대감은 배신감으로 변해 더욱 거칠어졌다.

이 와중에 라스타가 몰락하기 시작한다면, 남몰래 그녀를 부러워했던 이들은 이제 당당하게 싫어하는 감정을 드러낼 수 있어 재밌어 할 터였고, 그녀를 진심으로 좋아했던 이들은 높았던 기대와 애정을 날카로운 증오로 바꿀 터였다.

그런데 라스타 신화가 거짓 위에 쌓아올린 모래성이었단 게 알려진다면……? 조앤슨의 입가에 잔혹한 미소가 걸렸다.

동생의 실종도 실종이지만, 조앤슨 본인이야말로 애정이 증오로 변한 가장 대표적인 인물이었다. 그는 라스타에게 실망할수록 그녀를 존경한 자신이 부끄러웠고, 이 부끄러움을 감추기 위해 더욱 라스타를 험한 말로 모욕했다.

"폐하, 폐하, 정말로 전 저 공주와 아무 관련이 없습니다!"

알렌이 소비에슈에게 매달렸지만, 소비에슈는 가차 없이 그를 밀어냈다. 기사들이 알렌을 걷어차 감히 황제의 곁에 오지 못하도록 막았다. 알렌은 얻어맞은 몸을 끌어안고 훌쩍였지만, 누구도 그를 동정하지 않았다.

동정은커녕, 소비에슈는 목을 뜯어버리고 싶을 정도로 알렌이 증오스러웠다. 저 멍청한 자가 자신을 모욕한 것도 화가 났지만, 저 입으로 그의 딸을 '저 공주'라고 가벼이 부르는 것도 화가 났다.

신관은 눈치를 보면서 엎어진 검사 도구를 주섬주섬 도로 챙겨 단상 위에 올려두었다.

그때였다.

"이런. 이미 검사 결과가 다 나왔습니까?"

누구도 부르지 않았던 인물, 구경한다며 처음부터 따라오지도 않았던 인물이 모습을 드러냈다.

에르기 공작이었다.

"갑자기 나타나서 얼마나 놀랐는지 모릅니다."

샬렛 공주의 예상치 못한 청을 들은 후. 회의는 바로 파했고, 하인리와 나는 둘이서 정원을 산책하게 되었다. 하인리는 자신의 가슴께를 문지르면서 웃음을 터트렸다. 내가 나타날 때를 생각만 해도 아직 놀랍단 것처럼.

"그렇게 놀랄 일이었나요?"

정말로 정부 이야기를 하고 있었다면 모를까. 아니었잖아? 어리 둥절해서 되묻자, 하인리가 대답했다.

"하지만 퀸, 그대가 몹시 화난 얼굴로 들어왔잖아요."

"그건……."

"게다가 날 보자마자 바로 시선을 피했습니다. 화를 꾹 참는 모습이었어요."

그야 그렇지.

좀 오해가 있었다. 아니, 심각하게 오해가 있었다. 난 샬렛 공주가 하인리의 정부가 되고 싶어 한다고 생각했으니까. 이 때문에 그게 오해란 걸 알게 된 직후부터 지금까지, 정말 고개도 들 수 없을 정도로 부끄럽다.

특히 엉뚱한 오해를 한 샬렛 공주 본인에게 너무 미안했다. 그나마 최선을 다해 그녀 앞에서 미소를 띤 채 대해서 다행이지. 조금이라도 그녀에게 차가운 모습을 보였더라면, 아마 지금쯤 내가 들어가야 할 커다란 쥐구멍을 만들어야 했을 것이다.

"그냥……."

"그냥?"

"좀 놀라서."

나는 작은 목소리로 힘없이 대답했다.

혼자 오해한 게, 아니, 따지고 보면 혼자 오해한 건 아니지만. 어쨌든 오해를 한 게 부끄럽긴 하지만, 아직도 아까의 일을 떠올리면 심장이 서늘해졌다. 하인리가 다른 사람을 정부로 들일 거란 생각을 하자, 그것만으로도 몹시 괴롭고 심장이 콱 막히던 게 생생했다.

"퀸……."

어느새 저 남자가 이렇게 가슴 깊숙이 박혀버린 걸까. 완전히 사랑을 받아들이지 말자고, 저 남자를 깊게 사랑하지 말자고, 상처를 받아도 금세 한발 뺄 정도로만 사랑하자고, 굳게 다짐했는데. 어느새 이렇게 깊숙하게 들어와버린 건가 모르겠다. 그가 새로 변할 수 있단 걸 알게 됐을 때, 이 남자가 손쉽게 내 울타리를 넘어올 수 있단 것도 알아차렸어야 했는데.

이런 내 심정을 알아차렸나.

"퀸."

조심스럽게 날 부른 하인리가, 두 손으로 내 손을 가져다가 자기 가슴에 대고 꼭 감싸며 말했다.

"안심해도 됩니다. 절대로 코샤르 형님이 원하지 않는 결혼을 하게 하지 않을 겁니다. 절대로 정략결혼을 몰아붙이지 않을 테니, 그렇게 놀라지 않아도 됩니다."

아. 전혀 알아차리지 못했구나.

"그대는 눈치가 들쑥날쑥하군요."

"예?"

하인리는 내가 샬렛 공주와 이야기하고 있을 때, 심각한 표정으로 다가와서는 말을 끊다시피 했는데. 지금 하인리의 말을 듣고 보니, 그는 샬렛 공주가 내 오빠를 달라 한 일로 내가 기분이 상할 거라 걱정해서 급히 다가온 모양이다.

바보.

"자랑하는 건 아니지만 전 눈치가 아주 좋은 편입니다, 퀸."

"혹시 누가 그런 말을 해주었다면, 그 사람의 말은 앞으로 의심하는 게 좋겠어요."

"퀸도 내게 눈치가 좋단 말을 한 적이 있는데요?"

"……나는 예외예요. 언제나."

"물론 퀸은 예외입니다. 언제나."

"내가 예외인 건, 그대가 날 사랑하기 때문이지요."

"물론입니다."

"내게도 그대는 예외예요."

"그렇습니까?"

"그대가 예외인 건, 내가 그대를……."

뒷말을 생략하고서 몸을 돌렸다.

하인리는 생글거리면서 내 손을 자기 가슴에 대고 있다가, 몸을 움찔했다. 나는 다른 방향을 보고 있었지만, 하인리가 움찔하는 걸 느낄 수 있었다.

힐긋 보니, 그는 눈이 휘둥그레져 있었다. 보라색 눈동자가 '방금 내가 뭘 들으려다 만 거지?' 하는 혼란으로 가득했다.

"퀸, 방금……."

"방금 뭐요?"

"퀸. 방금 뭐라고 말하려다 만 겁니까?"

"그대는 눈치가 좋다 하지 않았나요? 눈치 좋은 그대가 눈치껏 알아들은 게 맞을 거예요."

"알아듣긴 했는데, 이건 귀로 직접 들어야 하는 거 같아서요."

"샬렛 공주에 대한 건 오빠에게 직접 물어볼게요."

"아니, 갑자기 왜 그 공주 이야깁니까, 퀸!"

"사랑해요."

"퀸은 너무 화제를 확확……."

그가 말을 하다 멈추고서 그대로 얼어붙었다. 손을 뻗어, 그의
턱을 위로 올려 벌어진 입을 닫아주었다. 하인리가 웃지도 울지도
못하는 괴상한 표정으로 날 바라보았다.

에르기 공작은 품에 공주와 놀라울 정도로 똑같이 생긴, 그러나
좀 더 나이가 많아 보이는 아이를 안고 있었다. 아이는 무서운지
눈을 동그랗게 뜨고 사방을 살피는데, 그 모습이 라스타와 판에 박
은 듯 같았다.

"무슨 짓이야! 안!"

알렌은 아이를 향해 비명을 지르며 달려들었지만, 기사들에게
바로 막혔다.

"에르기 공작. 그대가 여긴 어쩐 일이지?"

소비에슈는 이젠 정말로 머리가 터질 것처럼 아파 왔다. 다른 사
람도 다른 사람이지만, 에르기 공작이 이 난리통 한가운데에 나타
나자 더욱 심장이 까맣게 타들어 갔다.

그러거나 말거나 에르기 공작은 태연히 대답했다.

"어쩌다 보니 이 애를 떠맡게 되었는데, 아이 아버지와 어머니가
모두 여기 있단 이야기를 들어서요. 돌려주려고 왔습니다."

알렌은 기사들에게 눌려 바닥에 붙은 채 "안! 안아!" 하고 외쳤

다. 그 모습을 힐긋 내려다본 에르기 공작은, 다시 시선을 들어 소비에슈를 보았다. 겉으로는 정말 걱정이 되어 왔단 얼굴이었다.

소비에슈는 에르기 공작의 속내가 궁금했지만, 지금으로서는 알 방도가 없었다. 다만, 저자가 라스타를 진심으로 여기지 않았다는 건 이로써 분명해졌다.

소비에슈가 손짓하자 기사들이 알렌을 놓아주었다. 알렌은 몸이 자유로워지자 에르기에게 달려들어 안을 뺏어 들었다. 에르기 공작은 아이를 두고 다투는 대신 순순히 아이를 넘겨주었다.

라스타는 그 모습을 보며 오만 가지 감정에 휩싸였다. 아이를 원하는 집에 안을 데려다주라 했는데 그가 왜 여기에 나타난 건지 이해가 가지 않았고, 그가 '아이 아버지와 어머니'란 표현을 쓴 것도 이해가 가지 않았다. 하지만 지금은 그걸 따질 때가 아니었다.

"폐하, 공주는 정말 폐하의 딸이에요. 믿어주세요. 폐하는 항상 절 믿어줬잖아요. 한 번만 더 믿어주세요."

라스타는 에르기 공작에게 따지는 대신 다시 소비에슈에게 애원했다. 그러나 소용없었다. 소비에슈는 이 상황이 몹시 화가 나고 괴로워서, 지금은 그 누구의 변명도 듣고 싶지 않았다.

소비에슈는 처음에는 라스타를 들꽃처럼 여리고 가냘픈 사람이라 여겼다. 순수하고 욕심이 없고 솔직해서, 다른 귀족들과는 완전히 다르다 생각했다. 이후 수많은 실망을 느꼈지만, 황후가 된 후 권력을 맛보고, 귀족들의 무시를 받으면서 변해간 거라 여겼다.

하지만 애초에 공주가 자신의 아이가 아니었단 결과를 받자, 그런 확신조차 사라졌다. 공주가 자신의 딸이 아니란 건, 라스타가

'순수하고 해맑은 그 시절'에 이미 그를 농락하고 있었단 뜻이 아닌가.

도대체 언제부터? 언제부터 라스타는 그를 가지고 논 걸까. 아니, 애초에 덫에 걸린 게 우연이 맞긴 했던 건가?

"폐하, 황제 폐하, 라스타 님이 과거를 속였단 소문이 사실인지도 이참에 알아보아야 합니다!"

그러고 있자니 구경하던 귀족 중 하나가 외쳤다.

"맞습니다! 저 남자아이도 라스타 님의 아이인지 검사해봐야 합니다! 정말로 라스타 님이 폐하를 속이고 결혼을 한 건지, 이참에 확인해야 합니다!"

다른 귀족들도 연달아 동조했다. 누가 봐도 알렌과 라스타 사이에서 태어난 아이를 두고 검사를 요구하는 귀족들의 모습에, 라스타는 눈에 핏대가 설 정도로 분노했다.

라스타는 문득 '폐하는 모든 걸 다 알면서도 나를 받아들였다'고 외치고 싶어졌다. 자신과 공주가 궁지에 몰렸는데, 소비에슈가 혼자서 상처 입은 피해자인 척 구는 게 싫었다. 아주 거짓말도 아니었다. 안과 알렌에 대해서는 몰랐지만, 소비에슈는 자신이 도망 노예 출신이란 걸 알면서도 받아들이고 귀족들을 속여주지 않았던가.

물론 자신이 이런 주장을 펼친다고 해서 귀족들이 순순히 믿진 않을 것이다. 하지만 의심을 품는 이들은 있을 터였고, 라스타는 그정도만이라도 좋으니 소비에슈에게 해를 끼치고 싶었다.

그러나 라스타는 충동을 눌렀다. 무언가 하나쯤 소비에슈의 약점을 쥐고 있어야지 자신과 공주에게 도움이 될 거란 생각 때문이었다. 비밀을 밝히는 건 한순간인 데다 마음에 드는 결과를 낸단 보장이 없지만, 비밀을 쥐고 있으면 힘이 된다.

라스타는 이를 악물고 알렌만 노려보았다.

"염치없지."

"과거를 숨긴 것도 모자라 자작 아들의 서녀를 공주로 속이다니!"

"곧 이혼하겠지요?"

"이혼이 뭡니까. 쫓아내야지."

"저런 사람 때문에. 나비에 님만 안됐군요. 쯧쯧……."

귀족들은 멈추지 않고 수군거렸다.

"폐하, 잘못했어요! 하지만 공주는 아니에요, 진짜예요! 다시 검사해주세요! 폐하! 제발요! 한 번 더요! 제발요!"

라스타가 다시 괴롭게 외쳤지만, 그들의 눈엔 일말의 동정도 떠오르지 않았다.

"이미 내 아이가 아니라 떴고. 이미 저자의 아이라 떴는데. 여기서 또 하라고? 넌 날 몇 번이나 치욕스럽게 할 거냐, 라스타."

"폐하…… 정말이에요. 정말로 이건 말도 안 되는 결과라 그래요."

소비에슈 역시 라스타를 동정하지 않기는 마찬가지였다. 라스타가 처음부터 작정하고 자신을 속였을지도 모른단 배신감과 공주가 친딸이 아니라는 충격 때문에, 소비에슈는 어느 때보다 라스타에게 차가웠다. 그는 신관과 기사에게 "저 남자아이 친자 검사를 해주어라. 이건 내가 볼 필요는 없겠지." 하고 말한 뒤 뒤돌아서 매정하게 신전을 떠났다.

라스타는 소비에슈를 쫓아가려 했으나, 아까 자기가 두드려 팬 기사들에게 가로막혔다.

"검사를 받으란 황명을 따라야 합니다."

"놔! 놓으라고!"

라스타는 반항하며 기사들을 뿌리치려 했지만, 아까 라스타에게 몇 대나 얻어맞아 눈가가 시퍼렇게 멍든 기사는 곧 쫓겨날 황후의 처지를 봐주지 않았다.

알렌 역시도 다시 거칠게 끌려왔다. 그 과정에서 안이 알렌의 품에서 떨어질 뻔했지만, 아이는 신관이 놀라서 얼른 받아 든 덕에 다치지 않았다.

신관에게서 공주를 건네받은 베르디 자작 부인은 숨을 죽이고 상황을 지켜보다가, 일단 눈치껏 공주를 데리고 소비에슈를 뒤따랐다. 앞서 걸어가던 소비에슈가 베르디 자작 부인 쪽을 힐긋 보는 바람에 심장이 쿵쿵 뛰었지만, 소비에슈는 따라오지 말란 소리는 하지 않았다. 대신 마차를 타고 말 한마디 없이 가버렸다.

베르디 자작 부인이 자신과 공주가 타고 온 마차에 오르자, 그 마차도 곧 소비에슈의 마차를 따라 이동했다. 베르디 자작 부인은 아직까지도 눈가가 새빨간 공주를 꼭 끌어안고 등을 문지르며 중얼거렸다.

"제가 지켜드리겠습니다, 공주님. 누가 뭐래도 제겐 공주님이십니다."

베르디 자작 부인은 떨면서도 공주를 놓지 않았다. 태어나기 전부터 지금까지 쭉 그녀가 보살펴왔기에, 베르디 자작 부인은 이미 아기에게 정이 너무 붙었다. 베르디 자작 부인은 이 아이가 공주가 아니라 하더라도 상관없었다. 다만 고귀하게 태어나 모두의 손가락질을 죄 없이 받게 될 아이가 그저 가엾기만 할 뿐. 그녀는 부디 소비에슈도 그간의 정이 남아서, 공주를 너무 박하게 대하지 않기를 바랐다.

"바…… 바……."

"공주님. 폐하께서는 공주님을 사랑하신답니다. 폐하께서 지금은 잠시 화가 나셔서 그래요. 곧 공주님을 안고 챙겨주실 거예요."

먼저 궁전으로 돌아온 소비에슈 황제와 카를 후작, 베르디 자작 부인 등의 얼굴을 본 사람들은, 결과를 듣기도 전에 답을 알아차렸다. 사람들은 무리를 지어 모여서, 앞으로 벌어질 일들을 추측했다.

"황후 폐하께선 쫓겨나겠지?"

"쫓겨나기만 하면 다행이지. 크게 벌을 받을걸."

"그보다 난 폐하께서 공주님을 어떻게 할지가 더 궁금한데."

"그러게. 늘 옆에 끼고 다닐 정도로 예뻐하셨잖아."

"공주는 무슨, 뻐꾸기 새끼지."

사람들이 제멋대로 떠드는 사이, 소비에슈는 곧장 방으로 가려다가 방향을 바꾸어 집무실로 갔다. 그리고는 미친 듯이 일을 하기 시작했다. 자세조차 바꾸지 않고 서류를 읽고 결재하고 의견을 작성하고 반려할 보고서를 고르는 행동은 물 흐르듯 자연스러웠으나, 동시에 부자연스럽기도 했다.

그 모습을 보며 카를 후작은 앞으로의 일을 염려했다. 어린 시절부터 함께 자라온 나비에 황후를 버리고 얻은 아이인데. 그 아이가 친딸이 아니란 결과가 나왔으니, 지금쯤 속이 말이 아닐 터. 그렇다고 그토록 어여쁘게 여겼던 아이를 한순간에 내치는 것도 마음이 좋진 않을 테니, 소비에슈의 입장은 난감했다.

이뿐만 아니었다. 사람들은 소비에슈가 뻐꾸기 공주를 데리고 있으면 바보 같다 여길 테지만, 막상 공주를 내쳐버리면 황제가 매정하고 박정하다 여길 것이었다.

한때 나비에 역시, 라스타를 권력으로 누르면 자신이 악역이 되지만, 라스타를 내버려두면 바보 취급을 받는 걸 두고 고민한 적이 있었으니, 아이러니한 일이었다.

하지만 라스타는 곧 황후 자리에서 폐위될 텐데. 폐위된 황후가 정부 시절 다른 남자와의 사이에서 가진 공주를 계속 공주로 둘 수는 없었다. 설령 공주로 둔다 한들 궁전에서 제대로 살 수 있을 리도 없었고.

그러나 소비에슈는 공주를 어떻게 할지는 한마디도 하지 않았다.

두 시간 후, 랑트 남작이 찾아와 안 역시도 라스타와 알렌의 아이였단 사실을 보고하자, 소비에슈는 그제야 펜을 탕 내려놓고서 눈을 감았다.

아슬아슬한 긴장감이 방 안을 맴돌았다. 한참 만에야 소비에슈는 무너지는 얼굴로 입을 열었다.

동대제국의 소식은 아직 서대제국에 전해지지 않았다.

하지만 하인리는 이미 반쯤 정신이 붕 떠 있었다. 나비에가 딱 한 번 귀한 보석을 던지듯 귀에 박아놓고 가버린 고백 때문이었다. 잠깐의 고백이었으나, 하인리의 마음을 적색으로 물들이기에는 충분했다. 하인리는 자신이 뭘 하는지도 모르고 자꾸 팔꿈치나 손등으로 잉크병을 엎었다. 조금만 집중이 흐트러져도 사랑한단 목소리가 간지럽게 들려왔다.

하지만 이를 지켜보는 맥켄나의 심장은 전혀 간지럽지도 좋지도 않았다. 맥켄나는 결국 짜증을 냈다.

"폐하. 일부러 절 약 올리려고 엎는 게 아니라면, 제발 주위 좀 잘 살펴주십시오."

"난 사랑받는 남자야, 맥켄나."

"예?"

"난 사랑받고 있어."

"뭐라는 겁니까?"

하인리는 어깨를 당당하게 펴면서 웃었다.

맥켄나는 하인리가 왜 저러는지 정말로 짐작이 안 가서 인상을 찡그렸다. 짐작은 안 가지만 하인리가 저렇게 좋아하니 괜히 기분이 나빴다. 그러다가 맥켄나는 '아!' 하고 깊은 깨달음을 얻었다.

"왜 그리 좋아하시는지 알겠습니다. 샬렛 공주님이 코샤르 경과 결혼하면 화이트 몬드에서 항구 하나라도 똑 떼줄까 기대하시는 거지요?"

"……박정하기는. 어찌 이리 계산적일까."

맥켄나가 인상을 구기자, 하인리는 두 손을 모으고서 몽롱하게 말했다.

"맥켄나, 생각해보아라. 아이가 태어나면 묻겠지. 아빠, 아빠. 아버지랑 어머니는 왜 결혼했어요? 그럼 나는 대답해야지. 아버지는 어머니를 사랑하고 어머니도 아버지를 사랑한단다."

"하지만 운이 좋은 케이스였지, 너희는 나중에 사랑하는 사람과 결혼할 수 없단다."

하인리가 좋아하는 걸 보니 괜히 기분이 나빠진 맥켄나는, 하인리의 뒷말을 이어서 하다가 얼른 입을 다물었다. 어느새 몽롱한 상태에서 벗어난 하인리가 삐딱하게 그를 노려보고 있었다.

"틀린 말은 아닌데요. 보통은 다 정략혼이잖아요……."

맥켄나가 쭈뼛거리면서 변명하자, 하인리는 이번엔 자신이 맥켄나를 놀리려다가 돌연 인상을 찌푸리고 맥켄나를 빤히 쳐다보았다.

"아니, 뭐 꼭 정략혼을 안 할 수도 있지만요."

맥켄나는 괜히 찔끔해서 말을 바꾸고서 물었다.

"근데 왜 그리 보십니까?"

"맥켄나. 넌 결혼 생각이 없어?"

"예?"

"놀리는 게 아니라 진짜로. 좋아하는 사람이나, 좋아하는 가문이라도 없어?"

"아 저야 뭐."

하인리의 표정은 진지해서, 본인 말처럼 놀리는 게 아니란 티가 났다. 하지만 그 탓에 맥켄나는 괜히 더 어색해져서, 민망하게 웃고는 얼른 말을 돌렸다.

"그보다 폐하. 즈멘시아 노공작이 즈멘시아 공작과 싸웠단 얘기, 들으셨습니까?"

하인리는 맥켄나가 자기 결혼 이야기를 하고 싶지 않아 한단 걸 눈치채고, 바로 그의 말에 대답했다. 어차피 이 화제도 즐겁긴 마찬가지였다.

"노공작은 분노로 스스로를 태우고 말 거다. 장작은 이쪽에서 계속 넣어주면 되고."

하인리는 빙그레 웃고서 검은 먹물로 엉망이 된 서류를 내려다보았다. 그는 즈멘시아 공작이 나비에와 아이를 동시에 해치기 위해 위험한 음식을 먹이려 한 일을 똑똑히 기억하고 있었다. 절대로 봐줄 마음이 없었다.

"가끔…… 폐하께서 머리 굴리시다가 하나라도 삐끗할까 염려됩니다."

"맥켄나. 혹시 지금 악담하니?"

"아니요."

맥켄나는 집무실을 나가 하품을 하면서 걸어갔다. 하인리에게는 농담 식으로 말했지만, 농담이 아니라 맥켄나는 정말로 걱정이 되었다. 오늘 하인리의 태도를 보니 나비에 황후와도 사이가 좋은 듯하고, 나비에 황후와 배 속 아기님도 건강하고, 동대제국이 조만간 엄청난 스캔들로 뒤집힐 것 같단 소식도 들었고, 화이트 몬드와도 잘 해결되었고, 즈멘시아 노공작은 내분으로 무너지는 듯한데.

모든 게 잘 풀려가는데 뭔가 찝찝했다. 정확히 뭐가 찝찝한가, 곰곰이 생각하면서 걸어가고 있자니, 립트에서 온 카프멘 대공이 나무에 기대어 혼자 앉아 있는 게 보였다. 좋은 생각을 하고 있진 않은지, 미간을 잔뜩 찌푸리고 있었다.

"카프멘 대공."

카프멘이 크리스타 사건 때 도움을 준 적이 있는지라, 맥켄나는 그를 좋게 보고 있었다. 이에 맥켄나는 알은척 인사를 하면서 카프멘에게 가까이 다가갔다. 그의 어려움을 자신이 도울 수 있다면 도와줄 생각이었다. 카프멘은 거만하게 인사를 받았지만, 맥켄나는 기분 나쁜 내색 없이 물었다.

"무슨 고민거리라도 있으십니까? 표정이 안 좋은데요."

고민거리는 그쪽이 있겠지. 카프멘은 속으로만 솔직히 대답하면서, 가식적으로 차갑게 한 번 웃었다.

실제로, 카프멘이 인상을 찌푸리고 있던 건 맥켄나의 걱정 속에서 몇 번이나 튀어나오던 나비에 이름 때문이었다. 사실 맥켄나뿐만이 아니었다. 요즘은 지나다니는 사람들이 나비에에 관한 생각을 하도 많이 해서, 거리를 걸어 다니는 게 힘들 지경이었다.

"음. 저와 별로 얘기하고 싶지 않으신 모양입니다."

맥켄나는 그런 카프멘의 대응에 민망해서 웃고 지나갔다.

맥켄나가 지나가자 카프멘은 나무에 다시 기대어 앉아 눈을 감았다. 첫 번째 상단이 큰 성과를 올렸고, 두 번째 상단은 규모가 더욱 커져서 갔으니, 이후의 일을 기대할 만한데도 남들처럼 순수하게 기쁘지 않았다. 카프멘은 이 괴로운 마음을 어떻게 할 수도 없는 게 괴로웠다. 차라리 나비에가 자신의 심장을 정말 얼려버릴 수 있다면, 그게 낫겠다 싶을 정도로.

그때 근처에서 나비에의 목소리가 들려왔다. 카프멘은 자기도 모르게 벌떡 일어났다. 멀리서부터 빛이 다가오는 느낌이었다.

사랑한다고 말을 건넨 후부터 이상하게 하인리의 얼굴을 볼 수가 없다. 보고 있으면 괜히 심장이 간지럽고, 자꾸만 입가에 미소가 떠오를 것 같아서. 하지만 저녁이 되면 그는 다시 찾아오겠지.

결국 간지러운 기분을 누르기 위해 산책을 하는데, 멀지 않은 곳, 녹음이 우거진 나무 사이로 카프멘 대공을 발견했다. 때마침 바람이 불자 그의 머리카락이 잔잔히 흔들렸다. 눈이 마주치자 평온하던 그의 표정이 일그러졌다.

하인리를 떠올리던 내 마음을 읽었기 때문이겠지.

그러나 두려운 기분보다 가엾은 마음이 들었다. 샬렛 공주를 오해했을 때 내가 겪은 그 고통을, 카프멘은 매일같이 받고 있을 거란 생각을 들자 미안해졌다. 카프멘 대공은 결국 몸을 돌려 도망치듯 가버렸고, 옆에 있던 마스타스가 불쾌해하며 투덜거렸다.

"저자는 왜 폐하께 인사도 안 드리고 가는 거랍니까? 기분 나쁘게."

그런 마스타스를 로즈가 꾸짖었다.

"못 봤을 수도 있죠. 후배님, 어제부터 계속 공격적으로 사람을 대하고 있는 거 알아요?"

"아닙니다, 선배님. 절대 안 그랬어요."

"어제 샬렛 공주님이 온 후부터 내내 얼굴이 죽상이잖아요."

"그건……."

"후배님. 혹시 샬렛 공주님이 코샤르 경과 결혼하고 싶다고 해서 그래요?"

"내, 내가 왜요? 내가 뭘요? 내가 그분과 무슨 상관이라고요?"

마스타스는 바로 반박했지만 목소리가 너무 높았다.

나는 심란한 마음을 다스리다가 마스타스의 호통에 깜짝 놀라 옆을 보았다. 거기에는 저녁노을만큼이나 새빨개진 마스타스의 얼굴이 있었다.

"마스타스 양? 괜찮아요?"

"저, 전 아무 생각도 안 했는데요!"

걱정되어 묻자 딴소리를 하는 것까지…….

"전 강한 사람 외엔 관심 없습니다. 코샤르 경은 연약하고 청초하잖아요. 전 코샤르 경이 결혼을 하건 말건 아무 상관 없습니다!"

마스타스가 코샤르에게 주라면서 몸에 좋은 음식을 챙겨주던 게 생각났다. 그런데 지금은 당황해서 저렇게 쩔쩔매기까지 하자 좀 의심스러워졌다.

'혹시 마스타스가 오빠를 좋아하나?'

평소의 마스타스라면 호탕하게 '황후 폐하의 오빠이니 좋아할 수밖에 없다!'거나 '강한 사람이니 좋아할 수밖에 없다!'거나 '아니다!' 하고 의견을 또렷하게 낼 텐데.

그러나 물어볼 틈도 없이, 마스타스는 이미 저 멀리 달아나고 있었다. 그 뒷모습을 보고 있자니, 마스타스를 곤란하게 한 로즈가 팔짱을 끼며 탐정처럼 중얼거렸다.

"수상한데요."

주베르 백작 부인도 얼른 한마디를 보탰다.

"만약 마스타스가 코샤르 경을 총애한다면, 황후 폐하께서는 어떻게 하실 건가요?"

하지만 주베르 백작 부인은 심각한 로즈와 달리 재밌어하는 기색이 역력했다. 그럴 수밖에. 주베르 백작 부인은 동대제국에서 오빠의 악평이 자자했던 걸 아니까, 이 상황이 그저 우습게 여겨지겠지. 같은 이유로 로라도 히죽히죽 웃으면서 말했다.

"성격으로 따지면 잘 어울릴 것 같긴 해요."

그러나 로즈는 현실적으로 딱 잘라서 단호하지만 걱정스럽게 중얼거렸다.

"마스타스가 덜렁대긴 하지만 좋은 영애이지요. 선한 사람이고요. 하지만 코샤르 경과 결혼할 만한 가문인지는……."

로즈는 완전히 말을 다 맺는 대신 나를 바라보았고, 다른 시녀들도 덩달아 내 쪽을 쳐다보았다. 내 생각은 어떠냐고 묻는 눈치였다. 나는 솔직하게 대답했다.

"오빠 의견이 가장 중요하겠지요."

내가 볼 때, 샬렛 공주와 마스타스는 둘 다 장단점이 확실했다. 샬렛 공주는 현명하고 똑 부러지는 성품이니 욱하는 오빠를 잘 통제할 수 있을 테고, 신분도 공주이니 결혼할 수 있다면 그야말로 영광이다. 하지만 쉽게 욱하는 오빠의 성격상, 왕의 사위가 되는 건 장점인 동시에 단점이었다. 반대로 마스타스는 검을 좋아하고 호탕하니 오빠와 잘 통하겠지만, 둘 다 쉽게 욱하는 성격이다 보니 사고를 쳐도 말리는 사람이 없을 것 같아서…….

'어쨌든 부모님이 모두 이곳에 와 있는데. 내가 나설 문제는 아니지.'

그래도 그날 저녁. 일단 오빠에게 직접 물어보았다.

"샬렛 공주가 오빠와 결혼하고 싶어 한단 이야긴 들었지?"

"어어."

"오빠는 어떻게 하고 싶어? 공주와 결혼을 하고 싶어, 아니면 귀족 영애와 결혼하고 싶어?"

오빠는 좀 쑥스러운 듯 눈도 마주치지 못했고 괜히 시간을 끌다가 대답했다.

"결혼에는 관심이 없지만 가문을 이으려면 하긴 해야겠지. 꼭 해야 한다면…… 샬렛 공주님이 나을 것 같아."

"샬렛 공주를 만난 적이 있어?"

"아니. 그편이 가문에 도움이 될 테니까."

그건 그렇지.

"하지만 많이 갑갑할지도 몰라."

오빠가 워낙 자유롭게 지내와서 걱정스럽다. 오빠는 일반 귀족 자제들보다 훨씬 자유분방하게 컸는데, 틀에 박힌 삶을 견딜 수 있을까?

"갑갑한 게 싫어서 멋대로 살았잖아. 그러면서 너한테 폐를 끼쳤고. 부모님과 가문에도 별 도움이 안 됐지. 이젠 나도 도움이 되어야지."

"……."

"하지만 결혼하면 그쪽에서 살아야 할 텐데. 조카를 자주 못 보게 되는 건 좀 섭섭하겠다. 네 아이라면 참 사랑스러울 텐데."

괜히 찡한 기분이 들었다. 이런 기분은 오빠가 간 후에도 계속되어서, 나는 한참 동안 화장대 앞에 앉은 채 가만히 거울만 보았다. 문 두드리는 소리가 들릴 때까지.

"들어와요."

그러나 방금 전 분명 누가 문을 두드렸는데. 기다려도 아무 소리가 들리지 않았다.

아. 그러고 보니 더 이상한 게 있다. 평소라면 문을 두드리기도 전에 시녀와 호위들이 먼저 방문자가 있다고 알려줬을 텐데, 지금은 그러지 않았잖아.

'그렇다는 건…… 혹시 하인리가 온 건가?'

직접 나가 문을 열어보니, 역시나. 하인리가 내가 좋아하는 음식이 담긴 접시를 한 손에 들고 있었다.

"하인리?"

이건 예상하지 못했던지라 웃으며 부르자, 하인리는 "짠!" 하고서 접시를 내밀었다.

"갑자기 웬 음식이에요?"

"신호가 왔습니다. 이걸 가져오라고."

"보낸 적 없는데요?"

"……애기가 보냈어요."

거짓말. 눈을 가늘게 뜨고 보자, 하인리는 얼른 내 오른쪽 뺨에 입술을 붙였다 떼며 부탁했다.

"애기한테 아빠 뽀뽀 좀 전해줘요."

"장난은."

쑥스러워서 괜히 딱딱하게 말했지만, 하인리는 이번엔 태연히 내 입술 위에 가볍게 입을 맞추었다 떼며 말했다.

"이건 전하지 말고. 그대 거니까요."

바보라도 된 것처럼 저절로 웃음이 터져 나왔다.

"잘 전달했나 보네요."

하인리는 능청스럽게 말하고는 나를 자기 품 안에 끌어넣고서 가볍게 힘주어 안았다. 고백을 하고 나서 혹시라도 어색해지진 않을까 걱정했는데. 전혀 어색하지 않았다. 오히려 마음이 편안하고 포근해졌다.

그의 가슴에 기대어 있다가, 나는 충동적으로 물었다.

"잠깐 같이 걸을래요?"

어두운 밤이었다. 짙은 구름 탓에 달빛조차 거의 보이지 않았지만, 하인리가 한 손에 든 등불 덕에 발밑을 보는 건 어렵지 않았다. 게다가 그가 등불을 들지 않은 쪽 손으로 내 손을 꼭 잡아준 덕에 무척 든든했다.

그렇게 말없이 얼마나 쭉 걸었을까.

"퀸."

하인리가 돌연 장난스레 물었다.

"퀸은, 언제부터 날 좋아한 겁니까?"

"중요하나요?"

"적어두려고요. 일기장에."

"그럼 말 안 할래요."

"안 적겠습니다. 말해줘요."

"기록할 것도 아닌데, 뭐하러 말하나."

"적을까요?"

"그럼 말 안 할 건데."

"왜요?"

"황제의 일기장은 다 기록으로 남잖아요."

별거 아닌 도돌이표 대화지만 황제 부부가 하고 있으니 재미있게 들렸나 보다. 뒤에서 따라오던 기사 한 명이 나지막하게 웃음을 터트렸다. 부끄럽기도 하고 민망하기도 해서 이젠 대답하지 말아야지, 생각하고 있자니 하인리가 회유하는 목소리로 물었다.

"퀸. 솔직히 말해봐요."

"뭘요."

"대답하기 곤란하니까 일부러 대답을 피하는 거지요?"

그는 기사가 우리 대화를 듣고 웃건 말건 전혀 신경 쓰지 않는 태도였다. 어쨌든 하인리의 말이 맞긴 했다.

"맞아요. 언제부터 좋아한 건진 모르겠어요."

사실 안다. 내가 좋아한단 감정을 자각한 건 샬렛 공주가 하인리의 정부가 되러 온 거라 오해했을 때지. 하지만…… 이건 알려줄 수 없다. 그 짧은 오해는 우리만의 비밀로 하자고, 유님 경과 시녀들과 합의를 보았으니.

하인리는 섭섭해하며 반박했다.

"그런 게 어디 있습니까."

"그대는 아나요?"

"언제부터라고 하면 사실 나도 모릅니다."

"그러면서 나한테만 말하래."

"난 그대에게 반하고 반하고 반하고, 계속 반하고 있는걸요."

말만 잘한다니까.

"퀸. 난 그대에게 반한 순간이 너무 많지만, 그 순간 하나하나를 말하라 한다면, 그건 말할 수 있어요."

"그럼 세 개만 말해봐요."

"내게 남자라고 거짓말한 여자는 그대가 처음이었습니다."

하인리의 말이 너무 바람둥이 같아서 그를 놀리려고 건 조건이었는데. 그가 대번에 민망한 일을 들어 대답하자, 저절로 그를 잡은 손에 힘이 꽉 들어갔다.

하인리는 목소리를 낮추어 나만 들을 수 있게 속삭였다

"내 엉덩이를 때린 여자도 그대가 처음이었고요."

"그만."

그건 하인리가 '퀸'이라 생각하고 한 거잖아. 나는 그의 입을 막
으려 손을 뻗었지만, 하인리는 입이 손에 막힌 채로도 계속 말했다.

"내게 벌레를 준 여자도 그대가 처음이었지요."

"일부러 이런 것만 고른 건가요?"

사람을 이상한 사람으로 만드는데? 짜증이 나서 노려보자, 하인
리는 해맑게 "네." 하고 대답해서, 짜증도 내지 못하게 만들었다.
그러고는 째려보는 내 눈가에 입을 맞추며 물었다.

"퀸에겐, 내가 처음인 게 없습니까? 난 일부러 이런 것만 말해줘
도 괜찮은데요."

정말 그럴까?

"내가 남자라 거짓말한 남자는 그대가 처음이었고. 내가 엉덩이
를 때린 남자도 그대가 처음이었고. 내가 벌레를 먹이려 한 남자도
그대가 처음이었어요."

사람을 희한하게 만드는 게 얄미워서 일부러 하인리가 한 말을
그대로 돌려주었다. 하지만 하인리는 정말로 이런 걸 말해도 좋기
만 한지, 바로 웃으면서 되물었다.

"그럼 우린 운명이군요?"

그 모습이 너무 사랑스러워서 결국 더는 참지 못하고 웃음을 터
트렸다. 그러다가 깜깜한 어둠 탓에 발밑의 돌을 제대로 보지 못하

고 휘청였다. 하인리는 얼른 손을 뻗어서 날 잡아주었다. 균형은 바로 잡았지만, 나는 일부러 하인리 쪽으로 몸을 기대고 일어섰다.

가슴에 가까이 있자니 두근두근 심장 뛰는 소리가 들렸다. 신선한 풀내음과 맑은 밤공기가 섞이자, 참으로 행복하단 생각도 들었다. 그리고 궁금해졌다. 날 버린 그는, 지금 잘 살고 있을까.

소비에슈는 불행했다.

"내 핏줄도 아닌 아이를 공주로 둘 수는 없다. 그 아이는 서출도 아니니, 글로리엠을 공주 자리에서 폐하라."

라스타가 과거를 숨겼다 한들, 어쨌든 결혼식을 올렸고 대신관 앞에서 서약을 했으니 그녀를 황후 자리에서 내치려면 절차가 필요하다. 하지만 공주는 절차에 따라 공주가 된 게 아니라, 황제의 딸이란 이유만으로 공주가 된 것이었다. 그런데 황제의 딸이 아닌 게 드러났으니, 소비에슈의 말 한마디면 글로리엠은 공주 자리에서 물러나야 했다.

황제와 황후가 모두 정부를 둘 수 있다지만 시기상 글로리엠은 라스타가 황후가 아닐 때 생긴 아기였고, 설령 황후일 때 생긴 아이라 하더라도 황제의 피를 잇지 않았다. 고귀하게 자란다 해도 황족으로 인정받을 수 없는 입장이니, 당연히 글로리엠이 공주 자리에 머무를 수는 없었다.

그나마 남은 방법은 소비에슈가 글로리엠을 양녀로 들이는 것이었으나, 분노에 잠식된 소비에슈는 그럴 마음이 없었다. 나중에는 마음이 바뀔지도 모르지만, 지금은 아이의 얼굴도 보고 싶지 않았다. 하필 아이가 라스타와 얼굴이 똑같아서 더욱 그랬다. 그래도 혹시나 싶어서 소비에슈는 공주를 완전히 내보내진 않았다. 베르디 자작 부인이 빈방에서 데리고 지내도록 조치했다.

하지만 글로리엠이 그의 친딸이 아니게 된다 한들, 소비에슈가 아이에게 쏟은 마음과 사랑, 시간까지 갑자기 사라지는 건 아니었다. 이 때문에 소비에슈는 아이를 공주에서 폐하자 오히려 더욱 괴로워졌다. 자신을 바라보며 방긋방긋 웃던 공주의 얼굴이 눈에 선하고, 집무실 책상 옆 요람에서 울음을 터트리거나 '부 부' 희한한 소리를 내던 게 생생한데. 그 아이를 직접 내쫓고 나니 심장이 찢어지는 듯했다.

그러나 이런 고통스러운 마음을 털어놓을 사람도, 그를 위로해 줄 사람도 없었다. 그는 가장 높은 위치에 있기에 시름을 나눌 상대가 없었다. 예전에는 나비에가 그 역할을 해주었으나 이제 그녀는 먼 나라에 가 있었고, 카를 후작은 충직한 비서이자 신하였지만 아픔을 나눌 친구는 아니었다. 결국 그는 하루 종일 고통에 방치되어 있다가, 뒤늦게 나비에의 초상화를 찾아 이마를 기대고 무거운 숨을 뱉었다.

"나비에…… 이젠 뭐가 어디서부터 잘못된 건지도 모르겠다."

차가운 액자의 감촉이 뜨거워진 머리를 약간이나마 식혀주었다.

시름하던 소비에슈는 문득 라스타를 데려온 직후, 함께 나비에와 저녁 식사를 할 때가 떠올랐다. 당시 나비에는 무언가 이야기를 하려 했지만, 그는 화제가 라스타란 이유만으로 말을 끊어버렸다. 이혼 직전까지 수많은 감정싸움을 했으니, 이후의 싸움과 비교한다면 큰 싸움도 아닌데. 이상하게 그 일이 마음에 남았다. 당시 나비에의 표정이 생생하게 떠올랐다.

"그때 그대의 이야기를 들어봐야 했을까."

소비에슈는 눈을 지그시 감고 고통에 찬 숨을 뱉었다.

그러나 지금 소비에슈보다 더욱 괴로운 이는 라스타였다. 신전에 다녀온 지 하루해를 보낸 후에야 라스타는 에르기 공작에 대한 원망이 가득해졌다. 어제는 너무 놀라서 제대로 표현조차 못 했는데. 새삼 생각하니 모든 게 억울하고 감정이 북받쳤다.

그녀는 아직 무슨 일이 벌어진 건지 받아들일 수 없었다. 공주가 왜 갑자기 알렌의 아이가 되어버린 건지, 에르기 공작이 왜 갑자기 안을 안고 나타났는지. 하루도 지나지 않았는데 공주는 공주가 아니게 되었고, 그녀는 사람들의 비웃음거리가 되었다. 이 모든 일들이 괴로워서 생각할 기운마저 앗아갔다.

"공주는?"

공주를 폐하란 명령이 내려졌단 소식을 들은 후. 라스타는 하녀에게 상황을 들으려 했으나, 베르디 자작 부인이 공주를 데리고 공주방을 나갔단 말 외엔 듣지 못했다. 공주를 찾아가려고 했지만, 사람들은 공주의 위치도 알려주지 않았다.

몇 시간이 지나서야 다시 물어보았으나, 라스타의 질문을 받은 하녀는 쌀쌀맞았다. 그 표정은 마치 '네 딸을 왜 공주라 불러? 이젠 공주가 아니지 않아?' 하고 묻는 듯했다.

"제게 물으셔도 알 리가 없지요. 직접 가서 알아보시는 게 빠르지 않으세요?"

그 조롱하는 얼굴에 라스타는 자존심이 상했다. 다른 사람들이야 그렇다 쳐도, 자신의 손으로 뽑아 온 하녀까지 저렇게 나오자 기가 막혔다. 앞으로 쫓겨날 거라 한들 아직 자신은 황후였고, 기사들도 그녀가 때릴 때 화를 참으면서도 얻어맞았는데. 함께 얼굴을 보면서 지내온 하녀가 자신을 저렇게 당장 쫓겨날 사람처럼 대하니 열이 받았다. 게다가 다른 사람들은 몰라도, 이 하녀들은 라스타가 직접 어려운 처지에 놓인 이들을 데려와 잘 대해주고 고용했는데. 저렇게 나오는 게 이해가 가지 않았다.

"지금 그걸 말이라고 해?"

사실 하녀들은 처음엔 라스타에게 진심으로 잘했으나, 동료 한명이 말실수 한 번으로 부모는 죽을 뻔하고 본인은 감옥에 갇히자, 라스타를 존경하기보다는 두려워하게 되었다.

이 와중에 다른 궁정인들은 황후궁에 새로 온 하녀들을 다들 멀리했고, 라스타에 대한 안 좋은 이야기는 연거푸 터져 나왔다. 궁전에서 고립되기 시작하자 하녀들은 마지못해 일하기는 해도, 점차 라스타를 따르지는 않게 되었다. 그런데 라스타의 마지막 기둥이던 공주까지 뽑혀 나가자, 어차피 몰락할 사람에게 뭐하러 공손하게 대하냐, 이런 생각들을 가지게 된 것이다. 게다가 지금 라스타와 미리 거리를 두어야지, 나중에 서궁에 새로운 주인이 오더라도 여기 계속 남아 있을 수 있지 않을까?

라스타는 그런 하녀가 밉기도 하고 당혹스럽기도 하고 기도 차지 않아 중얼거렸다.

"너…… 정말 무례하구나."

"무례한 건 황후 폐하시지요. 감히 황제 폐하를 속이고 뻐꾸기를 까시다니."

"뻐꾸, 뭐? 지금 공주에게 뻐꾸기라 한 거냐?"

"이젠 공주님이 아닌걸요. 게다가 결혼한 부부 사이에서 태어나지 않았으니, 귀족이라 할 수도 없지요."

서궁의 하녀들은 다른 궁정인들처럼 제대로 된 예법 교육을 받지 못하고 들어왔기에, 말을 거칠게 했다. 라스타는 참지 못하고 벌떡 일어났다. 하녀는 얼른 자리를 피하려 했지만, 라스타가 먼저 달려가 하녀의 정강이를 걷어찼다.

"악!"

"내가 뻐꾸기를 깠든 공주가 뻐꾸기가 되든, 너는 벌레다! 뻐꾸기가 먹건 종다리가 먹건, 어차피 처먹히는 벌레라고! 지금은 내가 황후이고, 너 하나는 내가 죽일 수 있어!"

"하지 마세요! 악!"

"너나 하지 마라! 너나 하지 마! 이 고약한 주둥아리!"

라스타가 욕을 못 해서 안 하던 게 아니었다. 라스타는 노예 생활을 하면서 여기저기서 주워들은 욕 개수가 많았다. 라스타의 입에서 곧 다양한 종류의 욕이 쏟아져 나오자, 하녀는 질리기도 하고

겁도 나서 도망쳤다. 하지만 하녀의 무례한 발언에 머리끝까지 화가 난 라스타는 따라 나오며 그녀를 때리려 했다.

그러나 문을 열고 나가자마자 라스타는 에르기에게 부딪쳐 멈춰섰다. 단단한 가슴에 이마를 부딪친 라스타가 뒤로 비틀하자, 에르기가 얼른 팔을 뻗어 그녀를 지지해주었다.

"에르기 공작······."

잠시 멍하니 그를 올려다본 라스타는, 곧 얼굴이 일그러졌다. 상황이 급하게 돌아가서 그를 찾아가 따지지 못했는데. 얼굴을 보고 어제의 일이 떠오르자 배신감과 섭섭한 마음이 급격히 솟구쳐 나와서, 앞일에 대한 걱정과 하녀에 대한 분노를 덮었다. 치가 떨렸다.

"나쁜······ 나쁜 놈."

라스타는 울먹이면서 그를 노려보았다. 그러면서도 희미하게 기대하는 마음이 들었다. 에르기 공작은 어려울 때 나타나 늘 도와주었던 사람, 모두가 그녀를 괴롭게 할 때 유일하게 힘이 되어준 사람이기에, 그를 보자 자존심이 상하지만 약간 기대하게 되었다.

"왜 그랬어요?"

라스타는 잠긴 목소리로 물었다. 에르기 공작은 대답하는 대신, 라스타의 얼굴을 찬찬히 살피다 탄식했다.

"안색이 많이 나빠지셨군요."

"왜 그랬어요?"

"들어가서 얘기할까요?"

"왜⋯⋯."

"여기서 얘기해봐야 좋을 거 없을 텐데요."

에르기의 말을 듣고서야 라스타는 자신이 복도 앞에 있다는 걸 알아차렸다. 실제로 양옆에 선 기사들이 호기심 가득한 시선을 보내고 있었다. 라스타는 움찔해서 에르기를 보다가, 확 몸을 돌려 방 안으로 먼저 들어갔다. 에르기는 순순히 따라 들어와 문을 닫았다. 그러고는 자연스럽게 소파에 앉으려 했지만, 라스타가 "앉지 마요!" 하고 외치자 어정쩡하게 그 자리에 멈춰야 했다.

"그러지요."

불쾌할 만하지만 에르기 공작은 태연히 대답하고서 약간 굽혔던 무릎을 폈다. 그런 모습에 라스타는 더욱 상처받아서, 다시 물었다.

"왜 그랬어요?"

"어떤 걸 말씀하십니까?"

에르기 공작은 웃으면서 되물었다.

"아이를 납치해 버려달라 했는데 버리지 않은 일? 아니면, 그 아이를 데리고 신전으로 온 일? 그것도 아니면⋯⋯."

그러나 평온한 말 한마디 한마디에 굵직한 가시가 박혀 있었다. 라스타는 귀를 막고 싶었다. 그가 자신에게 이런 식으로 말하는 게 믿기지 않았다. 게다가 이게 끝이 아니었다. 에르기 공작은 잠시 말을 멈추더니, 가져온 가방을 납작한 테이블 위에 놓고 뚜껑을 열었다. 가방을 열자 안쪽에 차용증 한 다발과, 항구를 주기로 약속한 서류가 나타났다.

설마……. 라스타는 놀라서 에르기 공작을 쳐다보았다.

"앞으로 공개될 이 서류들?"

예상이 그대로 맞았다. 라스타는 입을 뻐끔거리며 가까스로 목소리를 쥐어짜냈다.

"무슨……. 지금 이게 무슨……."

"슬슬 돈은 갚으셔야죠."

라스타는 충격에 젖어 에르기 공작을 바라보았다. 그가 배신을 하는 순간까지도 이건 상상하지 못했다. 신전에서 정통으로 배신을 당해놓고도 이걸 상상하지 못한 게 돌이켜 생각하면 새삼 이상하지만, 라스타는 정말로 그가 차용증까지 가지고 올 거란 생각은 하지 못했다. 에르기 공작은 그 정도로 매정한 사람이 아니니까. 라스타는 기가 막혀 입술까지 부르르 떨었다.

"왜 그래요? 나한테 왜 그래요?"

"말투가 변하셨네요."

"뭐?"

"자기를 이름으로 부르는 거, 귀여웠는데요."

라스타의 말투가 귀여웠다고 말하는 공작의 모습은, 이전과 다를 바가 전혀 없어서 더욱 이상해 보였다. 라스타는 이 순간이 비현실적으로 여겨졌다. 도대체 무슨 일이 벌어지고 있는지 현실감이 없었다. 소비에슈는 얼굴조차 볼 수 없고, 공주도 어디 있는지 알 수 없다. 서궁 근처만 빙빙 맴돌 수 있으니, 사실상 그녀는 감금된 상황이나 다름없었다.

라스타는 분노에 차 외쳤다.

"지금 뭐 하자는 거야?"

"기분 상하셨습니까?"

"안 상할 것 같아?"

에르기 공작의 태연한 얼굴 때문에 현실에서 더욱 아득한 느낌이었지만, 라스타는 애써 정신을 가다듬었다. 그러나 아무리 침착하려 해도 눈물이 그렁그렁 맺혔다. 라스타는 주먹을 쥐고 소파를 내려치며 울부짖었다.

"왜 이래? 나한테 왜 이래? 내가 그쪽한테 뭘 잘못했다고 그래? 우리 친구 아니었어?"

"우정도 돈 앞에 흔들리는 법 아닙니까?"

"먼저 빌려준다 한 거잖아! 내가 빌려달라 협박했어? 게다가 이건 갚는 기한도 정하지 않은 서류잖아!"

"물론입니다."

버럭버럭 외치던 라스타는, 말을 하고 나자 다시 용기가 솟았다. 얼결에 토한 고함인데, 꺼내고 나니 그럴듯했다. 한 줄기 희망이 자신의 말 속에 숨어 있었다. 그래. 분명 그랬다. 차용증에는 언제까지 돈을 갚기로 명시하지 않았다. 그런데 지금 당장 갚으라 요구하는 건 명백한 억지였다.

"황후 폐하께서 계속 황후 폐하의 위치에 있을 거라면, 제가 굳이 갚으라고 재촉할 필요는 없겠지요."

그러나 에르기는 라스타의 속내를 다 알겠다는 듯 가볍게 웃으며 대답했다. 라스타는 에르기의 말에 심장이 섬뜩해졌다.

"그게 무슨……."

멍하니 중얼거리던 그녀는, 곧 에르기가 한 말의 의도를 알아차렸다. 권력이 굳건할 때라면 기한 없는 차용증은 분명 문제가 되지 않을 수도 있다. 하지만 지금은 라스타에 대한 온갖 추문이 떠돌고 있었다. 이럴 때 저 차용증이 공개된다면, 사람들은 날짜건 뭐건 차용증의 존재만으로도 경악을 할 것이었다. 그렇기에 라스타는 더욱 놀라서 물었다.

"설마, 처음부터 돈을 받을 생각이…… 없었어?"

"빨리 알아들으시는군요. 끝까지 못 알아듣는 분도 많던데."

"많다니? 그게 무슨……."

"사람들이 다들 얘기하지 않았습니까? 제가, 아주 더럽고 못된 나쁜 놈이라고."

라스타는 미간을 찡그리다가 안색이 빠르게 굳었다. 생각났다. 에르기 공작의 소문이 좋지 않으니, 어울리지 않는 게 좋다던 소비에슈의 당부가 이제야 떠올랐다. 하지만 그때는 에르기 공작을 믿고 있었고, 그는 최선을 다해 라스타에게 우정을 보였다. 모든 사람들이 그녀를 배척할 때조차. 심지어 소비에슈보다도 그랬다. 라스타는 소비에슈의 충고가 질투심에서 나왔다고 여겼다. 그런데 이제 와서 그 일이……. 그녀는 충격으로 눈을 부릅뜨고 물었다.

"왜, 왜 이래? 정말로 왜 이러는 거야?"

"말했다시피 돈."

"거짓말하지 마! 처음부터 돈 받을 생각 따위 없었잖아!"

에르기 공작의 입가에는 여전히 다정한 미소가 걸려 있었다. 그래서 더욱 섬뜩했다. 라스타가 충격을 견디지 못하고 뒷걸음질 치자, 그 미소는 더욱 부드럽고 온화해졌다.

"제가 왜 그랬는지가 중요합니까?"

"중요해……. 중요해! 내가 뭘 잘못했는데?"

라스타는 본능적인 두려움에 뒤로 물러나다가, 에르기 공작의 질문에 다시 억울함이 더욱 커져서 발끈해 외쳤다.

"내가 뭘 잘못했길래 나한테 이래? 차라리, 그래, 차라리 나비에 황후가 나한테 이러면 이해라도 하겠어! 그쪽이 왜 나한테 이러냐고!"

"저라면 다른 게 궁금할 것 같은데요."

"다른 거?"

또 뭐가 있어? 라스타는 심장이 두근거리고 다리에 힘이 풀려 옆의 소파를 짚었다. 에르기 공작은 그런 라스타를 바라보다가 심드렁하게 말했다.

"뭐. 나중에 아시게 되겠지요. 어쨌든 차용증을 갚을 능력도 안 되시는 것 같고. 앞으로도 갚을 능력이 안 되실 것 같고. 맞습니까?"

라스타는 말없이 그를 노려보았다. 그깟 돈, 당장 주겠다 말하고 싶었지만 줄 능력이 없었다. 랑트 남작이 그녀의 돈을 관리했기 때문에 바로바로 융통할 만한 현금이 없는 데다, 선물로 들어온 보석이며 귀한 물품들은 로테슈 자작과 친부, 이스쿠아 자작 부부에게 흘러갔다. 에르기 공작과 자주 만날 수 없게 된 후에도, 그들의 돈 요구는 끊이지 않았기 때문이었다. 암살자를 고용하느라 쓴 돈도 만만치 않았다.

"없는 게 맞군요. 그러면 어쩔 수 없지요. 돈이야 그렇다 쳐도,

전 항구라도 챙겨야겠습니다. 황후 폐하는 아직 이혼하지 않으셨으니, 이 서류는 황제 폐하께 보여드리면 되겠지요."

"너…… 진짜 나쁜 새끼구나."

라스타의 눈에 눈물이 글썽였다. 계속되는 마음고생으로 꺼칠해진 입술에 눈물방울이 주룩 흘러내렸다. 그 모습은 냉정한 사람의 마음마저 녹일 정도로 서글퍼 보였다.

그녀는 정말로 에르기 공작을 믿고 있었기에 심장이 몹시 아팠다. 이건 소비에슈가 나비에를 사랑하고 있단 사실을 알았을 때와는 결이 전혀 다른 충격이었다. 소비에슈는 그녀를 절망에서 구원해준 사랑이었지만, 에르기는 유일하게 신뢰할 수 있던 사람이었고 믿음이었고 우정이었다. 그런데 믿었던 단 한 사람이 이렇게 나오자 발밑이 무너지는 느낌이었다. 심지어 에르기 공작이 왜 저러는지 알 수 없어서, 그래서 더욱 아득했다.

"왜 이래?"

라스타는 참지 못하고 다시 물었다.

"집요하시군요."

"왜 이러는지만 말해줘. 왜 이러는 거야?"

"……."

"이해가 안 돼! 우리 잘 지냈잖아? 내가 가엾다며. 내가 노예로 태어났다 한들, 그건 내 잘못이 아니라며. 내가……."

"노예로 태어난 건 당연히 그대 잘못이 아니지, 아가씨."

순간 에르기 공작의 말투가, 라스타가 정부이던 시절로 돌아갔다. 기댈 수 있는 의지가 되어주던, 든든하던 시절의 말투였다. 라스타는 어안이 벙벙해서 그를 쳐다보았다.

"뭐?"

"그래서 그건 덮어줬잖아."

"무슨……."

"그걸 쓸지 말지 끝까지 고민했는데. 역시 그건 안 쓰고 싶어서."

"무슨 소리야?"

"헛소리. 하지만 끝이라곤 생각하지 말고. 나한테 그걸 전달한 사람은 나랑 생각이 다른 모양이니."

"잠시만, 무슨 소리야! 무슨 소리냐고!"

에르기 공작은 빙그레 웃고서, 라스타의 얼굴에 묻은 머리카락을 떼주었다.

"나도 늘 궁금했어. 왜 이러는 걸까. 대체 왜 이러는 걸까. 그 기분 알아. 이유를 모르면 정말로 억울하지. 이유를 안다고 해서 변하는 거 없는데. 근데도 이유를 모르면 더 억울해."

라스타의 눈동자가 잘게 흔들렸다. 그녀는 정말로 저 미친놈이 무슨 말을 하고 있는지 이해하기 어려웠다. 자기가 뒤통수를 때려놓고서는 이게 무슨 말인가? 하지만 곧 허탈한 기분에 의문까지 버렸다. 그게 무슨 소용인가. 어차피 배신한 놈은 배신한 놈이고, 이 놈은 쓰레기인데.

라스타는 더 묻는 대신, 이제는 증오만 가득한 눈으로 에르기 공작을 노려보다 진심으로 저주했다.

"지옥에나 가버려."

"갈 겁니다. 그래서 같이 가자고 손도 내밀었잖습니까?"

라스타는 망설임 없이 손을 들어 에르기 공작의 뺨을 내리쳤다. 쫙 소리가 나며, 흠 하나 없던 그의 피부에 붉은 선이 그어졌다. 이어서 그 선에서 주룩 핏방울이 떨어졌다. 라스타가 낀 반지에 상처가 난 것이다. 그 상처 주위로 곧이어 빨간 손자국이 부풀어 올랐다.

꽤 쓰릴 텐데. 에르기 공작은 아프지도 않은지 피식 웃었다. 그 모습은 정말로 지옥에서 기어 온 악마처럼 보였다.

"걱정 마 아가씨. 혼자 보내진 않을 테니."

에르기 공작은 조금의 화도 섞이지 않은 나지막한 목소리로, 라스타를 향해 속삭이고는 가방을 챙겨 돌아서 나갔다.

저게 무슨 뜻이지⋯⋯. 라스타는 잠시 제자리에 선 채 생각하다가, 곧 허망한 기분에 하하하하 웃음을 터트렸다. 무슨 뜻이든 무슨 상관일까. 그녀는 멍하니 선 채 책을 읽듯 웃었다. 웃고 있는데 눈에서는 눈물이 뚝뚝 떨어졌다.

이유 모르는 악의만큼 사람을 미치게 만드는 것도 없는 법인가 보다. 일이 어디서부터 틀어졌나 했더니. 라스타는 이제 알아차렸다. 시초는 알렌이고. 그다음은 저놈이구나.

그 길로 에르기 공작은 곧장 소비에슈를 찾아갔다. 소비에슈는 에르기 공작이 찾아왔단 말에 잠시 인상을 찌푸렸으나, 들어오라 허락해주었다. 그 역시 에르기 공작과 말을 나누어보고 싶던 참이었기 때문이다.

"황제 폐하를 뵙습니다."

소비에슈의 집무실에 들어온 에르기 공작은 우아한 귀족처럼 인사했다. 소비에슈는 적개심과 혐오감에 가득 찬 시선으로 에르기를 보았다. 며칠 전만 해도, 그는 에르기 공작과 라스타의 추문을 묶어서 그를 자기 나라에 돌려보낼 생각이었다.

하지만 이렇게 되고 보니 소비에슈 역시 궁금해졌다. 에르기 공작이 도대체 뭘 하고 있던 건지. 처음에는 자신에게 원한이 있었나 생각했지만, 굳이 라스타의 첫째 아이를 데리고 신전에 온 걸 보니, 자신이 아니라 라스타에게 원한이 있던 것 같기도 했다. 그렇다고 부귀영화를 누리겠다고 라스타에게 붙었다기엔, 이미 에르기 공작은 가진 게 많은 인물이었다. 그가 가지지 못한 건 평판과 명예뿐. 어쨌든 이제 답을 알 수 있겠지. 그는 무엇이든 요구를 할 테고, 요구 속에는 사람의 속내가 많든 적든 들어가기 마련 아닌가.

소비에슈는 생각을 마친 후, 경멸하는 기색을 감추며 침착하게 물었다.

"검사 날. 신전에는 왜 왔던 거지?

"어떻게 해야 할지 모를 가엾은 아이 때문이지요."

"유감이지만 에르기 공작. 그대도 나도, 그런 거짓말이 통하지 않는단 걸 알고 있소."

"그렇군요. 그럼 볼일부터 말씀드리겠습니다."

소비에슈의 말에 수긍한 에르기 공작은, 아까 라스타를 경악하게 만들었던 그 가방을 펼쳐 내용물을 보였다. 깔끔하게 정돈된 서류들이 드러났다. 소비에슈는 이게 뭔가 싶어서 서류를 내려다보다가, 눈이 서서히 커다래졌다.

"빌려간 돈이야 그렇다 치더라도. 항구는 받아 갔으면 싶군요."

"나한테 왜요?"

내가 당황해서 묻자, 주베르 백작 부인이 도리도리 고개를 저었다. 나는 정말로 영문을 몰라서 닫힌 문을 쳐다보았다. 저 앞에 리버티 공작이 와 있단다. 내게 할 말이 있다고, 와서 기다리고 있단다. 몹시 의외였다. 리버티 공작이 최근 케트런 후작과 함께 엎드리고 있다 들었지만, 대놓고 박쥐가 되어 납작 엎드린 케트런 후작과 달리, 리버티 공작은 적당히 허리만 살짝 굽히면서 어느 정도 체면을 차리고 있다 했는데?

하인리도 아니고, 뜬금없이 내게 온 게 의아하다. 나는 임신을 한 후로 최근에는 필수적인 업무 외에는 잘 하지도 않았고, 그 업무도 약간만 피곤하거나 몸이 안 좋으면 뒤로 미루어야 했다. 사적으로도 일적으로도 리버티 공작이 찾아올 이유가 없었다.

그래도 억지로 끼워 맞추자면…… 리버티 공작은 나와 하인리 때문에 큰 손해를 보지 않았고, 크리스타의 측근이긴 했지만 피가 섞이지 않았다. 언제든 마음을 돌릴 수 있는 사람이지. 그래서 내 쪽을 공략해야겠다 싶은데, 마침 내가 위안을 본 적도 있으니 이쪽으로 온 건가?

"들어오라고 해요."

일단 냉정하게 대하는 대신, 그를 웃으면서 맞이해주었다. 속으로는 거리를 두더라도 겉으로는 적을 만들 필요가 없으니까.

이후 그는 평범한 귀족들처럼 고상한 화제를 꺼냈고, 우리는 사교계 이야기와 서대제국 이야기, 화이트 몬드 이야기를 하면서 몇 마디 예의상 말을 주고받았다. 그리고 마침내 리버티 공작이 내 눈치를 살피다, 슬쩍 본론을 꺼냈다.

"갑자기 이런 말씀을 드리면 곤란하실지도 모르지만……."

그래. 얘기해봐.

"동대제국의 라스타 님과는 사이가 많이 안 좋으셨습니까?"

뭐? 여기서 라스타 얘기가 왜 나와? 설마 진짜로 사이가 좋았나 아닌가 물어보려는 건 아닐 테고.

속내가 수상쩍게 여겨졌지만 그래도 차분한 표정을 유지하고 있자니, 리버티 공작이 한숨을 내쉬고서 품 안에서 편지 봉투를 꺼내 내밀었다.

"이걸 좀 보십시오."

나는 봉투를 열고 편지지를 꺼냈다. 편지지에는 불쾌한 내용이 쓰여 있었다.

"……내가 불임인 게 이혼 사유였다?"

내용이나 말투를 보니, 라스타가 보낸 편지 같은데……. 헛웃음이 나온다. 기가 차.

이제 자신과 나는 먼 곳에 떨어져 살고 상관도 없는데. 굳이 다른 나라 귀족, 그것도 나와 대립하는 귀족에게 이런 편지를 보내서까지 날 공격하려는 이유를 모르겠다.

이미 동대제국 황후 자리를 가졌잖아? 이 세상에 황후는 자기한 사람만 남아야 한다고 여기기라도 하나? 아니면 자신이 잘 살때가 아니라 타인이 불행할 때 행복을 느끼는 건가?

편지를 내려다보고 있자니, 리버티 공작이 조심스럽게 말했다.

"왜 동대제국 황후께서 이런 편지를 보냈는지 모르겠지만, 이유는 짐작이 갑니다."

나도 그대가 이런 편지를 가져온 이유가 짐작이 갑니다, 리버티 공작.

"그래요?"

"제가 황후 폐하와 가깝지 않다 여기고서, 이간질을 하려 한 거지요."

"그럴까요?"

"그렇게밖에 볼 수 없지 않습니까? 뜬금없이 이런 편지를 보내다니요."

리버티 공작은 한숨을 내쉬면서, 라스타가 참으로 몹쓸 사람이라는 듯 고개를 저었다.

그 태도가 좀 우스웠다. 라스타가 굳이 리버티 공작을 골라서 이런 편지를 보낼 때는 이유가 있었을 거잖아? 이 편지가 라스타 본인의 약점이 될 수도 있는데, 이유 없이 리버티 공작을 골라 보낼리가 있나. 하지만 리버티 공작도, 내가 이렇게 생각할 걸 알면서 찾아온 거겠지.

"그렇군요."

그리고 리버티 공작이 라스타의 이 편지를 내게 건넨다는 건, 꼬리를 내릴 테니 자신을 공격하지 말아달란 표시였다.

꽤 머리가 좋다. 내가 임신을 한 이상 어차피 이 편지는 사용할 수 없을 걸 아니, 쓸모없어진 무기를 바쳐 신임을 얻으려는 게 아닌가.

하지만 속 보이는 행동이긴 해도 괜찮다. 속을 감추고 계속 적으로 있는 것보단 낫지. 그가 더 이상 내게 날을 세울 마음이 없다면 나도 굳이 시시비비를 가리는 대신 지난 원한을 잊어줄 수 있다.

내가 그를 비웃지 않고 찻잔을 손에 쥐며 고개를 끄덕이자, 리버티 공작도 내 뜻을 눈치챘는지 머쓱하게 웃고서 따라서 차를 마셨다.

"이런 편지는 동대제국 황제에게도 실례가 될 텐데. 도대체 왜 이런 걸 썼는지 모르겠군요."

"예. 황후 폐하께서 여기에 계시는데도 끈질기게 악의를 퍼붓다니. 동대제국에서는 참으로 고생이 많으셨겠습니다."

그런데 몇 마디를 더 주고받으면서 차를 마시는 도중이었다. 내내 온순한 태도를 보이던 리버티 공작이, 돌연 은근한 목소리로 내게 물었다.

"황후 폐하께서는 동대제국 출신이시니, 레이디 니안에 대해서도 잘 아시겠지요?"

이건 더더욱 뜬금없는 화제였다. 갑자기 니안은 왜?

의아해서 쳐다보자, 그는 크흠흠 헛기침을 하고 주먹으로 자기 입가를 막고서 말했다.

"실은 황후 폐하. 흠……. 이런 말씀을 드리기 참으로 부끄럽지 만……. 제가 직접 말하면 오해가 생길 것 같아서요."

오해가 생기다니? 무슨 말을 하려고?

"레이디 니안에게 부탁 좀 해주시겠습니까? 제 아들이 달라붙거 든 좀 매정하게 거절해달라고요."

"리버티 공작이 그런 말을 했다고요?"

그날 밤. 부부침실에 들어가 하인리에게 리버티 공작의 이야기 를 전하자, 그도 당혹스러운 듯 고개를 기웃했다.

"무슨 의미 같나요?"

"글쎄요. 말 그대로의 의미일 수도 있고, 말 그대로가 아닐 수도 있고……. 말 그대로라 해도 일어날 수 있는 일이고, 말 그대로가 아니라 해도 능구렁이 같은 시도이고……."

"모르겠단 거죠?"

"……네."

하지만 하인리의 말이 정확하게 맞았다. 리버티 공작의 아들이 니안에게 반한다 해도 이상한 일이 아니고, 리버티 공작이 그걸 염 려하는 것도 이상한 일이 아니었다.

지금 니안은 미혼이지만, 랑드레 자작과 공개적인 연인이다. 랑드레 자작은 악명 높은 기사단의 단장이지. 지금은 내 호위를 맡고 있고. 랑드레 자작과 척을 지고 싶지도 않을 테고, 나와 척을 지고 싶지도 않을 테니, 리버티 공작으로서는 이래저래 골치 아플 터였다.

"일단 니안에게 물어봐야겠어요."

"물어보려고요?"

"좀 신경 쓰이는 게 있긴 해서."

리버티 공작이 자기 아들 얘기를 하기 전에, 랑드레 자작이 직접 제 입으로 리버티 후작에 대해 언급한 바가 있었다. 그 부분부터가 리버티 공작의 계산인지, 아니면 정말 리버티 후작이 니안에게 반하기라도 한 건지, 이 문제는 이 부분을 확실하게 해야 했다. 니안이라면 리버티 후작이 흑심을 품고 다가오는 건지, 정말로 사랑에 눈이 멀어 다가오는 건지 구분할 수 있겠지.

"저기, 퀸?"

"왜 그러나요?"

"그 편지는 어떻게 할 생각입니까? 그 여자가 보낸 편지요."

"돌려보내야지요."

"몰래요?"

"몰래 온 편지라고 해서 몰래 보낼 필요는 없지 않을까요?"

예전의 라스타는 힘이 없었지만, 내게 저 편지를 보낼 때의 라스타는 힘이 있었지.

이웃 나라 황후의 신분으로 날 공격하기 위해 쓴 편지인데, 굳이 감춰줄 필요는 없다. 이 편지에 대해서는 정식으로 항의할 생각이었다.

"맞는 말입니다."

하인리는 내 대답이 마음에 드는지, 무척 기뻐하는 얼굴로 바로 수긍했다.

하인리가 왜 더 좋아하는 거지?

그 모습이 의아했지만, 얼마 가지 않아 답을 스스로 깨달았다.

하인리도 라스타와 원한이 있지. 라스타가 하녀를 시켜 하인리의 편지 상대라 사칭하고, 이후엔 본인이 직접 하인리의 편지 상대라 사칭하고, 이후 사실을 밝힌 하인리를 거짓말쟁이로 몰아갔으니.

생각하니 그때부터 하인리에게는 심적으로 많이 의지했구나 싶어서, 나는 그를 위로하기 위해 꼭 끌어안고 보듬어주다가 잠이 들었다.

그런데 얼마나 그렇게 자고 있었을까. 뭔가 중얼중얼하는 소리가 났다. 목소리는 낮고 부드러운 저음인데, 내용이 좀 이상한 소리였다.

가위눌리는 건가? 그런 것치고는 손은 잘 움직이는데.

결국 희미하게 실눈을 뜨고 보자, 하인리가 비스듬하게 내 옆에 누운 채, 배 부근에서 책을 들고서 속삭이는 소리였다.

책을 소리 내서 읽는 건가? 처음 보는 습관인데. 오늘부터 새로 만든 습관?

그러는 사이 점점 잠이 깨면서 하인리의 목소리가 제대로 구분되기 시작했다.

"올드라고 왕은 창을 들고 적에게 돌진했어요. 적의 가슴에 커다란 구멍이 뚫리고 피가 내려왔죠. 그는 적의 시체를 장식처럼 내민 채 외쳤어요. 이제부터 우리는 피는 피로 돌려주고, 그 어떤 핍박도 받아들이지 않을 것이다……."

저게 무슨 내용이야?

저절로 인상이 찡그려졌다.

왜 내 배에 대고 저런 걸 읽어?

"아가야. 배 속에서 근육을 좀 키워 나와. 뼈도 튼튼하게 만들고. 잘 싸우려면 팔이 좀 긴 게 나으니까……."

게다가 이 주문은 뭐야?

"하인리?"

결국 참지 못하고 이름을 부르자, 하인리가 벌떡 일어나더니 '퀸? 퀸!' 하고 더듬거렸다.

"지금 뭐 해요?"

그 태도가 몹시 수상하게 여겨져 묻자, 하인리는 얼음이 되어서 들고 있던 책을 꼭 끌어안았다. 하지만 교차한 팔 사이로 책 제목이 보였다.

"전쟁의 제왕? 올드라고 전쟁 일대기?"

충격 발언을 던진 에르기 공작이 떠난 후. 소비에슈는 혼자 소파에 앉아 상념에 젖어 있었다. 테이블에는 사본이라며 에르기 공작이 놓고 간 서류들이 가득했다.

"후……."

소비에슈는 무거운 한숨을 내쉬었다.

막대한 액수의 차용증도 보자마자 욕이 나올 정도이지만, 그래도 무마할 수는 있다. 나랏돈을 건드리지 않고 그 자신의 개인 재산을 쏟으면 될 것이다. 동대제국은 부유한 나라였고, 소비에슈는 이 정도 금액은 충분히 커버할 수 있었다. 하지만 항구는 전혀 달랐다. 순순히 주는 건 당연히 말도 안 될 일이다. 그러나 순순히 주지 않는 것도 어려운 일이었다. 항구를 주지 않으려면 라스타가 애초부터 황후가 될 수 없는 사람이었단 걸 증명해서 저 서류를 무효로 만들거나, 아니면 라스타의 특수한 입장과 좋지 못한 머리, 에르기 공작이 바람둥이로 악명이 높은 것 등을 사유로 항구 주는 걸 거부해야 하는데.

에르기 공작이 순순히 넘어가줄 리 없으니, 아마 월대륙 연합에 중재 요청을 해야 할 것이다. 문제는, 월대륙 연합에서 중재를 시작하면 모든 나라가 이 일에 대해 알게 된단 점이었다. 이후 벌어질 일은 뻔했다. 동대제국 황실의 위엄은 바닥에 뚝 떨어질 테고, 사람들은 나비에 황후를 버리고 데려온 황후가 저렇다면서 비웃을 것이었다.

소비에슈는 생각하면 생각할수록 화가 났다. 황후로서 일을 못하는 거야 성장 배경이 다르니 어쩔 수 없다지만. 그래도 사고는 안 쳐야 하는 거 아닌가? 1년 동안 놀고먹으라는데, 그게 그렇게 어려웠나? 1년을 조용히 놀고먹고 지내면 평생 부귀를 누리며 호화롭게 살 수 있게 해준다는데. 그걸 지키는 게 그렇게 어려웠나?

세상에 어떤 미친 황후가 자기 나라 영토를 다른 나라 왕족에게 주겠단 서약서를 쓴단 말인가? 황후가 아니라 거리를 돌아다니는 평범한 사람들에게 물어도 쓰지 않을 것이다.

"미치겠군."

생각을 하면 할수록 분노가 차올랐다. 이제 남은 건 항구를 뺏기거나 명예를 뺏기거나 둘 중 하나였다. 물론 황후를 유혹해 이득을 취하려 했단 게 밝혀지면 에르기 공작 역시도 사람들이 좋지 않게 보겠지만, 에르기 공작은 원래도 그런 이미지라 더 나빠지고 할 것도 없다. 그러나 동대제국 황실은 그런 이미지가 아니니, 결국 손해는 이쪽이 더 보는 거였다.

한참 만에야 소비에슈는 일어나서 종을 쳤다. 카를 후작이 들어오자, 소비에슈가 차갑게 명령했다.

"로테슈 자작을 찾아와라."

태양이 구름 사이로 들어가면서 하늘을 붉은빛이 채워가다가, 이윽고 그 붉은빛마저 서서히 남색으로 변해갔다. 불그스름한 하루 흔적이 점점 지워지는 그 거리를, 로테슈 자작은 어두운 얼굴로 배회했다.

"어떤 누나가 갑자기 뛰어가니까, 돌아다니던 사람들이 모두 멈춰 서서 그 누나를 쳐다봤어요. 이상했어요. 유령 같기도 하고."

그는 한 어린아이에게서 들은 이야기를 떠올리고 있었다. 아이는 그 장면이 너무 무서워서 바로 집에 들어갔기에, 그 사람들이 누구인지, 어떻게 되었는지, 사람이긴 한 건지도 모르겠다 말했다. 하지만 한 술주정뱅이를 통해서, 그날 멀지 않은 술집에서 누군가 공짜 술과 먹을거리를 풀었다는 걸 알게 되었다.

술과 먹을거리를 제공한 사람은 자신에게 기쁜 일이 있다며 모두 모여 축하해달라 했고, 사람들은 작은 축제 분위기에 취해 그 술집으로 달려갔다. 심지어 술래잡기를 하며 골목을 가득 채울 어린아이들도, 그날은 부모와 함께 그곳으로 가서 과자를 받아 들고 좋아했다. 평소 거리를 돌아다녔을 행인들은 모두 그 술집에 있었다.

'고의적으로 길을 비운 거다.'

로테슈 자작은 이를 갈았다. 그는 르베티가 누군가의 습격을 받은 게 분명하다고 확신했다. 하지만 도무지 범인을 추측할 수가 없었다. 습격을 했다면 대체 누가? 누가 그 정도 수준으로 돈을 퍼부으면서까지 르베티를 해치우고 싶어 할까? 르베티가 철이 없긴 하지만 이런 무시무시한 원한을 살 성품은 아니었다.

"후우……."

하지만 더 알아볼 수도 없었다. 신문에 나온 이야기 때문에.

로테슈 자작은 르베티를 찾으러 길을 떠날 때, 알렌이 사고를 칠까 봐 두려워했다. 그런데 알렌이 사고를 치기도 전에 일이 터져버린 것이다. 심지어 라스타가 낳은 공주가 황제의 딸이 아니고, 라스타 황후의 첫째와 같은 핏줄이란다. 보통 사람이라면 여기서 '어이구 세상에 미쳤네!' 하고서 끝날 일이겠지만, 로테슈 자작은 그럴 수 없었다. '라스타 황후의 첫째'가 그의 손자이니까!

로테슈 자작은 신문에서 이 이야기를 보았을 때, 골머리가 터지는 줄 알았다. 사람들은 흥분해서 이 이야기를 떠들었지만, 그는 머리가 하얗게 질려서 막막한 기분에 휩싸였다. 생각조차 하기 힘들었다.

　라스타가 누구 뻐꾸기를 황제에게 데려다 두었건 그건 상관없다. 라스타 본인이 책임질 일이니까. 하지만 뻐꾸기의 친부가 자기 아들로 여겨지는 건 절대 안 될 일이었다. 라스타와의 사이에 첫째 아이가 있단 것만으로도 황제의 눈 밖에 났을 텐데, 공주가 자신의 핏줄이라니.

　'코샤르 그 빌어먹을 망나니에게 귀를 뜯길 때도, 알렌에 대한 이야기는 전혀 하지 않았는데. 이제 와서 왜?'

　검사를 다시 하자 우기고 싶지만, 로테슈 자작은 그럴 수 없단 걸 알기에 더욱 골치 아팠다.

　라스타에게 받은 돈으로 사람들과 인맥을 많이 쌓았지만, 그렇게 만든 친구들이 이렇게 어마어마한 일에 두 팔을 걷고 나서줄까? 그는 영향력 없는 작은 영지의 영주일 뿐이었다. 그의 말을 들어줄 사람이 있기는 할는지 막막했다. 이 와중에 황제가 그를 찾는다니, 그저 두려울 뿐.

　로테슈 자작이 황궁에 도착하자, 황궁 뒷문에서 기다리던 황제의 기사들 중 두 명이 그에게 다가왔다.

"뭔가."

로테슈 자작이 움찔해서 묻자, 기사 중 한 명이 딱딱하게 대답했다.

"안내하겠습니다."

두려웠지만 로테슈 자작은 순순히 따라갔다. 그러나 복도를 걸어가는 발걸음은 무겁기만 했다. 당장 뒤돌아 달아나고 싶은 마음이 굴뚝같았다. 자기가 달아나버리면 르베티와 알렌이 어떻게 될지 모른단 생각만이 로테슈 자작이 이성을 지키는 데 도움을 주었다. 하지만 걸어가면서도 그는 도대체 이게 뭔 일일까 싶어 까마득했다.

그사이, 세 사람은 황제의 집무실 앞에 도착했다.

"데려왔습니다."

기사가 문 너머를 향해 말을 걸자, 안쪽에서 상황과 어울리지 않는 맑은 종소리가 울렸다. 기사는 문을 열고서 로테슈 자작에게 들어가라 고갯짓했다. 로테슈 자작은 마른침을 꿀꺽 삼키고 안으로 들어갔다.

"찾으셨다 들었습니다, 폐하."

로테슈 자작은 소비에슈를 보자마자 납죽 허리부터 굽히며 인사했다. 소비에슈 황제는 책상에 걸터앉은 채, 그런 로테슈 자작을 위압감 넘치게 내려다보고 있었다. 그 시선은 몹시 차가웠다.

하지만 그 시선보다 마음은 더욱 싸늘했고, 동시에 무척 뜨거웠다. 소비에슈는 공주가 로테슈 자작의 핏줄이란 생각을 하는 것만으로도 미칠 것 같았고, 자작의 얼굴을 보자 속이 들끓었다. 라스타는 저자의 며느리로만 보였고, 저 집안 사람들이 황실을 아주 말아 먹으려 작정했구나 싶어서 화가 났다.

"고개를 들어라."

하지만 입 밖으로 나온 소비에슈의 목소리는 침착했다. 로테슈 자작은 눈도 마주치지 못하고 있다가, 황명을 듣고서야 가까스로 소비에슈를 보았다. 눈이 마주치자, 자작은 황제의 차가운 시선에 섬뜩해져서 소름이 돋았다. 황제가 앞으로 무슨 말을 하든 그 말은 좋은 말이 아닐 게 분명했다.

"네 딸 위치를 알려주마."

그런데 의외로 소비에슈가 언급한 건 르베티였다.

"예?"

로테슈 자작이 어리둥절해서 쳐다보자, 소비에슈가 냉랭하게 설명했다.

"라스타가 그 애를 납치해 노예로 팔려 했지. 이쪽으로 와봐야 어차피 같은 일이 반복될 것 같아서 내가 보호하고 있었다."

로테슈 자작은 멍하니 눈을 깜빡거렸다. 여기서 르베티의 행방을 알게 될 줄은 몰랐다. 게다가 막대한 돈을 쏟아부으면서까지 딸에게 해코지를 하려 했던 상대가 라스타라니? 라스타가 자신의 딸을 원망할 일이 무엇이 있던가, 생각해보던 로테슈 자작은 두 사람이 영지에 있을 때부터 사이가 나빴던 걸 떠올렸다. 물론 그때의 라스타는 르베티와 싸울 만한 신분이 못 되었으니, 일방적으로 르베티가 라스타를 싫어한 것이지만.

어쩌면 라스타는 그때의 원한을 계속 간직했는지도 모른다. 그

와중에 로테슈 자작에게 협박을 당하니, 그 원한을 르베티에게 풀려 든 건지도. 로테슈 자작은 인상을 구겼다.

'그 천한 게 순순히 협조하는가 했더니, 뒤에선 그런 짓을 했구나.'

싫은 사람을 해치기 위해 그렇게까지 했다는 게 섬뜩하고 화가 났다. 속으로 몹시 분개하던 로테슈 자작은, 그러나 곧 의아한 점을 알아차렸다.

"폐하께서는…… 왜 이런 걸 제게 알려주십니까?"

소비에슈는 지금 알렌 때문에 그에게 화가 났을 텐데. 굳이 이런 걸 알려줄 이유가 짐작이 가지 않았다.

"어차피 너와 네 아들은 황실을 기만한 대가로 죽을 테니까."

로테슈 자작의 눈이 커다래졌다.

소비에슈의 입가에 무정한 미소가 떠올랐다.

"남은 둘이라도 구하고 싶으냐?"

23

사형

로테슈 자작은 시름에 잠긴 채 복도를 걸어갔다. 소비에슈 황제는 분명 '남은 둘'을 구하고 싶냐 물었다. 굳이 르베티의 위치를 알려주었으니, 일단 그중 하나는 분명 르베티를 말하는 것이겠지. 하지만 다른 하나가 누구인지는 불확실했다.

로테슈 자작은 황제가 살려주겠다는 '두 사람'이 르베티와 부인이기를 원했다. 자신의 목숨을 바쳐 알렌을 구할 수 있다면 알렌도 구하고 싶었으나, 알렌은 이미 너무 깊게 얽혀 있었다. 차라리 그가 운이 좋아 목숨을 구하게 될망정 알렌만큼은 자신이 어쩔 수 없었다. 그러니 르베티와 부인이라도 살기를 바랐다. 안이나 공주는 그에겐 관심 밖이었다.

그러나 죽음의 공포는 커다랗고 두려웠기에, 로테슈 자작은 결국 다리에 힘이 풀려 복도에 쪼그리고 앉았다.

"이런."

그때 머리 위에서 몹시 재수 없는 목소리가 들려왔다. 목소리 자체는 낮고 그윽해 듣기 좋았지만, 말투에서 조롱하는 티가 나는 소리였다. 고개를 들자, 파르앙 후작이 내려다보고 있었다.

로테슈 자작은 파르앙 후작과 별다른 관계가 없었다. 좋은 쪽으로도 나쁜 쪽으로도. 하지만 파르앙 후작이 나비에 황후 오빠의 친구란 건 알고 있었다. 그런데 라스타와 나비에 황후는 적이고, 나비에 황후의 오빠는 로테슈 자작을 공격했고, 로테슈 자작은 대외적으로 라스타를 지지한다. 본격적으로 얽힌 적이 없다 한들, 두 사람은 사이좋을 수 없는 관계였다.

"왜 그러십니까."

그렇기에 로테슈 자작은 뚱하게 물어보며 억지로 몸을 일으켜 세웠다. 파르앙 후작은 픽 웃으면서 대답했다.

"별거 아닙니다. 그냥. 세상일 참 재밌다 싶어서요."

"재밌다고?"

로테슈 자작의 목소리가 순간 뒤틀렸다. 자기와 아들이 죽게 생겼는데. 재미 운운하자 순간 발끈한 것이다. 로테슈 자작이 무섭게 쏘아보자, 파르앙 후작이 태연히 달래는 목소리를 냈다.

"너무 화내지 마시지요. 자작은 라스타 황후를 도와 나비에 님을 내칠 정도로 머리가 비상하시니, 이 난관도 잘 이겨낼 겁니다."

그러나 파르앙 후작의 말속에는, 로테슈 자작의 곤경을 잘 알고 있단 티가 확연히 드러나서, 오히려 로테슈 자작을 더욱 화나게 만들었다.

"내가 나비에 님을 내치다니요! 내가 뭘 했다고!"

"우리는 친분이 없으니, 자작이 뭘 했는지 나야 당연히 모르지요."

"!"

"하지만 앞으로 뭘 하게 될지는 기대가 큽니다."

파르앙 후작의 입가에 야릇한 미소가 떠올랐다. 로테슈 자작은 마른침을 꿀꺽 삼켰다. 뭘 하게 될지 기대가 된다니?

"무슨 소립니까?"

"정말로 무슨 소리인지 몰라서 묻는 건가요?"

내 질문에, 하인리는 책을 끌어안은 채 주춤주춤 뒤로 물러났다. 나는 고개를 삐딱하게 한 채 그를 쳐다보았다.

하인리는 지금 누가 봐도 어색한 미소를 띠고 있었다. 게다가 그 경직된 표정을 한 채, 침대 끄트머리에 도착하자 슬그머니 일어나 문으로 뒷걸음질 치기까지 했다. 누가 봐도 도주였다.

"지금 뭘 하는 건가요?"라고 물었더니, "무슨 소리입니까?" 하고 착한 목소리로 발뺌하면서 저렇게 달아나는 거다.

"앞으로 다섯 걸음. 도로 와요."

한숨을 내쉬고 말하자, 하인리는 덩달아 한숨을 내쉬었다. 하지만 달아나는 대신, 갑자기 성큼성큼 큰 걸음으로 다가왔다. 얼마나 보폭을 크게 해서 오는지, 네 걸음째에 침대 위에 있는가 싶더니.

다섯 걸음째에는 내 옆에 찰싹 붙어 있었다.

"뒤로. 한 걸음 뒤로."

귀여웠지만 너무 미남계를 쓰려는 게 보여서, 인상을 찡그리고 서 다시 말하자, 하인리는 올 때와 달리 콩알만큼만 뒤로 갔다.

"장난하는 거 아닌데."

차갑게 덧붙이자, 하인리는 그제야 한 뼘 뒤로 물러나 옆에 얌전히 쭈그러들었다. 여전히 품에는 문제의 그 책을 안은 채.

"이리 줘봐요."

내가 손을 내밀자, 하인리는 쭈뼛거리며 자기가 내 배에 대고 읽던 책을 내밀었다. 나는 책을 한 손에 들고 주르륵 안의 내용을 훑었다. 역시나. 얼핏 들었을 때부터 짐작하긴 했지만. 전쟁 관련 소설이었다. 심지어 전쟁 묘사가 많은 소설.

이런 걸 내 배에 대고 읽고 있었어?

내가 팔짱을 끼고서 쳐다보자, 하인리가 배시시 웃으면서 변명했다.

"그…… 아기가 배 속에 있을 때요, 퀸. 아기한테 이런저런 얘기를 해주면 아이가 그대로 자라난다고 합니다."

"그래서. 아기가 전쟁왕이 되길 바라기라도 하나요?"

"그러면 좋죠……."

"나는 아기의 맑은 정신을 위해서 어린이용 동화책을 읽는데. 내가 잠든 사이에 초를 치고 있었어요?"

"그게…… 용맹한 아이가 태어났으면 해서."

하인리는 내 눈치를 살피다가 기어들어가는 목소리로 다시 덧붙였다.

"꿈에서 본 그 아기 새는 너무 뺀질거리고……. 조기교육을……."

뭐야? 뺀질? 누가 누구더러 뺀질거린단 거야, 이 뺀질이가?

"꿈속에 나온 우리 아가는 아주 사랑스러운 아기 새였어요. 순했고요."

"그게요? 아니, 그건 그렇지만요."

"용맹한 아이를 바라는 건 문제가 아니에요. 하지만 전쟁소설을 읽어주더라도 자체적으로 걸러서 읽어야죠. 피가 한가득이니 창으로 찔러 심장을 꺼냈니, 이런 부분은 왜 읽는 건가요?"

"그게…… 원래 전쟁은 정확하게 알아야지, 어렴풋하게 알면 괜히 사람들만 다치고……. 전쟁은 원래 비참하단 것부터 배우고……."

"그런 건 나중에 아이가 컸을 때 교육하는 게 낫지 않을까요?"

하인리는 시무룩해져서 내 눈치를 살폈지만, 나는 이미 마음을 단단하게 정한 후였다. 나는 책 모서리로 문을 가리켰다.

"퀸?"

"나가요."

"퀸……."

"배 속 아기에게 교육하고 싶다면서요. 이것도 교육이에요. 나쁜 일을 하면 아빠도 벌을 받는다는 교육."

하인리의 눈이 평소보다 두 배 정도 커다래졌다.

"폐하께서 이리 우울해하시니, 아까 먹은 음식이 바로 소화되는 기분입니다."

맥켄나는 집무실 근처 정원 계단에 쪼그리고 앉은 채, 옆에 간이 등불을 놓고 무릎에는 딱딱한 판과 서류를 올려둔 채 야근하는 중이었는데, 하인리가 시무룩해져서 다가오자 기쁜 목소리로 말했다.

"아주 통쾌하네요!"

하인리가 째려보았지만, 밤늦게까지 서류를 보느라 눈이 침침해진 맥켄나는 반쯤 잠에 취해 당당하게 주장을 굽히지 않았다.

"무섭게 쳐다봐서도 제 기분은 그런걸요."

"넌 가끔 정말 밉다."

"전 자주 폐하가 밉습니다."

하인리는 한숨을 내쉬고서 맥켄나의 옆에 앉았다.

"무슨 일이 있긴 하군요?"

"전에 내가 말한 전쟁 일대기 태교."

"설마 실천하신 건 아니시지요?"

"했어. 하다가 딱 걸렸고. 딱 걸려서 쫓겨났어."

"어이쿠."

맥켄나가 혀를 차자, 하인리가 억울한 표정으로 중얼거렸다.

"아니, 아기도 알 건 알아야지. 사람을 찌르면 피가 나오는 거잖아?"

"사상이 위험하시네요. 이러다 아기한테 칼 쥐여주고 사람 찌르라 하시겠습니다."

"그게 나빠?"

"……저도 폐하를 여기서 쫓아낼 힘이 있었으면 좋겠어요."

하인리는 맥켄나가 자신을 편들어주지 않자, 째려보다가 다시 반박했다.

"난 다섯 살 때부터 검을 가지고 놀았어."

"그러다 왕비님한테 엉덩이 팡팡 맞고 가출한 건 생각 안 나세요?"

"안 나."

"불리한 건 기억에서 지워버리시는군요."

"야."

"새로 변해 가출하셨잖아요. 새로 변한 선왕 전하가 쫓아가서, 목덜미 잡고 도로 데려오셨고요. 그게 전하랑 폐하인 줄도 모르고, 궁정인들은 막 새도 가정교육 한다고 재밌어하고. 진짜 기억 안 나세요? 이게 안 날 리가 없는데?"

하인리가 째려보자, 맥켄나가 활짝 웃었다.

"역시 기억나시는구나?"

그런 두 사람의 모습은 먼발치에서 보기엔 정말로 사이가 좋아 보였다. 얼핏 싸우는 것처럼 보이지만, 하인리가 정말로 화가 나지 않았다는 건 누가 보아도 알 수 있었다. 하인리 역시, 나비에가 자신에게 나가라고는 했지만, 몹시 분노한 게 아니란 건 알고 있었다.

그렇기에 섭섭한 척 투덜거렸지만 속으로는 아주 기뻤다. 동대 제국에 있을 때의 나비에는 감정 표현을 최대한 억눌렀는데. 지금 자신에게는 솔직하게 이야기를 해주는 게 아닌가. 하인리는 그 생각을 하자 자기도 모르게 웃음을 흘렸다.

맥켄나는 그런 하인리를 보며 중얼거렸다.

"어우 변태……."

그 말에 하인리가 진짜로 화를 내려고 하자, 맥켄나는 서둘러 등불과 서류를 챙겨 황급히 달아났다.

즈멘시아 노공작은 딸의 흔적이라도 보기 위해 잠시 궁전에 들어왔다가, 그 모습을 발견하고서 멍해졌다. 사이좋고 즐거워 보이는 그 모습을 보자 심장이 아렸다.

"내 딸은 차가운 지하에 시체가 되어 누워 있는데. 네놈은……."

즈멘시아 공작은 이를 갈면서 맹세했다. 자신이 죽게 되더라도, 자기 딸을 죽게 만든 저 원수가 저렇게 즐거워하게 두진 않을 거라고.

궁전을 나온 로테슈 자작은 소비에슈 황제가 말해준 장소로 황급히 말을 달려 갔다. 말이 지칠 때마다 인근 마을에 들러서, 바가지를 써서라도 가장 건강한 말을 구입해서 바꿔 타고 달렸다. 소비에슈 황제가 마음을 바꾸기 전에 서둘러 딸을 대피시켜야 했다. 그의 영지는 외곽에 있으니, 설령 황제가 마음을 바꾸더라도 영지에 있는 편이 탈출하기 쉬우니까.

그렇게 몇 날 며칠을 달려서 도착한 곳은 아담하지만 예쁜 저택이었다. 취향이 소박한 귀족이 별장으로 쓸 법한 곳이어서, 로테슈 자작은 그래도 조금 안심했다.

'애를 이상한 데 가둬두진 않았구나.'

건물 앞에는 호위로 보이는 이들이 세 명 있었는데, 로테슈 자작이 다가오자 바로 경계해서 창을 내밀었다.

"내 딸. 딸을 찾으러 온 거다."

로테슈 자작은 자신을 막으려는 호위들에게, 두 손을 들어 무기가 없단 걸 알리며 말했다. 하지만 호위들은 무슨 명령을 들었는지 쉬이 비켜주지 않았다.

그때. 별장 안쪽에서 발랄한 목소리가 들려왔다.

"아버지!"

로테슈 자작이 쳐다보자, 르베티가 이쪽으로 달려오고 있었다.

"르베티!"

로테슈 자작은 그토록 찾아다니던 딸이 건강하게 달려오자, 감격해서 두 팔을 벌렸다. 르베티가 자작의 품 안에 쏙 들어오자, 그는 황급히 딸을 꽉 끌어안았다. 딸이 무사한 걸 보자, 저절로 눈에서 눈물이 주륵 흘렀다.

"아버지! 아버지가 여긴 어떻게 왔어요?"

르베티는 신이 나기도 하고 반갑기도 해서, 들뜬 목소리로 물었다. 로테슈 자작은 '소비에슈 황제가 알려주었다'고 말하려 입을 열었다. 그러나 목이 꽉 막혀서 말을 꺼내지 못했다. 아까와는 다른 눈물이 다시 펑펑 솟아나서, 그는 그저 딸을 끌어안고 눈물만 떨어트렸다.

"아버지?"

르베티는 그제야 분위기가 이상한 걸 알고는, 놀라서 로테슈 자작에게서 약간 떨어졌다. 그러고는 자작의 얼굴을 살피면서 놀라 물었다.

"아버지, 무슨 일 있어요?"

오랫동안 만나지 못하다가 이렇게 만났으니, 안심도 되고 반갑기도 해서 흘리는 눈물일 수도 있다. 하지만 기쁨의 눈물이라 하기엔 로테슈 자작의 표정이 너무나 처량스러웠다.

"라스타 그게 아버지한테도 뭐라 한 거예요?"

르베티가 날카롭게 묻자, 로테슈 자작은 눈물을 닦으면서 물었다.

"라스타가 너한테 무어라 했느냐?"

"네! 날 죽이려 한 게 라스타예요!"

르베티는 분에 차서 주먹을 꽉 쥐고 외쳤다.

"폐하께서 중간에 알고 구해주시지 않았다면, 난 어떻게 됐을지……."

르베티는 말을 하는 것만으로도 두려운지 낯빛이 창백해졌다. 손가락은 덜덜 떨리고 있었다. 시간이 지났지만 아직 그날의 충격에서 완전히 벗어나지 못한 게 분명했다.

로테슈 자작은 정말로 라스타가 르베티를 공격했다는 걸 알자 몹시 화가 났다. 소비에슈 황제에게 듣긴 했지만, 그래도 설마설마 했는데. 동시에 자신에게도 화가 났다. 자신이 라스타에게서 돈이며 저택을 뜯어먹지 않았더라면, 라스타가 르베티를 이렇게 공격하지 않았을 것 같기도 해서.

하지만 그는 곧 생각을 바꾸었다.

"그 애는 자기가 노예 출신이란 걸 우리가 아는 게 싫은 거야. 그러니 널 공격한 거다. 입을 막으려고."

"라스타가 그래서 날 공격한 거예요?"

"그래. 틀림없다."

"그럼 우리가 먼저 터트려버려요! 걔가 노예 출신이란 걸 밝히면 되잖아요!"

르베티는 아직 떠들썩한 바깥 상황에 대해 모르기에, 자신을 공격하고 죽이려 한 라스타가 잘 사는 게 화가 나서 버럭 외쳤다. 그러나 로테슈 자작은 고개를 저었다. 르베티는 기가 막혀서 따졌다.

"봐주자고요? 걘 날 죽이려 했는데, 봐주자고요?"

"할 말이 있다, 르베티."

"봐주잔 얘기는 꺼내지도 마세요! 싫어요!"

"우리 얘기야."

르베티는 분노해 씩씩거리다가, 로테슈 자작이 어깨를 꽉 잡자 가까스로 진정하고서 마지못해 물었다.

"우리 얘기라니요?"

"아버지는 못된 사람이다."

"네?"

그런데 로테슈 자작의 말이 영 뜬금없었다. 르베티는 어리둥절해서 되물었다.

"갑자기 무슨 소리예요?"

르베티도 자기 아버지가 선한 사람이 아니란 건 알았지만, 아주

악한 사람도 아니라고 생각했다. 그런데 이 와중에 갑자기 저런 고백을 하는 게 영 이상하게 여겨졌다.

"라스타가 낳은 공주가, 네 오빠의 아이가 되어버렸다."

"네?"

로테슈 자작이 설명을 했는데도, 르베티는 더욱 어리둥절해서 되물었다.

"안이요?"

"공주."

"그게 무슨 말이에요? 라스타 둘째가 왜 오빠 딸인데요?"

라스타는 로테슈 자작의 말이 하도 예상외인 데다 엄청나다 보니, 바로 받아들이지 못했다.

"그게 그렇게 되었어."

"잘 이해가 안 가요."

"네 오빠는 폐하를 속인 사람이 되는 거다."

"아버지……?"

르베티는 한참 같은 말을 물어본 후에야, 사건이 심각한 걸 깨닫고 낯빛이 창백해졌다.

"그, 그럼, 그럼 어떻게 돼요? 그럼 오빠는 어떻게 돼요?"

로테슈 자작은 어떻게 말해야 할지 잠시 고민했다. 아직 어린 르베티는 그가 하는 말을 무조건 믿을 것이었다. 알렌이 억울하다 말하면 그 말을 믿을 테고, 알렌이 잘못했다 말하면 그 말을 믿을 것이었다.

솔직한 마음으로, 그는 '네 오빠도 나도 억울하다'고 말하고 싶었다. 하지만 그렇게 했다가는 르베티가 어떻게 나올지 알 수 없었다. 르베티가 무슨 수를 쓰든, 알렌과 그는 이미 소비에슈 황제의 목표가 되었다. 황제는 충분히 로테슈 자작과 가족들을 해치울 능력도 있었다.

그런데도 소비에슈 황제가 로테슈 자작에게 '라스타를 데려가라'고 한 것은 라스타를 빨리 치우고 싶어서일 테고, 그 대가로 내세운 게 '두 명'은 살려준단 제안일 텐데. 르베티가 이 말을 듣고서 받아들일 리가 없었다. 르베티와 자작 부인 둘만이라도 살라고 하면, 무슨 난리를 칠지 몰랐다. 로테슈 자작은 결국 고민 끝에 거짓말을 했다.

"아버지는 못된 사람이다, 르베티."

"아버지⋯⋯."

"아버지는 모든 걸 다 알고 있었어. 그런데 이제 다 들통이 난 거야."

"네?"

"아버지는 라스타가 임신한 게 네 오빠의 핏줄이란 걸 알고 있었다고."

"마, 말도 안 돼요! 아버지가 그럴 리가 없잖아요! 아니, 아버지야 그렇다 쳐도 오빠가 그럴 리 없잖아요! 우리 오빠가 얼마나 멍청하고 소심한데!"

"르베티!"

르베티는 패닉 상태에 빠져서 허우적거리다가, 로테슈 자작이 버럭 소리치자 가까스로 정신 차렸다. 로테슈 자작은 르베티의 두 팔을 꽉 잡고서 당부했다.

"폐하께서 아량을 발휘해, 관련 있는 사람들만 처벌한다 하셨다. 너와 엄마는 이 일에 대해 모르잖아."

"아버지……."

"영지로 돌아가라. 일이 커지기 전에 영지로 돌아가. 나와 오빠가 죽거든, 네가 영주가 되는 거다."

르베티는 막막해서 소리쳤다.

"아버지! 이런 거 싫어요! 나만 빠져나가라니요!"

"네 엄마까지 죽게 할 셈이냐!"

"!"

"내 딸. 내 똑똑한 딸. 넌 어려서 철이 없을 뿐이지, 영리해. 그렇지?"

"아버지……. 아버지……."

"아버지는 우리 가문을 위해 모험을 했고, 모험에서 실패했을 뿐이야. 거기에 대해 책임을 질 거다. 그러니 넌 아무도 탓하지 말고, 영지로 돌아가서 어머니를 챙기고, 영지를 챙겨. 그건 전부 너와 어머니 거다. 지금 당장 영지로 가라! 빨리! 여기 저택을 최대한 빨리 처분해서 보내줄 테니, 하나도 빼놓지 말고 다 챙겨야 돼! 알겠느냐?"

르베티는 엉엉 울면서 고개를 저었다. 라스타에게 복수할 기회만 노리면서 여기서 지냈는데, 갑자기 이게 무슨 날벼락이란 말인가. 아버지와 재회해 기뻤는데. 제대로 기뻐하기도 전에, 난데없이 아버지와 오빠가 죽게 될 테니 달아나라고?

아버지가 속물이긴 했지만, 그래도 이런 엄청난 일을 꾸밀 사람은 역시 아닌 것 같은데. 오빠가 멍청한 데다 매사에 감정적으로 행동하지만, 소심해서 절대로 이런 큰일을 꾸밀 사람이 아닌데. 역시 아닌 것 같다. 하나도 믿을 수 없었다. 그러나 로테슈 자작의 표정은 심각하고 진지해서, 절대로 농담하는 것 같지 않았다.

혼란스러워하는 르베티를 보다가, 로테슈 자작도 다시 눈시울이 뜨거워졌다. 자식에게 자신이 나쁜 사람이라고 말하고 싶은 부모는 없는 법이다. 로테슈 자작 역시 같은 마음이어서, 라스타에게 이런저런 돈과 저택을 뜯어낼 때도 자식들에게는 이 일을 이야기하지 않았다. 그런데 이젠 자신의 죄가 아닌 죄를 자신이 저질렀다 거짓말해야 하는 것이다.

"그리고 누가 아버지랑 오빠에 대해 묻거든, 사이가 나빴다고 해. 끔찍한 아버지, 끔찍한 오빠였다고, 사이가 나빠서 제대로 말도 안 해봤다고 해야 한다. 알았느냐?"

"아버지, 싫어요. 이거 이상해요. 내가 폐하를 만날래요. 내가 폐하께 아버지는 관계없다고 말할래요!"

"안 된다! 폐하가 은혜를 베풀어서 널 살려주시겠다는데, 여기서 미움을 더 사면 안 돼!"

"아버지……."

르베티는 엉엉 울면서 고개를 저었지만, 로테슈 자작은 위로하길 멈추고 차갑게 몸을 돌렸다.

슬픔은 라스타에 대한 분노로 빠르게 번져갔다. 갑자기 알렌이 공주의 아빠가 되었다고? 로테슈 자작은 믿을 수 없었다. 하지만

후손이 급한 황제가 자신의 딸이 친딸이 아니라고 일부러 난리를
부릴 리는 없었다. 그렇다면 라스타가 무슨 짓을 한 게 분명했다.
바람을 피워서 황제의 아기를 가진 척하다가 입장이 난처해지자,
고의로 알렌을 끌어들인 게 분명했다. 옛날 일을 복수하기 위해서!

'게다가 감히 내 딸을 죽이려고 들어?'

로테슈 자작은 이를 악물고 주먹을 꽉 쥐었다. 소비에슈 황제가
말하지 않아도, 그는 라스타를 지옥으로 함께 끌고 갈 생각이었다.

"짜자잔!"

며칠 동안 랑드레 자작과 풍경 좋은 곳으로 놀러 간다더니. 두
손 가득 선물을 들고 돌아온 니안은, 얼굴에서 반짝반짝 윤이 났다.

"와. 사람 얼굴에서 어떻게 광이 나지?"

로라가 보자마자 감탄할 정도였다. 니안은 푸하하 웃음을 터트
리고서, 시녀들에게 한 아름씩 선물을 안겼다. 그러고 있자니, 잠시
자리를 비웠던 로즈가 들어왔다.

"황후 폐하, 밖에 랑드레 자작이 있던데요? 돌아왔나 봐요. 근데
휴가 간다더니 얼굴이 초췌해져…… 세상에! 니안!"

뒤늦게 니안을 발견한 로즈가 비명처럼 외치자, 니안은 웃으면
서 그녀를 가볍게 끌어안았다 놓았다.

"로즈 양, 잘 지냈어요?"

이후로 내내 정겹게 인사를 나누느라 거의 30분을 흘려보냈다.

니안이 매일 궁전에 들르는 게 아니니, 사실상 그리 오래간만에 만난 건 아닌데. 다들 니안을 몇 년 만에 만난 것처럼 대해서였다. 그렇게 즐겁게 웃고 떠든 후에야, 나는 시녀들에게 자리를 비켜달라 한 후 니안과 따로 자리를 가질 수 있었다.

"실은 물어볼 게 있어요, 니안."

"무엇인가요?"

시녀들을 내보내고 말을 걸자, 니안은 심각한 일인가 싶은지 아까보다 좀 더 진중한 자세로 허리를 세워 의자에 앉았다.

"아니, 그렇게 심각한 이야기는 아니에요."

"아닌가요? 다시 자세 풀까요?"

"일단 듣고?"

"네."

"리버티 후작에 관한 거예요."

짐작 가는 바가 있나 보다. 내가 리버티 후작 이야기를 꺼내자, 니안은 바로 '아아' 하고 의미심장한 소리를 내며 눈을 가느스름하게 떴다. 리버티 공작이 다녀간 일에 대해 이야기해주자, 그녀는 그럴 줄 알았다는 듯 코웃음을 쳤다. 하지만 곧 난처한 표정으로 흘러내린 머리카락을 귀 뒤로 넘겼다.

"음. 제가 눈치를 어디 팔아먹은 게 아니라면, 고의적으로 접근한 분위기는 아니었어요. 너무 염려하지 않으셔도 된답니다."

"그래요?"

"단호하게 내쳐달란 문제라면, 이미 예의 상하지 않는 선에는 단호하게 내치고 있고요."

말을 마친 니안은 빙그레 웃으며 덧붙였다.

"하지만 황후 폐하께서 원하신다면, 좀 더 무섭게 내칠 수 있어
요."

"아닙니다. 혹시 리버티 공작과 그 아들이 니안을 이용할 수도
있지 않나, 이 생각을 했을 뿐이에요. 그런 게 아니라면, 친구라 해
서 내가 간섭할 수 없지요."

"하긴. 리버티 공작이 황후 폐하께 그런 부탁을 한 건, 그저 폐하
와 좀 사적인 대화를 나누고 싶어서 댄 핑계 같아요. 리버티 후작
이 자기 아버지와 그런 이야기를 나눌 사람 같진 않았거든요."

그녀가 리버티 공작에게 이용당하진 않을 것 같으니 안심이다.
니안에게 직접 한 말처럼, 그다음 일은 그녀의 사생활이니 내가 관
여할 수는 없지.

이후 니안은 시녀들과 더 어울리다 돌아갔고, 나는 그녀가 간 후
혼자 안락의자에 앉아서 여러 가지 일을 생각했다.

즈멘시아 노공작은 하인리의 생일을 기점으로 아주 조용해졌다.
하인리가 노공작의 손자를 구한 일로 마음이 풀어진 걸까? 하긴.
최근 들어 조용한 건 즈멘시아 노공작 뿐만은 아니지만.

그래. 요즘은 아주 평화로웠다. 멀레이니와 위얀이 서로가 없을
때 날 찾아오려 머리를 굴리다 오히려 딱 같은 시간에 나타나는 바
람에 조금 싸우긴 했지만, 그래도 서로 죽일 만큼 사이가 나빠 보
이진 않았다. 오히려 두 사람은 자기들의 주장과 달리, 서로를 마
음에 안 들어 하는 그냥 평범한 남매 정도로 보였다. 멀레이니에게
이 말을 하진 않겠지만.

어쨌든 최근 들어서 케트런 후작이나 리버티 공작도 그렇고…….
조용하다.

좋은 일이었다. 근 1년간 내내 시끄러웠으니까. 그래도 덕택에, 어렵게 찾은 이 평화가 너무 소중하게 여겨졌다. 허리가 점점 아파오긴 하지만, 음식도 이전보단 잘 먹게 되었고……. 아아. 마스타스가 우울해 보이는 게 걱정이긴 하구나.

그러고 있자니, 주베르 백작 부인이 들어와 걱정했다.

"황후 폐하. 낮잠을 주무시는 게 낫지 않을까요? 아까 산책하시고 레이디 니안도 맞이하시고. 많이 피곤하실 듯합니다."

"그냥 걷고 얘기 좀 한 건데요, 뭘."

"그래도 조심해서 나쁠 건 없으니까요."

"알았어요."

나는 고개를 끄덕이고서 순순히 침대에 들어갔다.

그런데 주베르 백작 부인이 나가고 10여 분 정도 되었나. 슬슬 정신이 가물가물해지면서 꿈과 현실이 뒤섞이고 있는데, 문을 두드리는 소리가 났다.

"들어와요."

나는 비몽사몽해서 대답했다. 막 눈꺼풀이 무거워졌기 때문에 좀 더 자고 싶었지만, 누가 왔든 잠든 나를 웬만한 일로 깨울 것 같진 않아서였다. 그런데 우르르 들어온 사람들은 의외로 시녀 전부였다. 급한 볼일이 있다면 보통은 한 명이 올 텐데? 게다가 다들 표정이 아주 요상하다. 기쁜 것처럼도, 심란한 것처럼도, 당황한 것처럼도 보였다.

"무슨 일인가요?"

그걸 보자 잠이 확 달아났다. 아주 나쁜 소식은 아닌 분위기인데. 시녀들이 단체로 저런 얼굴을 하고 오니 이상했다.

"황후 폐하. 이걸 보시는 게 낫겠습니다."

주베르 백작 부인은 긴 설명을 하는 대신, 들고 온 신문을 내밀었다. 받아서 날짜를 보니, 동대제국의 며칠 전 신문이었다.

"이걸 왜?"

의아했지만 일단 신문 받아서 펼치자, 첫 번째 장에 박힌 대문짝만 한 글씨가 대번에 눈에 들어왔다.

"이게……."

소비에슈의 딸이 뻐꾸기 공주였단 제목이었다.

"정말인가요?"

농담이 아니고?

다급히 물어보자, 시녀들이 마구잡이로 동시에 대답하기 시작했다. 다들 많이 놀랐는지 잔뜩 흥분한 목소리였다. 하지만 말을 한꺼번에 저렇게 급하게 해대니 오히려 알아듣기 힘들어서, 나는 고개를 저었다.

"직접 읽어볼게요."

이게 더 빠르겠어.

다행히 모두 입을 동시에 다물어주었다. 나는 황급히 신문에 실린 글을 차근차근 읽어 내려갔다. 기사는 객관적으로 보이지만 기자의 개인적인 감정과 의도가 들어가기 쉬우니, 최대한 사감 없는 정보만 찾아내려 노력하면서. 그러나 객관정인 정보만으로도 놀라운 게 한가득이었다.

대충 요약하자면 이랬다.

정보 1. 공주가 황제의 핏줄이 아니란 신전 검사 결과가 나왔다.

정보 2. 라스타 황후는 결혼 전에 다른 남자와 살았고, 아이까지
두었다.

정보 3. 라스타 황후는 자기가 재혼이라는 걸 황제에게 숨겼다.

정보 4. 공주의 친부는 라스타 황후의 첫 번째 남편이다.

정보 5. 이 사실을 모르던 황제는 분노해 공주를 폐위했다.

라스타가 소비에슈의 정부가 되기 전에 다른 아이를 낳았던 건
나도 짐작하고 있던 일이지만⋯⋯. 어쩌다가 이렇게 다 들통이 난
거지? 당혹스러울 정도다. 소비에슈와 라스타의 결혼식 날, 잘 살
지 말라고 저주하긴 했지만, 이렇게까지 못 살 줄이야.

심지어 조앤슨이란 기자는 이 일을 두고서, 날 '재혼 황후'라면
서 공공연하게 놀리던 라스타 황후가, 자기도 '재혼 황후'였다며
모순적이라 조롱했다.

물론 나비에 황후 폐하와 달리, 라스타 황후 폐하께서는 첫 번째 남편과
두 번째 남편 모두 정식 남편이 아니었지만 말이다.

"속이 시원하긴 한데. 이렇게 대놓고 말해도 되는 걸까요?"

로라는 내 어깨너머로 신문을 다시 한번 더 읽다가 걱정스레 말
했다.

"황제 폐하께서 이걸 보면 노발대발하실 텐데."

하지만 주베르 백작 부인은 전혀 걱정할 게 없다 여기는 투로 대
답했다.

"이렇게 내도 폐하께서 묵과하실 거란 판단이 선 거겠지. 여기까지 이야기가 올 정도면, 동대제국에는 이미 이 이야기가 허다하게 퍼졌을 거잖니."

로즈는 "동대제국은…… 아주 역동적이네요." 하고 혀를 찼고, 마스타스는 호기심 가득한 얼굴로 물었다.

"그럼 이제 뭐가 어떻게 되는 겁니까?"

그 반응들을 보자 시녀들, 특히 로라와 주베르 백작 부인이 왜 묘한 표정으로 들어왔는지 알 수 있었다. 남 일이라고 마음껏 즐거워 할 수 있는 로즈나 마스타스와 달리, 로라와 주베르 백작 부인은 모두 동대제국에 뿌리를 두고 있고, 가문과 추억과 영지와 재산이 모두 동대제국에 있는 동대제국 사람이니까.

아기 때문에 그렇게 날 괄시하던 소비에슈가 이런 처지에 놓인 건 깨소금이지만, 나 역시 동대제국 사람으로서 황실이 우스워지는 건 씁쓸했다.

로라가 다시 물었다.

"황후 폐하. 어떻게 하실 건가요?"

다른 시녀들도 다들 입을 다물고 내 대답을 기다렸다. 어쩐지 기대하는 얼굴들이었다.

하지만 이런 경우엔 대답이 정해져 있지 않나?

"놀랍긴 하지만…… 내가 뭘 어떻게 하겠나요."

소비에슈에게 '네 딸이 네 딸이 아니라 유감'이라고 위로를 할까? 라스타에게 이웃 나라 황후로서 위로를 할까? 아니면 전임 황후로서 질책이라도 해야 하나? 아니면 아주 고소한 깨소금 맛이 난다면서 같이 놀리기라도 해야 하나?

여기서 내가 끼어드는 건, 어떤 형식으로든 이상했다.

"이미 나와는 관련 없는 이야기예요."

단호하게 말하고 신문을 덮었다.

소란이 일어났다. 둘째 딸의 행방을 찾았다며 갑자기 사라졌던 이스쿠아 자작 부부가 사라졌을 때처럼 돌연 나타난 것이다.

"황후가 이번엔 부모와도 친자 검사를 한 번 더 받아야 돼."

"저렇게 거짓말을 많이 하는데. 부모를 두고서 거짓말을 안 했을 리가 없잖아?"

이스쿠아 자작 부부가 나타나자, 안 그래도 활활 타오르던 불이 더욱 거세어졌다. 사람들은 이스쿠아 자작 부부가 라스타와 친자 검사를 하기를 바랐다. 그러나 놀랍게도, 자작 부부는 수도를 넘어 오자마자 바로 체포되어 감옥에 갇혔다. 이건 아무도 예상하지 못한 일이어서, 다들 영문을 몰라 어리둥절해졌다.

이스쿠아 자작 부부가 라스타의 친부모인지 아닌지는 아직 확실하지 않고, 라스타 황후도 곧 쫓겨나겠지만 아직 아무것도 정해지지 않았는데. 부모인 이스쿠아 자작 부부부터 감금되자, 사람들은 일이 어떻게 흘러가는 거냐며 수군거렸다.

이스쿠아 자작 부부의 죄목이, '황궁에 소속된 마법사의 조수를 암살 시도한 죄'란 이야기가 들렸을 때는 더욱 아리송해했다. 갑자기 여기서 황궁 마법사가 왜 나오는지, 사람들은 잘 이해하지 못했다. 그러나 귀족들은 이스쿠아 자작 부부와 마법사 조수 사이의 연관성을 비교적 빠르게 찾아냈다.

"그 마법사, 혹시 남궁에 머무는 그 여자 아닌가요?"

"황제 폐하께서 정부로 삼으려고 데려왔다는 그……."

"세상에. 그냥 평범하게 조수 일을 하면서 조용히 살길래 오해인 줄 알았더니. 진짜였나?"

한때 에벨리에 대한 화제로 떠들썩했기에, 귀족들은 이스쿠아 자작 부부가 황후 딸을 위해 일을 벌였거나, 라스타가 부모에게 에벨리 처리를 부탁한 거라 여겼다.

소비에슈는 소문이 그런 식으로 흘러간다는 걸 듣고서 차갑게 웃었다.

"그자들은 라스타의 친부모도 아니고, 기른 정도 없지. 자기들이 궁지에 몰리면 이 일의 배후가 라스타라고 물어뜯을 거다."

"일의 배후가 라스타 님일까요?"

"그게 중요한가?"

소비에슈는 친자 검사 이후 분노가 머리끝까지 달했다. 감정을 많이 드러내지 말라고 교육받은 탓에, 겉으로 보기에는 이런 엄청난 사건에도 흔들리지 않는 듯 보였으나, 속내는 아니었다. 그는 더 쌓이지도 못할 만큼 화가 쌓여 있었다.

게다가 항구 사건과 에르기 공작은 그에게 다시 커다란 분노를 안겨주었다. 에르기 공작이 다녀간 후. 소비에슈는 에르기 공작을 다시 설득해보고, 설득이 안 되면 협박이라도 해볼 생각이었다. 그러나 에르기 공작은 소비에슈에게 항구 이야기를 꺼낸 그날, 곧장 항구와 차용증 이야기를 언론에 터트렸다. 다음 날이 되자 이미 그 이야기로 신문이 뒤덮였고, 라스타에 대한 여론은 극도로 나빠졌다. 동정표만 받던 소비에슈도, 이 지경이 될 때까지 라스타를 추스르지 못했다며 현명하지 못했단 소리를 듣기 시작했다. 이에 소비에슈는, 글로리엠을 위해 빼돌려두었던 이스쿠아 자작 부부를 불러온 것이었다.

"이스쿠아 자작 부부는 준비되는 대로, 바로 에벨리 암살 사건 재판을 진행해라."

"예."

"조사 결과가 다 나와 있으니, 그자들이 벌을 피할 길은 없지."

소비에슈는 냉정하게 말하고서 의자에 앉아 검을 꺼내, 마른 수건으로 날을 닦기 시작했다. 그 손놀림은 당장에라도 검날에 베일 듯 위태로웠다.

카를 후작은 그런 소비에슈를 걱정스레 바라보다가, 조심스럽게 입을 열었다.

"저…… 한데 폐하."

소비에슈는 쳐다도 보지 않고 "무엇이냐." 하고 되물었다. 카를 후작은 다시 한번 소비에슈의 눈치를 살피며 말했다.

"베르디 자작 부인이, 공주님께서 아프시다고……."

카를 후작의 말이 끝나기도 전에 소비에슈가 멈칫했다. 머리카락 탓에 잘 보이지 않았지만, 순간 눈동자가 흔들렸다. 그러나 소비에슈는 곧 입술을 꽉 다물고 눈가에도 힘을 준 채 무뚝뚝하게 물었다.

"누가 공주란 거지?"

그건 그랬다. 황제와 피 한 방울 섞이지 않은 공주는 공주가 아니었다. 지금 글로리엠이 궁전에서 지내는 것도, 소비에슈에게 남은 미련 한 방울일 뿐.

아이에겐 죄가 없기에 약간의 동정심을 발휘했던 카를 후작도, 소비에슈의 진노를 거스르면서까지 라스타의 둘째를 챙길 마음은 없었기에 순순히 물러났다.

"그러면 무시하겠습니다."

카를 후작이 나가고 소비에슈는 다시 검을 닦기 시작했다. 하지만 그 속도가 아까보다 확연히 느렸다. 시선 역시도 검이 아닌 다른 곳을 방황했다. 그러다 결국 검에 베여 손가락에서 피가 흘렀다. 소비에슈는 피를 닦지도 못한 채, 멍하니 하얀 검신을 타고 흐르는 빨간 피를 바라보다가, 눈을 질끈 감고서 그림자처럼 부리는 비밀 호위를 불렀다.

"예, 폐하."

"……그 아이가 왜 아픈지, 어디가 아픈지, 얼마나 아픈지 알아보아라."

"예, 폐하."

호위는 감정을 보이지 않고 딱딱하게 대답한 후 나갔다.

소비에슈는 완전히 홀로 남게 되자 검을 내려놓고 눈을 감았다. 그 애는 그의 딸이 아닌데. 증오스러운 알렌 그놈의 딸인데. 아직도 그 아이에게 휘둘리는 스스로에게 화가 났다. 그러나 가파른 내리막길에 올라간 쇠구슬처럼, 소비에슈가 분노할 일은 끊이지 않고 튀어나왔다. 다음 날, 이스쿠아 자작 부부가 재판에서 보인 의외의 태도 탓이었다.

"그게 무슨 말이냐, 그자들이 라스타를 두둔하다니!"

소비에슈가 버럭 고함을 지르자, 그의 비서들은 모두 입을 다물고 아무 말도 하지 못했다. 그들 역시 예상하지 못한 일이다 보니 할 말이 없었다.

"기도 차지 않는군."

소비에슈는 헛웃음을 지으며 왕좌 손잡이를 꽉 쥐었다. 이스쿠아 자작 부부를 데려온 건 소비에슈가 아니지만, 라스타가 도망 노예 출신이라는 걸 알기에, 소비에슈는 그들이 라스타의 친부모가 아니라고 확신하고 있었다.

기른 정이 낳은 정만큼 깊기도 하지만, 이스쿠아 자작 부부는 라스타를 기른 적도 없고, 애정을 붙이기엔 알고 지낸 세월도 짧았다. 게다가 이스쿠아 자작 부부는 에벨리를 해치려 한 정황이 이미 확실하고, 서대제국에서도 엄중한 처벌을 부탁했기에 처벌을 절대 피할 수 없는 상황이었다.

이렇게 곤궁한 상황이니, 소비에슈는 당연히 그들이 궁지에 몰리면 라스타의 이름을 댈 거라 여겼다. 라스타가 정말 관여를 했든 하지 않았든. 그러나 공개재판에서, 이스쿠아 자작 부부는 사람들에게 손가락질을 받으면서도 라스타는 이 일에 관련이 없다고 딱 잘라 부정했다. 친부모라도 큰 벌을 앞두면 어떻게 나올지 모르는데, 대단한 결단이었다.

오히려 이 탓에 사람들은, 라스타가 정말 이스쿠아 자작 부부의 친자식이 맞는 것 같다고 수군거렸다. 다들 자작부부가 나타난 지 1년도 되지 않았단 걸 알기에, 가짜 딸이라면 이렇게까지 해주지 않을 거라 생각한 것이다.

"정말 라스타 님은 이 일에 관련이 없는 걸까요?"

"그렇다 하더라도……."

카를 후작은 이스쿠아 자작 부부가 '대단하다'는 말을 생략했다. 하지만 속으로는 그 작자들이 의외로 신의가 있다 여겼다. 실제로는 관련이 없다 해도 큰 죄를 앞두고 있으면 물귀신처럼 다른 사람을 끌어들이려 하는 이들이 많지 않던가. 게다가 카를 후작이 랑트 남작에게 듣기로, 이스쿠아 자작 부부는 라스타에게 늘 이런저런 명목으로 큰돈을 받아 갔다. 그런 거머리 같은 작자들에게 은혜와 신의가 있을 줄이야.

"어쩌시겠습니까, 폐하?"

"어쩌겠느냐. 짜증 나지만 없던 죄를 더할 수는 없지."

소비에슈는 한참 만에야 가까스로 화를 가라앉히며 차갑게 대답했다. 이 일을 시작으로 하나하나 라스타가 스스로를 변호할 여지를 없애려 했으나, 어차피 이 일이 아니어도 라스타를 황후 자리에서 물러나게 할 방도는 많았다. 굳이 없는 죄를 뒤집어씌우려고 시도하다 다른 죄도 누명은 아닐지 의심하는 사람을 만드느니, 없는 죄는 그냥 내버려둘 생각이었다.

그러나 사람의 일은 전혀 엉뚱한 방향으로 튀어나가기도 해서, 소비에슈가 마음을 접자마자 전혀 예상하지 못한 사람이 앞으로 나섰다.

"여기서 이렇게 보게 되는군."

이스쿠아 자작 부부는 감옥에 갇혀 쪼그리고 앉아 있다가, 낯설지 않은 중년 남자의 목소리를 듣고 고개를 들었다. 철창살 사이로 몇 번 오며 가며 보았던 사람이 보였다. 로테슈 자작이었다.

반갑지 않은 얼굴의 등장에, 이스쿠아 자작 부부의 표정이 굳어졌다. 라스타는 평소에 로테슈 자작에 대해 좋지 않은 이야기를 많이 했다. 이스쿠아 자작 부부는 로테슈 자작과 어울린 적이 없지만, 자연스럽게 그에 대해서 안 좋게 여기게 되었다. 그런데 그런 자작이 그들이 비참하게 되었을 때 찾아오니, 자존심이 상하고 기분이 좋지 않았다.

"무슨 일이오?"

이에 이스쿠아 자작 부인은 차가운 목소리를 내어 물었다. 몹시 쌀쌀맞은 태도는 기분이 상할 만했지만, 로테슈 자작은 감옥 바닥을 긁는 놋쇠 같은 소리로 웃었다.

"멍청하고 한심한 작자들 같으니."

그러고는 덧붙인 망언에, 이번엔 이스쿠아 자작이 발끈해서 로테슈 자작을 무섭게 노려보았다.

"뭐 하는 거요. 우리가 이 꼴이 됐다고 지금 비웃으러 온 거요? 그렇다면 잘못 찾아왔소. 우리는 에벨리 그년을 죽이려 하지도 않았고, 거짓 증거로 누명을 쓰게 되더라도, 고작 평민 하나 죽을 뻔했단 이유로 큰 벌을 받진 않을 거요."

말을 하다 보니 기쁜 듯, 이스쿠아 자작은 즐겁게 웃었다.

"하지만 그쪽은 다르지. 감히 황실에 자기 핏줄을 끼워 넣으려 했으니, 이건 황위를 찬탈하려는 역모나 다름없거든. 자기 목이나 신경 쓰는 게 좋을 텐데?"

그들은 로테슈 자작에게 저주를 퍼부을 정도로 사이가 나쁜 건 아니지만, 심적으로 궁지에 몰려 있었다. 양딸을 지키고 있단 자부심이 그들을 버티게 해주었지만, 사람들의 손가락질을 견디는 건 힘든 일이었다. 그런데 따지고 보면, 앞으로 자신들보다 더욱 딱한 처지가 될 게 로테슈 자작이니, 그를 모욕하면서 조금이나마 마음을 추스르려는 것이었다.

그러나 로테슈 자작은 두려워하는 대신 쓸쓸하게 웃었다. 문득 르베티를 찾아다니지 않고 알렌을 단속했더라면 일이 바뀌었을까…… 하는 생각이 들어서.

르베티에게 떠나라 당부한 후 저택으로 돌아와 사정을 자세히 알아보니, 알렌은 로테슈 자작이 자리를 비운 새에, 안을 데리고 소비에슈 황제도 만나고 라스타도 만나며 황궁을 돌아다녔다고 했다. 그야말로 한 손에는 기름을 다른 한 손에는 불을 들고 다닌 거나 다름없었다. 그런데 이스쿠아 자작 부부가 지금 그 일을 두고 로테슈 자작을 비난하니, 몹시 괴로워졌다. 로테슈 자작은 쓴 미소를 지으며 마지못해 수긍했다.

"그렇지."

그 순순한 태도에 이번엔 이스쿠아 자작 부부가 멈칫하려는 찰나. 로테슈 자작이 잔인하게 웃으면서 빈정거렸다.

"하지만 내 목이 위태롭다 한들, 나는 내 아이들을 지키기 위해 죽는 거니 부끄러울 게 없지. 그러나 당신들은 어떤가. 양딸, 아니, 양딸도 아니지. 키운 정도 없는 가짜 딸을 위해 친딸을 죽이려 하지 않았나?"

로테슈 자작은 생각만으로도 참 신기하다는 듯 쯔쯔쯔쯔 혀를 찼다.

"자네들은 죽어서도 눈을 감지 못할 거야."

그 이상한 소리에, 이스쿠아 자작 부부가 흠칫했다.

"친딸이라니? 무슨 말이요?"

이스쿠아 자작 부인은 놀라서 대놓고 물었다.

두 딸과 생이별을 한 후, 그들은 자식이란 존재에 집착하게 되었다. 그 애정이 비록 남들이 수긍하는 형태는 아닐지언정, 만난 지 1년도 안 된 가짜 딸을 위해 거짓 자백을 하지 않을 정도는 되었다. 그런데 여기서 친딸 이야기가 나오자 당혹스러웠다.

로테슈 자작은 음흉하게 웃었다.

"이런. 하도 자주 찾아가기에 이미 알고 그러는 줄 알았더니. 설마, 아직도 모르고 있었나?"

이스쿠아 자작은 얼굴이 굳어서 외쳤다.

"무슨 소리요! 똑바로 말을 하시오!"

"당신들이 지키려는 가짜 딸이, 당신들의 친딸을 찾았으면서 일 부러 감추고 있었다 이 말이다."

"그게 무슨⋯⋯."

"친딸이 누군데! 말을 해!"

이스쿠아 자작 부부는 어렴풋이 알아들었으면서도 공포심에 괜히 로테슈 자작을 다그쳤다. 말하는 뉘앙스를 보니 에벨리를 친딸이라 말하는 듯한데, 로테슈 자작이 말하는 뉘앙스가 사실이라면 참으로 잔인하고 무서운 일 아닌가. 그들은 흥분해서 로테슈 자작에게 고함을 질러댔다.

그러나 로테슈 자작의 입에서 나온 말은, 그들을 절망하게 만드는 말이었다.

"알아들었으면서 못 알아들은 척은. 에벨리. 에벨리. 황제 폐하의 두 번째 정부, 마법사 에벨리."

공기가 사라지기라도 한 듯 갑자기 분위기가 싸늘해졌다. 이스쿠아 자작 부인은 덜덜 떨다 두 손으로 자신의 얼굴을 감쌌다. 핏기 하나 없는 손에 파랗게 혈관이 두드러지면서, 그 사이로 드러난 입술이 창백해졌다.

"말도 안 되는⋯⋯ 그런 말도 안 되는⋯⋯. 거짓말이야!"

"우리가 그 말을 믿을 것 같소?"

이스쿠아 자작도 분노해 외쳤다. 그럴 줄 알았기에, 로테슈 자작은 비릿하게 웃고서 챙겨 온 고아원 서류를 내밀었다. 일을 확실하게 하기 위해 자신이 모은 다른 서류들도.

"물론 친자 검사를 하지 않았으니 확실하진 않지. 내가 직접 가

보았는데, 본인들이 안 오면 소용이 없다더군. 하지만 정황상 그 아이가 당신들이 잃어버린 딸일 가능성이 높소."

로테슈 자작은 말을 마치고서 구부리고 있던 무릎을 폈다. 이스쿠아 자작은 그에게 건네받은 서류를, 구길 듯 움켜잡으며 외쳤다.

"그걸 왜 지금 말하는 거지? 왜 이제야 말하느냐고!"

조금이라도 빨리 말했더라면, 이 지경이 아닐 때 말했더라면, 그들은 에벨리를 데리고 다른 나라로 피할 수도 있었다. 아니, 최소한 라스타를 위해 에벨리를 쫓아내려 하지 않았을 것이다. 그런데 상황이 궁지에 달해서야 로테슈 자작이 저딴 말을 하다니. 절대로 좋은 의도가 아닐 게 뻔했다.

"라스타가 내 딸을 죽이려 했거든."

로테슈 자작도 자신의 흑심을 부정하지 않았다.

"그러니 나도 더는 그 앨 감싸줄 필요가 없어서."

로테슈 자작은 이후 이렇게 해라 저렇게 해라 말없이 등을 돌려 나갔다. 저들이 그의 말을 믿건 안 믿건 그것도 저들의 결정일 거고, 어차피 저들은 이런 의혹이 생겼단 것만으로도 괴로워할 것이었다. 자기가 쥔 정보가 확실하지 않단 걸 알면서도, 그래서 굳이 던져준 거였다. 에벨리가 저들의 친딸이 아니라 한들, 로테슈 자작 본인에겐 어차피 상관없는 일이었으니.

로테슈 자작이 감옥 계단을 다 오르자, 저 바닥에서부터 속을 뒤집는 듯한 비명이 뒤에서 들려왔다. 그 소리를 듣고서야 로테슈 자작이 잠시 멈칫했다.

"빨리요."

그러나 그를 몰래 들여보내준 병사가 재촉하자, 로테슈 자작은 완전히 감옥 밖으로 빠져나온 뒤, 큼지막한 보석을 내밀어 병사에게 사례했다.

"빨리 가요."

병사가 재촉하기도 전에, 로테슈 자작은 빠른 걸음으로 감옥을 떠났다. 그 모습을 소비에슈의 그림자가 유심히 지켜보았다.

로테슈 자작은 그 길로 곧장 도시로 간 다음, 자신이 챙겨 온 금은보석들을 어음과 현금으로 바꾸는 작업을 했다. 이후 그 귀한 보물들을 평범해 보이는 가방에 넣고, 다시 평범해 보이는 상자에 넣어 뚜껑을 열지 못하게 못질했다.

이걸 모두 영지로 보낼 생각이었다. 손을 많이 댈 게 없는 영지인 데다 르베티가 영리하긴 하지만, 영리한 것과 영지를 잘 이끄는 건 달랐다. 르베티는 경험도 없고 영지를 다스리는 법을 배우지도 못했으니, 분명 이런저런 실수를 할 것이다. 그 실수를 무마하기 위해서는 많은 돈이 필요할 것이고, 이건 그때를 위한 것이었다.

로테슈 자작은 딸과 아내를 받쳐줄 상자를 손으로 몇 번 쓸고서, 뿌듯하게 저택으로 걸어갔다. 그러나 뿌듯한 기분은 아주 잠시. 몇 걸음을 가지 않아 눈물이 뚝뚝 흘렀다. 솔직한 심정으로는, 당장이라도 도망치고 싶을 만큼 무서웠다.

그러나 황제가 아량을 베풀어 재산을 정리하고 아내와 르베티를 구할 길을 열어주었다. 이 아량을 자신을 구하는 데 사용한다면, 자신은 물론 집안사람들 모두가 죽게 되리란 건 분명하니, 무서워도 계속 걸어가는 수밖에 없었다.

자작이 저택에 도착해보니, 이미 정원 한가운데에 검은 마차가 세워져 있었다. 고용인들을 모두 내보낸 저택은 벌써 활기를 잃고 황량했다. 집사가 마차 앞에 있다가 다가오며 아픈 소리를 냈다.

"주인어른……."

"이걸 가지고 가 아내에게 전해주게."

로테슈 자작은 자신이 신뢰하는 집사에게, 꽁꽁 끌어안고 챙겨온 상자를 내밀었다.

"주인어른, 차라리 주인어른께서 가시면 안 됩니까?"

집사는 울음을 꾹 참으면서 물었다. 집사는 로테슈 자작이 아주 젊을 때부터 함께해왔기에, 로테슈 자작의 아이들보다 로테슈 자작에게 더욱 마음이 쓰였다. 로테슈 자작이 중년의 나이가 되었지만, 집사에겐 아직 챙겨주어야 할 어린 동생 같았다. 그는 집안에서 한 명이 살아야 한다면 로테슈 자작이 살길 원했다.

"난 목숨을 구하기 어려워. 알렌이 그런 사고를 쳤으니……."

"주인어른……."

"자네만 믿겠네."

로테슈 자작은 집사의 어깨를 두드린 후, 그를 위해 따로 준비해두었던 돈이 가득 든 주머니를 꺼냈다.

"이건 자네 거야. 그럴 일은 없겠지만, 르베티가 달라 해도 주지 말고 혼자 쓰게. 우리 집안을 위해서가 아니라, 자네만을 위해서 사용해."

집사가 울면서 주머니를 받아 들자, 로테슈 자작도 눈물을 찔끔 닦으면서 주위를 둘러보았다.

"알렌은?"

신전에 가기 전부터 감옥에 갇혔던 알렌은, 로테슈 자작이 소비에슈와 거래를 한 후 잠시 풀려났다. 그런데 다시 보이질 않았다.

"기사들이 찾아와 끌고 갔습니다."

"……."

로테슈 자작은 허망하게 눈을 감았다. 집사는 훌쩍이면서 까만 옷소매로 눈물을 훔쳤다.

"자네도 가게."

"내일까지 모시겠습니다. 그러고 싶습니다."

"가게. 그게 날 돕는 거야."

집사가 마지못해 마부석에 오르자, 로테슈 자작은 직접 채찍을 내리쳐 말을 출발시켰다.

마차가 멀어지는 모습을 바라보면서, 로테슈 자작은 눈시울을 붉혔다. 아직 알렌이 어리고 르베티가 태어나지 않은 시절. 영지의 하나뿐인 후계자가 너무 멍청하다고 그가 화를 낼 때면, 건강한 아내는 언성을 높여 그와 싸웠다. 시간이 훌쩍 지나, 몸이 약해진 아내가 조그만 르베티를 안은 채 흔들의자에 앉아 노래를 부르던 게 떠올랐다. 시간이 더욱 지나, 뼈마디가 앙상해진 아내가 침대에 누운 모습이 떠올랐다. 그녀는 힘없이 숨을 몰아쉬면서도, 로테슈 자작이 손을 잡으면 최대한 힘을 짜내어 함께 꼭 잡아주었다. 그 창백한 손과 보라색의 핏줄…….

"여보…….."

로테슈 자작은 흐느끼다가 쓸쓸히 저택 안으로 들어갔다. 문득 알렌이 늘 안고 다니던 안은 어떻게 되었나 생각이 들었지만, 곧 그 애는 죽든 말든 상관없단 생각에 그 아이에 대한 건 옆으로 밀어버렸다.

"무슨 생각을 합니까, 퀸?"

해가 저물어가고 있었다. 정원에 푹신한 의자를 가져다놓고 붉어지는 하늘을 보고 있자니, 옆에서 부드러운 목소리가 들려왔다. 고개를 돌리자 하인리가 의자 등받이에 한 손을 올린 채 나를 따뜻한 눈으로 바라보고 있었다. 그의 보라색 눈동자와 노을의 붉은빛이 섞이며 평소보다 한층 신비로운 분위기를 자아냈다.

"표정이 좋지 않은데. 혹시…… 아직도 전쟁 일대기 때문에…….."

"아니에요."

나는 웃으면서 손을 뻗어 그의 뺨을 가볍게 문질렀다.

"전쟁 일대기는, 잔인한 부분, 어린아이가 듣기에 좋지 않은 부분만 빼서 오면 읽어도 괜찮다고 말했잖아요."

하인리는 약간 몸을 굽혀서 내 손에 자기 뺨을 문지르더니, 손바닥 위에 가볍게 입을 맞추었다 떼면서 걱정스레 말했다.

"하지만 퀸, 표정이 정말 좋지 않습니다."

"여러 가지로 심란해서……. 동대제국 소식 때문에요."

"기쁘지 않나요?"

"기쁘다기보단 고소하고 통쾌해요."

"그런데 왜요?"

소비에슈가 말한 사랑의 끝을 본 것 같아서. 사랑이 끝나면 사람이 어떻게 변하나 본 것 같아서.

물론 기사가 사실이라면, 라스타는 사랑으로도 덮어줄 수 없을 만큼 많은 잘못을 저질렀다. 하지만 한때 라스타를 위해 내 오빠에게 누명을 씌우고, 내가 억울해해도 그녀의 말만 듣던 소비에슈가 라스타와 멀어지고 있는 모습은, 참…… 묘한 기분이 들게 했다. 소비에슈는 이런 사랑을 위해서 날 버린 건가, 싶어서.

하지만 뒷말은 삼켰다. 우리의 사랑은 이제 막 시작인데, 굳이 끝을 이야기할 필요는 없잖아. 게다가 우리 부모님이 그랬듯, 우리의 사랑이 꼭 소비에슈의 사랑과 같은 결말일 리는 없다.

고개를 젓고서, 하인리의 목을 끌어당겨 그의 입술에 입을 맞추었다. 입안에서 낮게 들려오는 그의 신음이 듣기 좋았다.

"퀸. 이것도 태교에 안 좋지 않을까요? 아가 새가 들을 텐데."

"그대 신음은 내가 삼켰으니 못 들었을 거예요."

"한 번 삼킨 걸로 멈추지 않을 것 같은데요."

"괜찮아요. 아가 지금 자요."

"!"

이스쿠아 자작 부부는 멍하니 감옥 안에 있었다. 벽에 기대어 앉은 두 사람은 몸에서 영혼이 전부 다 흘러 내려간 사람처럼 초췌했다. 이스쿠아 자작은 계속해서 차가운 돌바닥을 손가락으로 긁고, 이스쿠아 자작 부인은 자신의 머리카락을 잡아당겼다 놓기를 반복했다. 둘 다 낯빛이 창백하고 눈 밑이 퀭해서, 부부가 아니라 동일한 사람처럼 보일 정도였다.

"이것들이 미쳐가나."

간수가 하고 간 말에도 상처조차 받지 않았다. 그들에겐 간수가 던진 조롱보다, 로테슈 자작이 던진 진실이 더욱 괴로웠다. 그게 진실일지 의심하면서도.

"사실일까요?"

한참 만에야 이스쿠아 자작 부인이 힘겹게 물었다.

"정말 그 마법사가…… 우리 딸일까요?"

"나도 모르겠습니다. 하필 말을 한 사람이 로테슈 자작이다 보니."

"하지만 로테슈 자작은 우리와 직접 엮인 적이 없잖아요. 그가 아이를 두고서 이 와중에 우리에게 거짓말할 이유가 있을까요?"

"그렇지요."

"하지만 그자가 주고 간 자료가 부족한 것도 사실이니……."

이스쿠아 자작 부인은 말을 하면 할수록 더욱 괴로워져서 탄식했다. 이스쿠아 자작도 역시 무거운 한숨을 내쉬고서 두 손으로 머리를 감쌌다.

"생각해보니 좀 우리를 닮은 것 같기도 해요."

"내 눈 색과 당신 머리카락 색을 닮았지요."

"그렇게 나쁜 아이도 아니었어요. 라스타 편을 들다 보니 나쁘게 보였지만, 상황 때문에 그런 거죠."

"맞습니다. 오히려 영리한 데다 열심히 살고 있었는데······."

말을 하면 할수록 에벨리는 나쁜 점이 없었던 것 같고, 말을 하면 할수록 왜 그렇게 그 아이를 나쁘게 보았나 이해가 가지 않았다. 딸의 적이라 생각했을 때에는 그렇게 모질고 못되어 보이던 여자가, 딸일지도 모른다 생각하니 모든 행동이 다 똑똑하고 야무지게 여겨졌다. 그들의 눈을 막고 앞을 가리던 편견이 이제야 벗겨진 것이다. 그러나 에벨리가 참 좋은 아이였단 생각이 들수록 부부는 더욱 괴로워졌다.

"일단 그 애를 만나봐야 하지 않을까요?"

"만나서 무어라 한단 말입니까."

"우리가······."

"그 아이가 좋아할까요?"

"그렇다고 얽힌 관계를 이대로 둘 수는 없잖아요."

이스쿠아 자작 부인의 말이 옳았다. 평민 아이를 죽이려 했단 누명을 쓴다 한들, 귀족인 그들은 벌을 크게 받지 않는다. 그들은 곧 감옥에서 나가게 될 텐데. 에벨리가 정말 친딸이라면 어떻게 해서든 꼬인 인연을 풀어야 했다.

그때.

감옥 계단을 누군가 내려오는 소리가 났다. 돌로 된 계단은 누가 내려오든 발소리가 잘 울리는 구조여서, 부부는 말을 멈추고 계단을 내려오는 사람이 누구인가 살폈다. 만약 간수가 내려오는 거라면, 그들에게 돈을 쥐여주고 에벨리를 데려와달라 할 생각이었다. 그러나 모습을 드러낸 사람은 뜻밖에도 에벨리 본인이었다. 이스쿠아 자작 부부는 놀라서 에벨리를 쳐다보았다. 에벨리 역시 감옥 철창 밖에서 부부를 쳐다보았다. 서로 다른 온도의 시선이 어지럽게 얽혔다.

"에벨리 양이 여긴 어쩐 일로 온 건가요?"

딸의 차가운 태도에 마음이 아팠고, 딸을 가까이서 보고 싶었고, 딸을 좀 더 자세히 살피고 싶었고, 그동안 어떻게 지냈는지 묻고 싶었으나, 이스쿠아 자작 부인은 애써 미소 지으면서 물었다. 그러나 태연하게 대하려 해도 이미 목소리는 양의 울음소리처럼 떨렸다.

"두려우신가 보네요."

에벨리는 그런 이스쿠아 자작 부인을 돌을 보듯 바라보며 중얼거렸다. 말투는 건조하고 눈빛은 무심했으나, 그 안에서 느껴지는 건 철저한 경멸이었다. 이스쿠아 자작 부부는 그런 감정을 느끼고 슬퍼졌다.

"에벨리 양……."

이번에는 이스쿠아 자작이 조심스럽게, 힘겹게 에벨리를 불러보지만, 에벨리는 더욱 차갑게 되물었다.

"오늘은 천한 거라 안 부르시네요?"

부부는 자신들이 에벨리에게 한 말들이 떠올라 흠칫했다. 자기들이 한 말이 비수가 되어서 다시 돌아와 가슴에 박혔다. 부부는 친딸 이야기는 꺼내지도 못하고 힘겹게 에벨리를 바라보았다. 에벨리는 태연하게 웃고 있었다.

"밖에서 그렇게 의기양양하시더니. 이 안에 오니까 무척 의기소침해지셨어요."

"에벨리 양. 꼭 하고 싶은 말이 있어요."

"뭔데요?"

"사과를 하고 싶어요. 그동안 했던 말들…… 모욕들…… 그런 것들에 대해서."

이스쿠아 자작 부인은 재차 떨리는 목소리로 입을 열었다. 그러나 에벨리는 입술 끝을 슬쩍 뒤틀면서 손을 들어 막았다.

"아, 사과 안 하셔도 돼요. 어차피 진심도 아닐 거고."

에벨리가 "안 그래요?" 하고 덧붙이자, 부부의 얼굴에서 피가 빠져나갔다.

"지금 저한테 사과하면, 제가 법정에서 뭐 유리한 증언이라도 해줄까 봐 그러는 것 같은데요. 전 그럴 맘 없거든요."

"그런 게 아니에요, 에벨리 양."

"갑자기 존대해주시는 것도 어색하네요. 하던 대로 하세요. 재수 없게."

에벨리는 매정하게 말하고서 뒤로 물러났다. 마치 이 안에서 풍기는 악취를 견딜 수 없다는 듯이. 그 모습은 다시 이스쿠아 자작 부부에게 큰 상처가 되었다.

"왜 왔냐고 물어봤죠? 그냥 구경하러 왔어요. 당신들도 그냥 나

구경하러 내가 사는 데 찾아와서 욕하고 갔잖아요. 나도 그냥, 똑같이 해보러 왔어요."

에벨리의 말 한마디 한마디가 이스쿠아 자작 부부에게 비수가 되었다.

"……좀 궁금하기도 하고. 대체 내 어디가 그렇게 거슬려서, 날 죽이려고까지 했을까. 이런 거요."

"에벨리 양. 오해가 있어요. 우리가 에벨리 양에게 못되게 굴긴 했지만, 이번 사건과는 무관합니다. 정말로."

"그건 재판장님한테 말씀하시고."

에벨리는 딱딱하게 말하고서 뒤로 다시 한 발자국 물러났다. 그러고는 감상하듯 부부를 빤히 바라보다가, 하하 기계적으로 웃고서 돌아서서 나갔다.

"부모를 보면 자식을 알 수 있다 했죠."

그러다가 돌연 멈추어 서서, 고개도 돌리지 않고 입을 열었다. 부모 자식 이야기에 이스쿠아 자작 부부의 표정이 처연하게 굳었지만, 뒤돌아 선 에벨리는 볼 수 없었다. 물론 보았다 해도, 저들을 적으로 여기는 그녀는 개의치 않았을 것이다.

"당신들과 라스타를 보면 진짜 그 말이 딱 맞아요. 따로 떨어져 살았는데도 라스타가 당신들처럼 못된 걸 보면, 아마 당신들 둘째도, 당신들과 똑같은 쓰레기일 거예요."

이스쿠아 자작 부인은 눈물이 계속 흘러 감당이 되지 않았다. 무어라 말을 하고 싶은데 목이 메어 소리도 나오지 않았다. 에벨리가 탕탕 소리 내어 계단을 올라갈 때마다, 그녀의 마음도 소리 내어

울렸다. 쾅 소리가 나며 문이 닫히자, 이스쿠아 자작은 무너지듯 엎드려서 통곡했다. 한참을 그렇게 울고 난 뒤에, 이스쿠아 자작 부인은 주먹을 꽉 쥐고 매섭게 말했다.

"난 저 애의 부모가 되지 않을 거예요."

이스쿠아 자작이 놀라서 쳐다보자, 이스쿠아 자작 부인은 비통한 얼굴로 가슴께를 누르며 낮은 목소리로 말했다.

"우릴 저렇게 싫어하고 혐오하는데. 어떻게 우리가 자기 부모라고 말해요. 우리가 자기 부모란 걸 알면, 저 애는 우리가 자길 모욕한 말에 고통스러워하고, 자기가 우리에게 한 말이 떠올라 고통스러워할 텐데."

"부인 말이 맞습니다."

이스쿠아 자작은 침통하게 자작 부인의 말에 동의했다. 그러고는 주먹을 꽉 쥐고 눈을 부릅뜨며 각오했다.

"에벨리에게 진실을 밝힐 게 아니라, 라스타를…… 진실을 알고서도 감추고 이간질해 부모가 자식을 해코지하게 만든 라스타를 처리해야 합니다."

"맞아요. 게다가 라스타는 이번 사건에서 무사히 빠져나가면 분명 다시 에벨리에게 해코지를 하려 들 거예요."

"어쩌면 이번 마차 건도, 라스타가 좀 더 일을 크게 벌였는지도 모르지요. 마차 사고를 내어 에벨리를 죽이려고요."

이스쿠아 자작 부부가 법정에서 내내 해온 주장은 사실이었다. 그들은 에벨리에게 겁을 주어 먼 곳에 쫓아버리라 사주했지만, 에벨리를 죽이라고는 하지 않았다. 그들은 뼛속 깊이 에벨리를 미워하고 하찮게 여겼지만, 그렇다고 목숨을 빼앗을 마음은 없었다.

그들은 사건이 터진 후, 대체 어디에서부터 뭐가 잘못되었기에 이렇게 큰 오해가 생긴 걸까 의아했다. 하지만 라스타가 한 짓은 절대 아니라 믿었는데. 라스타가 에벨리의 진짜 정체를 알면서도 내내 감추었단 걸 알고 나니, 마음이 바뀌었다. 라스타는 충분히 그런 짓을 할 만한 악당으로 보였다.

이스쿠아 자작 부부는 차가운 시선을 교환했다. 증언을 바꾸어 마차 사건이 라스타의 사주로 이뤄졌다 거짓말한다 해도, 귀족의 특권을 가진 건 그들만이 아니었다. 외국 귀족인 그들도 특권 덕에 큰 벌을 받지 않을 텐데. 현재 황후 신분인 라스타야 두말할 필요도 없었다. 벌을 받아봐야 형식적일 터. 이 정도로는 라스타에게 복수할 수 없었다.

"절대 그런 짓을 하지 못하게, 우리가 라스타를 에벨리 인생에서 치워줘야 해요."

"굳이 왜⋯⋯?"

하인리가, 데뷔탕트를 치르지 않은 영애와 영식들을 불러 간단한 무술과 학식을 시험해보겠다고 뜬금없이 발표했다. 나로서는 전혀 이해가 가지 않는 발표였다. 각 귀족들은 입주 가정교사를 두거나 재능 있다 칭송받는 귀족들을 스승으로 초빙해서, 저마다 가풍에 따라 다양하게 아이들을 교육하고 있는데. 굳이 하인리가 나서서 이런 행동을 할 필요가 있나?

이 이야기를 전해준 로즈는 잠시 생각해보다가 물었다.

"곧 태어날 아기님 때문이 아닐까요?"

"그럴까요?"

"네. 곧 태어날 아기님이 성장했을 때는, 지금의 어린 귀족 자제들이 한창 활약할 나이가 되어 있을 테니까요. 자질을 미리 보고 싶으신 걸지도 몰라요."

그러자 옆에서 로라가 끼어들었다.

"나이 차이가 많이 안 나면 아기님 말벗으로 삼으실 수도 있겠네요."

주베르 백작 부인도 자수를 놓으며 한마디를 보탰다.

"다 필요 없고. 제 생각엔 이거예요. 즈멘시아 노공작을 약 올리고 싶으신 거죠."

마스타스도 주베르 백작 부인 쪽에 수긍했다.

"아. 하긴. 즈멘시아 가문에도 초대받을 나이대 아이가 둘이나 있는데, 초대장을 한 통도 보내지 않았다고 들었습니다."

의견을 하나씩 내민 시녀들의 시선이 모두 내게 몰렸다. 하인리의 의도가 어느 쪽 같은지 물어보는 듯했다.

사실 내 생각도 주베르 백작 부인과 같았다. 하인리는 소비에슈를 약 올리기 위해 그가 보낸 선물을 파티에 하고 다닐 정도이니, 즈멘시아 노공작을 약 올리기 위해 그런 짓을 한다 해도 이상하지 않았다.

하지만……

"곧 태어날 아기 때문인가 보군요."

차마 하인리의 성격을 솔직하게 말할 수 없어서, 나는 일부러 적당히 둘러댔다. 말을 하고 나니 나도 그의 내숭에 일조를 하는 것 같아서 기분이 묘하지만.

그런데 한참 대화 중일 때였다. 뜻밖의 손님이 방문했다. 샬렛 공주였다. 의도한 건 아닌데. 그녀가 왔단 소리에, 나와 시녀들이 동시에 마스타스를 쳐다보았다. 마스타스는 멍하니 입을 벌리고 있다가 흠칫해서 반박했다.

"아니, 왜 다들 날 쳐다봅니까?"

일단 가까스로 화해한 나라의 공주를 오래 기다리게 할 수 없으니, 나는 샬렛 공주에게 안으로 들어오라고 했다. 잠시 후 응접실로 들어온 샬렛 공주는, 프릴이 풍성하지만 실루엣이 깔끔한 크림색 드레스를 입고, 안경을 끼고 있었다. 이전에 만났을 때도 지적으로 보였는데. 지금 모습을 보니 정말로 궁중에서 일하는 학자 같았다.

"황후 폐하. 그간 잘 지내셨는지요?"

말하는 목소리도 단정하고.

"샬렛 공주도 잘 지냈나요?"

"예. 공부할 겸 수도 인근을 쭉 돌았는데, 확실히 강대국답게 여러 가지 체계가 잘 잡혀 있더군요. 도움이 되었습니다."

"도움이 되었다니 기쁘네요."

그런데 어째서일까. 말을 하면서도, 이상하게 자꾸 마스타스 쪽을 쳐다보게 되었다. 막상 마스타스는 시무룩해진 얼굴로 자기 구두만 내려다보고 있는데도.

아, 구두에 뭐가 묻어서 내려다보고 있구나. 어디서 묻혀 온 건지 검은 구두코에 희끄무레한 게 묻어 있었고, 마스타스는 슬프게 그 얼룩을 보고 있었다.

샬렛 공주가 떠난 후에는, 마스타스는 아까보다 기운이 쪽 빠진 듯했다. 시녀들이 괜스레 걱정되어서 주위를 맴돌며 말을 걸 정도로.

"아무렇지 않습니다. 제가 기운 빠질 일이 뭐가 있다고요."

마스타스는 얼굴이 붉어져서 둘러대고 자리를 떴지만, 이후 나는 마스타스가 정말로 코샤르 오빠를 좋아하는 건 아닐까 계속 생각하게 되었다. 그날 저녁까지도 그 생각은 내내 계속되어서, 결국 하인리가 마주 보고 앉아 식사를 하다가 물을 정도였다.

"퀸? 고민거리라도 있습니까?"

"고민거리는 아닌데……."

"뭐가 있군요?"

별일 아니라고 대답하려다가, 문득 그가 바람둥이로 유명했단 게 떠올랐다.

본인 말에 따르자면 바람둥이 흉내를 냈을 뿐이라지만, 흉내도 아무나 내진 못하잖아? 내게 바람둥이 흉내를 내라고 하면 당황해서 평소보다 더 얼음장처럼 굴 테고, 로라는 바람둥이 흉내를 내라고 하면 어색하게 흉내를 내보려다가, 곧 자기가 더 웃겨서 데굴데굴 구를 테니까.

그래. 하인리에게 물어봐야겠다. 하인리라면 사람과 사람 사이의 연애 문제에 대해 잘 알겠지.

"하인리."

"네, 퀸."

"그대는 애정 문제에 정통한가요?"

그런데 하인리는 포크를 입에 물고 고개를 도리도리 저으며 거짓말했다.

"아니요."

"그래도 조금은 알지 않나요?"

"아닙니다, 퀸. 제 인생에 여자는 퀸 하나뿐인데, 퀸에 대해서도 정통하지 않은 제가 여자에 대해 정통할 리가 없잖습니까."

"그래도 바람둥이 노릇을 오래 했으니, 어느 정도는 알 거 아닌가요."

"아닙니다."

……뭐지. 너무 발뺌하니 수상한데.

그냥 어느 정도만 안다고 하면 다른 사람 이야기인 척 떠보려 했는데. 그의 과거를 수많은 사람들이 알고 있는데 저러니까, 꼭 도둑이 제 발 저리는 것 같잖아?

"그러면 그동안 바람둥이 생활은 어떻게 했나요?"

"흉내만……."

"흉내도 뭐 아는 게 있으니까 냈을 거잖아요."

시선을 회피하는 걸 보니 더욱 의심스러운데?

문득 그에게 좀 더 옛날 일을 캐묻고 싶어졌지만…… 가까스로 그 충동을 참아냈다. 우리가 간신히 한마음이 되어 서로를 사랑하게 되었는데. 이미 지난 일을 가지고 묘한 기류를 형성하고 싶진 않았다.

게다가 하인리를 추궁하려고 이 화제를 꺼낸 게 아니잖아?

나는 일부러 아무렇지 않게 웃으면서 아까의 화제를 옆으로 넘겼다.

"그대 과거를 묻는 게 아니에요. 그러면 애정 문제에 정통하지 않다고 치고. 그냥 질문에 조언만 해줘요. 다른 사람 애정사 문제로 물어보고 싶은 게 있어서 그래요."

그러나 하인리는 이번에도 딱 잘라 거절했다.

"하지만 퀸, 저는 그런 문제엔 문외한이니, 퀸이 남의 애정사 문제를 물어도 대답하기 어렵습니다."

그리고 그 말을 듣는 순간. '역시 도둑이 제 발 저리는 거 같은데?' 하는 생각이 들면서, 좀 기분이 상했다. 그러면서 입 밖으로 무의식중인 생각이 툭 튀어나가버렸다.

"이 내숭쟁이가?"

"예?"

하인리가 눈을 동그랗게 떴다. 방금 무슨 소리를 들었는지 모르겠단 듯이. 나는 황급히 스푼을 입에 물고서 아까 하인리가 그랬던 것처럼 열심히 음식을 먹는 시늉을 했다.

"귀여워. 퀸은 귀여워. 퀸도 귀여운데 퀸은 더 귀여워."

다음 날 아침. 맥켄나는 기분 좋게 집무실로 들어오다가 몹쓸 소리를 듣고 말했다. 맥켄나는 멍하니 멈춰 서서, 책상 앞에서 춤을 추는 하인리를 쳐다보았다. 두 배로 괴로워진 그는 눈을 가리고 작게 비명을 토해냈다.

"제 눈과 귀가 괴롭습니다! 그만하세요!"

"아, 맥켄나."

"도대체 아침부터 뭘 하시는 겁니까!"

맥켄나는 씩씩거리며 눈에서 손을 치우고 항의했다. 이렇게 햇볕이 따스한 날에 저런 보고 듣기 괴로운 노래를 부르고 춤을 추다니. 이건 따뜻한 날씨에 대한 모욕이었다. 그러나 하인리는 기분이 몹시 좋았기에, 맥켄나의 그런 태도조차 귀엽게 받아들이고서 칭찬했다.

"너도 귀엽다."

"으악! 그만하세요!"

맥켄나는 더욱 괴로워져서 두 팔을 감싸고 오소소 떨었다. 평범한 사촌이라면, 정말 등짝을 한 대 짝 때리고 싶은 발언이었다.

"대체 아침부터 왜 이런…… 그런…… 말씀을 하시는 겁니까? 아니, 말씀하지 않으셔도 됩니다. 보나 마나 또 황후 폐하께서 '퀸은 귀여워' 이거 해주셨겠지요."

하인리는 고개를 저었다.

"아닌데. 이번엔 내가 퀸에게 감동받아서 하는 말이었다."

"예?"

맥켄나는 다른 의미로 소름이 돋았다. 저 '귀여워 귀여워'가 얼음과 철을 5대 5의 비율로 섞어서 조합해놓은 것 같은 나비에 황후에게 한 말이라고?

하인리는 뿌듯하게 웃으면서 두 손으로 자신의 뺨을 감쌌다.

"퀸이 내게 '요 내숭쟁이!'라고 하더라."

"……예?"

맥켄나는 입을 맹하게 벌리고 뒷걸음질 쳤다. 그는 당황해서 자신의 귀를 툭툭 두드렸다.

"뭐라 말씀하셨다고요?"

"내게 별명을 만들어주었다고."

"근데 그건 황후 폐하의 말투가 아닌데요?"

"아…… 물론 말투는 좀 달랐지."

"어땠는데요?"

"'이 내숭쟁이가!'였던가?"

하인리가 나비에의 말투를 따라 하자, 맥켄나의 표정이 비웃음 반 동정 반으로 일그러졌다.

"그거 그냥 욕하신 거 아닙니까?"

보통은 시녀 중에서 유모를 뽑았다. 하지만 나는 동대제국에 있을 때보다 시녀 숫자가 적어서, 현재 내 시녀 중 기혼은 주베르 백작 부인뿐이었다. 그러나 그녀는 수석시녀 역할을 해주고 있었고, 자신과 남편, 가문 모두 동대제국 사람이니, 서대제국 황실 첫아이의 유모로 삼기엔 적합하지 않았다.

앞으로 태어날 아이는 후계자가 될 가능성이 높은데. 아무래도 서대제국 사람들 입장에선, 동대제국 출신 어머니와 동대제국인 유모를 둔 아이가 너무 동대제국 식으로 성장하는 건 아닐지 걱정이 될 테니 말이다.

하지만 유모는 아이에게 부모만큼 큰 영향을 끼칠 수 있는 존재이기에, 나와 가깝지 않은 사람으로 두는 건 내가 꺼려졌다. 결국 하인리와 상의 끝에, 아이를 길러본 적이 있는 귀부인들을 여러 명씩 초대해 대화를 나누어보면서 유모를 고르기로 했다.

그렇게 해서 우선 차를 마시며 대화를 나누자는 핑계를 대고 근처에 사는 귀부인 여섯 명을 불렀다. 요즘 들어 귀부인들은 내게 거의 호의적이었기에, 우리는 여러 가지 화제로 자연스럽게 대화를 시작했다. 처음에는 날씨를 화제로, 동대제국의 논란을 화제로, 최근 사교계에서 벌어진 일들에 대해 이야기를 나누었는데, 그러다 보니 자연스럽게 즈멘시아 가문 이야기도 흘러나왔다.

"황후 폐하. 혹시, 최근 즈멘시아 공작 부부와 아이들이 저택에서 쫓겨난 걸 아시나요?"

나는 언제 유모 이야기를 꺼낼까 생각하다가, 예상치 못한 이야기에 조금 놀라서 고개를 저었다. 아무것도 모르는 상대에게 새로운 소식을 전하는 건 소소하지만 즐거운 일인지라, 귀부인들은 얼른 앞다투어 소식을 전해주었다.

"황후 폐하. 즈멘시아 노공작이 아들과 며느리, 손주들을 빈손으로 내쫓았다고 합니다. 확실한 정보예요. 제가 데리고 있는 하녀의 자매가 그 집에서 일하고 있거든요."

"정말인가요? 빈손으로?"

"그럼요, 황후 폐하. 즈멘시아 공작이 물려받은 건 사실 아직 작위뿐이고, 재산은 물려받지 못했잖습니까. 가지고 있는 개인 재산은 다 크……."

귀부인 한 명이 말을 하다 말고 내 눈치를 살폈다.

'크리스타가 준 것이로구나.'

괜찮다고, 계속 말하란 신호를 보내자, 귀부인은 그제야 안심해서 계속 이야기했다.

"흠흠. 죄송합니다. 다 크리스타 님에게 받은 거거든요. 그런데 전부 놔두고 가라 하니, 결국 빈손으로 쫓겨난 거지요."

"왜 그렇게까지 한 건가요?"

귀부인들이 다시 서로 눈치를 보았다. '누가 이 이야기를 꺼냈냐'고 서로 질책하는 듯했다. 다시 한번 괜찮다고 말하자, 결국 한 명이 마지못해 말했다.

"황제 폐하께서 어린 귀족 자제들을 황궁에 부를 때, 그 집 두 아이만 빼고 초대하셨지요."

그랬지.

"그 일로 즈멘시아 공작이 노공작에게 항의하다가, 크리스타 님을 두고서 말을 몹시 험하게 한 모양이었습니다.

"전해 들었는데, 정말로 험하게 하긴 했어요."

"크리스타 님의 시체를 태워 재를 모아서라도 황제 폐하께 가져갈 거라고, 죽은 동생보다야 자신과 아이들 앞길이 당연히 중요한 거 아니냐 했나 봐요."

이번에는 귀부인들이 다 같이 혀를 찼다.

"죄송합니다, 황후 폐하. 하지만 크리스타 님이, 다른 건 몰라도 자기 가족에겐 정말로 잘했거든요."

"두 사람은 어릴 때부터 남매간에 정이 아주 깊고, 크리스타 님은 왕비님이 된 후에도 친정을 잘 챙겨서 다들 보기 좋다 했는데."

문득 오빠가 생각난다. 지금은 날 잘 챙겨주고 날 우선해주는 오빠이지만, 샬렛 공주와 결혼을 하면, 아니, 꼭 샬렛 공주와 결혼하지 않더라도 결혼을 해서 자기 가정이 생기면 오빠도 즈멘시아 공작처럼 변할까? 나와 자기 식구가 대립하게 되면, 오빠도 그땐 나를 버리고 자신의 아내와 아이들을 선택할까? 반대로 나는? 오빠와 하인리가 대립하게 되면 누구를 선택할까?

"제소해서라도 자기들 재산을 찾아올 거라고 씩씩거리던데, 앞으로 그 가문도 많이 시끄러울 것 같습니다."

다른 사람의 흥망성쇠를 논하는 일은 흥미롭지만 동시에 쓸쓸한 일이기도 했다. 특히 그 가문이 몰락하게 된 계기가 나와 하인리의 결혼이라면, 더욱 이런 이야기는 흥미롭지 않았다. 물론 그 가문은 내게 한 짓이 있으니, 잘 살고 있다면 더 쓸쓸했겠지만.

어쨌든 더 얘기할 화제는 아니다 싶어서, 나는 차츰 분위기를 보다가 이번에 귀부인들을 부른 목적을 솔직하게 이야기했다. 아이를 낳은 기혼자들만 불렀으니 다들 오면서 무슨 목적인지 짐작은 했겠지만……. 황자 황녀의 유모가 되는 건 영광스러운 일인 동시에 막중한 책임과 시간을 필요로 한다. 당연히 원하지 않는 사람도 많았다. 원치 않는 책무를 강요하는 건 서로에게 좋지 않으니, 신중하게 의견을 물어야 했다.

귀부인들은 내가 유모 이야기를 꺼내자 그럴 줄 알았다는 듯 미리 준비한 대답을 했다. 몇몇은 다른 사람을 추천했고, 몇몇은 육아 방식에 대해 견해를 드러냈고, 일부는 자신들이 해보고 싶다고 자원했다. 나는 앞으로도 여러 귀부인을 만날 거란 이야기를 한 후에, 이다음 순서로 내일 만날 귀부인들이 누구인지도 미리 알려주었다. 그런데 내일 만날 다섯 명째 귀부인을 말했을 때, 귀부인들의 표정이 희한해졌다. 마치 '그 사람을?' 하는 표정이었다.

'왜 저러지?'

의아해서 말을 멈추고 보자, 그중 하나가 당황한 얼굴로 난처하게 웃으며 말했다.

"저어…… 황후 폐하. 그 부인은, 선왕 전하의 정부였답니다."

다과회가 끝난 후. 나는 일부러 시녀들과 호위들을 물리고 혼자 정원을 산책했다. 뜻밖에 알게 된 정보 때문에…… 지금은 혼자 생각을 정리하고 싶었다.

내가 내일 초대한 사람 중에 선왕의 정부가 있다니.

'왕의 정부'라고 하면 생각나는 사람이 라스타인지라, 내일 선왕의 정부를 만날 생각을 하자 그리 내키지 않아졌다. 하인리가 다른 귀부인에게 반할까 봐 걱정이 되는 게 아니라, 그냥 누군가의 정부였던 사람을 내 아이의 유모 후보로 만나고 싶지 않았다.

하지만 초대를 취소하자니, 상처를 준 당사자인 소비에슈와도 필요할 때는 얼굴을 보고 대화를 나누었는데, 은원 관계가 없는 사람을 미리부터 배척해도 괜찮은 건가 싶어 망설여졌다.

난 사교계의 중심이 아니지만, 그래도 위치가 위치인지라, 내가 어떤 사람을 멀리하는 티를 대놓고 드러낸다면 다른 귀족들도 덩달아 그 사람을 멀리할 텐데. 갑자기 초대를 취소했다가, 그 사람이 사교계에서 궁지에 몰리진 않을까? 내 행동 하나하나에 책임이 따르는 만큼, 나는 좀 더 객관적으로 사람들을 대해야 하지 않을까?

그때였다. 마차에서 물건을 나르는 하인들의 모습이 눈에 들어왔는데, 그중에 한 명이 괜히 눈에 거슬렸다. 왜 거슬리나 생각해보니, 한 번도 보지 못한 사람이었다. 나는 근처에서 일하는 궁정인들 얼굴을 모두 다 아는데도.

'새로 들어왔나?'

하지만 최근 나는 꼭 나서야 할 공무 외에는 보지 않으니, 그사이에 누가 새로 들어왔을 가능성도 있었다. 눈이 마주치자 꾸벅 인사하고서 다시 짐을 나르는 걸 보니, 저쪽은 날 아는 눈치인데…….

그 모습을 보다가 뒤를 돌아 다시 왔던 길을 돌아갔다.

그런데 멍하니 잔디 위를 걸어가다가, 회랑으로 들어가기 전 반질반질한 기둥에 시선이 갔을 때였다. 기둥에 아까 그 낯선 하인이 따라오는 게 비치었다. 발소리는 전혀 나지 않았는데.

놀라서 심장이 뛰었다. 단순히 같은 방향일지도 모르지만, 모르는 사람이 소리를 죽여 쫓아온 상황이다 보니 혹시 나쁜 속내가 있진 않나 염려되었다. 하인리 반대 세력의 상당수가 몸을 낮추고 조용히 항복을 선언했으나, 혹시 모르니까.

생각 끝에 일단 상대를 미끄러지게 할 계획을 세우고서, 재빠르게 기둥을 통해 위치를 가늠하자마자 그자의 발밑을 얼렸다. 그러나 마력을 다루는 게 미숙한 내가, 기둥에 반사된 모습만으로 마력 거리를 측정하긴 어려웠나 보다.

으악 하는 소리와 풀썩 소리가 나서 돌아보니, 하인이 발밑이 아니라 다리가 꽁꽁 얼어붙은 채 넘어져 있었다. 이걸 어쩌나 싶어 쩔쩔매다 "괜찮으냐?" 하고 내가 한 게 아닌 척 묻는 사이. 비명을 들은 한 무리의 병사들이 이쪽으로 달려오다가 놀라서 외쳤다.

"침입자다!"

"침입자가 사람을 공격했다!"

"침입자를 잡아라!"

고함을 지르며 달려든 그들은, 나를 알아보고는 더욱 사색이 되어 외쳤다.

"황후 폐하, 서둘러 피하십시오!"

아니, 그게……

얼마 지나지 않아, 내가 놓아두고 온 랑드레 자작의 부하들도 이쪽으로 달려오면서 소란이 더욱 커졌다. 낯선 하인은 찔리는 바가 있는 듯 기사들을 보자 더욱 사색이 되어서 발버둥 쳤는데, 나중에는 그 모습을 수상하게 여긴 랑드레 자작이 하인의 목에 검을 들이밀면서 소란은 더더욱 커졌다.

소란이 잦아든 후에는, 눈 깜짝할 사이 나는 환자가 되어 내 방 침실에 누운 채 궁의의 진찰을 받고 있었다.

"세상에. 무척 놀라셨습니다. 안정하셔야 합니다, 황후 폐하."

내 심장이 유난히 빨리 뛰자, 궁의는 걱정스럽게 당부했다. 그러고 있자니 작게 웃는 소리가 들렸다. 소리가 난 쪽을 보니, 하인리가 문가에 기대어 웃음을 참고 있었다.

"퀸, 얼음 마법을 쓰는 침입자에 대한 이야기를 듣고 왔습니다."

라스타는 아직 공식적으로 죄를 추궁당하지는 않았기에, 황후의 이름을 사용하고 황후의 차림을 한 채 서궁에 머무를 수 있었다. 하지만 자유롭게 돌아다닐 수 있는 건 서궁 안뿐이어서, 서궁을 벗어나려 하면 황제가 보낸 기사들이 막아섰다.

라스타는 예전에 '노예가 손주를 임신한 게 불쾌하다. 남들이 알면 수치다'며 로테슈 자작에 의해 좁은 방 한 칸에 갇힌 적이 있었다. 그때의 괴로운 경험 덕에 서궁 안에서만 지내는 건 물리적으로는 힘들지 않았다. 그러나 '갇혀 있다'는 상황 자체가 그녀를 괴롭게 했다.

남자 귀족들만 티파티에 초대한 이후 여자 귀족들과는 틀어졌지만, 남자 귀족 몇몇은 그녀를 꾸준히 찾아왔는데. 그런 이들조차 요즘은 발걸음이 뜸했다. 정식으로 하녀 교육을 받지 못한 채 일부러 거친 환경에서 데려온 하녀들은, 황후로서의 위엄이 사라지자마자 앞장서서 그녀를 배척했기에 조금도 힘이 되어주지 않았다.

그러나 하녀와 하인, 기사들의 배척을 받으면서도, 라스타는 궁지에서 빠져나갈 방도를 찾기 위해 생각에 생각을 거듭했다.

하지만 최후의 힘이 되어주던 에르기 공작은 강렬하게 뒤통수를 치고 가버렸고, 베르디 자작 부인은 아기만 데리고 가버렸고, 랑트 남작은…….

'처음부터 랑트 남작을 가까이하는 게 나았을까?'

라스타는 뒤늦게 후회했다. 랑트 남작이 그녀의 재산을 관리하게
된 일, 에르기 공작과 어울리는 걸 못마땅하게 여긴 일, 나비에가
랑트 남작에게 의지하는 게 좋을 거라 충고한 일 등등 때문에, 라스
타는 랑트 남작을 일부러 멀리했다. 그 결정이 새삼 후회되었다.

하지만 곧 그녀는 고개를 저었다.

아니다. 그녀의 실수는 랑트 남작을 믿지 않은 게 아니라, 알렌
의 배신을 겪고서도 또 다른 사람을 믿어버린 것이었다. 자신 외의
다른 사람은 절대 믿어서는 안 되었는데!

'그래도 끝까지 포기해서는 안 돼. 어떻게든 타개할 방법을 찾아
야 하는데…….'

그런데 서궁 정원 입구 쪽에 웬일로 사람의 모습이 보였다. 그간
방문객이 없던 터라, 라스타는 산책하던 걸 멈추고 두려움 반 호기
심 반으로 그쪽에 다가가보았다. 나타난 사람은 랑트 남작이었다.

"랑트 남작……."

소비에슈가 화가 몹시 났을 텐데. 이 와중에 그가 찾아올 줄은
몰랐던지라, 라스타는 멍하니 그의 이름을 중얼거렸다. 랑트 남작
은 착잡한 얼굴로 라스타에게 인사했다.

"잘 지내셨습니까, 황후 폐하."

"라스타는……."

그러나 인사를 한 랑트 남작은 라스타가 무어라 대답하려 하자,
주위를 둘러보고서 고개를 저었다.

"들어가서 얘기해도 괜찮겠습니까?"

비밀리에 하고 싶은 말이 있는 눈치였다. 라스타는 고개를 끄덕였다.

"그래요. 들어와요."

랑트 남작의 처신이 옳았다. 이 서궁 안에 믿을 만한 사람은 아무도 없었다. 돌아다니는 하인들 앞에서 말을 하면, 분명 이야기가 부풀려져 새어 나갈 것이다.

라스타는 앞장서서 걸어갔다. 마침내 응접실 안에 들어가자, 하녀가 호기심 가득한 눈길로 차와 과자를 내왔다. 라스타는 하녀에게 나가라 눈짓하고서, 그녀가 나가자마자 바로 문을 잠가버렸다.

랑트 남작은 그런 모습을 착잡하게 바라보았다. 그 역시 라스타가 철썩같이 믿던 에르기 공작이 어떻게 그녀를 배신했는지 알고 있기에, 라스타가 저렇게 행동하는 심정을 조금이지만 짐작할 수 있었다.

혹시 누가 대화를 엿듣진 않나 거듭 확인한 후에야, 라스타는 자리에 앉으며 물었다.

"무슨 일로 온 건가요?"

"로테슈 자작과 알렌이 황제 폐하를 속여 가짜 공주를 만든 일로 재판을 받게 되었습니다."

"로테슈 자작도요?"

"예. 두 사람 모두 다 감옥에 있습니다. 아셔야 할 듯하여……."

말끝을 흐린 랑트 남작은, 이런 소식을 전하는 게 미안해서 라스타의 눈치를 보았다. 그러나 라스타는 오히려 눈을 몇 번 깜빡이다가 환하게 웃었다. 그러고는 두 손으로 찻잔을 꼭 감싸 쥐고서, 더욱 천사 같은 미소를 띠었다.

"참으로 기쁜 일이네요."

랑트 남작은 라스타를 잠시 넋 놓고 보았다. 이 일이 자신에게는 해가 없을 거라 여기나? 라스타의 반응이 좀 당혹스러웠다.

그런 랑트 남작의 눈빛을 받으며 라스타는 가볍게 웃었다. 랑트 남작이 무슨 생각을 하는지 뻔히 보였다. 하지만 랑트 남작의 짐작과 달리, 그녀는 로테슈 자작이 재판을 받게 된 게 절대로 자신에게 좋지 않단 걸 잘 알았다. 로테슈 자작은 사람이 음험하고 이기적인데다 가족 외엔 매정하니, 자기가 위험해지면 무조건 다른 사람을 끌어들이려 할 인간이었다. 없는 죄를 만들어서라도 죄를 밀어내려 할 인간이었다. 하지만 그런 위험을 감수하더라도, 그녀는 로테슈 자작이 파멸하게 되는 게 몹시 기뻤다. 그래서 웃은 것이었다.

"그 사람은 라스타를 늘 괴롭혔으니까요."

그러나 라스타는 철없는 척 말할 뿐, 랑트 남작의 오해를 굳이 풀지 않았다. 무지는 앞으로 그녀가 겪게 될 일에 좋은 방패가 되어줄 터였다.

무지는 무기였다.

황후 노릇을 하는 데 무지하단 건 모욕이지만, 죄를 감하는 데 있어 무지하단 건 무기가 될 수 있었다. 방패이자 검이 되어 그녀를 지켜줄 터였고, 랑트 남작 같은 이의 동정심을 자극할 수 있었다. 세상에는 자신보다 못하다 여겨지는 상대를 가엾게 여기는 이들이 많으니까.

예상대로 랑트 남작은, 라스타가 이 와중에 자신을 괴롭힌 사람이 벌을 받게 되었단 걸 좋아하자 난처한 표정이었다. 그러거나 말거나, 라스타는 일부러 더 해맑게 랑트 남작에게 인사했다.

"소식을 전해주어서 고마워요, 랑트 남작."

그녀의 의도는 정확하게 먹혀서, 랑트 남작은 가엾은 미래를 앞둔 비운의 황후가 한 치 앞을 모르고 인사하자 마음이 아파왔다. 특히 그는 아무것도, 심지어 글조차 모른 채 마냥 밝던 정부 시절의 그녀를 처음부터 보아왔기에, 그녀를 교수형대로 밀어내는 게 어린아이를 절벽에서 밀치는 기분 같아 찜찜했다. 자신 역시도 소비에슈게 단단히 찍혔으니 앞으로 승진 길이 막힌 것이나 다름없지만, 아예 생명이 위태롭게 된 라스타만큼은 아니었기에, 라스타에 대한 동정심은 더욱 커졌다.

결국 남작은 우물거리다가 어렵게 입을 열었다.

"로테슈 자작은 불쾌한 자입니다. 자기 죄를 덮기 위해 무엇이든 다 황후 폐하 탓을 할 테니, 저…… 그래서 말입니다, 황후 폐하."

"왜 그러나요?"

"재판이 벌어지기 전에 도망치시는 게 어떨지요? 원하신다면 제가 황후 폐하를 돕겠습니다."

랑트 남작의 제안에 라스타는 생각할 시간을 달라 부탁했다.

"좀 더 생각해보고 싶어요."

랑트 남작은 걱정스럽게 말했다.

"시간이 그리 많지 않습니다, 황후 폐하."

로테슈 자작 건이 끝나면 라스타는 반 죄인처럼 취급될지도 몰랐다. 그땐 지금보다 지켜보는 시선이 더 많아질 테니, 도망치기 어려웠다.

"하지만 일이 잘못되면 더 큰 곤경에 처할 수도 있잖아요. 신중하고 싶어요."

"생명이 경각에 달했을 때에는 빠른 결단도 중요한 법입니다."

"그래도 빠른 결단을 내리려다 실수를 해선 안 되니까요."

랑트 남작이 돌아간 후에도 라스타는 계속 고민에 고민을 거듭했다.

'사람을 믿다가 일이 이렇게 꼬였는데. 이 와중에 랑트 남작을 믿어도 좋을까?'

그녀는 에르기 공작이 전에 들렀다 간 의자를 발로 걷어찼다. 의자는 쾅 소리를 내며 바닥을 나뒹굴었다.

라스타는 씩씩거리다가 테이블에 앉아 손으로 이마의 흉터를 더듬거렸다.

랑트 남작을 믿을 수 있을지 없을지도 문제지만, 달아나는 데 성공한다 해도 문제였다. 동대제국은 강대하고 넓은 국가였고, 도망친 그녀는 이렇다 할 신분이 없었다. 도망을 치면 동대제국 내에서는 절대로 살 수 없으니 외국에 가야 할 텐데. 외국에 가서 이주민으로서 도움을 받으려면, 확실하게 자신의 신분과 출신지를 증명하는 문서가 필요했다. 이게 없어도 노예로 살진 않겠지만, 직업을 가지기 힘들 테고, 초기 정착 비용이 없으니 먹고사는 문제부터가 막막해질 터였다. 크지 않은 돈으로도 후에 신분을 살 수 있긴 했으나, 신분 없이 신분을 살 돈을 모으는 게 어려우니 문제였다. 도주한 황후라는 게 들통나면, 원래 받아야 할 벌에 괘씸죄가 더해져서 더욱 큰 벌을 받을 테고…….

'크리스타 왕비.'

고민에 빠진 라스타의 눈에, 서랍장에서 삐죽 튀어나온 신문 조각이 보였다. 라스타는 서랍장 문을 열고 신문 조각을 꺼내, 그중 서대제국 소식이 실린 신문을 찾아 펼쳤다. 컴프셔로 떠난 크리스타 왕비가 가족을 원망하며 자살했던 소식이 실려 있었다. 라스타는 그 구절을 빤히 내려다보다가 신문을 다시 서랍장 안에 넣고 문을 닫았다.

크리스타 왕비는 순순히 컴프셔로 물러났더라면, 권력과 힘은 잃겠지만 비운의 왕비가 되어 사람들의 애정과 동정을 받으며 안락하게 지냈을 것이다. 하지만 그녀는 그 길을 선택하는 대신 미래를 두고 모험을 했다. 그 결과는 이런 서글픈 죽음이었고.

라스타는 초조하게 손가락을 깨물었다. 랑트 남작의 제안을 받아 황궁에서 탈출하는 게…… 크리스타 왕비의 전철을 밟는 일이 되진 않을까? 황후 자리에 있으니 벌을 받더라도 절대로 죽을 일은 없는데. 괜히 다 버리고 도망쳤다가 더 큰 벌을 받으면 어쩌지?

게다가 아직 그녀에겐 소비에슈와 거래를 할 패가 하나 남아 있었다.

'일단 폐하를 찾아가봐야겠어.'

그 시각. 소비에슈는 라스타에 관한 일을 어떻게 처리할지 고민 중이었다. 그는 마음이 갑갑해 자리에 앉지도 못한 채, 뒷짐을 지고 내내 방 안을 거닐었다. 카를 후작은 그 근처에 단정한 자세로 서서 소비에슈를 눈으로만 쫓았다. 소비에슈는 한참을 그렇게 돈 후에야 지친 목소리로 중얼거렸다.

"차용증은 그렇다 쳐도 항구 건은 그냥 넘어갈 수 없는데……."

"면책특권 때문에 그러십니까?"

황족은 중죄를 지어도 다른 이들보다 벌을 약하게 받았다. 황족으로서의 체면과 상징 등이 있어서였다. 면책이라고 해도 완전히 벌을 안 받는 건 아니지만, 받는 벌의 제한은 분명 존재했다.

"그래."

소비에슈는 한숨을 내쉬었다.

"결혼 자체를 무효로 만든다면 황후였던 게 아예 없던 일이 되니 엄벌을 내릴 수 있겠지만, 이혼이나 폐위시키는 방향으로 간다면 외딴 성이나 섬, 탑에 가두어두는 게 가장 큰 벌이 아니냐."

"폐하께서는 속아서 결혼을 한 거란 사실을 강조해, 결혼을 아예 무효로 만들어야 합니다. 그래야 월대륙 연합에 제소할 때, 항구 건에서 유리한 입장을 점유할 수 있습니다. 결혼이 무효가 되면 라스타 님이 에르기 공작에게 약속한 항구 관련 문서가 종잇조각이 되어버리니까요."

"알지. 안다. 하지만 혼인 무효 소송은 길고 까다로우니……."

게다가 혼인 무효 소송을 하는 동안에는 소비에슈도 다른 결혼을 할 수 없으니, 황후 소생 후계자를 원하는 소비에슈에게는 좋지 않은 일이었다.

문제는 그렇게 해서라도 혼인이 무효가 되면 괜찮지만, 황족이나 왕족 같은 경우는 이 제도를 악용할 수 있는 위치에 있기에, 신전에서 웬만해서는 혼인 무효 신청을 받아들이지 않는다는 데 있었다. 역사상 왕의 혼인이 무효로 처리된 경우는 딱 한 번뿐이었고, 이후로는 한 번도 결혼 자체를 무효로 해주지 않았다.

"그렇지요. 게다가 라스타 님이 같이 죽자는 각오로, 자신이 도망 노예였는데 폐하께서 알고도 받아주었다 나올지도 모릅니다."

"글로리엠에 대한 애정이 한 톨도 없다면 그러겠지."

"공주…… 아, 송구합니다."

글로리엠에 대해서는 생각도 하지 않고 있던 카를 후작은, 소비에슈가 아직도 공주에 관한 생각을 하고 있단 걸 눈치챘다. 하지만 맞는 말이었다. 글로리엠은 아직 갓난아기이기에, 라스타가 처벌을 받더라도 관련 없이 빠져나갈 길이 많았다. 그러나 라스타가 자신이 도망 노예란 걸 터트리면서 소비에슈를 끌어들이려 하면, 오히려 공주에게 피해가 더 컸다. 죄와 관계없이 졸지에 공주에서 노예 신분이 되어버리니, 무척 잔인한 일이었다.

"하지만 라스타는 글로리엠을 이미 집어 던진 전적이 있으니…… 그렇게 나올지도 모르겠군."

소비에슈는 쓸쓸히 중얼거리고서 카를 후작에게 가보라 지시했다.

카를 후작이 방을 나가자마자, 소비에슈는 집무실로 가서 바로 일을 하기 시작했다. 최대한 골치 아픈 안건을 찾아서, 그쪽에 집중하려 애썼다. 다행이라 할 수는 없지만, 수도 한구석에서 고리대금 업자가 야금야금 부피를 키워가는 게 문제가 되고 있다 했다. 소비에슈는 얼른 그 안건을 미친 듯이 파고들어갔다.

그렇게 온 정신을 쏟아서 가까스로 라스타에 대한 일을 뒤로 미루는 데 성공했을 때였다.

"폐하! 폐하!"

피르누 백작이 급하게 집무실로 들어왔다. 몹시 놀란 얼굴이어서, 한눈에 보기에도 평범한 일로 뛰어 들어온 게 아니었다. 물론 놀란 얼굴이 아니어도, 집무실에 뛰어 들어올 정도면 보통 일은 아니었겠지만.

소비에슈는 심장이 덜컹해서 물었다.

"또 무슨 일이야. 또 무슨 일이냐."

"서대제국에서 폐하. 서대제국에서!"

"서대제국에서 왜?"

"라스타 님이, 나비에 님이 이혼한 사유는 불임이기 때문이란 편지를 그곳 귀족에게 보냈다고 합니다!"

"뭐? 그건 또 언제?"

소비에슈는 기가 막혀서 머리가 울렸다. 라스타는 하는 일이 하나도 없다고 생각했는데, 트집 잡힐 일은 뭐 그리 열심히 하고 다녔단 말인가.

"그 일로 서대제국에서 몹시 화가 나서, 라스타 님의 무례한 발언을 공개적으로 사과하라 주장하고 있습니다!"

"얼음! 마법을 쓰는! 침입자가! 하인을! 얼렸다니! 아아! 무서
워! 무서운 일입니다!"

"……."

"그렇지 않습니까, 퀸?"

그건 모르겠고. 하인리가 지금 과도할 정도로 말을 끊어서 연극
투로 하고 있단 건 알겠다. 내가 지그시 쳐다보았지만, 하인리는
오랜만의 놀릴 거리에 신이 났는지 깐죽거리느라 정신이 없어 보
였다.

"퀸, 퀸. 사람을 얼리고 다니는 무서운 마법사가 이곳에 나타나
면 어떡합니까? 퀸, 퀸. 그때는 퀸이 하인리를 지켜줄 겁니까?"

라스타 흉내까지 내고?

"아가야, 아가야. 네 어머니는 참으로 호탕하고도 차가운 분이시
구나."

나중에는 내 배에 대고서, 다정하고 사근사근한 목소리로 우리
아기에게 속삭이기까지 했다.

"아가야, 네 어머니는 너를 위해 꿈과 희망과 사랑이 가득한 동
화책을 읽지만, 마음에 안 들면 산 채로 얼게 된단 현실도 따끔하
게 일러주시는 거야."

힐긋 눈동자만 돌려 시계를 보았다. 궁의가 떠난 지 30분이 지났

다. 이 정도면⋯⋯ 정말 많이 참아줬다고 본다. 나는 천천히 상체를 일으키고서, 등에 대고 있던 커다란 베개를 쥐었다. 무기를 장착하자 주먹에 힘이 들어가면서 전투 의지가 샘솟기 시작했다.

"응? 베개는 왜 쥐는 겁니까, 퀸?"

지금까지 깐족깐족 잘도 놀던 하인리는, 내가 베개를 틀어쥐자 놀리는 걸 멈추고 어리둥절해서 물었다.

깐죽거리는 머리가 앞으로의 미래는 알려주지 않는 모양이지?

"퀸?"

어리둥절해 있는 그의 등짝을 향해, 나는 베개를 휘둘렀다.

"퀸!"

하인리는 당황했으면서도 재빨리 몸을 뒤로 해 베개를 피하고는, 뒤도 돌아보지 않고 곧장 방문을 열고 달아났다. 씩씩거리면서 쫓아가고 있자니, 이 와중에 용케도 다시 방문을 닫고 달아나는 주도면밀함까지 보였다. 덕택에, 방문을 닫으러 온 그를 노리고 휘둘러진 내 베개는 문짝을 두드렸고, 문이 펑 흔들리는 소리만 방을 울렸다.

나는 분노에 차 닫힌 문짝을 노려보았다. 황후로서의 위신과 체면을 신경 쓰는 나는 절대로 이 복도를 넘어가면서까지 베개를 휘두르지 않는다. 하인리는 내 이런 성격을 잘 아니, 베개를 들고 못 쫓아오게 아예 밖으로 대피한 게 분명했다.

"황후 폐하? 무슨 일이신가요?"

"괜찮으십니까?"

"넘어지셨나요?"

노기를 가라앉히려 호흡을 고르고 있자니, 시녀들이 놀란 목소리로 문 밖에서 물었다.

"괜찮아요."

문을 열고서 말하자, 시녀들은 안도하면서도 내 손에 들린 베개를 호기심 가득한 눈길로 쳐다보았다.

"그런데 베개는 왜 들고 계시는지……."

나는 설명하는 대신 고개를 젓고서 다시 베개를 침대에 내려놓았다. 배 속의 아가가 정말 하인리 말대로 오해하면 안 되니, 해명의 시간을 가져야 했다.

'방금 내가 뭘 본 거지?'

하인리는 놀란 마음을 가라앉히지 못하고서 복도를 걸어갔다. 방금 전 겪은 일이 영 현실감이 없어서, 다시 떠올려도 제대로 기억나지 않을 지경이었다.

'퀸이…… 우아한 퀸이 베개를 철퇴처럼 휘두르다니.'

얼마나 그렇게 걸어갔을까. 하인리는 코샤르와 마주쳐서야 멈춰섰다. 주위를 둘러보니 1층 회랑이었다. 정신없이 발만 움직이느라, 생각보다 빨리 이동한 모양이었다.

"황제 폐하를 뵙습니다."

딱딱하게 격식을 갖추어 인사하는 코샤르를 말리며, 하인리는 잘됐다 싶어서 코샤르에게 물었다.

"형님. 마침 잘 만났습니다. 혹시 동생분이, 화가 나면 베개를 휘두릅니까?"

나비에의 체면이 있으니 이 일은 다른 사람에겐 알리지 못하는 일이었다. 하지만 코샤르는 나비에와 사이좋은 남매였으니, 이 일을 물어보아도 되는 건 물론, 이게 나비에의 원래 모습인지 아닌지에 대해서도 얘기해줄 수 있을 것이다. 하인리의 짐작은 맞아떨어져서, 코샤르는 뭔가를 아는 듯 난감한 미소를 지었다.

"원래 그러는군요."

"송구합니다. 웬만한 일은 내색을 하지 않고 혼자 참는데, 가끔 어느 지점에서 화가 나면 베개를 휘두르는 편입니다."

"전 퀸에게 그런 격정적인 모습이 있는 걸 보고 깜짝 놀랐습니다, 형님."

나비에가 화날 때 베개를 휘두르는 건, 귀족들이 사용하는 베개의 안쪽엔 새 깃털이 가득 차 있어서 아무리 세게 휘둘러도 상대가 아프지 않기 때문이었다.

나비에와 소비에슈는 사이가 아주 좋았지만, 너무 어린 나이부터 붙어 있는 경우가 많다 보니 이런저런 사소한 일로 종종 투닥거렸다. 하지만 소비에슈는 황태자였기에, 나비에는 황태자와 치고박고 싸울 수는 없었다. 이에 나름대로 머리를 써서 베개를 사용하게 된 것이었다. 당시 지금보다 더 철이 없던 코샤르는, 동생이 황태자에게 베개 싸움에서 밀리지 않도록 베개 싸움 하는 법을 전수해주기도 했다.

그러나 이런 소소한 이야기를 들려주기에는, 과거에 소비에슈의 비중이 너무 컸다. 이 탓에 코샤르는 그저 머쓱하게 말했다.

"나비에가 화가 난 일이 있었나 보군요."

하인리는 하인리대로, 코샤르가 '네가 나비에를 화나게 해서 그런가 보다'라고 돌려서 비난하는 거라 오해하고서는, 역시 머쓱해하다가 얼른 다른 화제를 꺼냈다.

"그러고 보니 형님. 형님은 화이트 몬드의 샬렛 공주와 결혼할 겁니까?"

"저는 해도 괜찮지만…… 샬렛 공주님이 저로 괜찮으실지 모르겠습니다."

그 말에 대한 대답은 샬렛 공주 본인이 모퉁이를 돌아 나오며 해 주었다.

"그대는 미남이니 괜찮아요."

사람이 다가오고 있단 건 알고 있었지만, 그게 샬렛 공주 본인이란 건 알 수 없었기에, 코샤르는 조금 놀라서 그녀에게 인사했다.

"정략결혼을 할 수밖에 없는 처지라면 최대한 좋은 쪽으로 가야죠."

샬렛 공주는 코샤르의 인사를 받고 자신도 하인리에게 인사한 후, 자신만만하게 웃으며 코샤르에게 물었다.

"난 내가 고를 수 있는 선택지 중에서 가장 잘생긴 그대를 골랐어요. 그대의 선택지 중엔 나보다 신분이 높은 여자가 있나요?"

코샤르가 난감한 표정을 띠는 걸 보다가, 하인리는 슬며시 자리를 빠져나왔다. 그러고는 집무실 책상에 앉아 무언가를 열심히 쓰고 있는 맥켄나에게 자랑했다.

"아주 재밌는 걸 보고 왔다."

"예? 뭡니까?"

"다른 사람 애정 관계? 근데 넌 왜 그렇게 심각한 얼굴이냐?"

"당연히 침략자 때문이죠."

"얼음 마법을 쓰는……."

"말고요."

또 다른 침략자가 있다고? 하인리가 어리둥절해 보자, 맥켄나가 오히려 무슨 말이냐는 얼굴로 설명했다.

"다리가 얼어붙었던 하인 말입니다."

하인리는 얼굴을 굳혔다.

"그래. 거기서 뭘 하고 있었다지? 신분은 확실하다 들었는데."

'얼음 마법을 사용하는 침입자' 얘기를 들었을 때 뭔가 오해가 있구나 싶었지만, 그래도 하인리는 나비에가 무사한 걸 확인한 후 다친 하인 쪽에 대해서도 확인했다.

하인은 황궁에서 5년간 일한 사람인데, 원래는 창고에서만 일을 했으나 운반할 물건이 많아 이쪽까지 온 거라 했다. 하지만 혼자 뚝 떨어진 데에서 발견된 데다, 병사들을 보자 너무 사색이 되었기에, 랑드레 자작은 그 하인을 의심스럽게 여기며 조사해보겠다고 나섰다.

하인리는 지금 그 결과를 물어보는 것이었다.

"절대로 해를 끼칠 생각은 없었답니다. 다만, 황후 폐하께 가까이 다가가면 어떤 이들이 나서는지 확인해달란 부탁을 받았답니다."

어제 난데없는 일로 약간 시끄러워지긴 했으나, 분위기는 얼마 지나지 않아 진정되었다. 문제가 되었던 하인이 외부에서 온 침입자가 아니었고, 얼음을 쓴 사람……은 수상하게 구는 하인을 막아준 쪽이었기에 쉽게 무마된 덕이었다. 물론 나는 당분간 호위 없이는 산책할 수 없게 되었고, 기사들은 하인에게 접근해 이상한 부탁을 한 사람이 누구인지 찾느라 바빠졌겠지만.

어쨌든 나는 원래 하려던 대로, 초대장을 보낸 귀부인들을 모두 만나기로 했다. 그중엔 내가 마지막까지 만날지 말지 고민했던 선왕의 정부도 포함되어 있었다. 그리고 이건 그리 나쁜 결정이 아니었다.

"사실 전, 황후 폐하께서 저만 빼고 부르실까 많이 걱정했답니다."

선왕의 정부는 날 보자마자 대범하게 웃으면서, 내 걱정을 바로 짚고는 호탕하게 웃음을 터트렸다.

"아무래도 동대제국에서의 일이 있으니, 제가 꺼려지실 만도 하지요."

귀부인들은 그녀의 돌직구에 황당해했고, 나도 좀 당황했다.

'크리스타와는 많이 다른 성격이구나.'

하긴. 이렇게 따지면 나와 라스타도 많이 다른 성격이지만.

그러나 다른 사람이 당황하거나 말거나, 선왕의 정부는 시원스레 웃으며 눈을 찡긋했다.

그날 저녁, 나는 하인리에게 이 이야기를 해주었다. 그런데 말을 하며 살피니 하인리의 표정이 좋지 않았다.

"하인리?"

왜 이렇게 오늘따라 표정이 어둡지? 평소라면 여기서 가만히 있을 하인리가 아닌데?

나는 가까이 다가가 그의 얼굴 위에 손을 얹고 물었다.

"무슨 일이에요?"

어제만 하더라도 날 놀리며 신이 났던 사람이, 하루 사이에 시무룩해지자 걱정스러웠다. 정말로 무슨 일이 있기는 있는지, 하인리는 바로 대답했다.

"중요한 이야기가 있습니다, 퀸."

"그게 무엇인가요?"

"동대제국에서 '그 여자'에 대한 재판이 열릴 거라 합니다."

하인리가 '그 여자'라고 부르는 건 라스타인데……. 라스타에 대한 재판이 열릴 거라고?

"정말인가요?"

"네."

하긴. 공주가 황제의 딸이 아니었단 건 커다란 문제이니……. 그일로 벌을 받게 되는구나.

"하지만 그건 내게 중요한 이야기가 아니에요, 이제."

나는 일부러 단호하고 매정하게 말하고서 일어섰다. 나로서는 오히려 하인리가 이제 와 새삼 저렇게 심각하고 신중한 얼굴을 하는 게 더 이상했다.

하인리 성격이면 좋아할 일이지 않나?

하인리는 내 말에 "그렇죠." 하고서 한숨을 내쉬었다.

"그런데 동대제국에서, 퀸이 재판에 참석할지 물어봐서요."

"나를? 재판에요?"

"관련 있는 피해자로서, 퀸이 증인으로 서 달라던데…… 어떻게 하고 싶습니까?"

라스타는 복도로 나가서, 자신을 감시하고 있는 기사에게 부탁했다.

"폐하를 만나 뵙고 싶은데."

무시당할 수도 있다 여겼으나, 기사는 잠시 기다리라 하고는 동궁 쪽으로 걸어갔다. 라스타는 복도에서 서성이다가 다시 방 안으로 돌아와 의자에 앉았다. 초조하게 기다리고 있자니, 잠시 후 아까의 그 기사가 돌아와 말을 전했다.

"황제 폐하께서 황후 폐하를 데려오라 하셨습니다."

라스타는 거울을 보고서 재빨리 머리를 정돈한 뒤 기사를 따라나갔다.

"뻔뻔해라."

"눈 하나 깜짝하지 않네요."

"저런 순진한 얼굴로. 쯧쯧."

동궁으로 가는 길, 복도 여기저기서 들려오는 수군거리는 소리가 가슴 아팠지만 애써 모른 척하였다.

　그러나 그렇게 해서 만난 소비에슈는 얼음장 같은 시선만 보내왔다. 한때 따뜻한 애정으로 가득했던 눈동자엔 겨울이 내려와 서늘하기만 했다. 빨리 볼일을 보고 가란 시선에, 라스타는 어렵게 입을 열었다.

　"저를 어떻게 하실 생각이신가요?"

　"네가 저지른 죄에 따라 달라지겠지."

　"전 아무 죄도 저지르지 않았어요, 폐하."

　"이제 와 발뺌하기엔 드러난 것만 해도 너무 많지 않느냐."

　"제가…… 도망 노예란 걸 알면서도 받아주신 건 폐하시잖아요."

　"난 네가 도망 노예란 걸 알던 거지, 이런 사람이란 걸 알던 건 아닌데."

　"폐하. 폐하께서 처음 보았던 라스타와 지금의 저는 같은 사람이에요."

　"네가 사랑했던 나와 네가 배신했던 나도 같은 사람이다, 라스타."

　빠르게 오가는 말 속에는 상대를 보듬던 따스함은 없고, 날카로운 가시와 아프게 패인 살점만 가득했다.

　"제가 다 설명할게요, 폐하. 오해가 있다면 다 설명할게요."

　라스타가 상처받은 얼굴로 말했으나, 소비에슈는 들으려는 태도조차 없었다.

　"오해? 무슨 오해. 내 딸이 알고 보니 내 딸이 아닌 데 오해가 있느냐? 아니면 에르기 공작이 들고 온 차용증에 오해가 있느냐? 그

것도 아니면, 네가 에르기 공작에게 써준 항구 관련 서류 오해? 그
것도 아니면…….”

잠시 말을 멈춘 그는 지독한 시선으로 라스타를 보며 마지막 질
문을 던졌다.

“나와 나비에가 이혼한 원인이 불임이란 소문을 낸 게 오해
냐?”

이건 또 무슨 말인가.

예상하지 못한 공격에, 라스타는 놀라서 외쳤다.

“라스타는 그런 적이 없어요!”

소비에슈는 코웃음 치며 물었다.

“그런 적이 없는 거냐, 없길 바라는 거냐.”

“폐하!”

“서대제국에서 공식적으로 항의를 했다. 네가 이 일에 공개적으
로 사과하라고.”

“아직은…… 아직은 제가 동대제국의 황후잖아요, 폐하. 그런데
공개적으로 사과하라고요? 이건 동대제국을 망신시키는 거예요!”

“그렇지. 넌 사과할 필요 없다. 네가 동대제국을 대표할 일은 이
제 없을 테니.”

라스타는 충격에 빠져 소비에슈를 보다가, 처량하고 가엾은 모
습으로 눈물을 터트렸다.

“폐하께서는…… 폐하께서는 라스타를 이제 전혀 못 믿는 거예
요? 라스타가 가엾다고 하셨잖아요. 라스타를 지켜줄 거라 하셨
잖아요. 그런데 라스타가 하지도 않은 일로 이젠 라스타를 구박하

세요?"

소비에슈는 그런 라스타를 잠시 기가 막혀 쳐다보았다.

"하지도 않은 일이라니? 내가 말한 것 중 네가 하지 않은 일이 무엇인데?"

"다요!"

소비에슈의 입이 손가락 두 마디만큼 벌어졌다. 그는 진심으로 기가 막혔다.

"난 이제 모르겠다. 도대체 네가 무슨 생각을 하는 건지 모르겠어."

"라스타는 나비에가 불임이라고 하지 않았어요! 불임이라 이혼했단 소문이 돈다고 말했을 뿐이에요! 폐하께서도 나비에가 불임일지도 모른다 했잖아요!"

상대가 너무 억지 주장을 펼치면 기가 막혀서 반박할 말이 떠오르지 않는 법이었다. 소비에슈 역시 그랬다. 그는 라스타를 이해할 수가 없었다. 설령 그런 소문이 정말 돌았다 해도, 그 이야기를 일국의 황후가 다른 나라 귀족에게 편지로 알린 자체가 문제란 걸 모르는 건가? 이해가 가지 않았다.

"되었다. 물러가라. 혹시 모르니, 이번엔 제대로 한번 얘기해보려 한 짐이 미쳤지."

결국 그는 완전히 지쳐서 손을 내저었다. 나비에 때 후회한 일이 생각나 그래도 마지막 대화를 해보려던 자신이 멍청하게 여겨졌다.

"절 어떻게 하실 생각이세요?"

"재판을 받으면 답이 나오겠지. 대답은 재판관에게 구해라."

그 순간.

"……살려주세요."

라스타가 울먹이며 부탁했다.

소비에슈는 지끈거리는 관자놀이를 누르다가 놀라서 그녀를 쳐다보았다. 라스타는 빗속에서 홀로 쫄딱 젖은 고양이처럼, 처량하고 가엾은 모습으로 그를 바라보고 있었다.

"폐하, 라스타를 너무 크게 벌하진 마세요. 라스타는 정말로 큰 죄를 지은 적이 없어요. 라스타의 죄가 황후 자리에 앉은 거라면, 그건 우리의 죄지 라스타의 죄가 아니잖아요. 그 외에 라스타는 잘못한 게 없어요."

소비에슈는 입술을 굳게 다물었다. 상대가 악하게 나오면 차라리 오만 정이 떨어질 때까지 싸워대다가 큰 벌을 받게 내버려둘 텐데. 상대가 약하게 나오니 되려 기분이 좋지 않았다. 저런 행동은 제대로 된 벌을 내릴 때도 사람을 찝찝하고 괴롭게 만드는 처신이었다.

이러니저러니 해도 라스타는 소비에슈가 직접 다친 걸 주워 와 애정을 주고 보살핀 가엾은…… 존재였기에 더욱 그랬다. 결국 화가 난 소비에슈는 라스타를 노려보다가 차갑게 지시했다.

"나가거라."

라스타는 기어들어가는 목소리로 힘없이 "네." 하고 대답하고서 돌아섰다.

"라스타."

그 뒷모습을 보다가, 문을 열고 나가기 전 소비에슈가 그녀를 불렀다.

"예, 폐하."

라스타가 돌아보았다. 일말의 기대조차 하지 않은 채, 마치 시들
어버린 풀 같은 모습으로. 소비에슈는 라스타를 쳐다보지도 않은
채 지시했다.

"오늘 로테슈 자작의 재판과 이스쿠아 자작 부부의 재판이 모두
열리니, 원한다면 참관해도 좋다."

라스타는 그가 왜 자신에게 재판을 보라고 한 건지 몰랐으나, 생
각한 후 참관하겠다고 대답했다. 소비에슈는 알겠다며 비서를 붙
여주겠다고 말했고, 라스타는 소비에슈가 랑트 남작을 붙여주리라
예상했다. 그러나 소비에슈가 라스타에게 붙여준 비서는 랑트 남
작이 아닌 피르누 백작이었다.

"공식적으로 참관하셔도 좋고, 비공식적으로 참관하셔도 좋습니
다. 어느 쪽이든 편하신 대로 하십시오."

피르누 백작은 라스타가 잘나가던 시절에도 교류가 없어서 서로
불편한 사이였다. 반면 랑트 남작은 도망치는 게 어떠냐 제안할 정
도로 그녀를 신경 썼다. 그렇기에 라스타는, 소비에슈가 일부러 자
신을 도우려 하는 랑트 남작을 배제하고, 사이 나쁜 피르누 백작을
붙였다 생각했다. 소비에슈의 의도는 소비에슈만이 알겠지만, 피르
누 백작과 자신이 사이가 나쁘단 라스타의 생각만큼은 맞았다.

피르누 백작은 라스타에게 감정이 좋지 않았다. 그는 일찍이, 라
스타가 소비에슈에게 받은 선물을 로테슈 자작에게 주고, 로테슈
자작은 그걸 팔아버린 일을 조사한 적이 있기에, 오래전부터 그녀

를 싫어했다.

"피르누 백작은 어느 쪽을 추천하나요?"

"비공식적 참관을 추천해드리겠습니다."

"왜요?"

"두 쪽 다 황후 폐하와 관련 있는 이들이라 알고 있습니다. 황후 폐하를 보면 어떤 식으로 나올지 알 수 없습니다."

라스타는 피르누 백작을 신뢰하기 어렵지만 일단 이 말은 맞다고 여겨서, 평범해 보이는 드레스를 입고, 그 위에 연한 보라색의 망토를 걸친 다음, 머리는 하나로 묶고 모자가 거의 코까지 내려오게 덮었다.

대법원은 황궁과 한쪽 면이 접해 있는 구조로, 궁전에서 작은 문을 통해 바로 법원에 들어갈 수도 있었지만, 보통은 황궁과 접해 있지 않은 정문을 통해 드나들었다.

황궁에 속해 있다기에는 궁전 외벽 밖에 있고, 황궁에 속하지 않았다고 치기에는 한쪽 면이 붙어 있는 특이한 구조였는데, 이 구조 덕에 피르누 백작과 라스타도 궁 밖으로 나가지 않고 재판이 벌어지는 곳을 바로 찾아갈 수 있었다.

재판이 벌어지는 커다란 홀 안에 들어간 라스타는 구경꾼들 사이에 모자를 눌러쓰고 섰고, 피르누 백작과 호위가 혹시 모를 상황을 대비해 라스타의 양옆으로 섰다.

사람들이 수군거리는 소리가 들려왔다. 재판 내용에 대한 말이 대부분이지만 사이사이에 라스타에 대한 이야기도 섞여 있었다. 그리 좋은 평가는 아니어서, 라스타는 망토 모자를 더욱 눌러쓰며 물었다.

"누구 재판인가요?"

"로테슈 자작부터 이스쿠아 자작 부부까지 순서대로 할 겁니다."

거의 40분가량을 지지부진하게 기다린 후에야 재판이 시작되었다.

"로테슈 림웰."

가장 높은 자리에 오른 대법관이 무언가를 내려다보며 이름을 부르자, 바닥에 난 계단으로 익숙한 얼굴이 두 팔을 병사들에게 사로잡힌 채 올라왔다. 로테슈 자작이었다.

로테슈 자작이 나타나자 사람들이 일시에 조용해졌다. 라스타는 주위를 둘러보았다. 침묵하고는 있었으나 사람들의 표정은 매서웠다.

오랜 역사를 지닌 만큼, 동대제국 황가는 그들에게 자존심이었다. 마음에 차지 않는 황제가 나타날 때도 있고, 이따금 국민이 앞장서서 황실을 흉볼 때도 있었으나, 동대제국을 사랑하는 동대제국인들은 황실도 사랑했다.

거기에다 소비에슈 황제는 사람들이 제법 좋아하는 축에 속하는 황제였다. 라스타를 정부로 데려온 후부터 여러 가지 스캔들에 휩싸이긴 했으나, 어쨌든 소비에슈 황제는 제 할 일을 팽개친 적은 없었다. 국민에겐 소비에슈가 남자가 아닌 황제였다. 아무리 나쁜 바람둥이라 한들, 그들은 소비에슈가 나라에 이득이 되어준다면 싫어할 수 없었다.

로테슈 자작은 그렇게 동대제국 사람들이 사랑하는 황실에, 자신의 손녀를 끼워 넣으려 든 사람이었다. 구경을 온 사람들 중 단 한 명도 로테슈 자작을 향해 온정 어린 시선을 보내지 않았다.

이런 감정은 대법관이라 해도 다르지 않아서, 로테슈 자작이 죄수석에 멈춰 서자, 대법관도 사람들만큼이나 냉랭한 얼굴로 그의 죄목을 읊기 시작했다.

"로테슈 림웰. 당신은 아들인 알렌 림웰의 딸을 황녀로 만들기 위해, 황제 폐하와 국민을, 나라를 속였다. 아들의 아내였던 라스타 이스쿠아가 황제 폐하의 정부가 된 상황에서 아들과의 사이에서 아이를 가지게 하고 이를 숨겨, 온 나라가 당신의 손녀를 공주라 모시게 만들었다. 또한 이 관계의 비밀을 이용해 이득을 취하기 위해, 라스타 황후를 협박해 주기적으로 금품을 수수하였다. 맞나?"

"……맞습니다."

로테슈 자작이 수긍하자, 사람들이 마구 욕을 하기 시작했다.

라스타는 마른침을 삼켰다. 대법관이 한 말 중에서 옳은 건, 로테슈 자작이 그녀를 협박해 금품을 수수했단 것뿐이었다. 그런데 저 독한 로테슈 자작이 스스로 거짓을 거짓이 아니라 인정하다니.

'도대체 뭘 어떻게 한 거지? 왜 저렇게 순순히 인정하는 거야?'

대법관은 손을 들어 좌중을 진정시키고서, 로테슈 자작에게 다시 물었다.

"이 일에 관련된 사람들을 말하라. 솔직하게 말한다면 죄를 감해 줄 것이지만, 거짓을 말한다면 죄는 더욱 커질 것이다."

"아들인 알렌 림웰과 며느리인 라스타 이스쿠아입니다."

로테슈 자작이 눈을 감자 사람들이 더욱 크게 욕을 해댔다. 피르
누 백작은 힐긋 옆을 보았다. 망토 아래로, 라스타가 입술을 꽉 깨
물고 있는 게 보였다.

"혐의를 모두 인정하는가."

대법관이 다시 묻자, 로테슈 자작이 순순히 대답했다.

"……예. 제 핏줄을 황족으로 만들고 싶어서, 아들, 며느리와 함
께 계획한 일입니다."

로테슈 자작은 알렌이 라스타와 사랑하게 되었을 때부터, 라스
타를 며느리로 받아들이고 싶지 않아 온갖 행동으로 반대했다. 그
런데 그토록 반대하고 밀어내던 라스타를, 이제 와 자신의 며느리
라고 제 입으로 인정하고 있었다. 참으로 아이러니한 일이었다.

대법관은 무표정하게 다시 입을 열었다.

"알렌 림웰을 데리고 나오라."

아까 로테슈 자작이 병사들에게 이끌려 나온 바닥에서, 이번에
는 알렌이 나타났다. 항의하는 목소리가 더욱 커지더니, 이번에는
아예 관중들이 여기저기서 온갖 계란이며 과일 등을 던져대기 시
작했다.

"빌어먹을 놈!"

"감히 황가를 노리다니!"

"당장 교수형시켜!"

"둘 다 목을 매어 죽여!"

"황후는 어디에 숨어 있지? 같이 끌고 와야 된다!"

가까운 곳에서 튀어나오는 고함을 들으며, 라스타는 얼굴이 새

하얗게 질렸다. 로테슈 자작이 자기 죄를 남에게 전부 전가할 거라고 예상은 했다. 하지만 그녀는, 자작이 설마 저렇게 물귀신처럼 나올 거라고는 예상하지 못했다. 로테슈 자작은 한 손엔 아들을 한 손엔 라스타를 잡고서, 다 함께 죽자고 끌어당기고 있었다.

라스타는 공포에 질려 다리를 후들후들 떨었다. 같이 죽자고 물고 늘어지는 사람만큼 두려운 사람은 없는 법이다. 자신을 지키려는 사람은 오히려 여기저기 공격할 구석이 많지만, 자신을 지키지 않는 사람은 어디를 공격하든 통하지 않는데. 로테슈 자작이 딱 그 꼴이었다.

눌러쓴 망토 아래로, 눈물 한 방울이 툭 바닥에 떨어졌다. 소비에슈가 원망스러웠다.

'이걸 보라고 재판에 참관하라고 한 거예요, 폐하? 궁지에 몰려 있으니, 순순히 받아들이라고?'

라스타는 충격에서 빠져나오지 못하고 멍하니 서 있기만 했다. 눈물 한 방울을 흘린 후로는 미동조차 없어서, 라스타를 싫어하는 피르누 백작조차 그녀가 쓰러질까 봐 조금 염려할 정도였다.

라스타가 정신을 차렸을 때, 피고인 자리에는 이미 이스쿠아 자작 부부가 끌려 나와 있었다. 라스타는 힘없이 한숨을 내쉬었다. 이스쿠아 자작 부부는 자신에게 신의를 지키고 있다고 들었다. 다른 사람은 몰라도 자작 부부에게는 안심할 수 있었다.

게다가 이스쿠아 자작 부부가 받을 재판은 글로리엠에 대한 게 아니라 에벨리에 대한 일이었다. 라스타는 한결 마음이 편해져서 숨을 골랐다. 자신을 아껴주는 이스쿠아 자작 부부가 이런 처지에 놓인 건 안쓰럽지만, 이 건은 유죄가 되더라도 큰 벌을 받지 않는다고 들었으니 크게 걱정되진 않았다.

사람들도 이 건에는 큰 관심이 없는 듯, 알렌과 로테슈 자작 때만큼 흥분하지 않았다. 몇몇은 구경거리가 끝났다고 여기는지 아예 법정 밖으로 나가버렸다.

"마샤 이스쿠아. 길림트 이스쿠아. 에벨리 양 건에 관해 여전히 같은 입장을 고수하고 있습니까?"

라스타는 옆 사람이 "또 아니라고 하겠지 뭐." 하고 툴툴거리는 소리를 들었다. 그 사람의 일행이 고개를 끄덕이는 것도 보았다.

"인정합니다."

그러나 아니었다. 이스쿠아 자작 부부가 뱉은 자백에 주위가 조금 소란스러워졌다. 대법관은 손을 들어 사람들에게 조용히 하란 신호를 보내고, 자작 부부에게 다시 물었다.

"그럼 에벨리 양을 서대제국으로 가는 길에 죽이라 사주한 걸 인정하는 겁니까?"

라스타는 눈을 휘둥그렇게 떴다. 이스쿠아 자작 부부가 왜 저걸 인정하지? 의아했다. 하지만 그 이상 심각하게 받아들이진 않았다. 이 일은 어디까지나 이스쿠아 자작 부부의 독단이었다. 라스타는 자작 부부가 정말로 에벨리를 죽이려 했는지 아닌지조차 몰랐다. 저렇게 인정하는 걸 보니, 정말로 죽이려 했던 건지도 모르지만. 피해 갈 수 없는 증거라도 발견된 게 아닐까?

"네, 인정합니다."

"딸인 라스타 황후를 위해서 한 짓입니까?"

"네. 에벨리 양이 마법에 유능한 인재라 남궁에서 지내며 궁정 마법사의 조수가 되었는데, 황후 폐하께서는 그게 황제 폐하가 변심한 증거는 아닐까 늘 걱정하였습니다. 그래서 그런 무서운…… 일을 벌이게 되었습니다."

아까보다 소란이 조금 더 커졌다. 대법관은 혐오스럽다는 듯 부부에게 다시 물었다.

"그러면 에벨리 양이 황제 폐하의 정부가 아닌데도 그런 짓을 한 겁니까?"

"……예."

"절대로 아닙니다."

"이 일에 라스타 황후는 관련이 있습니까?"

약간 진술이 변하긴 했지만, 사람들은 그래도 이스쿠아 자작 부부가 이 부분에선 신념을 지킬 거라고 생각했다. 진술을 바꾼 건 다른 증거가 나왔다거나 계속되는 재판에 지쳐서이겠지만, 라스타 황후를 끌어들이는 문제는 전혀 다른 차원이었으니까. 게다가 부부는 딸에 대한 지극한 사랑을 내내 보여왔으니 이번에도 라스타 황후를 당연히 감쌀 거라고, 심지어 대법관조차 그렇게 생각했다.

"예."

그렇기에 이스쿠아 자작의 덤덤한 한마디는 사람들을 놀랍게 만들기 충분했다. 한발 동떨어진 기분으로 상황을 지켜보던 라스타도 눈을 커다랗게 떴다. 그녀는 순간 자신이 뭘 잘못 들었다고 생각했다. 저게…… 저게 무슨 말이지?

"라스타 황후가 사주했다, 이 말입니까?"

"예."

이스쿠아 자작 부인 역시 단호하게 라스타의 죄를 시인하자, 웅성거리는 소리가 더욱 커졌다.

"왜 갑자기 말을 바꾼 겁니까?"

대법관은 그 태도가 오히려 미심쩍게 여겨져서 인상을 찌푸리고 물었다. 혹시 이스쿠아 자작 부부가 누군가의 협박을 받아 진술을 바꾼 거라면, 그것 역시 옳지 못한 일이었다. 라스타 황후의 죄는 이미 글로리엠 공주에 대한 것만으로 확실했다. 그녀가 밉다 해서 거짓 죄를 기워 붙일 수는 없었다. 그러나 이후 이스쿠아 자작 부부의 발언은, 아까의 발언보다 몇 배는 더한 충격이었다.

"우리는 친딸도 아닌 분을 위해 온갖 모욕을 감수하는데, 이 일의 원인이자 발단인 황후 폐하께서는 모든 걸 다 저희에게 미루고 가만히 보고만 있으니, 더는 견딜 수가 없어서입니다."

웅성거리는 소리가 몇 배로 커졌다. 막아두었던 둑을 터트린 마냥 법정 안이 사람들이 수군거리는 소리로 가득해졌다.

"친딸이 아닌 분이라니?"

"라스타 황후 폐하를 말하는 거야?"

"라스타 황후가 저 부부 친딸이 아니라고?"

라스타는 뒤로 두 걸음 물러났다. 숨도 쉴 수 없었다. 저 인간이 지금 뭐라는 거지? 갑자기 왜 저래?

대법관은 놀라서 말문을 잇지 못하다가, 보조가 "대법관님." 하고 작게 속삭이자 그제야 언성을 높여 물었다.

"지금 라스타 황후가 친딸이 아니라 말하고 있는 겁니까?"

사실이라면 정말로 파격적인 이야기였다. 에벨리 건과는 비교할 수도 없을 정도로.

"네."

"아닙니다."

부부가 동시에 대답했다. 사람들은 경악한 얼굴로 서로를 쳐다보았다. 충격이 너무 크자, 오히려 법정 안은 찬물을 끼얹은 마냥 조용해졌다.

대법관은 더듬거리며 다시 물었다.

"하지만 라스타 황후가 즉위하기 이전부터 계속 딸이라고 주장했을 텐데? 라스타 황후도 당신들이 친부모라 말해왔고."

이스쿠아 자작은 무표정한 얼굴로 싸늘하게 대답했다.

"우리는 친딸을 찾을 돈이 필요했고, 라스타 황후는 황후 자리에 오르기 위해 귀족 부모가 필요했습니다. 이런 식으로 귀족 양부모를 만들어 신분을 세탁하는 건 그리 드문 경우는 아니지요."

구경꾼 중 한 명이 참지 못하고 질문을 던졌다.

"그럼 라스타 황후의 친부모는 누구요? 전에 자기가 친부라 주장했던 그 평민이요?"

이스쿠아 자작 부인이 차갑게 응수했다.

"우리야 모르지. 귀족이 아니란 것 외엔 모르네."

대법관은 서서히 이성을 찾고서, 손수건을 꺼내 식은땀을 닦았다. 이 말이 사실이라면 이건…… 이건 정말로 엄청난 일이었다. 문제는 이 일을 황제가 알고 주도했는지 모르고 있었는지였다.

그러나 이 일을 여기에서 물어도 될까? 대법관은 고민에 빠졌다. 만약 소비에슈 황제의 명령으로 벌어진 신분 세탁이라면, 이스쿠아 자작 부부가 이 자리에서 사실을 말하게 둘 수 없었다. 이곳엔 평민 구경꾼들이 많이 모여 있었고, 기자들도 몇 사람 와 있었다. 여기에서 소비에슈 황제의 이름까지 거론된다면, 황실은 우스워지게 된다. 체면이 좀 상한다 한들 황실은 황실이겠지만, 이 일을 끌어낸 대법관은 곤란해질지도 몰랐다.

그러나 이건 대법관의 사정일 뿐이었다. 구경꾼들은 이 일로 대법관이 난처해지건 말건 아무 상관이 없었다. 대법관은 서둘러 이쯤에서 결론을 내려 했으나, 결국 구경꾼 한 명이 큰 소리로 물었다.

"그럼 당신들이 짜고서 황제 폐하를 속인 거요, 아니면 황제 폐하가 이 일을 묵인해준 거요?"

대변관은 심장이 섬뜩해졌다. 이렇게 된 이상 죄를 덜기 위해서라도, 이스쿠아 자작 부부는 진위와 관계없이 황제를 끌어들일 것이다. 대법관은 앞으로 벌어질 일에 자신의 책임이 어느 정도일지 빠르게 계산해보고 무서워졌다.

그러나 익명에 기댄 구경꾼에겐 거칠 것도 무서운 것도 없었다. 설마 황제가 여기 구경 온 사람들 모두를 처벌하진 않을 테니.

"황제 폐하는 모르는 일입니다."

하지만 이번에도 이스쿠아 자작 부부의 대답은 기대를 엎었다.

"라스타 님은 자신을 황후로 만들어주면, 우리에게 딸을 찾아주고 온갖 부귀와 영화를 누리게 해주겠다 약속했습니다."

"이렇게 법정에 세우는 게 아니라요."

"라스타 님과 우리가 짜고서 황제 폐하를 속였습니다."

"필요하다면 라스타 님과 핏줄 검사를 할 수 있습니다."

라스타는 버럭 소리를 지르고 싶었다. 아니라고, 소비에슈는 자신이 귀족이 아니란 걸 이미 알고 있었다고. 소비에슈는 이스쿠아 자작 부부에 대해서는 몰랐지만, 어쨌든 그녀가 귀족이 아니란 건 알고 있지 않았던가.

게다가 저들을 데려온 건 에르기 공작이었다. 그런데 왜 이 문제가 거론되지? 가슴이 답답하고 억울해서 법원을 뒤집어 엎어버리고 싶었다. 그렇지만 할 수 없었다. 그녀가 이 자리에 와 있단 건 아무도 몰랐다. 여기서 자작 부부의 말에 반박하다 정체를 들키기라도 했다간, 어떤 일이 벌어질지 몰랐다. 라스타는 바닥을 더럽게 굴러다니는 깨진 계란과 으깨진 과일만 노려보았다.

오랫동안 침묵하던 대법관은 관련 부서의 다른 관리들과 함께 조용한 회의실로 들어갔다. 이후 한참 동안 대법관은 나타나지 않았으나, 사람들은 단 한 사람도 빠져나가지 않고 자리를 지켰다.

어느새 피고인석에는 이스쿠아 자작 부부뿐만 아니라 로테슈 자작과 알렌까지 나와 있었다. 라스타는 자작 부부와 로테슈 자작이 눈짓을 주고받는 걸 보다가, 이상한 장면을 발견했다. 자작 부부가 로테슈 자작을 증오에 가득 차 노려보고 있었다. 별게 아니라면 별게 아니었지만…….

'로테슈 자작이 에벨리 일에 대해 말했구나.'

라스타는 대번에 사태를 파악했다. 그게 아니라면 이스쿠아 자작 부부가 갑자기 입장을 바꿀 이유도, 로테슈 자작을 저렇게 노려볼 이유도 없었다.

한참 후 회의실에서 나온 대법관이 망치를 들자, 웅성거리며 떠들어대던 사람들이 약속이라도 한 것처럼 조용해졌다. 대법관은 근엄한 얼굴로 자신의 책상을 몇 번 두드리고서, 로테슈 자작과 알렌, 이스쿠아 자작 부부의 의혹과 죄명을 하나하나 읊었다. 이후 자신의 의견을 몇 마디 덧붙인 뒤, 단호하게 판결을 읊었다.

"로테슈 림웰. 사형. 알렌 림웰. 사형. 마샤 이스쿠아. 사형. 길림트 이스쿠아. 사형."

동대제국에서 내게 바란 건 어음 건에 대한 피해 증언이었다. 다른 부분에 대한 피해는 증언을 해도 좋고 하지 않아도 좋지만, 어음 부분에서는 되도록 사건의 전후를 이야기해주었으면 좋겠다고.

내가 바로 대답하지 못하자 하인리는 좀 더 생각해보라 했고, 우리는 그날 밤 말없이 꼭 끌어안고 잤다. 하지만 다음 날, 하인리가 업무를 보러 간 후에도 나는 내내 그 생각에 사로잡혔다.

이야기를 들은 주베르 백작 부인은 단호하게 말했다.

"당연히 가야죠! 가서 전부 다 말해야 합니다! 황후 폐하께 언니 언니 부르던 일, 황후 폐하를 따라 하던 일, 외국 귀빈들을 초대하는 특별 연회에 따라가고 싶어서 전날까지도 엉겨 붙은 일, 코샤르 경이 자기를 떠밀었다고 거짓말해서 추방당하게 만든 일, 같은 드레스를 맞춰 입고서 황후 폐하가 자길 따라 했다고 우긴 일, 황후 폐하의 임신 선물로 황후 폐하가 준 선물을 그대로 가져와 내민 일, 황후 폐하가 불임이라는 편지를 써서 보낸 일……. 후! 후! 말하는 것만으로도 입이 아플 지경이네요."

옆에서 로라도 주먹을 쥐고 휘두르며 말을 보탰다.

"황후 폐하가 자기한테 선물을 보냈다고 거짓말한 거랑, 하인리 폐하의 편지 상대라고 사칭했던 일도 말했으면 좋겠어요! 아, 황후 폐하가 소비에슈 폐하랑 춤추려고 하니까 일부러 울어서 춤 못 추게 말린 일도요!"

동대제국에서의 일을 모르는 로즈와 마스타스는 입을 벌린 채 세상에 세상에 탄식하길 반복했다.

"그게 다 무슨 일이래요?"

"황후 폐하께서 일방적으로 당한 일들입니까?"

"일방적으로 당한 건 아니에요."

정정해주었지만 로즈와 마스타스는 이미 나를 가엾어 죽겠단 눈으로 보고 있다.

……정말인데. 적어도 몇 가지 사안은 즉석에서 복수하지 않았나? 언니 언니 부르는 건 에벨리가 날 대신해 돌려주었다 하고.

"가실 건가요?"

로라가 두 손을 꼭 모아 쥐고서, '꼭 가셨으면 좋겠어요' 하는 얼굴로 묻는다. 나는 망설이다가 솔직하게 대답했다.

"생각 중이에요."

주베르 백작 부인과 로라가 말한 일 모두 다 당시에 내겐 상처였다. 지금 생각해도 너무 화가 나고. 그렇지만 저걸 법정에서 말하기엔 좀……. 게다가 특별 연회 전날 라스타를 데려온 일이나 내 이름을 사칭해 라스타에게 선물을 보낸 건 따지자면 소비에슈의 잘못이지. 그 외의 일들 역시 화가 나지만, 불법을 논하는 자리에서 '라스타 황후가 나한테 언니라 부르고 내 드레스를 따라 입었다'고 말할 수도 없었다. 그건 법정에서 가릴 일이 아니니까.

따지고 보면 법정에서 말할 만한 내용은 오빠가 라스타를 밀쳤단 누명을 쓴 것과 라스타의 양부모를 가짜로 고용했단 누명을 썼다, 뭐 이 정도인데.

양부모 건에 관한 건 라스타가 아니라 소비에슈가 꾸민 짓이고, 지금부터 갈 곳은 소비에슈의 본거지 안이다. 증거가 있을 리 없고, 그 건에 관련된 사람들 역시 이미 없겠지. 말해 무엇 할까.

라스타를 밀쳤단 누명 때문에 오빠가 벌을 받은 것도…… 실패하긴 했지만 먼저 낙태약 사건이 있었기 때문에 나서긴 좀.

라스타가 리버티 공작에게 보낸 편지는 이미 공식적으로 동대제국에 항의를 한 상태지. 대외적이고 공식적인 사과를 받아야 할 일을, 법정에서 처리하고 싶진 않았다.

"제게도 참석해달란 요청이 왔습니다."

어? 고민하고 있자니, 남자 목소리가 끼어들었다. 랑드레 자작이었다. 보통 그는 내가 시녀들과 이야기를 나눌 땐 잘 끼어들지 않는데.

"동대제국에서요?"

"예."

"제가 작성하고 황후 폐하께서 소비에슈 황제에게 전달한 그 보고서에 관해 증언을 부탁하려는 것 같습니다."

아아. 그 일까지 결국 나오게 되었구나.

"레이디 니안이 쓴 오명이 벗겨지겠군요."

"네. 그래서 전 꼭 갈 겁니다. 가서 니안의 누명을 벗기고, 그 여자가 몰락하는 모습을 두 눈으로 지켜볼 겁니다."

랑드레 자작은 단호하게 말하고서 입을 꽉 다물었다. 그러나 눈은 열렬했다. 오래전부터 묵혀온 원한을 드디어 풀 수 있게 된 게 기쁜 것처럼.

"황후 폐하께서 가신다면, 어차피 함께 가게 되니 계속 제가 호위를 하겠습니다."

홀로 기뻐하다가, 랑드레 자작은 고개를 돌려 내게도 제안했다.

"황후 폐하께서도 맺힌 게 많으실 텐데. 이럴 때 가서 보고 오는 것도 좋습니다. 속이 시원해질 테니까요."

하인리는 내게 마음대로 결정하라고 했지.

내 마음은 반반이었다. 날 밀어낸 라스타가 어떻게 되는지 보고 싶은 마음이 반. 이미 약해질 대로 약해진 모습을 군이 구경하고 싶진 않은 마음이 반.

이런 심정을 털어놓자 마스타스는 이해가 안 간다는 얼굴로 물었다.

"그럼 황후 폐하께선 그 여자를 용서하시는 겁니까?"

"용서하는 게 아니에요. 단지, 그 여자가 약해진 모습을 보고 죄책감을 느끼고 싶지 않을 뿐. 아무리 미운 사람이어도 가엾은 모습을 보면 마음이 흔들리니까요."

그래. 지금은 이따금 라스타가 떠오르면 '참 이상한 사람이었다' 화를 내고, 소비에슈가 떠오르면 '진짜 나쁜놈'이라 화를 낼 수 있다. 하지만 라스타가 몰락하는 걸 보고 나면, 이후 내가 그녀를 마음껏 싫어할 수 있을까? 있겠지만, 괜히 찜찜해지지 않을까?

하지만 결국 생각 끝에 가기로 결정하고, 이 이야기를 하인리에게 전했다.

"증언을 할 겁니까, 퀸? 퀸이 받은 피해에 대해서요?"

"아니요. 가긴 하되, 참관만 하고 오려고요."

"참관만요?"

하인리는 걱정스럽게 날 바라보며 물었다.

"험한 말을 많이 들을지도 모릅니다. 퀸에게가 아니라, 사람들이 그 여자에게 험한 말을 많이 할지도 몰라요. 하지만 누구에게 하는 험한 소리든 듣기엔 좋지 않지요."

"알아요."

"마차에 오래 있는 것도 힘들 텐데……."

"사태가 크지만 라스타는 평민들에게 인기가 많으니, 이번 일로 실망하는 사람이 많아도 못 들을 욕이 나오진 않을 거예요. 벌도 폐위 정도가 아닐까 싶고."

하인리는 잠시 생각해보다 약속했다.

"그러면 함께 가지요, 퀸. 그래야 안심이 될 것 같습니다."

24

혼자 죽진 않겠다

하인리는 내 의견을 그대로 받아들여주었고, 우리는 잠시 동대제국에 다녀오게 되었다. 마침 부모님도 너무 오래 서대제국에서만 지냈던 터라, 함께 다녀오기로 했다. 부모님은 법정에 같이 참석하는 대신 영지 쪽으로 빠지시겠지만.

사실 라스타가 법정에 설 때 피해 사실을 증언해야 하는 쪽은, 내가 아니라 우리 부모님일지도 모른다. 라스타는 암살자를 고용해 우리 부모님을 공격하려 했으니까. 하지만 결국 시도도 하지 못한 일인 데다, 애초에 이걸 알게 된 건 하인리의 비밀 정보원 덕이었다. 그렇다 보니 제일 큰 문제인데도 법정에서 이걸 공론화하기 어려운 점이 있어서……. 하인리는 부모님이 원한다면 정보원을 밝혀서라도 증인으로 세우겠다 했지만, 부모님은 됐다고 손을 저었다.

"괜찮습니다. 어차피 라스타가 이 일로 폐위되고 나면, 앞으론 그런 짓은 시도도 할 수 없을 테니까요."

"가짜 공주 사건만으로도 이미 폐위되고도 충분한데, 괜히 이 일까지 터트려봤자 소용없습니다. 이쪽이 얻는 이득은 아무것도 없지 않습니까."

"서대제국의 정보원이 동대제국에 숨어 있단 사실이 알려져서 좋을 일이 하나도 없으니, 그냥 넘어가는 게 낫습니다, 폐하."

하지만 두 분 모두 하인리가 말만이라도 이렇게 건네준 데 무척 기뻐하는 눈치셨다. 나 역시도…….

"퀸. 아버님과 어머님한테 지금 제 점수가 몇 점 정도일까요?"

이런 걸 대놓고 물어보지만 않는다면 더 좋을 것도 같고.

"직접 물어보지 그래요?"

"그러면 듬직하지 않잖습니까."

"나한텐 안 듬직해도 되나요?"

"퀸이 제 엉덩이를 엎어놓고 때렸을 때부터 듬직은 물 건너갔죠."

"목소리."

"좋단 말 많이 듣습니다."

낮추란 뜻으로 한 말인데.

"사랑해요."

뭐라 할 틈도 없이, 하인리가 본인의 말마따나 듣기 좋은 목소리로 속삭였다.

이…… 여우. 여우개. 개여우. 여우새. 개새여우? 마지막 건 너무 욕 같나?

하인리는 내가 속으로 무슨 생각을 하는지도 모르는지, 눈이 마주치자 순진하게도 생글 웃는다. 그러고는 마차 창문으로 슬쩍 고개를 들이밀어 입을 맞추고, 모른 척 다시 허리를 세웠다. 좀 귀엽기도 하고 얄밉기도 해서, 손을 뻗어 허벅지를 슬쩍 꼬집자, 웃음을 터트리더니, 이번엔 내 손에 자기 손을 깍지 꼈다.

"퀸. 이 길 기억납니까?"

"기억나지 않을 리가 있나요."

"우리가 말 하나를 타고, 이 길을 달려서 서대제국에 도착했잖습니까. 난 가끔 그때 생각이 납니다. 아마 평생 잊지 못하겠지요."

나 역시 그렇지만…… 저 성격에 내가 동의하면, 혹시 자기랑 꼭 끌어안고 달려와서 그런 거냐고 묻겠지.

그것도 물론 기억에 남지만, 그래도 일부러 말을 돌렸다.

"그건 모르겠고. 마차 의자 안에 구겨진 채 탈출한 기억은 평생 갈 것 같군요."

아주 틀린 말은 아니니까.

하인리는 그것도 물론 평생 기억에 남을 거라면서 웃음을 터트렸다.

잘 웃기도 하지.

그 옆모습을 잠시 구경하다가 창문을 닫고 마차 안쪽으로 좀 더 깊숙이 들어왔다. 자꾸 내가 문을 열고 있으면 하인리가 앞을 안 보고 나만 보니까.

하지만 하인리의 말을 듣고 나니, 나 역시 그날의 일이 생생하게 떠올랐다. 몸은 불편했고, 언제 잡힐지 몰라 내내 불안했지만, 우리의 탈출에는 희망이 가득했다. 그는 나를 따뜻하게 감싸주었고, 서로 몸을 완전히 맞댄 채 하나의 길을 달려갔다.

다시 같은 일을 반복하고 싶진 않지만, 과거는 확실하게 미화가 된 모양이다. 그때의 고생스럽던 일까지 이젠 웃으면서 생각나는 걸 보니.

"퀸. 퀸. 좋은 생각이 났습니다."

그새를 못 참고 하인리가 또 창문을 두드린다. 창문을 열고 고개를 내밀자, 하인리가 마차와 말 속도를 맞추면서 신이 나서 제안했다.

"퀸. 나중에 우리 아이가 태어나면, 같이 말을 타고 놀면 어떨까요?"

"재밌겠네요."

"아이는 조랑말에 태워서 맥켄나한테 맡기고, 우리 둘이서 같이 초원을 뛰어다니는 겁니다. 정말 즐거울 것 같지 않습니까?"

"즐겁겠네요."

하지만 맥켄나도 즐거울까? 저 옆에서 눈이 이글이글해서 하인리를 쳐다보는 걸 보니, 전혀 즐겁지 않은 모양인데.

괜히 맥켄나의 눈치가 보여서 슬며시 머리를 들이밀고 창문을 닫았다. 5초를 세자 맥켄나가 하인리에게 항의하는 목소리가 들려왔다. 괜히 웃음이 흘러나왔다. 이런 일들이 재밌어 보인 걸까?

"전 남자한테 관심이 없었는데요, 황후 폐하. 황후 폐하랑 하인리 폐하를 보면 결혼하는 것도 괜찮을 것 같아요."

내 맞은편에서 조용히 앉아 있던 로라가, 두 손을 모아 쥐고서
중얼거렸다.

"그런가요?"

"네."

"그럼 로라 양도 곧 약혼할지도 모르겠군요?"

로라의 가문인 탈리탈 후작가에서는 로라에게 정략결혼을 일찍
시키고 싶어 하지 않았다. 로라 본인이 연애에 워낙 관심이 없기도
하고. 하지만 로라가 원하기만 한다면, 결혼하고 싶어 할 훌륭한 가
문의 영식은 얼마든지 많지. 그러나 로라는 막상 약혼 이야기가 나
오자, "음……" 하고 심각하게 고민하더니 다시 고개를 저었다.

"그건 아니에요."

"아깐 결혼하는 것도 괜찮을 것 같다면서요?"

"하인리 폐하 같은 남자를 만나면 괜찮지만, 운이 나빠서 주베르
백작님이나 소비에슈 폐하 같은 남자를 만나면…… 아야! 왜 꼬집
어요, 백작 부인?"

궁전에서 지내고 있기에 에벨리는, 이스쿠아 자작 부부의 엄청
난 재판 이야기를 몇 시간 만에 들을 수 있었다. 그토록 라스타 황
후를 애지중지하던 이스쿠아 자작 부부가, 제 입으로 라스타 황후
가 가짜 딸이라 밝혔단 이야기였다. 에벨리는 그 이야기를 전해 듣
자마자 혀를 찼다.

"성격이 빼다 박았는데 가짜 부모 가짜 자식이라니. 이거 참 신비로운 일이네요. 근데 가짜 부모 맞아요? 셋이서 짜고서 뭐 판 벌이려는 거 아니고요?"

이야기를 전해준 궁정 마법사도 덩달아 혀를 찼다.

"아니, 넌 나이도 젊은 애가 왜 이리 부정적인 게냐?"

"스승님이 저처럼 살아봐요. 눈에 보이는 세상이 일단 다 삐딱하니까."

"그럼 난? 나도 네 눈엔 삐딱하게 보이냐?"

"나중에 그 자리 저 물려주시고 은퇴하시면 솔직히 말씀드릴게요."

궁정 마법사의 눈이 점차 가늘어지자, 에벨리는 투덜거리던 걸 멈추고 얼른 플라스크와 몇 종류 약품을 챙겨 연구실을 빠져나왔다. 그러고서는 슬쩍 문 너머로 연구실 안을 들여다보았다. 안쪽에서 궁정 마법사가 손가락으로 '넌 내일 오면 혼난다'는 신호를 보내고 있었다.

하지만 그런 위협조차 즐겁게 여겨져서, 에벨리는 히죽 웃고 돌아섰다. 말은 저렇게 해도, 아니, 실제로도 혼을 내는 경우가 많지만, 궁정 마법사는 최근 그녀를 가장 잘 챙겨주는 사람이었다. 부모님처럼 챙겨준다고는 빈말로 하기도 어렵지만, 그래도 친한 부모님 친구 정도로는 챙겨주었다. 가끔은 친척 같을 때도 있었고.

에벨리에겐 그 정도도 좋았다. 나비에 황후는 은인이었고 여전히 은인이라 여기지만, 아무래도 위치가 위치이다 보니 거리감이 있었다. 하지만 궁정 마법사는 은인 같진 않았지만, 친근하고 정이 있었다. 둘 다 가족이라 할 수는 없지만 소중한 이들이었다.

이 와중에 그토록 꼴 보기 싫던 라스타 황후와 이스쿠아 자작 부부까지 내리막길을 걷게 생기자, 에벨리는 정말로 기분이 좋아졌다. 그런데 신이 나서 계단을 내려와 회랑을 걸어가 자신의 방에 도착해보니, 문 앞에 정장 차림에 안경을 쓴 여자가 서 있었다.

"누구세요?"

에벨리는 경계하면서 물었다. 처음 보는 사람이었다. 여자는 대답 대신 안경을 바로잡아 쓰며 물었다.

"궁정 마법사의 조수인 에벨리 양입니까?"

"그런데요."

에벨리는 더욱 경계하면서 닫힌 문을 살폈다. 별로 도둑같이 생기진 않았지만. 그래도 그사이에 도둑질이라도 한 거 아냐? 괜히 의심이 들었다. 여자는 에벨리가 경계하는 걸 알면서도 태연히 이야기했다.

"저는 에벨리 양 부모님의 재산관리인입니다."

"네? 제…… 부모님이요?"

에벨리는 어리둥절해서 되묻다가, 더욱 경계해서 뒤로 물러났다.

"사기꾼이죠?"

고아로 살아온 사람에게 갑자기 나타나 부모님 재산관리인이라니. 누가 봐도 사기꾼이었다. 여자는 자신이 챙겨 온 궁전 출입증과 국가 인증 재산관리인 자격증을 내밀었다.

에벨리는 슬쩍 그걸 살폈지만, 그쪽 분야엔 관심이 없었기에 가짜인지 진짜인지 구분할 방도가 없었다. 그래도 일단 알아본 척 눈을 다부지게 뜨고서 "그, 그런 사람이 저한테 왜요?" 하고 묻자, 여자가 설명했다.

"에벨리 양 친부모님이 계속 에벨리 양을 찾고 있었습니다. 이제 발견하게 되어 알려드리는 거고요."

"근데 왜 친부모……님이 안 오고 재산관리인이 와요? 혹시 제 친부모란 사람들이 빚 남기고서 저한테 받으러 가라고 그랬나요? 역시 사기 같은데요?"

"빚은 아니고. 재산을 남겼습니다."

"재산이라니요?"

에벨리는 인상을 찡그렸다. 빚을 남겼다며 찾아왔다면 분명 사기겠지만, 이것도 역시 사기 같았다.

"부모님은 어쩌고 재산이 절 찾아오는데요?"

"돌아가셨거든요."

"……돌아……가셨어요……? 두 분 모두?"

"네. 유언으로, 자신들이 죽은 후에도 딸을 찾아 재산을 넘겨달라 하셨지요."

에벨리는 난데없이 들이닥친 이야기에 정신이 멍해졌다. 갑자기 친부모 얘기가 나왔는데, 그 부모가 재산을 남기고, 그 부모는 근데 이미 죽었다니…….

"꽤 많은 액수입니다. 절 믿기 어렵다면, 상속 절차를 밟으러 갈 때 다른 사람을 함께 데려가도 괜찮습니다."

"진짜 제 부모님 얘기하는 거 맞아요?"

에벨리는 뒤늦게야 울컥해서 물었다. 본 적도 없는 친부모. 자신을 버렸다 생각해서 내내 미워하고 산 친부모. 필요 없다고 생각한 친부모인데. 그 부모가 자신을 찾다 죽었고, 유언을 통해서라도 계속 찾으라 했다 들으니 가슴 한구석이 휑하고 쓸쓸했다. 재산 이야기는 귀에 들어오지도 않았다. 슬프지도 않은데 저절로 눈시울이 붉어졌다.

여자는 복잡한 눈으로 에벨리를 바라보다 조용히 고개를 끄덕였다. 에벨리는 눈가를 닦으며 물었다.

"제 부모님 이름이 뭔데요? 언제 돌아가셨어요? 동대제국 사람은 맞아요? 친척은요? 돌아가셨으면 무덤은 있어요? 묘소엔 갈 수 있고요?"

한 번도 생각해본 적 없는 부모인데, 말을 듣는 것만으로도 마구잡이로 질문이 튀어 나갔다. 그러나 여자는 고개를 젓고서, 단 하나의 질문에도 대답해주지 않았다.

"죄송하지만, 에벨리 양. 친부모께서 이름을 밝히지 말아달라 요청해서요."

"그게 무슨……."

"좋은 분들은 아니었습니다. 그리고 그게 부끄러우니, 에벨리 양에게 자신들의 이름을 알리지 말아달라 부탁하셨습니다."

에벨리는 멍하니 눈을 깜빡이다 외쳤다.

"말도 안 돼요! 나쁜 분이라 해도 상관없어요! 제 부모님인데, 평생 절 찾았다면서 이름도 알려줄 수 없다니 그게 뭐예요!"

눈물이 주르륵 흘렀다. 정신을 차리고 보니, 꼭 끌어안고 있던 플라스크는 이미 기울어져서, 안의 액체가 바닥으로 후드득 떨어지고 있었다.

"그게 유언입니다."

"말도 안 돼!"

"……좋은 분들은 아니지만, 정말로 평생 에벨리 양을 사랑한 분들이었습니다. 평생 에벨리 양을 찾아다녔고요."

에벨리는 눈가가 화끈거려서 고개를 저었다. 말도 안 돼. 그저 이 생각만 났다. 세상에 어느 친부모가, 어느 친부모가 사랑한다면서 재산만 남기고 이름도 알려주지 않는데?

"안 죽은 거 아니에요? 안 죽었는데, 제가 귀찮게 굴까 봐 재산만 남기는 건 아니에요? 저 막 귀족 서녀 이런 거 아니에요?"

에벨리가 흐엉 울면서 묻자, 재산관리인은 씁쓸하게 웃고서 고개를 저었다.

"아닙니다."

사실 재산을 남겼단 부분과 생전에 내내 찾아다녔단 부분을 제외하면 모두 다 거짓말이었다. 아직 에벨리의 친부모는 살아 있었다. 그녀의 친부모는 오늘 나라를 들썩이는 재판을 벌인 주인공들이었으니까. 그러나 그들은 자신들의 이름이 에벨리와 얽히지 않길 바랐다. 그들은 딸이 불명예로 가득 찬 가문을 잇는 대신, 풍족한 재산만 받아 가길 원했다. 꼭 해주고 싶던 말과 함께.

"유언을 남기셨습니다."

에벨리는 소리 없이 눈물만 뚝뚝 흘리며 재산관리인을 보았다. 재산관리인이 아픈 미소를 지으며 손수건을 내밀었다.

"정말로 사랑한다고, 평생 사랑했다고, 버린 적이 없으니 혹시 어릴 때 그런 생각을 했다면 잊어달라 하셨습니다. 살아 있을 때 지키지 못했지만, 죽은 후엔 꼭 지켜주겠다고요."

서궁으로 돌아온 라스타는 머리카락을 쥐고서 손을 덜덜 떨었다. 이스쿠아 자작 부부가 설마 저런 식으로 마지막에 뒤통수를 칠 줄이야. 황제를 속이려 했다는 건, 앞의 죄와는 비교도 되지 않을 만큼 어마어마하게 큰 죄였다. 그러니 대법관도 바로 사형 판결을 내렸을 것이다. 이후 신전 검사 결과에 따라 판결이 뒤집힐 수도 있겠지만…….

'뒤집히지 않을 거야.'

라스타는 고개를 저었다. 그녀는 그들의 친딸이 아니었으니, 검사를 해도 결과가 뻔했다. 분명 뒤집히지 않을 것이다.

이렇게 된 이상 닥쳐올 일은 하나였다. 그들은 황제를 속이기 위해 황제의 정부와 손을 잡은 간악하고 못된 몰락 귀족이 되어 죽을 것이고, 라스타는…….

"아니야! 아니라고!"

그녀는 비명을 지르고 주전자와 찻잔을 깨부쉈다. 와르르 소리가 났지만 시끄럽단 생각조차 들지 않았다.

라스타는 숨을 헐떡거렸다. 믿기지 않았다. 로테슈 자작과 이스쿠아 자작 부부가 말도 안 되는 자백을 하면서, 그녀의 죄가 더욱 깊어져버렸다. 황제를 속이고 가짜 공주를 만들었단 것도 이미 커

다란 죄였지만, 애초에 결혼 자체가 사기인 것처럼 되어버렸다. 그
녀의 인생 중 일부가 순식간에 가짜가 되어버린 것이다. 쓰레기 같
은 자들의 거짓말로 인해!

"아니야! 아니잖아! 소비에슈 그 개새끼가 나한테 먼저 결혼하
자 한 거라고!"

라스타는 비명을 지르면서 탁자를 밀치고 의자를 걷어찼다.

"에르기 공작, 이스쿠아 자작 부부를 데려온 건 그쪽이었잖아!"

주먹을 쥐고서 침대를 마구 걷어차고 베개를 물어뜯어 바닥에
패대기쳤다.

"로테슈 이 빌어먹을 새끼! 찢어 죽여도 마땅치 않을 새끼! 내가
너부터 죽였어야 했어! 너부터 죽였어야 했다고!"

그래도 분이 풀리지 않았다. 고함을 지른 라스타는 머리카락을
감싸 쥐고 흐으으으 흐느꼈다.

로테슈 자작. 로테슈 자작이야 원래 쓰레기 새끼니 그렇다 쳐도,
이스쿠아 자작 부부는 정말로 좋아했는데. 그들이 자신의 부모이
길 바랄 정도였는데. 이스쿠아 자작 부부의 마지막 배신은, 커다란
창이 되어 심장에 틀어박히고 말았다.

라스타는 무릎을 꿇고 흐느꼈다.

왜 다들 배신하는 거지? 왜 아무도 곁에 있어주지 않지? 왜 다들
날 못살게 구는 거야?

사람들이 욕을 하며 알렌에게 계란과 과일을 던지던 게 떠올랐
다. 당장 라스타 황후를 끄집어내라고 외치던 그 두려운 소리…….
이윽고 분노보다 공포심이 더욱 커다래졌다.

"도, 도망가야 해."

라스타는 덜덜 떨면서 중얼거렸다.

"랑트 남작. 도망가야 해. 말도 안 돼. 여기 있다간 진짜, 진짜 말도 안 돼. 다 내 탓을 하고 있잖아!"

라스타는 후들후들 떨면서 가장 오래된 하녀인 아리언을 불렀다. 그녀도 믿을 수 없었지만, 라스타는 제 힘으로 서궁을 나갈 수 없었다. 하지만 탈출을 도울 수 있는 건 랑트 남작뿐이니, 아리언에게 랑트 남작을 불러달라 부탁해야 했다.

"황후 폐하?"

방으로 들어온 아리언은 라스타가 해놓은 방을 보며 놀라 불렀다. 라스타는 울면서 아리언에게 부탁했다.

"랑트 남작을…… 랑트 남작을 불러줘. 제발. 빨리!"

아리언은 머뭇거리다가 밖으로 나갔다. 라스타는 아리언이 자신의 부탁을 들어줄지 확신하지 못했으나, 얼마 후 정말로 랑트 남작이 나타났다. 라스타는 아리언을 내보내자마자, 랑트 남작을 붙잡고 엉엉 울며 매달렸다.

"무서워요. 무서워요, 랑트 남작. 다들 자기 잘못을 내게 돌리고 있어요. 내 잘못을 더 부풀리고 부풀려서, 자기들이 살아나려고 해요. 이대로 가다간 정말 죽을 거예요. 죽고 싶지 않아요. 죽고 싶지 않아요! 제발 날 밖으로 나가게 해줘요!"

랑트 남작은 곤란한 얼굴로 두 손을 허공에 어색하게 두었다. 아무것도 모르던 시절부터 자신이 챙겨온 라스타이기에, 순간적인 충동에 탈출을 제안했지만, 이제 서서히 제정신이 돌아온 참이었다. 여전히 그녀가 가엾게 여겨졌지만, 동정심만으로 행동하기엔 그는 가진 게 너무 많았다. 게다가 상황은 그가 탈출을 제안할 때보다 더욱 나빠졌다. 로테슈 자작이 죄를 인정했고, 이스쿠아 자작 부부가 예상하지 못한 폭탄 발언을 날렸다.

"황후 폐하…….."

"부탁해요, 남작. 제발요."

랑트 남작이 머뭇거리자 라스타가 커다란 눈을 강아지처럼 뜨며 그를 바라보았다. 그 모습은 보는 사람의 심장을 철렁이게 할 정도로 가엾었다. 새까만 눈동자는 궁지에 몰린 초식동물 같았다.

"완전히 도울 수는 없지만…… 수도를 빠져나가는 것까진 도와드리겠습니다."

결국 랑트 남작은 한발 뒤로 물러났다. 여기서 라스타를 외면하고 가버릴 수도 있겠지만, 그랬다간 평생 악몽을 꿀 것 같았다.

"고마워요! 정말 고마워요!"

"그러면 지금 당장 나가야 합니다."

"하지만 기사들이 서궁 밖으로 나가지 못하게 막아요."

"기사들이 잠시 한눈을 팔게 할 수 있습니다. 여러 번은 힘들지만, 한 번 정도라면 충분히 성공할 만하니, 서둘러 돈이나 보석만 챙기십시오."

라스타에겐 남은 돈이 많이 없었다. 이스쿠아 자작 부부에게 이곳을 떠나달라 부탁할 때, 미안한 마음에 가진 보석을 거의 다 털다시피 해 건넸기 때문이다. 황후가 사용할 수 있는 자금은 애초에 막혀 있는 거나 다름없으니 쓸 수 없었다.

"잠시만요."

그래도 라스타는 방 안을 탈탈 뒤지기 시작했다. 인맥도 신분도 연고지도 없는 곳에서 힘이 되어줄 건 돈뿐이었다. 돈이 될 만한 건 다 가져가야 했다.

"저는 먼저 나가서 좀 준비하고 있겠습니다. 지금부터……."

그 모습을 지켜보던 랑트 남작은, 며칠 전 라스타를 위해서 자신이 준비했던 마차를 떠올리며 시계를 확인한 후 말했다.

"30분 후에 서궁 정문에 기사들이 잠시 자리를 비우게 하겠습니다. 그쪽으로 나와 오솔길로 들어서서, 곧장 걸어오시면 됩니다."

"알았어요."

"서궁까지는 평소처럼 입으시고, 정문을 빠져나간 후에는 바로 망토를 덮어 옷과 얼굴을 가리시고요."

랑트 남작이 몇 가지 설명을 하고 방을 빠져나간 후에도, 라스타는 바쁘게 움직이며 보석과 값비싼 물품을 챙겼다. 그러면서도 시간을 확인하길 잊지 않았다.

라스타는 15분을 남기고 응접실로 나왔다. 애매하게 시간이 모자라는 것보단, 미리 나오는 게 나을 거란 계산을 하고서. 그러나 응접실에 나오자마자 라스타를 맞이한 건 아리언이었다. 라스타는 놀라서 멈춰 섰다.

"너…… 빨래하러 간다면서."

라스타는 더듬거리며 아리언을 쳐다보았다. 아리언은 평소의 무
표정하고 온순한 얼굴이 아니라, 굳은 얼굴이었다. 그 표정을 보는
순간. 라스타는 아리언이 뭔가 커다란 결심을 했단 걸 알아차렸다.

'분명 날 밀고하려는 거야.'

라스타는 안색이 창백해져서 아리언을 노려보았다.

"황후 폐하. 도망가면 더욱 불리해질 겁니다. 차라리 도망치지
말고 맞서서 대응하는 게 낫습니다."

아리언은 덤덤한 얼굴로 짐짓 걱정하는 것처럼 조언했다. 그러
나 라스타에겐 그 말이 가식적으로 들렸다.

'언제부터 자기가 날 챙겼다고?'

아리언은 하녀들이 그녀의 말을 잘 따르지 않을 때에도, 가장 고
참 하녀이면서도 만류하지 않았다. 라스타가 하녀를 너무 자주 갈
아치운다는 기사가 뜨지 않았더라면, 라스타는 아리언을 당장 다
른 곳에 배속시키거나 아예 해고했을 것이다. 그런데 이제 와서 저
따위 말을 하다니.

"황후 폐하. 잘못한 게 있다면 대가를 치르고, 잘못한 부분이 아
니라면 반박하셔야 합니다. 도망치는 건 좋은 수가 아닙니다."

다시 덤덤한 얼굴로 말리는 아리언에게, 라스타는 울면서 부탁
했다.

"네가 법정에 안 가봐서 그래. 사람들이 얼마나 화를 내고 있는
지, 얼마나 무섭게 격앙되어 있는지 넌 모르잖아!"

아리언은 그런 라스타를 잠시 말없이 보다가 한숨을 내쉬고서 물러섰다.

"그러면 빨리 가세요. 못 본 척해드리겠습니다."

라스타는 눈물을 닦으며 아리언을 놀란 눈으로 보았다.

"무슨 소리야?"

"황후 폐하께서 도망치시는 걸 못 본 척해드리겠습니다. ……빨리 가십시오."

라스타는 할 말을 잃고서 아리언을 쳐다보았다. 정말인가? 진심으로 하는 말인가?

방금 전까지 도망치지 말라던 아리언이, 갑자기 '못 본 척해줄 테니 도망쳐라'고 나오자 이상하게 여겨졌다. 라스타는 뒤로 주춤주춤 물러나며 아리언을 계속 살폈다. 아리언은 바닥만 쳐다보고 있었다.

"고마워, 고마워요."

라스타는 중얼거리면서 문으로 뒷걸음질 쳐 걸어갔다. 왜 갑자기 저러는지는 모르겠지만, 그래도 다행…….

'아니야.'

그러나 문고리를 잡는 순간. 라스타는 멈춰 서서 눈에 힘을 줬다. 아리언은 지금 겉으로만 저러는 것이다. 위기를 모면하기 위해서. 그녀는 자신을 배신한 수많은 사람들을 떠올렸다. '이 사람만은 달라'라고 여겼던 사람들 모두 그녀를 떠났다. 순한 줄 알았던 알렌부터 그녀의 구원자였던 소비에슈까지. 그런데 아리언이, 친분을 두텁게 쌓지도 않았던 아리언이 이제 와서 그녀를 도와준다고?

'절대 그럴 리가. 내가 떠나자마자 바로 폐하에게 가서 내가 도망쳤다고 이르겠지. 그걸 노리고서 저렇게 고분고분 구는 거고.'

생각을 마친 라스타는 슬그머니 만약을 위해 챙긴 칼을 등 뒤로 꺼내 꽉 쥐었다.

"아리언…… 정말로 고마워."

그러고서 아리언을 향해 한 걸음 한 걸음 눈물을 흘리며 다가갔다.

랑트 남작이 말한 시간에 아슬아슬하게 도착해보니, 정말로 기사들이 보이지 않았다. 멀지 않은 곳에서 소란스러운 소리가 들려오는 걸 보니, 랑트 남작이 무언가 계책을 부려서 그들이 다른 사람을 쫓아가도록 만든 듯했다.

라스타는 서궁 출구를 빠져나오자마자 미리 준비한 펑퍼짐한 망토를 쓰고 얼굴을 모자로 눌러 가렸다. 서궁 출입구 근처의 오솔길로 접어들자 머리 위의 햇볕이 가려지면서 인적이 순식간에 사라졌다. 바쁜 걸음으로 계속 그렇게 걸어가자, 작은 마차 하나가 미리 준비된 게 보였다.

"이쪽입니다."

랑트 남작이 마차 안에서 작은 목소리로 그녀를 불렀다. 라스타는 얼른 달려가 마차 문을 열고 의자에 앉아 숨을 골랐다. 손이 덜덜 떨렸다. 손끝에 아직도 살을 파고들던 감각이 남은 것 같았다.

"황후 폐하?"

"네? 네?"

"피 냄새가 나는데. 괜찮습니까?"

"오다가 들켜서, 좀 싸움이……."

라스타가 입술까지 덜덜 떨며 말하자, 랑트 남작은 더 물어보지 않았다. 대신 그는 맞은편 의자 뚜껑을 열었다. 라스타는 두 팔로 스스로를 감싼 채 온몸을 달달 떨며, 랑트 남작의 행동을 지켜보았다. 이 와중에도 의자 뚜껑을 왜 여는지가 좀 궁금했다.

"황후 폐하. 이 안에 들어가시지요."

그런데 랑트 남작은 의자 뚜껑을 열어놓고서 라스타에게 이렇게 권했다.

"여기에요?"

라스타가 놀라서 묻자, 랑트 남작이 "예." 하고 빠른 말투로 대답했다.

"일찍이 이 방법을 써서 나비에 님이 탈출한 적이 있습니다. 단순해 보이지만, 샅샅이 마차를 검문하는 게 아닌 이상 이런 데까지 보진 않습니다. 게다가 원래 대부분의 마차는 습격자가 마차 아래에서 공격하는 경우를 대비해 의자 안을 이렇게 텅 비게 만들진 않으니까요."

"맞아요."

의자 안은 좁고 불편해 보였으나, 라스타는 얼른 그 안으로 들어가 몸을 웅크렸다. 랑트 남작이 바로 의자 뚜껑을 닫았다. 잠시 후, 마차가 잘게 흔들리기 시작했다.

어두운 공간 안에서 홀로 버티는 건 쉽지 않은 일이었다. 마차가 덜컹거리거나 사람의 목소리가 가까운 곳에서 들려올 때마다, 라스타는 심장을 졸이며 무릎을 더욱 꽉 끌어안았다. 그녀는 두려움을 벗기 위해 억지로 재밌고 희망적인 일들을 떠올렸다.

'여기서 빠져나가면…… 그래도 최소한 다시 노예가 되는 건 아니잖아. 가져온 보석을 팔아서 작은 집을 사고, 내가 할 수 있는 일이 뭐가 있지? ……뭐든 할 수 있겠지. 하지만 연애는 절대 하지 않을 거야. 사람도 믿지 않을 거고.'

얼마를 그러고 있었을까.

"수도를 빠져나왔습니다."

랑트 남작이 작게 알려주는 목소리가 났다.

"수도를 빠져나왔으면 이제 반은 해결된 겁니다. 안심하셔도 됩니다."

라스타는 긴장이 풀려서 한숨을 내쉬었다. 눈물이 주르륵 옆으로 흘러 마차 바닥을 적셨다.

"옆 마을에 도착하거든, 저는 황후 폐하께서 마부를 구하는 데까지만 확인하고 돌아가겠습니다. 너무 오래 자리를 비우면 의심을 살 테니까요."

라스타는 의자에 웅크린 채, 몇 번이나 랑트 남작에게 고맙다고 인사했다.

'그런데…… 랑트 남작은 믿을 수 있을까? 폐하의 비서잖아. 나중엔 결국 찝찝해져서 내 이야기를 하지 않을까?'

그러나 조금 안전한 상황이 되자, 속마음이 다시 어두워지기 시작했다. 소비에슈는 랑트 남작을 신뢰했다. 랑트 남작이 자신에게 믿을 만한 사람이라면 소비에슈에게도 믿을 만한 사람이 아닐까?

그때였다. 갑자기 덜컹 소리가 나며 마차가 크게 흔들리며 멈추었다.

'무슨 일이지?'

라스타는 눈을 커다랗게 뜨고 입을 다물었다. 하지만 심장 소리가 너무 커서 주위 소리가 들리지 않았다. 있을 수 없는 일이지만 라스타에겐 그렇게 느껴졌다. 차츰 주위 소리가 구분이 갔다. 마구잡이로 얽힌 소리 속에서 '랑트 남작'을 부르는 소리와 '투아니아 공작'이라는 소리가 섞여 퍼졌다.

'투아니아 공작?'

예상치 못한 이름에 당황할 새도 없이, 갑자기 마차가 기우뚱 넘어가는 느낌이 났다. 놀란 라스타는 무릎에서 손을 떼고 사방으로 팔과 다리를 뻗었다. 옆으로 넘어가던 마차는 쿵 소리를 내며 완전히 한곳에 쏠렸다. 라스타도 주르륵 미끄러져서 고꾸라졌다. 라스타는 허우적대며 두 손을 휘젓고서 의자 밖으로 나가기 위해 뚜껑을 열었다. 그러나 마차가 뒤집어지는 바람에 뚜껑이 높은 곳으로 가버리고 말았다.

뚜껑이 높아졌다고 해도 여는 자체는 힘들지 않았다. 문제는 밖으로 나가는 거였다. 약간 도움닫기를 해야 스스로 빠져나갈 수 있는 높이가 되었는데, 의자 안은 아주 좁았기 때문에 도움닫기를 할 공간이 없었다. 그러나 마차 안에 계속 있기엔 바깥이 너무 소란스러웠다.

"아무도 없다고 하지 않았소!"

"아무도 없다? 그러면 마차를 창으로 다 찔러보아도 된단 말이지?"

"남의 마차를 왜 멋대로!"

"언제 이렇게 소박해지셨나, 랑트 남작? 응?"

"하지 마! 하지 말라고!"

"마차 값은 주지. 창으로 마차를 다 찌르고 부숴!"

"예!"

라스타는 초조하게 두 손으로 의자에서 빠져나가려 했으나, 자꾸 손이 미끄러졌다. 그녀는 손을 덜덜 떨면서 허둥거렸다.

그 순간. 콰득 소리가 나며 의자 윗부분으로 날카로운 창날이 지나갔다.

"악!"

라스타는 비명을 질렀다. 마차를 뚫는 창에는 일말의 자비조차 없었다. 저 창이 아래쪽을 공격하는 즉시 그녀는 창에 찔릴 게 분명했다. 놀랄 마음을 진정할 새도 없이 각기 다른 방향에서 다시 창들이 콰득 콱 소리를 내며 들어왔다 나갔다.

"꺼내줘! 꺼내줘! 사람 있어! 꺼내줘!"

라스타는 공포에 질려 비명을 질러댔다. 그녀가 비명을 지르자마자 마차를 찔러대던 창이 멈췄다.

라스타는 눈물범벅이 된 얼굴로 엉엉 울었다. 혼란 때문에 머리가 굳어서, 마차 문을 열면 바로 사람을 찾을 수 있었을 텐데, 왜 마차 문도 열지 않고 바로 마차를 창으로 찔러댔는지, 이상하단 생각조차 할 수 없을 정도였다.

이윽고 덜컹 소리가 나며 문이 열리고 커다란 손 여러 개가 그녀를 끄집어냈다.

라스타는 마차 뚜껑에서 나오자마자 온몸에 소름이 돋았다. 사방을 병사들이 둘러싸고 있었다. 랑트 남작의 다리로 추정되는 건 저 너머에 떨어져 있었다. 움찔거리는 걸 보니, 병사들을 말리려다가 패대기쳐진 듯했다. 하지만 그 가운데에서 가장 눈에 띄는 이는, 잔인한 미소를 띤 투아니아 공작이었다.

"너 때문에 내 아내를 잃었지. 네가 한 짓을 알게 된 후로 내내 오늘을 기다렸다, 라스타."

라스타는 창백해져서 뒤로 주춤 물러났다.

"가…… 가!"

"아리언은? 상태가 어떻지?"

"힘을 다해 치료해보았지만…… 폐를 찔려서 힘들지도 모릅니다."

"꼭 살리도록 해라."

"예, 폐하."

"혹시 모르니 에벨리를 찾아가보아라. 그 아이의 마법이 치료 계통이라 들었다."

"예."

보고를 마친 궁의가 나가자, 소비에슈는 곧 집무실을 나갔다. 카를 후작과 몇몇 호위가 뒤를 따랐다. 그 길로 소비에슈가 향한 곳은 궁전 옆에 붙은 탑이었다. 고동 모양의 좁은 계단이 소비에슈의 발이 닿을 때마다 탕 탕 소리를 냈다. 계단을 반쯤 올라갔을 때쯤. 카를 후작의 목소리가 발소리에 섞여 나왔다.

"그래도 랑트 남작을 미리 주시하고 있어서 다행입니다."

안도하는 목소리였다. 소비에슈는 대답하지 않았지만, 카를 후작은 다시 한숨을 내뱉으며 중얼거렸다.

"설마 아리언이 마지막에 라스타 님을 살려주고 싶어 할 줄은 몰랐으니까요."

세 번째 상단도 무사히 다른 방향을 통해 륍트에 도착했고, 무역을 개시했단 전서조가 날아왔다. 이걸로 다른 세 방향에서 출발해 각기 다른 세 항구로 들어간 상단이 모두 다 제대로 무역을 시작하게 된 것이다. 아직 세 번째 상단의 무역이 어떤 성과를 냈는지는 적혀 있지 않지만, 첫 번째 상단과 두 번째 상단이 모두 좋은 성과를 냈다. 세 번째 상단도 큰 이변이 없는 한 비슷한 성과를 낼 게 기대되었다. 일은 참으로 잘 풀리고 있었다. 문제는…….

카프멘은 눈을 감고 편지를 접어 주머니에 넣었다. 월대륙과 서대륙 사이의 무역을 개시해보고 싶단 그의 소망은 순풍에 돛을 단 마냥 흘러갔다. 그런데 왜 이렇게 마음이 허한 걸까. 그를 만나는 사람마다 모두 축하한다고 웃으며 말을 걸어오는데, 기쁜 마음은 왜 크지 않은 걸까.

사실 '왜'라고 말하는 것도 우습긴 했다. 이미 이유를 알고 있으니까. 그러나 해결책이 없었다. 떠나 있으면 괜찮을까, 생각이 들 때도 있었지만 그것도 답이 아니었다. 이미 떠나본 적이 있는데. 아무 성과도 없지 않았던가. 그렇게 되면 오히려 괴로움이 더욱 커지게 된다. 괴로움이 너무 커지면 자신이 어떤 짓을 하게 될지, 카프멘은 결혼식 날 사건을 통해 알았다. 요즘은 자신이 살아 있는 게 그 사람에게 해가 되는 건 아닐까, 그런 생각조차 들 정도였다.

한숨을 내쉰 카프멘은 벤치에서 일어나 궁전 가장 바깥쪽의 커다란 정원으로 걸어갔다. 계속해서 걷고 걷고 또 걸으며 바깥 공기를 쐬면 이 괴로운 마음이 조금은 가실 수 있을까……

제길. 얼음 마법으로 황후를 구한 사람이 도대체 누구였을까?

카프멘의 발이 우뚝 멈춰 섰다. 그는 굳은 얼굴로 확 뒤돌아보았다.

출입이 엄격히 통제되는 립트의 궁전과 달리, 월대륙의 궁전들은 어느 지점까지는 궁전을 비교적 자유롭게 개방해두었다. 카프멘이 돌아다니며 본 바로는, 나라마다 약간씩 차이가 있긴 했으나, 보통 실제 업무가 이루어지는 공간과 황족들이 지내는 주거 공간은 철저히 경호하고, 그 밖으로 있는 대정원 정도는 출입하기 쉬운 구조였다.

지금 이곳 역시도 비교적 외부인의 출입이 자유로운, 궁전 가장 바깥쪽의 커다란 정원이었다. 말이 좋아 정원이지 거의 공원 수준 이었고, 이 넓은 공간을 온갖 사람들이 오가고 있었다.

황후가 아들을 낳을까 딸을 낳을까?

니안이 랑드레 자작을 버리고 나한테 올 가능성이 있나…….

동대제국이 내분으로 망했음 좋겠네.

즈멘시아 공작가 끝이구만. 잘난 척하더니.

수많은 사람들의 마음속 목소리가 사방에서 들려왔다. 여기서 아까 그 생각을 한 사람을 찾긴 힘들었다.

'그렇다면…….'

카프멘은 황급히 정원을 떠나, 나비에에게 다가가려다가 다리가 얼어버린 하인을 조사 중인 곳에 찾아갔다.

"조사관을 만나고 싶습니다."

그러나 조사관을 만나는 데는 성공했지만, 조사관에게 일의 진 행이 어떻게 되어가는지 들을 수는 없었다.

"너무 언짢게 생각하지 말아주시길 바랍니다, 대공. 하지만 대공 은 서대제국의 사람이 아니니, 이런 일을 공개하긴 힘듭니다. 정 보 고 싶거든, 책임을 대신 져줄 관련자를 데려오십시오."

귀빈이라지만 외국인, 그것도 다른 대륙 사람인 카프멘에게, 나 라의 수치가 될지도 모를 조사 결과를 보여주고 싶어 하는 조사관 은 없었다.

"그렇습니까."

카프멘은 순순히 고개를 끄덕이고 일어났다. 딱 잘라 거절하긴 했지만 상대가 높은 신분인지라, 남몰래 긴장했던 조사관도 안도했다. 그러나 조사관이 카프멘의 속내를 들을 수 있었더라면 안도하지 못했을 것이다.

'아무것도 알아내지 못했군.'

카프멘은 이미 조사관 몇몇이 짧게 짧게 떠올린 정보를 통해, 어느 정도까지 조사가 진행되었나 확인한 후였기 때문이다. 하인은 여전히 '돈을 받긴 했지만 황후 폐하를 해치려는 의도가 아니었기에 용돈벌이 식으로 받아들인 것이고, 나쁜 의도가 보였더라면 절대로 받아들이지 않았을 것이다'며 '돈을 준 사람은 큰 망토로 얼굴을 가려 누군지 알 수 없다' 주장하고 있었다.

'차라리 하인을 직접 만나보는 게 도움이 될 듯한데…….'

그때였다.

뭐야? 뭘 알고 저러는 건 아니겠지?

정원에서 들려온 그 마음속 목소리가 다시 한번 들려왔다. 카프멘이 우뚝 멈춰 서자, 목소리도 동시에 멈췄다.

'확실한 건 아니다. 하지만 그 목소리와 상당히 흡사해.'

카프멘은 천천히 고개를 뒤로 돌렸다.

소비에슈는 탑의 중간쯤에 멈춰 섰다. 그곳에는 단단한 철문이 하나 있었다. 문 앞으로 간 소비에슈는 문을 여는 대신 두드렸다.

그러자 얼마 지나지 않아 안쪽에서 문이 열리고 한 여자가 모습을 드러냈다.

"폐하."

델리스였다.

공손히 인사하는 그녀는 마르고 초췌했지만, 건강이 나빠 보이진 않았다. 그러나 부자연스러울 정도로 입을 꼭 다물고 있었다.

"고생이 많았다."

소비에슈는 그런 델리스에게 인자한 목소리로 말하고는, 기사 중 한 명에게 눈짓했다. 신호를 받은 기사는 얼른 들고 있던 커다란 주머니를 델리스에게 내밀었다.

"이건……."

델리스는 주머니를 받아 입구를 슬쩍 열어 안을 확인해보고 놀랐다. 안에는 반짝이는 금화가 가득 담겨 있었다. 그녀가 커다래진 눈으로 쳐다보자, 소비에슈가 고개를 끄덕였다.

"이젠 네게 해코지하지 못할 거다. 그걸 가지고 집으로 돌아가도 좋다."

델리스의 눈동자가 잘게 흔들렸다.

"그러…… 그러……."

하지만 곧, 델리스는 주머니를 두 손으로 꼭 잡고서 다부진 얼굴로 꾸벅 허리를 숙여 감사 인사를 했다.

"감사. 합니다. 구해주시고. 숨겨. 주시고."

델리스는 소비에슈를 따라 탑을 내려온 후, 거듭 인사를 꾸벅꾸벅하고서 비틀비틀 걸어갔다. 소비에슈가 기사를 붙여주려 했으나,

그녀는 괜찮다고 거듭 두 손을 휘젓고서 홀로 걸어갔다.

탑에서 지낼 때에도 어두워지면 근처를 산책하긴 했으나, 만약을 대비해 소비에슈의 기사가 늘 곁에서 지켜주었다. 고맙긴 했지만 갑갑하기도 했기에, 자유를 혼자 만끽하고 싶은 눈치였다.

소비에슈는 멀어져 가는 델리스의 뒷모습을 보다가, 기사에게 조용히 지시했다.

"지금 밖에선 아마 소동이 벌어졌을 거다. 위험할 수도 있으니, 방해하지 않을 만큼 거리를 두고 따라가보아라."

"예, 폐하."

델리스를 호위하는 일을 자주 맡았던 기사가 꾸벅 인사를 하고 조용히 그녀를 뒤따라갔다.

두 사람이 완전히 멀어지자 소비에슈는 다시 집무실로 올라갔다. 내내 조용히 뒤따르던 카를 후작은, 집무실에 거의 도착해서야 질문했다.

"그런데 왜 굳이 투아니아 공작에게 라스타 님이 탈출 중이란 사실을 알려주신 겁니까, 폐하? 투아니아 공작은 재판 전에 라스타 님을 해코지하려 들지도 모릅니다."

"랑트 남작이 곁에 있으니 아무리 화가 나도 해코지는 못 할 거다."

"그래도…… 차라리 피르누 백작을 보내는 게 낫지 않았을까요?"

"투아니아 공작이 멍청하니까."

"예?"

멍청하지. 나만큼. 소비에슈는 속으로만 대답했다.

신전에서는 그와 라스타의 결혼을 절대로 무효로 해주지 않을 것이다. 무효로 만든다 한들 나비에와의 이혼까지 무효로 하는 건 불가능했다. 나비에는 다른 나라의 황후가 되었고, 그 나라의 후계자를 임신 중이었다. 나비에가 그에게 돌아올 길은 없어진 거나 마찬가지였다. 아무리 그리워하고 아무리 애태우고 아무리 울고 애원해도, 아니, 설령 나비에의 마음이 바뀐다 해도 이제 그녀는 그의 아내가 되어줄 수 없었다.

황제 남편을 버리고 황제 남편을 가진 첫 번의 재혼은 다들 놀라면서도 감탄했으나, 두 번째 황제 남편을 버리고 첫 번째 황제 남편에게 돌아간다면 나비에의 평판이 깎여나갈 것이다. 서대제국의 후계자를 가진 지금 상황에서는 더더욱.

그는 나비에가 그런 모욕을 받으면서 자신에게 돌아오길 바랄 수 없었다. 이따금은 마음이 바뀌어서 나비에가 돌아오길 원했지만, 요원한 일이란 건 스스로가 더욱 잘 알고 있었다.

투아니아 공작은 그와 비슷했다. 아내를 사랑하면서 멍청한 짓거리를 해서 아내를 떠나보냈다. 소비에슈는 그를 볼 때마다 자신을 보는 것 같아 몹시 화가 났다. 그래서 딱 한 번 떠밀어준 것이었다. 그 외엔 별다른 이유가 없었다.

한편, 간만에 궁전을 벗어난 델리스는 기쁜 마음으로 한 걸음 한 걸음 세상에 발을 내디뎠다. 너무나 기쁘고 자유로웠다. 탑에도 창문이 있어서 하늘이 가깝게 보였지만, 두 발로 대지를 딛고 서서 보는 하늘은 그보다 훨씬 아름다웠다. 게다가 궁전을 나오는 길에 파르앙 후작에게서 받은 그 문서. 그 문서는 생각하는 것만으로도 델리스에게 오싹한 기쁨을 주었다.

그런데 얼마나 그렇게 걸어갔을까. 대로에서 사람들이 웅성이며 욕을 하는 소리가 났다. 델리스는 멈춰 섰다. 무슨 일이지? 요란스러운 소란은 거칠고 경박했다. 패싸움이라도 났나? 그런 거라면 옆으로 피해 갈 생각을 하면서, 델리스는 고개를 기울였다.

"황후를 끌어내!"

"황후는 무슨, 폐하를 속이려다가 안 되니 도망이나 쳐버리는 걸 황후라고?"

"저 반반한 낯짝 좀 보라지."

"사기꾼 주제에 평민들의 희망은 무슨!"

가만히 들으니 사람들이 마구잡이로 외쳐대는 몇몇 소리를 구분할 수 있었다. 황후. 델리스는 '황후'란 단어를 듣자마자 두 사람의 얼굴을 떠올렸다.

소란이 좀 더 가까워졌다. 병사들이 누군가를 앞세워 억지로 데려가고 있었고, 구경꾼들은 그 사람을 구경하는 듯 졸졸 쫓는 중이었다. 그러면서 마구 욕을 하고 비난하는 것이다.

그 괴상한 행렬이 가까워졌을 때. 델리스는 자신이 떠올린 황후 중 한 명과 마주쳤다. 두 번째 황후였다. 천사 같은 얼굴에 순수한 은발을 늘어뜨리고, 가련한 새까만 눈동자를 빛내는 너무나 아름다운 황후. 그녀가 한때 정말로 좋아하고 존경했던…….

수많은 사람들 속에서 라스타의 시선이 기가 막히게도 바로 델리스를 잡아냈다. 사방이 소란으로 자욱한 가운데, 두 사람은 서로를 똑똑하게 알아볼 수 있었다.

라스타는 묶여 있지 않았으나, 병사들이 두 손을 꽉 잡아 움직일 수 없었고, 사방에서는 그녀를 공격하려 드는 평민들로 가득해서 그 병사들로부터도 달아날 수 없었다. 하지만 라스타는 델리스를 보자 자존심이 상한 것 같았다. 그녀는 입술을 굳게 다물고 델리스를 빤히 쳐다보았다.

델리스는 한 걸음 한 걸음 라스타 쪽으로 다가갔다. 라스타의 주위에 사람들이 너무 많아 완전히 가까이 가진 못했으나, 그래도 최대한 가까이 다가갔다. 충분히 가까워졌다 싶을 때쯤. 델리스는 활짝 웃으면서 혓바닥을 내밀었다. 반이 잘린 혓바닥이 간신히 연결된 채 툭 떨어질 듯 밖으로 튀어나왔다.

"라스타가 기절한 채 끌려왔다고?"

업무를 보던 소비에슈는 피르누 백작의 보고에 눈썹을 치켜올렸다.

"사람들 때문에 다친 건가? 아니, 하긴. 평민들에겐 늘 환호만 받았으니 놀랄 만도 하겠지."

피르누 백작은 고개를 기웃하며 대답했다.

"그건 아닌 듯했습니다."

그는 기절한 라스타를 떠올렸다. 이따금 정신을 차릴 때면 얼굴이 하얗게 질려서 '붙여줘. 미안해. 붙여줘야 해. 싫어, 치워'란 말을 중얼거렸다. 뭔가 끔찍한 걸 본 게 분명했다.

소비에슈는 델리스를 떠올렸다. 혹시 그녀와 마주친 걸까?

예전에 라스타의 명령을 알게 된 후, 소비에슈는 급하게 감옥으로 사람을 보냈다. 그러나 이미 델리스는 혓바닥의 반이 잘린 후였다. 치유 마법을 하게 된 에벨리에게 부탁해 치료해보려 했으나, 떨어진 혓바닥은 붙이지 못했다.

"폐하."

생각에 잠긴 소비에슈에게 피르누 백작이 물었다.

"깨어날 때마다 라스타 님이 폐하의 이름을 부르고 있는데…… 어쩌시겠습니까?"

소비에슈는 처음엔 "됐다." 하고 단호하게 말했다. 그는 라스타의 얼굴을 보고 싶지 않았다. 라스타는 웃고 있어도 서글퍼 보였다. 타고나길 가엾은 분위기여서, 둘만 있을 때 그녀가 울음을 터트리며 매달린다면 소비에슈는 괜히 마음이 무거워질 것이다. 얼굴을 보지 않고 있거나 아예 여러 사람과 다 같이 있어야 그녀의 죄를 냉담하게 볼 수 있었다.

"치료는 해주어라."

하지만 1분도 지나지 않아 소비에슈는 입장을 바꿨다.

"아니. 약을 이리 내어라. 내가 직접 가보겠다."

어차피 한번 대화를 나누긴 해야 했다. 재판까지는 아직 시일이 좀 남아 있었지만, 차라리 지금 이야기를 나눠보는 게 나았다.

라스타의 방은 부드러운 크림색과 편안한 자주색, 화려한 금색
이 조화롭게 꾸며져 있었다. 모든 아이들이 동화책 속에서 보고, 공
주님이나 왕자님이 살 거라 생각할 그런 곳이었다. 그러나 이 안엔
아이들이 상상하는, 늘 행복한 공주님과 왕자님이 없었다. 한때는
행복과 웃음으로 가득했지만, 지금은 어느 때보다 차가웠다. 방 안
은 춥지 않았으나 온기가 없었고, 궁의와 하녀들로 가득했으나 인
정이 없었다.

"폐하."

소비에슈가 들어서자 방 안의 모든 이들이 인사를 올렸다. 소비
에슈는 바로 궁의에게 물었다.

"상태는 어떠하냐."

"마차가 뒤집어질 때 타박상을 약간 입긴 했지만, 그 외엔 괜찮
습니다. 다만 많이 놀라신 듯합니다."

소비에슈는 손을 흔들어 사람들에게 나가라 지시했다. 궁의를
비롯해 하녀와 기사들이 모두 나가자, 소비에슈는 라스타를 내려
다보며 무미건조하게 말했다.

"자는 척은 그만해라."

"……."

"깨 있는 걸 안다."

소비에슈의 말이 끝나자마자, 라스타의 눈꺼풀이 파르르 떨리더니 위로 올라가며 까만 눈동자가 드러났다. 라스타는 허리를 일으켜 세우고서 소비에슈를 원망 가득한 눈으로 바라보았다. 눈가엔 눈물이 그윽하게 고여 있었다.

"그리 좋은 선택이 아니었다. 도망치다니."

"제가 도망칠 수밖에 없도록 몰아간 건 폐하셨어요."

"내가? 전부 다 네 선택이었다, 라스타."

"전 여기에 갇혀 있어서, 밖이 어떻게 돌아가는지도 알 수 없었어요. 하녀들은 제게 바깥 얘길 전해주지도 않죠. 폐하께서 로테슈 자작과 이스쿠아 자작 부부 재판을 보도록 하지 않았다면 전 도망치지 않았……."

말을 하던 라스타가 멍해지더니 입술을 파르르 떨며 소비에슈에게 물었다.

"일부러 보게 한 거예요? 무서워서 도망가게?"

"설마."

"거짓말! 아니면 설명이 되진 않잖아요!"

"넌 항상 남 탓이구나. 남 탓을 할 것도 있겠지만, 적어도 네 선택 정도는 네가 책임져라, 라스타."

"그런 폐하는? 폐하도 절 탓하잖아요?"

"내가?"

"폐하가 나비에 나비에 부르면서 우는 걸 봤어요. 지금 라스타를 몰아붙이는 거, 이것도 사실 나비에 그 여자랑 헤어진 분풀이를 하는 거잖아요. 아니에요?"

소비에슈는 한숨을 내쉬고서 일어섰다.

"황후가 된 게 네 죄냐 했지? 아니. 그건 내 잘못이지. 내가 나비에와 헤어진 건 오롯이 내 탓이다. 널 믿은 것조차."

"……."

"하지만 네가 벌을 받는 것 역시 네가 저지른 그 모든 일들 때문이다, 라스타. 언제 그걸 인정할 거지?"

"제가 뭘 했는데요!"

"사실은 알 텐데?"

"몰라요."

"모르면 되었다. 네가 가려는 길에, 답안지는 필요 없으니."

소비에슈는 딱 잘라 말하고 일어나서 문으로 걸어갔다. 분노에 차서 항의하던 라스타는, '네가 가려는 길'이란 말에 겁이 나서 침대에서 내려갔다.

"폐하, 폐하, 잠시만."

그녀는 황급히 달려가 무릎을 꿇고 소비에슈의 허리를 끌어안았다.

"순순히 폐위될게요. 이혼도 바로 해드릴게요. 그러니 저와 글로리엠은 조용한 시골에서라도 조용히 살게 해주세요. 제발요. 재판은 받고 싶지 않아요. 사람들이 무서워요."

소비에슈는 시선을 아래로 내렸다. 하얀 손이 후들후들 떨리고 있었다.

"네가 가지지 못한 걸 두고서 거래를 요청하는 건 말도 안 되지, 라스타."

그러나 소비에슈는 냉담하게 라스타의 손을 떨쳐냈다. 라스타는 바닥에 힘없이 주저앉았으나, 지지 않고 목에 핏대를 세워 외쳤다.

"폐하는 죄를 지어도 벌을 받지 않는데, 난 왜 죄도 없이 벌을 받아요?"

"법정에서 하나하나 들어보거라. 네 죄가 뭔지."

"말할 거예요!"

"뭘."

"폐하가, 내가 도망 노예란 걸 알면서도 모두를 속인 거! 다 말할 거라고요! 어차피 죽게 된 와중이라면, 내가 왜 말을 안 해? 다 말할 거예요!"

라스타는 온 힘을 다해 외쳤으나, 상대의 위치는 너무 높고 견고했다. 소비에슈는 눈 하나 깜짝하지 않았다.

"말하거라."

"!"

"네가 그걸 말해봐야 증거도 없지. 사람들이 믿는다 한들, 나를 사랑에 눈이 먼 황제 정도라 여기며 얼빠졌다 하겠지. 하지만 그게 끝이다. 그건 또 얼마나 갈까."

"그런……."

"오히려 진짜 피해를 보는 건, 널 빼닮은 네 두 아이가 아닐까?"

"그게 무, 슨……."

"아. 한 아이려나? 어차피 네 첫째는 네가 노예 건을 터뜨리건 말건 노예가 될 테니."

라스타는 멍하니 소비에슈를 바라보다가 떨리는 목소리로 물었다.

"그게 무슨 소리예요? 안이 왜? 안이 왜 노예예요? 안이 뭘 했다고?"

"아버지와 어머니가 모두 다 중죄인이지 않느냐."

라스타는 안에게 애정이 없었다. 적어도 그렇게 생각했다. 그러나 소비에슈의 말을 듣는 순간, 가슴을 들끓는 절망에 바닥이 무너지는 고통을 느꼈다.

아이를 사랑하지 않는 것과 아이가 불행하길 바라는 건 달랐다. 라스타는 안을 글로리엠만큼 사랑할 수는 없었지만, 안이 불행해지는 건 원하지 않았다.

"너 뭐야! 너 뭐냐고! 에르기보다 당신이 더 나빠! 빌어먹을 놈, 황제면 다야? 다냐고!"

눈이 돌아가 달려드는 라스타를, 소비에슈는 간단하게 피해버리고서 문을 열고 나갔다. 사로잡힌 사슴이, 숨이 끊어지며 내는 듯한 소리가 닫힌 침실 안에서 새어 나왔다.

라스타 황후의 재판이 있는 날. 하늘은 칙칙한 회색빛이었다. 사람들은 싱숭생숭한 기분으로 희대의 재판을 구경하기 위해 법원에 몰려들었다.

그들의 마음은 복잡했다. 황제를 속이고 애인과의 사이에서 태어난 딸을 황녀로 만들려고 한 황후. 정부 출신으로 정통성 있는 황후를 몰아내고 황제의 사랑을 한 몸에 사로잡은 절색의 미인. 그러나 황제가 다른 여자에게 눈을 돌릴까 봐, 죄 없는 여자를 죽이려고 한 황후. 그러면서도 본인은 다른 나라의 미남 대공과 눈이 맞아 항구까지 넘기려 한 황후. 이후 뒷감당이 두려워 멋대로 도망치려다 끌려온 황후.

그런 황후가 드디어 벌을 받게 되었단 건 기뻤으나, 그런 황후이지만 그들이 한때 칭송하고 사랑했던 '평민의 희망'이었다. 가짜 희망이지만 그들이 동경하며 바라보던 빛이었다. 그런 라스타가 이제 정말 몰락하게 생기자 마음이 여러모로 복잡했다.

라스타를 싫어하는 피르누 백작 역시도 마냥 기쁘지만은 않았다. 하지만 그가 싱숭생숭한 이유는, 라스타 때문이 아니었다. 연달아 두 명의 황후가 황후 자리에서 내려오게 생겼기 때문이었다. 일이 이렇게 되었으니 다음 황후는 절대로 평민 출신 중에선 나오지 않을 터.

동대제국의 황후 자리는 황족 핏줄이 아닌 사람이 오를 수 있는 가장 높은 자리였다. 그 영광스러운 자리에 딸을 올리기 위해 얼마나 많은 가문이 치열하게 다툴지, 생각만 해도 벌써 골치가 아파왔다.

그러면서도 피르누 백작은 오늘의 법정 결과를 기록하기 위해 종이와 펜을 챙겼다. 기록관들이 어련히 알아서 잘하겠지만, 그 역시도 나름대로 오늘 일을 잘 적어둘 셈이었다.

"피르누 백작."

그 바쁜 손놀림을 소비에슈가 멈춰 세웠다.

"예, 폐하."

"나비에는? 도착했느냐?"

피르누 백작은 대답할 말이 없었다. 다행히 막 들어오던 카를 후작이 대신 대답했다.

"폐하. 나비에 님께서는 어젯밤 트로비 공작이 저택으로 가셨습니다."

"공작 부부와?"

"트로비 공작은 도중에 영지로 빠졌고, 공작 부인과 나비에 님, 하인리 님 이렇게 세 분이서 저택에 들어갔다 합니다."

소비에슈의 표정이 복잡해졌다.

"법정에는? 온다더냐."

"미리 전한 것처럼 참관만 하신다 합니다. 참관 역시도 개인적으로 조용히 보고 갈 생각이니 찾지 말라고……."

"일반 관중석에서 본단 뜻이냐? 귀족석에서?"

"그게……."

카를 후작이 말을 아꼈다. 그러나 말을 아낀다 한들 황제 앞에서 얼마나 버틸 수 있을까. 결국 그는 어렵게 아낀 말을 죄다 꺼냈다.

"서대제국 황후로서 온 게 아니라 전 부인으로서 참석한 거니 자세한 건 묻지 말라고……."

소비에슈의 얼굴이 딱딱하게 얼어붙었다. 피르누 백작은 몹시 바쁜 척 황급히 짐을 챙겨 밖으로 나갔다. 카를 후작은 '괜히 내가 대답했다' 자책하면서 시선을 떨구었다. 소비에슈는 몇 번 입술을 움찔했으나, 결국 아무 말도 하지 못했다. 그러다 문득 인상을 찡그리며 물었다.

"에르기 공작은? 아직도 수도에 머무르는 건가?"

항구 사건이 터진 후, 소비에슈는 에르기 공작에게 궁전에서 나가달라고 정식으로 통보했다. 이전에는 강대국으로서의 관례와 체면 탓에 그를 남궁에 계속 머물게 했으나, 완전히 대립하게 된 이상 이젠 그런 체면을 차릴 필요가 없었기 때문이다.

그러나 에르기 공작은 궁전을 나간 후에도 여전히 수도에 머물러서, 소비에슈에게 걸리적거린단 느낌을 주었다. 이미 할 수 있는 모든 난장판을 다 쳐놓고서, 도대체 뭘 원하는 건지 알 수가 없었다. 여기에 있어봐야 귀족에게서든 평민에게서든, 그 역시 좋은 소리는 못 들을 텐데.

"예. 베르디 자작 부인을 만난 이후 조용합니다."

소비에슈는 눈을 가느스름하게 떴다.

"베르디 자작 부인은?"

며칠 전. 소비에슈가 에르기 공작에게 붙여둔 사람이 보고하길, 에르기 공작이 베르디 자작 부인을 만나 '글로리엠 공주를 데리고 외국으로 도망가 사는 게 어떤지' 제안했다고 들었다. 소비에슈는 에르기 공작을 믿진 않았지만, 공작의 제안에는 관심이 갔기에 우선 그들을 내버려두었다.

에르기 공작이 베르디 자작 부인의 탈출을 도우면, 중간에 에르기 공작이 준비한 사람을 자신이 준비한 사람으로 바꿔치기해서 적당한 곳에 데려가게 할 셈이었다. 글로리엠은 너무 라스타를 많이 닮아서 동대제국의 귀족으로는 기를 수가 없다. 입양하기엔 그가 글로리엠을 보고 싶지 않았고, 그 얼굴이 라스타로 변해가는 걸 보면서 견딜 자신도 없었다. 이전만큼 사랑할 자신도 없었고.

하지만 완전히 버려두기에는 함께한 시간이 가슴에 걸렸다. 그는 정말로 글로리엠을 사랑했다. 아바 아바 희한한 소리를 내며 뺑긋거리던 귀엽고 작은 천사를 사랑했다. 아버지와 어머니가 모두 다 중죄인이니, 원래라면 안처럼 글로리엠도 노예가 되어야 한다. 이성적으로는 알지만, 그는 자신이 딸이라 여겼던 아이가 노예가 되는 건 볼 수 없었다.

처지가 가엾으니 특별히 평민으로 살게 할 수도 있겠으나, 성장한 아이가 사람들의 시선을 견딜 수 있을까? 그렇기에 외국에 있는 작은 귀족 가문의 영애가 될 수 있는 신분과, 평생 평안하게 살 돈을 주고 마음을 끊을 참이었다. 그러면 할 도리는 다했으니, 가끔 그 아이를 떠올릴 때마다 느껴지는 고통도 사라지겠지.

"법정을 열기까지 얼마나 남았지?"

"두 시간가량 남았습니다, 폐하."

"30분 전에 다시 내려오지."

무거운 한숨을 내쉰 소비에슈는 집무실을 나와 침실로 올라갔다. 침대에 앉은 그는 멍한 시선으로 나비에를, 그를, 그의 딸을 바라보았다. 눈을 감자 한 방울 눈물이 흘러내렸다.

재판이 생각보다 격렬해질 수도 있겠단 생각이 든 건, 동대제국 국경을 지나 첫 여관에 머물 때였다. 그곳에서 항구에 관한 이야기를 처음 들었다. 게다가 로테슈 자작과 이스쿠아 자작 부부의 재판에서 새로이 나왔다는 자백까지…….

'르베티는 괜찮을까?'

아직 형이 집행되진 않았고, 르베티의 이름은 신문에 나오지 않았지만. 그래도 로테슈 자작과 그의 아들이 처형될 거란 기사를 읽은 후부터 내내 마음이 싱숭생숭했다. 날 보면서 엉엉 울던 르베티가 어떻게 되었을지…….

'일단 찾아오라고 사람을 풀었는데. 괜찮을까?'

그렇게 이런저런 생각을 하느라 화장대 앞에 앉아 멍하니 거울을 보고 있을 때였다.

"준비가 다 되었습니까, 퀸?"

하인리가 노크를 하고서 물었다. 평범한 귀족 청년처럼 차려입은 그는, 위에 어두운 색의 로브를 걸친 다음 로브에 달린 모자를 눌러써 얼굴을 가린 모습이었다.

끄트머리만 금색인 어두운 로브는, 하인리의 평소 취향과 달리 수수해 보였다. 나도 비슷하게 보이겠지. 색이 다르지만 비슷한 형태의 로브를 걸쳤으니.

"되었어요."

말을 하고서 자리에서 일어났다. 르베티를 찾으면 저택으로 연락이 오겠지. 맥켄나가 저택에 남아 있기로 했으니, 소식을 잘 받아 둘 것이다.

"정말 괜찮겠습니까?"

가문의 문양을 뺀 평범한 마차에 오르기 전, 하인리가 다시 한번 물었다. 나는 고개를 끄덕였다.

라스타와 소비에슈는 내가 살면서 겪은 가장 큰 통증이었다. 나와 소비에슈의 결혼이 파탄 난 건, 신분이 더 높은 소비에슈 쪽의 책임이 좀 더 크다고 보지만…… 그렇다고 해서 라스타가 밉지 않은 건 절대 아니었다. 괜히 재판에 왔다고 나중에 찜찜하게 여겨지더라도, 그녀가 황후 자리에서 폐위되는 모습을 지켜보고 싶었다. 내가 사람들 앞에서 소비에슈에게 이혼해달란 말을 듣던 순간. 내가 동대제국 황후 자리에서 내려오던 바로 그 순간. 그녀가 날 지켜보며 웃었던 것처럼.

"퀸?"

"말해요."

"혹시 보다가 부담이 된다거나, 보기 싫다거나, 그러면 바로 말해요. 기사들을 시켜서 바로 나갈 수 있도록 마차를 앞에 대기시켜둘 테니까요."

잠시 대화하는 사이 마침내 마차가 대법원 앞에 멈춰 섰다. 이미 수많은 사람이 그곳에 있어서, 평범하기 짝이 없는 마차에서 내리는 우리를 아무도 눈여겨보지 않았다.

우리는 2층에 있는 귀족석으로 올라가 가장 뒤쪽의 의자에 앉았다. 몇몇이 힐긋 우리 쪽을 보았지만, 역시 별 신경을 쓰지 않고 다시 고개를 돌렸다.

얼마나 그러고 있었을까. 드르륵 무거운 돌이 굴러가는 소리가 나면서, 법원 안쪽으로 난 문이 열리고 소비에슈가 나타났다. 소비에슈가 들어오자 재판을 구경하기 위해 모인 사람들이 자리에서 일어났다. 소비에슈는 그들을 향해 손을 한번 저어 보이고서, 황가의 전용 좌석에 앉았다.

잠시 후, 이번에는 같은 문을 통해 라스타가 들어왔다. 라스타의 양옆으로는 기사 두 명이 서 있었는데, 그중 한 명은 나도 아는 얼굴이었다. 내가 이혼을 위해 방을 나설 때…… 함께 갔던 기사 중 한 명이니까. 그들을 대동하고 들어온 라스타는 조용히 소비에슈의 옆으로 가 앉았다.

하인리가 뭘 하는지, 옆에서 잠시 바스락거렸다.

다음으로 곧장 대법관이 들어와 재판장석 앞에 우뚝 섰다. 사람들이 일시에 조용해졌다. 대번관은 한 번 주위를 둘러본 후 무겁게 입을 열었다.

"라스타 황후의 황실사기혐의를 비롯해, 기타 다른 죄에 대한 재판을 시작하겠습니다."

처음 증인석에 나타난 건 로테슈 자작과 이스쿠아 자작 부부였다. 교수형을 받았단 말은 있지만 집행됐단 말은 없더니. 감옥에 갇혀 있었나 보다. 그들은 일전에 자신들이 재판에서 했던 진술을 다시 반복했다. 사람들은 이미 알고 있던 일일 텐데도 다시 한번 수군거렸고.

라스타를 보니, 라스타는 무거운 얼굴로 두 사람을 바라보고 있었다. 다른 말을 하는 건 알렌뿐이었다.

"전 아무것도 모릅니다, 대법관님! 전 정말 모르는 일입니다, 폐하! 만, 만약 그런 일이 있더라도 라스타와 아버지 둘이서 한 일이지, 전 정말 아무것도 모릅니다!"

알렌이 고함을 지를 때 로테슈 자작은 쓸쓸하게 눈을 내리떴고, 라스타는 의자 손잡이를 꽉 움켜잡았다.

"저도 저 여자를 싫어하긴 하지만 저자는 진짜……."

하인리가 혀를 차는 소리가 옆에서 작게 들려왔다. 그렇게 생각하는 사람은 하인리뿐만이 아닌지, 여기저기서 그를 비난하는 목소리가 들려왔다. 소란스러운 가운데에도 라스타는 무표정하게 이스쿠아 자작 부부만 쳐다보고 있었지만.

세 사람이 들어간 후, 다음으로 나타난 사람은…….

'베어상회 회장?'

저 사람은 여기에 왜 나타난 거지?

아…… 어음 건.

"라스타 황후 폐하께서는 저희 상회에서 발행한 어음을 이용해 사람들을 돕고자 하였습니다. 하지만 여러 가지로 조사해본 결과, 그 어음은 라스타 황후 폐하가 아니라, 나비에 님의 어음이란 걸 알게 되었습니다."

역시나.

나와 관련된 일이기도 하고, 애초에 동대제국에서 내게 증언을 해달라 부탁했던 부분이기도 하다. 내가 거절하자 아예 베어상회 회장 본인이 나타났구나.

"그 일은, 일찍이 신문에서 의혹이 제기된 적이 있습니다. 맞습니까?"

"맞습니다."

"그때는 침묵하였는데, 왜 이제 와서 그때 일을 알리는 거지요?"

"당시엔 라스타 황후 폐하의 국민적 지지가 너무 높은 데다 황후 자리 역시 견고하시니, 이 일을 터트리면 진실이 밝혀지기 전에 제가 피해를 입으리라 생각했습니다."

베어상회 회장은 머리가 비상한 자였고, 철저하게 이득에 따라 행동하는 자였다. 그는 거짓을 말하는 대신, 진실을 내밀고서 순순히 사과했다.

"바로 밝히지 못하고 침묵하고 있던 건 분명 제 잘못입니다."

'그러고 보니 랑트 남작은 왜 보이지 않지?'

소비에슈의 비서진들이 모두 다 한쪽에 있는데. 랑트 남작만 없다. 랑트 남작은 소비에슈의 비서 중 유일하게 라스타를 진심으로 대하던 사람 아니었나?

"퀸? 왜 그럽니까?"

"아니, 아니에요."

내가 한눈을 팔자, 하인리가 바로 알아차리고서 물었다. 나는 고개를 젓고서 다시 재판에 집중했다. 소비에슈가 직접 참관하기 때문인지, 재판은 알렌이 항의할 때를 제외하면 비교적 차분한 분위기 속에서 진행되고 있었다.

다음으로 증인석에 나온 건, 나는 모르는 여자였다.

'누구지?'

얼핏 본 것 같기도 한데…….

영 생각이 나지 않아서 가만히 보고 있자니, 그녀가 증인석 난간을 꽉 잡고서 입을 열었다.

"저는. 황후 폐하의. 하녀. 였습니다. 델리스. 입니다."

아아. 라스타의 하녀구나.

"말하십시오."

"황후. 폐하는. 나비에 님에게. 황제. 폐하가. 보낸 선물이. 파랑새. 인데. 그 새. 깃털을. 생으로. 뽑았습. 니다. 그리고. 황제. 폐하께. 거짓말. 했습니다. 나비에. 님이. 뽑았다고."

그런데 무슨 사정이 있는 걸까?

그녀의 말투는 느렸고 발음은 약간 새고 있었다. 게다가 말이 뚝뚝 끊어져서, 몹시 힘들어하는 느낌을 주었다. 그게 답답하게 들렸는지, 지독한 관중 하나가 "말을 왜 저따위로 해?" 하고 큰소리로 투덜거렸다.

델리스는 잠시 말을 멈추고 움찔했다. 그녀의 시선이 소리가 난 쪽을 잠시 훑었다. 기자들 사이에서 한 남자가 벌떡 일어났다. 하지만 그녀는 숨을 크게 들이쉬었다 마시고서, 다시 차분하게 말을 이어갔다.

"저는. 그 사실을. 알아버린. 죄로. 혀가. 반. 잘리었. 습니다."

내내 조용하던 군중들 사이에서 웅성거리는 소리가 터져 나왔다.

"세상에!"

"미쳤어!"

"정말이야?"

"아. 어떡해."

사람들이 아까 전 델리스에게 험한 말을 했으리라 짐작되는 이를 노려보았다. 내 주위의 몇몇 사람도, 상상만으로도 끔찍한지 팔을 쓸며 치를 떨었다. 대법관은 델리스를 동정심 가득한 눈길로 바라보다가 라스타에게 물었다.

"저 말이 맞습니까, 황후 폐하?"

라스타는 단호하게 대답했다.

"아니."

관중석에서 욕이 튀어나왔다. 그러나 라스타는 눈 하나 깜짝하지 않고 델리스를 쳐다보기만 했다.

이후 나온 사람은 나도 아는 얼굴…… 에벨리였다. 에벨리는 라스타가 평소 자신을 모욕하고 괴롭혔던 이야기, 이스쿠아 자작 부부를 대동하고서 늘 귀족이 아니라 무시했던 이야기, 이후 서대제국에 가는 길에 위태로웠던 마차 사고 등을 털어놓고 들어갔다.

그 후, 어제 내게 자기 부하들을 맡겨놓고 사라졌던 랑드레 자작이 증인석에서 나타나, 자신이 니안의 오명을 벗기기 위해 조사했던 일들을 풀었다.

"당시 라스타 님을 너무 소중히 여기신 황제 폐하께서는, 제가 조사한 보고서에 관심조차 두지 않으셨지만 말입니다."

이후 소비에슈에게도 한마디 덧붙이긴 했지만…… 안타깝게도 여기는 소비에슈의 본거지였다. 사람들은 그리 호응해주지 않았다.

그다음으로는 소비에슈의 비서인 카를 후작이 증인석으로 들어와, 라스타가 에르기 공작에게 내내 돈을 꾸어서 사적으로 사용했단 것, 그 사적인 용도가 자신의 애인인 알렌과 첫아이 안을 위한 지출이었단 것, 그리고 세간을 떠들썩하게 한 항구 사건, 에르기 공작과의 사이에서 제기되었던 스캔들 등을 이야기하고 들어갔다.

델리스 건을 제외하면 이미 한 번씩 나왔던 이야기라서일까? 법정 안은 우려했던 것만큼 난폭한 분위기는 없었다. 그러나 한 사람 한 사람 증인이 나타나고 그에 걸맞은 증거가 공개될 때마다, 분위기는 점점 더 차가워졌다. 그래도 라스타는 대법관이 사실인지 물어볼 때마다 "아니." 라고 꿋꿋하게 부정했다.

그때였다. 기자들이 모여 있는 곳에서 갑자기 누군가 "대법관님! 공개하고 싶은 게 있습니다!" 하고 외치며 일어났다. 아까 델리스가 모욕받을 때 벌떡 일어났던 그 기자였다.

"누굽니까."

대법관이 인상을 찡그리며 묻자, 기자는 얼른 기자석 밖으로 재빠르게 나와 증인석에 올랐다. 그의 한 손에는 다른 기자들처럼 수첩이, 다른 한 손에는 펜이 들려 있었는데, 다른 게 있다면 한쪽 겨드랑이에 서류를 끼고 있었단 점이었다.

재판 진행을 돕는 조수들이 그를 끌어내려 했으나, 기자가 나타나자 평민들이 "조앤슨!" "조앤슨이다!" "조앤슨! 조앤슨!" 하고 그의 이름을 외쳐대기 시작했다.

조앤슨……. 서대제국에 있을 때 나도 신문에서 본 이름이었다. 라스타가 또 다른 재혼 황후라며 나와 비교하는 기사를 썼지.

'사람들이 많이 좋아하는구나.'

"이걸 대법관님께."

관중들의 연호로 조수들이 조앤슨을 끌어내지 못하는 사이. 그는 자신이 들고 온 서류를, 오히려 자신을 끌어내리려 다가온 조수에게 내밀었다.

"가져와라."

대법관이 지시하자, 조수가 그 서류를 대법관에게 가져가 내밀었다. 잠시 서류를 살피던 대법관의 표정이 일그러졌다. 도대체 어떤 내용이기에? 사람들도 대법관의 표정 변화가 궁금한지, 조앤슨의 이름을 외치던 걸 멈추고 조용해졌다.

"무엇이냐."

소비에슈가 사람들을 대신해 묻자, 대법관이 자리에서 일어나며 대답했다.

"사기죄로 노예형을 선고받은 범죄자에 대한 법정 문서입니다."

갑자기 웬 사기죄? 사람들이 영문을 몰라 웅성거리는 사이. 뒷말은 조앤슨이 빠르게 이었다.

"그 범죄자의 이름이, 전에 황후 폐하의 친부라 주장하며 나타났던 자와 똑같습니다. 그자의 딸 이름은 라스타. 나이는 현재 황후 폐하와 같은 나이. 노예형을 선고받아 가게 된 곳은 림웰 영지입니다."

웅성거림이 더욱 커졌다. 지금까지의 침묵이 거짓말이었던 것처럼, 사방이 술렁거렸다.

"그럼 라스타 황후가 평민이 아니라 노예였단 말이야?"

"세상에, 노예? 평민도 아니라 노예?"

"지금 노예가 평민의 대표랍시고 뻔뻔하게 귀족을 사칭했다고?"

곧이어 평민들이 모인 관중석 여기저기에서 욕이 폭발하듯 튀어
나왔다. 그들은 지금까지 나온 그 어떤 죄보다도 이 죄가 가장 무
겁다는 듯, 소리 높여서 고함을 지르고 항의했다.

"끌어내려!"

"감히 노예가 황제 폐하의 옆에 앉다니!"

"끌어내려 무릎 꿇려라!"

"죽여!"

"노예가 귀족인 척 사기를 쳐서 황후가 되다니! 나라 망신이다!"

"끌어내려! 끌어내리라고!"

오히려 귀족들이 놀라 조용했다. 이 일은 적어도 소비에슈가 터
트린 것도 아닌 게 분명했다. 지금 소비에슈는 겉으론 무표정해 보
이지만 몹시 분노했다는 게 보였으니까.

그리고 이 폭탄 발언과 사람들의 항의는, 내내 차분하게 견디려
한 라스타의 인내심 역시 끊어버린 게 분명했다. 라스타는 황후 자
리를 박차고 나와 증인석으로 가더니, 조앤슨을 밀치며 외쳤다.

"황제 폐하는 고자입니다!"

정적이 찾아왔다. 모든 소리가 한순간에 확 꺼져버린 것처럼, 수
많은 사람들로 가득한 공간이 놀라울 정도로 조용해졌다. 관중의
눈이 동시에 한 사람을 향했다. 소비에슈. 소비에슈의 표정은 얼음
장 같았다. 라스타는 거기서 멈추지 않고, 아예 손가락으로 소비에

슈를 가리키며 외쳤다.

"폐하는 자기가 고자란 걸 감추기 위해서 황후 폐하를 불임이라 몰고, 제가 다른 남자와 아이를 가지도록 한 겁니다!"

그 말이 끝나자마자 사라졌던 소리가 훅 돌아왔다. 웅성거리는 소리가 덩어리진 공처럼 여기저기를 마구 굴러다녔다.

나는 입술을 꽉 다물고 턱에 힘을 주었다. 상황이 좀……. 물론 웃으면 안 되는 건 아닌데 좀…….

그러고 있자니 옆에서 힐긋거리는 시선이 느껴졌다. 하인리였다. 같이 쳐다보니, 그가 얼른 시선을 피했다. 하지만 어깨를 잘게 떨면서 몸을 계속 뒤척이는 걸 보니, 소비에슈가 정말 불능인지 아닌지 내게 묻고 싶은데 못 물어서 갑갑한 듯했다. 나 역시 내가 대답할 문제는 아니어서 그냥 못 본 척해주었다.

하지만…….

"진짜니?"

"어머니."

"궁금해서."

반대쪽 옆에서 어머니가 물어보실 줄이야. 하긴. 어머니는 소비에슈가 다른 여자를 정부로 들이면, 나는 더 몸 좋고 잘생기고 어린 남자를 정부로 들이라 조언해주셨을 정도이니.

'어? 그러고 보니 하인리가 딱 거기에 들어맞지 않나?'

정부는 아니긴 한데, 조건이 딱 하인리인데. 순간 깨달은 사실에 놀라서 하인리를 쳐다보고 있자니, 어머니가 거듭 내 팔을 콕콕 찔렀다. 나는 하인리에게 들리지 않도록 어머니의 귀에 대고서만 슬쩍 알려주었다.

"불능은 아니에요."

라스타가 의미가 헷갈려서 저 단어를 사용한 건지, 알면서도 일부러 자극적인 단어를 사용했는진 모르겠지만.

"고자는 아니란 거지?"

"어머니. 고상한 말을 사용하셔야지요."

"기립에는 문제가 없단 거지?"

"……."

"내 단어 선택에 무슨 문제라도 있는 거니?"

대답하려 했으나, 라스타의 커다란 목소리가 내 정신을 다시 뺏어갔다.

"전 폐하 때문에 어쩔 수 없이 아이를 가진 거예요! 이건 다 폐하가 시킨 거라고요!"

"닥치십시오!"

화가 많이 났는지, 대법관이 얼굴이 시뻘게져서 버럭 소리 질렀다. 그래도 아직 황후라고 꼬박꼬박 공손히 말하고 있었는데. 라스타의 고자 소리에 완전히 폭발한 듯했다. 사람들도 곧 입을 모아서 닥치라고 소리 지르기 시작했다.

라스타는 그에 질세라, 구두를 벗어 난간을 탕탕탕 두드렸다. 사람들이 놀라서 조용해지자, 라스타는 아예 구두를 관중석으로 확 집어던지며 평민들을 향해 삿대질했다.

"니들이나 닥쳐! 발언권을 가진 건 여기 서 있는 나지 니들이 아니야!"

놀란 평민들이 조용해졌고, 근처의 귀족 청년은 들고 있던 부채를 툭 떨어트렸다. 소비에슈 역시 많이 놀란 듯했다. 그는 분노와 당황 사이 어딘가에서 방황 중인 듯 보였다.

하인리는 혀를 차며 작게 중얼거렸다.

"즉석에서 절 거짓말쟁이로 몰아갈 때부터 배짱이 장난 아니다 싶더니. 담력이 대단하긴 하네요."

……하긴. 생각해보면 아직 권력을 잡지도 않은 상태에서 황후였던 내게 언니 언니 부르는 것도 보통 정신으론 힘들긴 했겠구나.

어쨌든 그리 좋은 수는 아니었다.

"황후 폐하. 자신이 위기에 몰리니 황제 폐하를 잡고 늘어지시는 겁니까."

대법관은 자신의 일에 자부심이 강한 사람이었다. 라스타가 자신의 업무를 망치고 있다 여기게 된 걸까. 대법관의 목소리가 아까보다 한결 가라앉았다.

"당연히!"

그러나 라스타가 버럭 소리 질러 인정하자, 대법관조차 주춤했다. 라스타는 냉소를 띠고서 주위의 사람들을 둘러보며 빈정거렸다.

"혼자 잘못한 게 아닌데 혼자 죄를 덮어쓰게 생겼으면, 당연히 공범을 잡고 늘어져야지. 여기 있는 사람들은 억울해도 혼자 죽을 건가 보지?"

"……."

"폐하께서 나비에 황후와 함께 있을 때는 내내 아이가 없었는데, 나비에 황후는 옆 나라 남자와 결혼하자마자 바로 아이를 가졌지요. 저는 뭐, 모두가 아시다시피 이미 둘이나 낳았고. 그러면 누가 문제일까요? 이거야말로 황제 폐하께서 씨가 없단 증거 아닌가요?"

의외로 앞뒤가 맞는 말에 관중석의 사람들이 씩씩거리면서도 소비에슈 쪽을 힐긋거렸다. 하지만 그런 문제를 대놓고 수군거리긴 어려운 법이었다. 게다가 소비에슈가 진짜 불임이라 한들, 불임인지 아닌지 정확히 확인할 방법은 없었다. 확실하지도 않은데 황제가 불임이라고 수군거리다가 걸리기라도 하면 큰일이니, 다들 조용히 눈치만 살피는 것이다.

"고소하네요."

하인리가 작게 중얼거렸다.

솔직히 나도 소비에슈가 이렇게 몰리는 걸 처음 봐서 좀 시원하긴 한데…… 괜찮을까?

소비에슈는 무표정하게 라스타를 바라볼 뿐 별 대응을 하지 않았다. 눈 하나 깜짝하지 않는 태도는 '어디까지 개소리를 하나 보자'처럼 보여서, 라스타의 말에 전혀 신경 쓰지 않는 인상을 주었고.

하지만 소비에슈와 나는 오랫동안 함께 살아왔지. 덕택에 지금 그가 아주 화가 났단 걸 알 수 있었다. 여기에 자기가 끼어들거나 반박해봤자 오히려 난장판이 되어 체면이 상할 테니, 표정 관리를 하고 가만히 있을 뿐.

그때, 증인석에서 물러나 있던 증인 델리스가 기자 조앤슨에게 뭔가 슬쩍 눈치를 주는 게 보였다.

'아는 사이인가?'

그러자 조앤슨은 고개를 보일 듯 말 듯 끄덕이더니, 증인석의 중앙을 차지한 라스타의 옆으로 가며 말했다.

"실례하옵니다만 황후 폐하. 지금은 제가 발언할 시간입니다. 황후 폐하의 망상을 펼치는 건 나중에 해주시길."

"무엄하구나."

"황제 폐하를 두고 가장 무례한 언동을 보인 게 누구였는지는, 이 자리의 모두가 알고 있을 텐데, 제게 무엄하다 하십니까."

사람들이 다시 조앤슨을 환호하기 시작하자 라스타의 표정이 흔들렸다. 한때 저 환호의 중앙에 있던 건 라스타였다. 저 기자가 아니라. 그런데 이젠 조앤슨이 그 환호를 받고 있었고, 사람들은 가장 고귀한 자리에 있는 라스타에게 꺼지라며 욕을 퍼붓고 있었다. 표정이 무너질 만도 했다.

"재판관님, 아까 하던 말을 이어서 하겠습니다. 세간에 라스타 황후 폐하의 친부인지 아닌지를 두고 화제가 되었던, 그리고 노예형을 받은 기록이 남아 있고, 라스타라는 딸이 있는 그 남자가, 라스타 황후 폐하의 부름을 받고 집을 나선 후 실종되었단 건 아십니까?"

게다가 조앤슨이 나서서 한 말은 라스타를 더욱 궁지로 몰아갔다.

"그런 적 없어!"

라스타가 항의했으나, 이번에는 카를 후작이 일어서며 말을 끊었다.

"황후 폐하의 친부를 증인으로 준비했습니다."

증인석의 조앤슨이 그 말에 획 고개를 돌려 카를 후작을 쳐다보았다. 실종된 친부를 실제로 데려오리란 건 조앤슨도 몰랐구나. 소비에슈와 조앤슨이 각각 준비한 카드였는데, 우연히 맞아떨어졌나 보다.

하지만 황제가 준비한 카드와 평민들이 환호하는 기자가 준비한 카드가 딱 맞아떨어지자, 오히려 신빙성이 더 높아 보였다. 다른 증인들과는 다른 곳에서 병사들에게 잡힌 채 끌려온 남자는, 증인석에 올라가 대법관에게 증언했다. 라스타의 부름을 받고 궁전에 가던 길에, 정체 모를 이들에게 끌려가 죽을 뻔하던 걸 근위기사들이 구해주었다고.

저 남자가 정말 라스타의 친부인진 모르겠지만…… 라스타에게 큰 충격을 준 건 분명해 보였다. 길길이 날뛰던 라스타가 남자의 진술을 듣는 순간 칼에 찔린 듯 고통스러운 표정을 지었으니.

다음으로는 궁의와 기사, 서궁의 하녀 몇 명이 증인석에 나타나서, 라스타가 며칠 전의 도주극을 성공시키기 위해 측근 하녀인 아리언을 살해하려 했단 증언을 했다.

이후에는 자신이 라스타에게 고용되었던 암살자라며 나선 사람이, 황후의 권력으로 협박한 탓에 어쩔 수 없이 트로비 공작 부부의 암살 의뢰를 받았지만, 자신은 동의하지 않았고 행동하지도 않았다 자백하고…….

라스타는 비명을 지르면서 전부 다 아니라고 부정했으나, 그녀에게 한 번 압도되어 밀려났던 대법관은 차갑게 소비에슈에게 라스타가 황후로서 가진 면책권을 발휘할 건지 물었다.

"죄인으로 판결하라."

소비에슈는 딱 잘라 말했다.

저 말은, 이번에 나올 판결을 근거로 라스타를 폐위시키겠단 뜻이었다. 라스타는 이젠 얼굴이 붉어져서 그를 향해 계속해서 외쳐 댔다.

"절 이용하고 버리시는 거예요? 폐하, 절 이렇게 이용하고 버리시는 거냐고요! 폐하가 고자란 것도 감춰드리고, 폐하가 고자인 걸 감추려고 나비에 황후를 버리는 것도 감춰드렸는데, 이대로 이용하고 버리시는 거예요?"

같이 죽자는 거구나.

"라스타 이스쿠아 황후. 로테슈 자작과 그 아들 알렌과 손을 잡고, 알렌 림웰과의 사이에서 태어난 딸을 황녀로 속이려 한 죄. 황후 자리에 오르기 위해 이스쿠아 자작 부부와 내통해 신분을 사칭한 죄. 나비에 황후의 어음을 자신의 것처럼 무단으로 사용한 죄. 자신의 죄를 감추기 위해 측근 하녀의 혀를 자르란 끔찍한 명령을 내린 죄. 궁정 마법사의 조수인 에벨리의 살인교사죄. 황후의 신분으로 외국의 공작에게 막대한 돈을 빌리고, 그걸로도 모자라 국토를 무단으로 넘기려 한 죄. 노예 신분으로 평민을 사칭하고 귀족을 사칭했으며, 이를 감추기 위해 친아버지를 살해하려 한 죄. 신성한 법정을 모독하고 황제 폐하를 모욕한 죄. 트로비 공작 부부 살인교사죄. 인정하십니까?"

"아니! 전부 다 아니!"

"원래라면 이중의 반만으로도 교수형에 처함이 마땅하나, 한때 황후의 신분이었기에, 이를 감안해 유폐형에 처하겠습니다."

대신관이 나무망치로 탕탕 앞의 책상을 두드렸다. 대기 중이던

근위기사 둘, 처음 라스타를 데리고 나왔던 그 근위기사 둘이 다가
와 라스타의 양팔을 잡았다. 라스타는 몸을 뒤틀며 놓으라고 소리
쳤지만 소용없었다.

사람들은 완전히 진이 빠져서 밖으로 나갔다. 대법관 역시 땀을
닦으면서 다른 법관들과 시선을 주고받았다. 소비에슈는 라스타가
사라진 자리를 보다가, 무표정하게 몸을 돌려 황제 부부가 사용할
수 있는 문을 통해 나갔다.

"우리도 가지요, 퀸."

"그래요."

라스타의 물귀신 작전은 그녀에게 내려질 형벌을 바꾸지 못했
다. 하지만 라스타가 뿌린 씨앗은 사람들 마음속에 잘 자리 잡히겠
지. 그러다가 다음 황후도 아이를 낳지 못하면, 그때 사람들은 정말
로 소비에슈를 의심하게 될 것이다.

자신의 아이가 아닌 다른 아이가 후계자가 되면 권력은 이미 양
분되기 시작한다. 하인리의 형은 자식을 가지지 못했기에 권력이
불안정했고, 하인리는 형을 위해 늘 밖을 떠돌아다녀야 했다. 그러
나 소비에슈의 후계자가 될 사람은, 하인리처럼 해줄 수 있을까?
소비에슈를 위해 자신의 입을 막고 밖을 떠돌아다닐 수 있을까?

어? 이쪽 보네?

그 목소리가 다시 카프멘에게 들려왔다.

뭐야……. 진짜 왜 저렇게 찝찝하게 굴어?

조사관들은 다들 표정이 비슷비슷했으나, 카프멘은 그게 누군가의 목소리인지 곧 알아차릴 수 있었다. 한 조사관과 눈이 마주치는 순간. 그자가 떠올린 생각 때문이었다.

그러고 보니 왕비님도 저 자식과 한번 얽히지 않았나? 왕비님이 쫓겨날 땐 저 자식이 갑자기 황제 편을 들었고…….

카프멘은 일부러 그대로 고개를 돌려 다른 조사관까지 보았다. 수상한 생각을 한 조사관은 그제야 좀 안도했지만, 완전히 마음을 놓지 못하고 중얼거렸다.

혹시 모르니 이마뤼 님한테 물어봐야겠다.

이마뤼는 크리스타가 몹시 아끼던 시녀였다. 카프멘은 나비에를 위해 크리스타의 시녀들 속내를 조사한 적이 있기에, 그녀에 대해서도 아는 정보가 몇 가지 있었다. 크리스타와 친하긴 했으나, 컴프셔로 쫓겨 갈 때 따라간 시녀는 아니었다. 그녀가 결혼을 한 지 얼마 안 된 상태였기 때문이다. 카프멘은 그 길로 곧장 이마뤼를 찾아가보았다.

"대공께서 제게 무슨 일로 오신 거죠?"

이마뤼는 크리스타가 죽는 데 카프멘이 일조했다 여겼기에, 얼굴을 보자마자 냉대했다. 그녀는 심지어 카프멘이 저택 현관에서 더 안으로 들어오지도 못하게 막아섰다.

그러나 카프멘은 누군가의 냉대를 신경 쓸 겨를이 없었다. 만약 나비에 황후에게 하인을 보낸 사람이 나쁜 뜻을 품고 있고, 계속해서 그런 짓을 할 생각이라면…… 확실하게 알아내야 했다. 카프멘은 솔직하게 말하는 대신 약간의 모험을 했다.

"신기한 이야기를 들어서 말입니다."

"신기한 이야기라니요?"

"아아. 개인적으로 황후 폐하께서 습격받은 일을 조사 중인데. 조사관 중 하나가, 이상한 말을 했거든요."

"그게 나와 무슨 상관이라고 온 거죠?"

"그 조사관이 부인의 이름을 언급했으니까요."

일리드가 또 술 취해서 다른 사람한테 그 얘길 했나?

카프멘의 말이 끝나기도 전에 이마뤼의 머릿속에 불안한 목소리가 울렸다.

카프멘은 조사관의 이름이 일리드인가, 생각했지만 곧 아니란 걸 알아차렸다. 일리드 역시 크리스타가 아끼던 시녀였단 게 떠오른 것이다. 이마뤼와 달리, 그녀는 크리스타를 따라 아예 컴프셔까지 함께 내려갔었고.

카프멘은 이후 조사관이 이마뤼의 정부란 걸 알아차렸지만, 우선 그 점은 내색하지 않고서 돌아가 곧장 일리드를 찾아갔다. 대부분의 시녀들이 그렇듯, 다행히 일리드도 수도에서 멀지 않은 곳에서 지내고 있었다. 하지만 일리드를 만나는 건 이마뤼 때보다 쉽지 않았다.

"죄송합니다, 대공님. 아가씨께서는 컴프셔에서 돌아온 후 누구도 만나지 않으려 하십니다. 특히 낯선 분은 더더욱이요."

집사는 일리드가 크리스타의 죽음을 가까이에서 목격한 일로 충격을 받았고, 이 때문에 외부인들을 철저히 피한다며 양해를 구했다. 카프멘은 이번엔 이마뤼의 이름을 팔았다.

"레이디 이마뤼가 꼭 전해주란 물건이 있어서 왔네만."

그렇게 해서 만난 일리드는 이마뤼 이상으로 카프멘을 적대했다.

저자 거짓말 때문에 크리스타 님이 죽은 거나 다름없어. 세 치 혀를 놀려대서 황후 뒤나 졸졸 쫓아다니는 쓰레기.

게다가 속으로 계속 욕을 해대는 통에 제대로 된 정보를 얻기도 어려웠다. 카프멘이 일리드에게서 얻은 정보 중 그나마 쓸 만한 건 하나였다.

그분.

크리스타가 죽은 후, 그녀는 컴프셔로 다시 내려가서 '그분'을 만났다고 했다. 그게 누구인지는 끝까지 알아내지 못했으나, 카프멘은 이후 곧장 짐을 싸서 컴프셔로 떠났다. 속으로는 '그분'이 혹시 즈멘시아 노공작이나 리버티 공작, 케트런 후작 등이 아닐까 생각하면서.

리버티 공작과 케트런 후작은 박쥐가 되어 나비에 황후에게 날아왔다지만 그래도 이전까진 적이었고, 즈멘시아 노공작은 여전히 적이었다. 다른 사람일 수도 있겠지만 세 사람이 가장 의심스러웠다.

그러나 컴프셔의 대저택에 들어간 카프멘은, 이미 가구 하나 남기지 않고 싹 치워버린 쓸쓸한 저택을 둘러보며 깊게 시름에 잠겼다. 속마음에 등장하는 이름과 지명을 따라 여기까지 오긴 했으나, 과연 제대로 조사하고 있는 건지 자신이 없었다.

일리드가 컴프셔에서 '그분'을 만나고, 그게 계기가 되어 나비에에게 좋지 않은 계획에 참여하게 되었다 쳐도…… 일리드가 속으로 생각했던 '그분'이 과연 이쪽으로 또 올 일이 있을까?

'이 정도로 싹 치워버렸다면 흔적을 찾기도 힘들 텐데.'

그런데 저택 안을 천천히 돌아다니고 있자니, 입구 부근에서 누군가의 생각이 들려왔다. 카프멘은 당황해서 주위를 둘러보았으나, 가구를 싹 치운 탓에 숨을 만한 곳이 없었다.

결국 카프멘은 아예 창문을 열고 밖으로 나갔다. 2층에서 뛰어내린 터라 무릎에 약간 충격이 갔지만, 낙법을 철저히 익혀둔 터라 크게 다치지 않을 수 있었다.

방금 무슨 소리가?

카프멘은 벽에 몸을 기대고 선 채 미동조차 하지 않았다.

"……."

잘못 들었나.

다행히 저택 안으로 들어온 사람은 다른 사람의 흔적을 발견하지 못한 듯했다.

하긴. 여기에 올 사람이 누가 있다고. 텅 비어버려서 도둑조차 오지 않을 곳인데.

생각하는 소리가 점점 더 멀어져 갔지만, 카프멘은 그래도 그 자리에 몸을 숨기고 움직이지 않았다. 긴장이 풀리지 않아서 표정은 펼 수 없었다. 어찌어찌해서 당장의 위기는 모면했지만, 아직 상대의 의도를 알 수 없기 때문이었다. 게다가 지금까지 상대가 생각하는 걸 들어서는, 나비에를 공격한 무리가 들어온 건지 아닌지도 알기 힘들었다.

그래도 카프멘은 꿋꿋하게 자리를 지켰다. 속마음은 아무도 알 수 없기에, 사람들은 영 뜬금없는 타이밍에 속으로 대형 정보를 터트리기도 하니까. 조사관은 이마뤼에게, 이마뤼와 일리드는 죽은 왕비에게 의리를 다했지만, 결국 다들 속으로는 약점이 될 말을 해 대지 않았던가.

크리스타…….

그러고 있자니 발소리가 가까워지다가 다시 생각하는 소리가 들려왔다. 저택에 방문한 사람이 창가까지 다가온 듯했다.

내 동생. 네 복수는 내가 꼭 갚아주마.

그러다가 들려온 소리에, 카프멘은 움찔했다.

동생?

크리스타 전 왕비를 동생이라 부를 사람은 한 명이었다. 즈멘시아 공작. 하지만 즈멘시아 공작은 크리스타에 대해 험한 소리를 하다가 노공작에게 쫓겨나지 않았나?

네가 잘한 건 아니지만, 네가 받은 벌은 네가 받아야 하는 벌보다 심했다.

이후 즈멘시아 공작은 저택을 가만히 돌아다니다 돌아갔고, 카프멘은 즈멘시아 공작이 돌아가자 다시 저택 안으로 들어왔다. 텅 빈 저택에 혼자 있기 때문인지, 즈멘시아 공작은 혼자 생각하는 게 많아서 생각보다 정보를 많이 들을 수 있었다.

처음 즈멘시아 공작이 아버지의 분노에 진심으로 공감하지 못한 건, 그 일이 몹시 슬프지만 하인리 황제에게 화를 낼 일은 아니라 생각했기 때문이었다. 게다가 그에겐 이미 자신의 아이들이 있었다. 동생도 소중했지만, 산 사람을 신경 써야 했다. 그의 아버지가 손주들의 미래를 위해 동생을 버렸던 것처럼.

그러나 이후 즈멘시아 공작이 아버지와 싸우면서까지 척을 진 건, 하인리의 의심을 풀기 위해서였다. 게다가 노공작이 죄를 지으면 그와 아이들까지 줄줄이 꽈배기가 될 확률이 높으나, 그가 중간에서 일을 터트리면 위에 노공작이 있기에 자신이 잘못되어도 아이들과 아내는 노공작의 밑으로 가 보호를 받을 수 있었다.

하지만 공작은 왜 갑자기 마음이 바뀌었는지와, 무슨 사건을 터트릴 건지에 대해선 생각하지 않았다.

행복하게 돌아왔을 때. 그때가 네놈이 마지막으로 웃을 때일 거다.

창틀을 쓸며 스산한 각오를 다졌을 뿐.

카프멘은 즈멘시아 공작이 유독 오랫동안 서 있던 창가를 유심히 살피다가, 희한한 흔적을 알아차렸다. 창틀에 뭔가가 말라붙어 남아 있었다. 창문을 틀어막았던 흔적이었다.

'이건가.'

그걸 본 카프멘은, 여전히 공작이 무슨 일을 꾀하는지는 알 수 없었지만, 그가 중간에 마음을 바꾼 이유에 대해서는 알게 되었다.

카프멘은 주먹을 꽉 쥐었다. 서둘러 저택을 빠져나와 말에 올라타고 황급히 수도로 올라갔다. 그 모습을 즈멘시아 공작이 멀지 않은 곳에서 쳐다보았다.

재판이 끝난 후. 나는 곧장 공작저로 왔지만, 어머니는 소비에슈에게 불려 갔다.

"랑드레 자작님도 함께 갔을 테니 안심하십시오."

랑드레 자작을 대신해 내 근처에서 호위를 서주고 있는 부기사단장은, 랑드레 자작도 어머니와 함께 소비에슈에게 불려 갔다고 알려주었다.

소비에슈가 어머니와 랑드레 자작을 왜 부른 걸까?

궁금했지만 의논해볼 시녀들이 곁에 아무도 없었다. 간만에 여기까지 내려온 것인지라, 로라는 로라의 집에, 주베르 백작 부인 역시 그녀의 집으로 보냈기 때문이었다.

"아가씨. 저녁 식사는 어떻게 하시겠습니까?"

물어보는 집사에게, 나는 어머니를 일단 기다려보고 함께 먹겠다고 전했다. 다행히 어머니는 그리 오래 지나지 않아 돌아왔다.

"무슨 일로 불렀던 거였어요?"

나는 어머니가 돌아오자마자 얼른 따라가 물었다. 심각한 표정이 아니시니 나쁜 일로 불려 간 것 같진 않지만, 그래도 혹시 모르니.

어머니는 망토를 벗어 하녀에게 건네며 묘한 표정을 지었다.

"코샤르의 추방형을 풀어주시겠다더라."

"정말요?"

그렇다면 기쁜 일이었다. 오빠가 무사히 트로비 공작가를 이을 수 있게 되었단 뜻이니.

"그럼 랑드레 자작도……."

"그래. 랑드레 자작이 추방된 건 애초에 황실 아기를 헤치려 한 죄 때문이었는데. 그런 게 아니니 추방형이 풀리는 건가 봐."

다행이구나.

추방형이 풀린다고 해서 랑드레 자작이나 오빠가 바로 동대제국에 돌아올진 모르겠지만, 그래도 둘 다 여기가 고향이 아니던가.

그런데 어머니가 갑자기 웃음을 터트렸다.

"왜 그러세요?"

뜬금없는 웃음이기에 의아해서 묻자, 어머니는 고개를 저으며 대답했다.

"폐하께서 랑드레 자작에게 고생이 많았다고 말했더니, 랑드레 자작이 시원하게 대답하더라."

"뭐라고요?"

"자신에게 폐하와 라스타의 차이는 권력이 있고 없고이고, 소비에슈와 라스타 둘 다 똑같아 보이기에 위로받고 싶지 않다고."

랑드레 자작 입장에서는 그렇겠지.

처음에는 투아니아 공작 부인에게 거짓 오명을 씌운 라스타에게만 화가 났겠지만, 이후 소비에슈가 그 일을 묻어버리려 하고, 그 과정에서 자신이 죽을 뻔하지 않았던가.

"……폐하께서 가만히 듣고 있던가요?"

"기분이 좋지 않더라도 뭘 어쩌겠니. 곧 항구 건 때문에 월대륙 연합에 제소해야 할 상황인데, 연합 소속 기사단장과 트러블을 만들 수 없잖니."

그렇구나. 소비에슈…… 그 자존심이 얼마나 화가 났을지 눈에 선히 보인다.

이후 식사를 한 다음, 나는 홀로 내가 사용하던 방에 돌아왔다. 나중에는 찝찝할 수도 있지만 지금은 기분이 그리 찝찝하지 않았다. 아마 라스타가 재판장에서 호락호락하게 당하지 않는 걸 보았기 때문일 거다.

난 소비에슈가 그토록 공개적으로 모욕받는 모습은 처음 보았다. 가슴 한구석에서, 하인리가 새로 변해 춤을 추는 것 같았다. 라스타가 평생 탑에 갇혀 살아야 하는 건 안 된 일이지만……. 이건 그냥 하는 말이고. 진심으로 안타깝게 여겨지진 않는다. 이 생각도 후에는 바뀔 수 있겠지만, 일단 지금은.

그런데 편한 옷으로 갈아입고 침대에 누웠을 때였다.

"아가씨. 저…… 아가씨를 뵙고 싶어 하는 분이 찾아왔습니다."

집사가 찾아와 누군가의 방문을 알려주었다.

"누군가요?"

"리드뢰 경이라고……."

소비에슈다.

어린 시절. 소비에슈와 나는 둘만 아는 이름을 지은 다음, 몰래 둘이서만 빠져나갈 때 그 가명을 사용했다. '리드뢰 경'은 그때 소비에슈가 사용한 가명이었다.

"아가씨?"

"이미 잠들었다고 해줘요."

나는 딱 잘라 말했고, 집사는 내 표정이 심상치 않다 여겼는지 굳은 얼굴로 나갔다. 문을 닫고 침대에 걸터앉은 채 눈을 감았다. 얼마나 그러고 있었을까. 어깨가 결려 시계를 보니 두 시간이 지나 있었다. 나는 일어나서 방 안을 거닐다가, 방 근처 복도로 나가 창밖을 슬쩍 보았다.

소비에슈가 날 기다리고 있을 거라 생각해서 한 행동은 아니었다. 그러나 소비에슈가 정말로 그곳에 보였다. 내가 법정 구경을 갈 때 그랬듯 얼굴을 로브 모자로 가렸지만, 분명 소비에슈였다.

그냥 느낌으로 알 수 있었다. 그는 담벼락에 기대어 있는데, 약간씩 어깨가 떨리는 듯했다. 멀리 있어서 자세히 보이진 않지만, 분명 내 눈엔 그렇게 보였다.

'우는 건가⋯⋯.'

잠시 그 모습을 바라보다가 몸을 돌려 내 방으로 돌아왔다. 커튼을 모조리 펼쳐서 창문을 덮고 침대에 누워 이불 안으로 파고들어 갔다. 다음 날 아침에는 일부러 창문 쪽은 쳐다보지도 않았다.

"나비에. 오늘 돌아간다고 했지?"

"네."

"좀 더 쉬다 가면 좋을 텐데."

"빨리 돌아가고 싶어서요. 오빠한테도 좋은 소식을 전해주고 싶고."

어머니는 한 달간 여기에 머무른 후, 아버지와 함께 서대제국으로 올 것이다.

아침 식사를 하며 잠시 헤어져 있을 준비를 한 후. 나는 편안한 차림으로 정원에 나가 마차에 올랐다. 이번에는 대법원에 갈 때와 달리, 그냥 우리 가문의 문양이 새겨진 마차에 올라탔다.

나는 정면을 똑바로 쳐다보고서 여전히 창문을 보지 않았다. 소비에슈가 이미 궁전에 돌아갔으리라는 걸 알지만, 그냥…… 그냥 보고 싶지 않았다.

하지만 이렇게 되고 보니, 내가 너무 소비에슈를 의식하는 것처럼 여겨져서, 곧 마음을 바꿔서 확 창문을 노려보았다. 이렇게 함으로써, 나는 소비에슈를 전혀 의식하지 않는단 걸 스스로에게 확인시킬 참이었다. 때마침 그 위치는 소비에슈가 밤에 서 있던 외벽이었다.

그리고 소비에슈는…… 아직 그 자리에 서 있었다. 마차가 지나갈 때, 그가 이쪽을 쳐다보았다. 짧은 순간 시선이 마주쳤다. 그의 눈동자가 어두운 절망으로 가득했다. 희미하게 그가 도와달라 말하는 듯했다.

하지만 뭘? 내가 뭘 어떻게 도와줄 수 있겠어?

나는 황급히 시선을 피하고, 옆에 앉은 하인리의 어깨에 머리를 기댔다. 심장이 쿵쿵쿵쿵 뛰었다. 얼핏 마주친 소비에슈의 눈동자가 꼭 죽기 직전의 사람처럼 보여서. 그를 무시하고 고개를 돌려버린 내가, 꼭 무슨 잘못을 한 것처럼 여겨져서.

"퀸?"

하인리가 걱정스럽게 묻는다. 나는 고개를 젓고서 다시 어깨에서 머리를 떼어 제대로 앉았다.

"더 기대도 되는데……."

"괜찮아요."

내가 소비에슈에게 잘못한 게 뭐가 있는데? 없어.

그가 잠시 약한 눈으로 날 봤다 한들, 내가 동정심을 가질 이유는? 없지.

마차가 앞으로 앞으로 가는 동안, 나는 그 까만 시선을 머릿속에서 떨쳐내기 위해 애써 오만 가지 생각을 끌어모았다. 그러고 있자니, 창밖을 구경하던 하인리가 갑자기 "퀸." 하고 날 불렀다.

"정말 괜찮아요."

거듭 말하자, 하인리는 "그게 아니라." 하고 웃으며 권했다.

"창문을 내다봐요."

보고 싶지 않았다. 이미 소비에슈를 떠나왔지만, 창문 밖을 보면 다시 또 그 검고 어두운 시선이 날 향해 도와달라 말하고 있을까 봐.

"퀸, 빨리요."

하지만 재차 하인리가 권하기에, 마지못해 창밖으로 고개를 내밀었다.

그 순간. 새빨간 물결을 볼 수 있었다. 고개를 내미는 순간, 사람들이 "황후 폐하!" "황후 폐하!" 하고 외치는 소리가 들려왔다.

정신이 멍해졌다. 사람들이 거리에 나와서, 내가 탄 마차를 향해 붉은 천을 흔들고 있었다.

"아……."

약속된 일이 아니었는지, 집이나 가게에서 천을 들고서 계속 군중에 합류하고 있었는데, 숫자가 시시각각 계속 늘어나는 게 보였다. 몇몇은 울고 있었다.

"결혼 행렬 때 일이 미안했던 걸까요?"

하인리가 옆에서 중얼거렸다.

나는 고개를 저었다. 몰라. 하지만…….

라스타의 결혼식 날이 생각났다. 날 향한 사람들의 침묵. 어색한 냉대. 무시. 날 향해 불만을 표시했던 그 사람들이, 지금은 행운을 비는 붉은 천을 흔들며 내가 탄 마차를 천천히 따라오고 있었다. 눈가에 열이 돌더니 결국 눈물이 터져 나왔다.

"퀸."

하인리가 낮고 부드러운 목소리로 날 부르더니, 두 팔로 나를 조심스럽게 끌어안았다.

"나의 퀸. 나의 아내. 나비에."

"……."

"붉은 천은 서대제국에서 불행을 상징하는 색이라서 좀 찝찝하네요."

"하인리."

짓궂은 말에 째려보는 시늉을 하자, 하인리는 웃음을 터트리며 고개를 저었다.

"동대제국에선 행복을 상징하는 색이란 걸 압니다. 그리고 퀸, 저걸 봐요. 저 사람들이 모두 다 퀸의 행복을 빌어주고 있어요."

"……그래요."

"이젠 좋은 일들만 있을 겁니다. 그대, 나, 그리고 곧 태어날 우리 아기……. 늘 좋은 것만 보고 좋은 일만 생각하면서 행복하게 살아요."

수도로 돌아온 카프멘은 재상을 찾아가서, 즈멘시아 공작이 황제 부부를 노리고 있단 사실을 이야기했다. 그러나 재상은 영 떨떠름한 얼굴이었다.

"즈멘시아 노공작이 아니라 즈멘시아 공작이요?"

"예."

"즈멘시아 공작은 노공작에게도 쫓겨나 친구 집을 전전하고 있습니다, 대공. 동생 일이라면 치를 떤다고요."

"분명 즈멘시아 공작이라 알고 있습니다."

카프멘은 즈멘시아 공작이 속으로 이를 갈던 걸 떠올리며 추측했다.

"황제 폐하와 황후 폐하께서 서대제국에 돌아올 때, 그때를 노릴 겁니다."

재상은 자존심이 상해서 인상을 구겼다.

"비공식적으로 다녀오는 거라, 그날 대대적으로 환영 행사를 열진 않습니다. 그냥 조용히 돌아오셔서 조용히 다시 업무에 복귀하시는 거고, 오가는 길에는 그 어느 때보다도 철저하게 외부인의 출입을 통제하고 병사와 기사들을 사방에 배치시킬 겁니다."

그걸로도 모자랐던 재상은, 불쾌하단 티를 감추지 않으며 덧붙였다.

"대공께서 우리나라 일에 나서지 않는다 해도 이미 철저히 방비하고 있습니다."

아무리 우방이라지만 카프멘은 외국의 귀족이었다. 외국의 귀족인 그가, 서대제국의 일에 지나치게 관여하는 모습은 보기 좋지 않았다. 마치 서대제국의 치안이 영 못 미덥다는 것 같지 않던가.

게다가 카프멘이 컴프셔로 가 있는 사이, 재상은 조사관들에게 그가 조사실을 들쑤시고 다녔단 보고를 들었기에 더욱 기분이 상했다. 이건 서대제국을 무시하는 행위였다.

카프멘은 그런 재상의 생각을 바로바로 들으면서 안타까워졌다. 재상 입장에선 확실히 그럴 수도 있었다. 카프멘 역시 외국 귀족이 와서 자기 나라의 업무에 관여하려 들면 기분이 상할 터였다. 하지만 지금 중요한 건 저들의 자존심이 아니라 나비에의 안전이었다.

"그래도 혹시 모르니 방비해서 나쁠 게 없습니다. 확실한 정보입니다."

"그 확실한 정보의 출처는 어딥니까?"

재상은 한숨을 내쉬고서 달래는 목소리를 냈다.

"즈멘시아 공작과 공작 부인, 그 아이들 모두 친구 집에서 지내고 있는데, 그곳은 여기서 떨어져 있습니다. 황제 폐하의 엄명이 있어서 노공작의 위치와 사병들의 위치는 기사들이 계속 보고하고 있고, 황궁 내의 모든 장소에도 기사와 병사들이 있을 겁니다."

"그래도……."

"즈멘시아 공작이 개인적으로 투입할 수 있는 사병은 아예 없습니다. 즈멘시아 노공작이 데리고 있으니까요. 게다가 즈멘시아 공작은 어제 여행을 떠난다고 아예 다른 곳으로 갔습니다."

재상은 거짓말을 하고 있지 않았고, 카프멘도 속내를 읽으며 그걸 알 수 있었다.

결국 카프멘은 재상의 곁을 성과 없이 떠나야 했다. 그렇지만 역시 불길한 기분이 가시지 않아서, 만약을 위해 동대제국에서 서대제국으로 돌아오는 길목을 자신이 지키고 있었다. 개인적으로 데리고 온 호위들 역시 풀어서 수상한 움직임이 있으면 잡으라 지시했다.

며칠간 그렇게 했지만, 재상의 말처럼 수상한 기미는 없었다. 마침내 황제 부부 일행이 서대제국 수도에 들어왔을 때에도 본궁 앞에 올 때까지도.

'행복하게 돌아왔을 때가 마지막이라 해서, 서대제국에 돌아오는 길을 노릴 거라 여겼는데. 그게 아니었나.'

어쩌면 이전처럼 하인리 나비에가 혼자가 될 틈을 노리겠단 뜻이었을까? 먼발치에서 본궁까지 행렬을 따라온 카프멘은 그제야 약간 안심해서, 이 일을 나비에에게 따로 전하기로 했다.

그 순간.

먼저 가서 죄송합니다, 아버지. 미안합니다, 부인. 사랑한다, 우리 아이들. 크리스타…… 오빠가 선물 가지고 그쪽으로 갈게.

죽기 직전의 사람들이 할 법한 속마음이 들려왔다. 위에서.

카프멘은 놀라서 고개를 들었다. 높은 지붕 위에서 붉은 옷자락이 펄럭였다. 즈멘시아 공작이 뛰어내리고 있었다. 세상이 느려지기라도 한 것처럼 카프멘은 그 찰나의 순간을 똑똑히 볼 수 있었다.

높은 곳에서 벌어지는 그 일을, 사람들은 보지 못했다. 본궁 앞으로 온 하인리는 맥켄나와 이야기를 나누었고, 하인들은 짐을 챙겼고, 나비에는 행복한 웃음을 터트렸다. 나비에와 하인리가 서로를 쳐다보며 사이좋은 부부간의 시선을 주고받았다. 본궁 앞에서 모두가 흩어지고 있었다. 그리고 나비에의 머리 위로…….

정신을 차렸을 땐, 카프멘은 나비에를 자신의 몸으로 감싸고 있었다. 두 사람의 위로 무언가 퍽 소리를 내며 떨어졌다. 잠깐의 정적 후. 비명이 터져 나왔다.

'즈멘시아…….'

먼발치서 그 모습을 보던 케트런 후작은 다리에 힘이 빠져 주저앉았다.

며칠 전, 컴프셔에 다녀온 즈멘시아 공작이 찾아와 도움을 요청했다. 그는 동생이 자살을 한 게 아니라, 감금되어 고초와 모욕을 겪다가 살해되었단 걸 알게 되었다며 동생이 살던 곳에서 자살하고 싶다 했다.

사촌 형제의 마지막 부탁이라 부탁하는 즈멘시아 공작의 얼굴엔 이미 죽음의 그림자가 드리워져 있었다. 아무리 말리고 말려도 듣지 않고, 도와주지 않으면 알현실에서 심장을 찔러서라도 죽을 거라고 울부짖는 그를, 케트런 후작은 차마 말릴 수 없었다.

"알았어. 알았으니까 일단 진정해. 너 죽더라도 부인이랑 애들은 어쩔 건데. 대책을 세워야 할 거 아냐."

사촌 형제의 마지막 부탁이기도 했지만, 크리스타가 죽은 지 얼마

지나지 않아 하인리 황제에게 붙어버린 데 대한 스스로의 죄책감이기도 했다. 그래서 어젯밤. 케트런 후작은 즈멘시아가 지붕에 올라갈 수 있도록 환상 마법을 이용해 사람들의 시선을 가려주었다.

하지만 아무리 시간이 지나도 사촌이 죽었단 소식이 들려오지 않았다. 그렇다면 최후의 순간 마음이 약해진 건 아닐까, 마지막 한 번 더 설득해보기 위해 달려왔는데……. 케트런 후작은 덜덜 떨리는 손으로 입가를 막고 뒤로 주춤 주춤 물러났다.

"나비에!"

하인리 황제가 절망적으로 외치는 소리가 파란 하늘을 찢어발겼다.

"정말이야?"

"어, 문이랑 창문을 다 막아서 빛 한 점 못 들어오게 해뒀나 봐."

"죽은 것도 자살이 아니라 살해당한 거래."

"설마."

"그래. 거짓말하는 거 아냐? 원래 그 사람은 폐하를 싫어했잖아."

"아무리 싫어해도 그렇지, 가만히 있으면 평범하게 살 수 있는데, 굳이 자살하면서까지 억울하다 그러겠어?"

"그래, 자살할 정도면 많이 억울한 게 있긴 있었을 거 같다."

"아니 그래도 그렇지 왜 황후 폐하 위로 뛰어내리냐고."

"사람들이 보는 앞에서 죽을 생각이었다던데, 중간에 마음이 바꿨나?"

사람들이 모일 때마다 수군거렸다. 하인리의 지하 기사단 기사들은 수도를 돌아다니며 그런 이야기, 사람들의 분위기, 반응 등을 철저히 수집했다. 기사들이 돌아와 밖의 동정을 보고하자, 맥켄나는 골치가 아파져서 이마를 짚었다.

"설마 공개적으로 자살해버릴 줄이야……."

일찍이 카프멘의 경고를 받았던 재상은 그 일을 차마 자기 입 밖으로 내지 못하고 입을 다물었다. 카프멘이 경고를 해주었는데도 노공작만 경계하고 있었단 게 알려진다면, 분노한 하인리 황제가 그에게 책임을 지울지도 몰랐다.

하인리 황제는 평소 너그러운 편이었으나, 지금은 평소가 아니었다. 하인리 황제는 지금 굉장히 위태로워 보였다. 조금만 잘못 건드려도 어떻게 폭발할지 몰라 두려웠다.

"공작의 유언장은?"

"유언장이라 해야 할진 모르겠지만…… 일단 같은 내용을 미리 여러 개 준비해두었던 모양입니다."

즈멘시아 공작이 노공작에게 쫓겨나 전전했던 친구들의 집에서는, '하인리 황제가 문과 창문까지 막은 채 동생을 감금해두다 살해했단 걸 알게 되었다'며, 이를 자책하는 내용의 편지가 수십 장 발견되었다.

즈멘시아 공작은 그런 내용의 편지를 아예 사방 여기저기에 우편으로 보냈다. 알아보니 심지어 며칠 전에는, 기록관을 찾아가 자신은 미쳐가는 것 같으니 공작 작위를 다시 아버지에게 반납하겠다고도 했단다.

"즈멘시아 공작을 재워주었던 친구들은 공작이 실제로 점점 미쳐갔다고 증언합니다. 술을 마시고 내내 헛소리를 하면서 지냈다더군요."

하인리는 서늘한 목소리로 중얼거렸다.

"미친 게 아니라, 미친 척을 하려 준비한 거다."

단순히 죄책감에 미쳤다 하기엔 준비된 게 너무 많았다. 심지어 그의 아내와 아이들은, 노공작에게 쫓겨났단 핑계로 수도 밖의 다른 저택에서 지내고 있었다. 일단 사람을 보내 잡아 오게 했으나, 하인리는 이미 그 셋이 국경을 넘어 다른 곳에 도망쳤을 거라 짐작했다.

하인리는 비통한 마음을 감당하지 못하고 주먹을 쥐고 눈을 감았다. 충돌 직전. 나비에가 떨어지는 상대에게 반사적으로 마법을 쏘았고, 카프멘은 나비에를 밀면서 감쌌다.

눈 깜짝할 순간 벌어진 일이었다.

그의 눈앞에서.

공작은 즉사했다.

즈멘시아 공작이 마법에 맞아 속도가 떨어진 덕택에 카프멘과 나비에 모두 살 수 있었다.

살 수는 있었다.

그러나 눈 깜짝할 사이 반사적으로 사용한 마법인 데다 찰나에 쏘아 보낸 것이라, 효과가 그리 크지는 못했다. 그 탓에 두 사람 다 깨어나지 못하고 있었다. 몸의 상처도 컸으나, 머리 쪽을 부딪친 게 치명적이었다.

하인리는 심장 부근을 누르고서 고통스러운 기색을 감추려 몸을 뒤틀었다. 허지만 쉽지 않았다. 맥켄나가 찝찝하다고 경고를 했는데, 즈멘시아 노공작만을 경계한 자신을 자꾸 원망하게 되었다. 아들을 구해주어서 고맙다고 엉엉 울면서 매달리던 공작을, 가볍게 이용할 수 있다 여긴 과거의 자신이 원망스러웠다.

차라리 그의 분노를 받아내야 할 당사자가 살아 있다면, 그는 어떻게 해서든 즈멘시아 공작을 치료해 이 분노를 퍼부었을 것이다. 그러나 그가 사랑하는 여자와 아이를 위험에 몰고 간 당사자는, 그 자리에서 죽어버렸다. 목표를 잃어버린 분노는 하인리의 내면을 갈고 물어뜯었다.

"폐하……."

맥켄나는 눈시울을 글썽이며 하인리를 바라보았다. 하인리는 울지도 못한 채 눈에 빨갛게 핏줄이 일어나 물었다.

"즈멘시아 노공작은? 그자는 잡아 왔지?"

굳게 닫힌 철문 안으로 연신 끼익거리는 소리와 비명이 터져 나왔다. 철문 밖으로는 슬금슬금 피가 흘러나와 웅덩이를 만들었다.

정식 근위기사들은 마른침을 삼키면서 주먹을 쥐었다. 하인리가 왕자인 시절 직접 모으고 함께한 지하 기사단은 하인리의 성격을 알기에 침착했으나, 근위기사들은 아니었다.

그들은 하인리 황제를 자유로운 바람둥이 왕자처럼 여겼다. 생각보다 황제로서의 업무에 잘 적응하고 있지만, 그것도 나비에 황후가 옆에서 잘 이끌어준 덕이라고 여겼다.

그런데 분노한 하인리 황제가 즈멘시아 공작의 시체와 노공작을 가져오라 지시하더니, 직접 감옥 안으로 들어가 문을 닫아버렸고, 이후 연신 이런 상황이었다. 그들은 안쪽에서 무슨 일이 벌어지는지, 뭘 하길래 자꾸 끼익거리는 소리가 나는지, 얼마나 피를 쏟았길래 피가 문 밖으로 새어 나오는지, 아무것도 짐작할 수 없었다.

마침내 세 시간 만에 잠시 비명이 멎었다. 근위기사들은 저도 모르게 안심해서, 내내 힘이 들어가 있던 어깨와 팔에 힘을 풀었다.

'끝난 건가?'

끝나지 않았다.

하인리가 손에 들고 있던 그것을 옆으로 내밀자, 대기 중이던 마스타스가 다가와 도구를 받아 들었다. 기사들은 문 안에서 들려오는 소리만으로도 두려워 떨었지만, 마스타스의 표정은 냉담했다. 그녀는 원래 손속이 잔인해서 '피의 손'이란 별명으로 불릴 정도였다. 원한이 없는 상대에게도 한없이 차가워질 수 있었는데, 지금은 나비에의 일로 그녀 역시 몹시 분노한 상태였다. 그녀는 제 손으로 즈멘시아 공작의 시체를 뜯어버리지 못해 화가 날 지경이었다.

노공작은 후들후들 떨면서 하인리를 노려보았다. 하인리는 입가에 희미하게 미소를 띠었다.

"한때 존경했던 자네를 내 손으로 이렇게 만들고 있다니. 세상일은 참 이상하지 않나, 노공작?"

"황제의…… 자질은…… 눈꼽만큼도 없는…… 너는…… 황제가…… 될 수 없을 거다."

"이미 황제입니다."

빙그레 웃은 하인리는 발을 들어 올려 노공작의 머리를 밟아 아래로 쾅 찍으며 눌렀다.

"윽. 흑. 이렇게, 해도…… 아무것도…… 얻을 수…… 없어…….."

하인리는 발에 더욱 힘을 꾹 주면서 웃었다.

"빌지 말고. 말하지 말고. 그 입으로 잘못을 청하지도 말고. 아무것도 하지 말게. 자네가 말한다고 해서 죽은 자네 아들이 다시 살아나는 거 아니잖아?"

입술은 웃고 있지만 하인리의 눈동자는 새빨갛게 변해 있어서, 전혀 웃는 것처럼 보이지 않았다.

즈멘시아 노공작의 눈동자 역시 새빨갛게 변해 있었다. 그의 눈동자는 형체 없는 시신이 되어버린 아들을 향해 있었다.

"네 형을 죽인 너는 결국 내 딸을 죽이고…… 내 아들을 죽이고…… 나를 죽이는구나…….."

노공작은 폐가 찢어지는 듯 끌끌 웃으면서 하인리를 노려보았다.

"네놈은…… 지옥에서도…… 받아주지…… 않을…… 거다."

마스타스는 옆에서 인상을 찌푸렸다. 선왕이 살아 있을 적에는 하인리가 그를 불임으로 만들었단 소문이 내내 돌았고, 선왕이 일찍 죽고 나자 하인리가 형을 독살했단 소문이 돌았다. 그 소문은 하인리의 옆에 그림자처럼 들러붙어서 떨어지려 들지 않았다. 노공작은 그 얘기를 하며 하인리를 자극하고 있었다.

"입을 막을까요?"

마스타스가 묻자, 노공작이 피거품을 뿜으면서 조롱했다.

"독살을…… 하지…… 않으면…… 네 죄가…… 없더냐? 건강했던…… 선왕 전하를…… 그런…… 몸으로…… 만든 게…… 누구지?"

하인리는 대답 대신 다시 노공작을 걷어찼다. 노공작은 몸을 떨면서도 입을 다물지 않았다. 죽어버린 딸과 아들이 그에게 마지막 힘을 보태주는 것처럼.

"내가 죽어도…… 우리 일가가 죽어도…… 사람들은 말하겠지……. 선왕이 갑자기 죽고…… 오래지 않아…… 전 왕비가…… 젊은 나이에…… 수상하게…… 죽고…… 그걸 조사하던…… 왕비 일가가…… 의문을 제기하다…… 다들 죽었더라……."

노공작은 생각만으로도 즐겁다는 듯 몸을 떨었다.

"네가…… 날…… 어떻게 해도…… 역사는…… 너를…… 잔인한…… 왕으로…… 아무리 선정을 펼쳐도…… 가족을 죽인…… 황제로…… 기억하리라……."

"이럴 땐 말입니다, 노공작."

하인리는 한숨을 짧게 내쉬면서 웃었다.

"그냥 죽여달라 비는 게 좋았을 텐데. 빌지 말란다고 진짜 안 빌면 어떻게 되는지 압니까?"

"……."

"마스타스 경."

"예, 폐하."

"외국에 협조 넣고, 황후 시해범 일가, 고용인, 사병 모조리 다 잡아들여."

"예."

노공작을 내려다본 하인리의 눈, 분노로 핏발이 선 그 눈이 더욱 서늘해졌다. 노공작의 눈알이 튀어나갈 것처럼 커다래졌다.

피가 바닥을 흘렀지만 하인리의 몸에는 막상 묻은 피가 많이 없었다. 철문을 열고 나온 하인리는, 곧장 나비에의 방으로 가는 대신 욕실로 가서 몸을 씻었다. 피를 씻기 위한 것도 있지만, 노공작의 원한을 묻힌 채 나비에를 보러 가고 싶지 않아서였다.

노공작의 원한보다 그의 원한이 더 컸지만, 나비에에게 약간이라도 해가 될 만한 건 이제 철저하게 막을 셈이었다. 설령 그게 미신이라 하더라도.

하인리는 찬물을 머리에 몇 번이고 직접 쏟아부으면서, 거울을 보며 억지로 표정을 관리했다. 즈멘시아 노공작이 저주하던 모습을 버리고, 나비에가 사랑하는 깨끗하고 아름답고 순수한 모습을 되찾기 위해서. 하지만 아무리 물을 끼얹어도 거울에 비치는 건 원한과 복수심에 찬 소름 돋는 남자였다.

하인리는 물통을 내려놓고 눈을 감았다. 분노를 누르기 위해 몇 번이나 심호흡을 했다. 즈멘시아 노공작의 말처럼, 그가 공작 일가에게 아량을 베풀건 베풀지 않건 사람들은 이 일을 수상쩍게 여길 것이다.

사람들은 죽어가는 사람이 외치는 고함에 약했다. 즈멘시아 공작은 권력과 힘으로 하인리를 이길 수 없자, 죽음으로서 그의 명예를 흠집 내고 동생의 죽음에 의문을 제기했다. 그는 사람들이 보는 앞에서 목숨을 던지고, 동생이 살해당했음을 토로하는 유언장을 사방에 뿌렸다. 우편을 전달하는 사람은 그가 그 종이를 전국적으로, 심지어 외국에까지 배달시킨 것 같다 말했다.

하인리는 몇 번이나 연거푸 물을 머리에 뿌렸다. 그가 선정을 베풀면 그의 세대 국민들은 이 일을 의혹으로 남기고 묻겠지만, 역사는 이 일을 기록으로 남겨 의문을 제기할 것이다. 형이 집권할 때까지의 즈멘시아 공작가는 나라의 자랑거리였으니, 훗날에는 즈멘시아 공작의 말마따나, 사람들이 이렇게 말할지도 몰랐다.

— 하인리 황제는 형을 독살하고 왕위에 올랐단 의혹이 있다. 명성 있는 다른 나라 황후를 유혹해 이미지를 바꾼 그는, 형의 아내에게 추문을 뒤집어씌워 감금한 후 살해하고, 이를 모른 채 그를 추앙하던 선왕비의 오빠는 진실을 알자 미쳐서 자살했다. 이후 하인리 황제는 선왕비의 일가마저 모두 없애버렸다.

즈멘시아 공작에게 약간의 자비를 베풀면, 이 평가에서 제일 뒷부분 정도는 사라질 것이다. 즈멘시아 공작 부인과 그 아이들이 외국으로 도망쳤으니, 그들을 잡으려는 과정에서 외국에도 이 일이 알려질 터. 명예를 위해서는, 그들은 놓아주는 게 나을지도 모른다.

하인리는 천천히 눈을 떴다. 그래도 자비를 베풀 수 없다. 역사가 그를 모욕하더라도, 그는 이 원한을 그 일가에 흐르는 핏줄 하나하나를 뜯어내 갚아야 했다. 마음 같아서는 그 집안의 어린아이들까지 죽이고 싶을 정도였다. 하지만……

'그렇게까지 하면 퀸이 깨어났을 때 싫어하겠지.'

이 생각은 나중에.

찬물로 깨끗하게 목욕한 하인리는 애써 무서운 생각을 지웠다.

그래. 이건 나중에.

그는 평소처럼 향수를 뿌리거나 치장하는 대신, 곧장 나비에의 방으로 향했다.

"황후 폐하!"

"제발 눈 좀 떠보세요……."

"황후 폐하아……."

반나절이 지났지만 방 안은 아직도 울음바다였다. 나비에의 시녀들과 부관들, 호위, 급히 연락을 받고 달려온 니안과 코샤르, 아직 황궁에 머물고 있는 샬렛 공주, 그리고 친해진 귀부인들이 모두 방 안에서 울음을 터트리느라 울음소리가 끊이질 않았다.

그나마 트로비 공작 부부가 함께 돌아오지 않아서 다행이었다. 딸이 쓰러지는 모습을 보았더라면, 공작 부부는 절대로 제정신을 차릴 수 없었을 테니까.

"폐하, 폐하, 제발 우리 나비에 님 좀 살려주세요. 폐하, 우리 나비에 님, 이제 전부 다 잊고 살 수 있게 되었는데, 우리 나비에 님 좀 살려주세요!"

로라가 엉엉 울면서 하인리의 옷자락을 잡고 매달렸다. 코샤르도 애원하는 눈으로 하인리를 쳐다보았다. 강한 힘과 칼로 동생을 지킬 수 있는 그이지만, 이미 쓰러진 동생을 어떻게 할 방도는 없었다. 하인리는 다가가 나비에의 손을 꽉 잡으며 코샤르에게 말했다.

"두 사람이 쓰러지자마자 바로 동대제국에 가장 빠른 새를 보냈으니, 나비에 님은 괜찮을 겁니다, 형님."

"동대제국……이라니요?"

주베르 백작 부인이 멍하니 물었다.

"트로비 공작 부인을 부르려는 건가요?"

"공작 부인에게도 따로 연락을 넣겠지만, 그곳 궁전에 황후가 어릴 때부터 후원해온 마법사가 있다 들었네. 치유 마법을 사용할 수 있으니, 그 사람이 오면 황후와 카프멘 대공 모두 살 수 있겠지."

말하다 보니 심장이 섬뜩해져서 하인리는 더욱 나비에의 손을 힘주어 잡았다. 만약 그 아이에게 마력을 돌려주지 않았더라면 지금 나비에는……. 그의 손에 짧게 경련이 일어났다.

"소비에슈 폐하께서 보내주실까요?"

로즈가 쉬어버린 목소리로 가까스로 물었다. 하인리는 고개를 끄덕였다. 보내줄 것이다. 그 빌어먹을 황제는 나비에를 아직 사랑하니까. 라스타 법정이 열렸던 날 밤. 밤새도록 나비에가 머무는 창가를 하염없이 보고 있을 정도로.

"편지 건도 있으니, 거절하지 못할 거네."

"베르디 자작 부인이 글로리엠 양을 데리고 도망쳤습니다."

"위치는?"

"아직 수도를 벗어나지 못했습니다."

"몰래 탈출을 도와주어라."

"예."

"몰래 따라가다가…… 에르기 공작의 사람과 만날 때쯤, 그 사람인 척 위장해 남왕국으로 가거라. 남왕국 변경 지대로 가거든 엘리아도 백작을 찾아."

"예."

미리 준비해둔 것이 있기에, 기사는 소비에슈의 명령을 받자 바로 자리를 떠났다. 소비에슈는 한숨을 내쉬고서 마음속에서 억지로 글로리엠을 밀어내려 애썼다.

그래. 이걸로 그간의 정을 뗄 수 있을 거다.

그 아이는 그의 친딸도 아니었고, 그가 마음으로 받아들인 딸도 아니었다. 오히려 그 아이의 부모는 둘 다 그에게 싫은 사람이니, 이 정도면 많은 것을 해주는 것이었다. 어찌 보면 공주 신분에서 가짜 귀족으로 변경되는 거지만, 다르게 보면 노예나 서출로 살았을 인생을 바꿔주는 게 아니던가.

하지만…….

소비에슈는 침실로 돌아가 새장 속의 파란 새를 바라보았다. 파란 새는 평화롭게 털을 고르다가, 소비에슈를 보자 기쁘게 울었다. 소비에슈는 새의 모이를 챙겨주고 침대에 앉아 그저 멍한 기분을 느끼고만 있었다.

한참을 그러고 있다가 소비에슈는 서궁으로 가보았다. 서궁은 비어 있었다. 라스타를 위해 한껏 꾸며졌던 아름다운 방은, 그녀가 탑으로 가기 전 남궁에 임시로 갇히자 이젠 텅 비어 있었다. 불길하다 여겨 그녀가 사용하던 가구들조차 모조리 치워버린 탓에, 방 전체는 황량하기 그지없었다.

한때 그의 어머니가 사용했고, 한때 그의 아내가 사용했던…….

"나비에."

소비에슈는 어린 시절부터 쭉 아내였던 이의 이름을 부르다가, 가슴을 움켜쥐고 고통스럽게 숨을 뱉었다. 이 방을 최근까지 사용하던 이는 라스타였으나, 텅 빈 방을 보자 나비에가 떠올랐다.

"이거 보입니까, 폐하? 제 방입니다."

처음 이 방을 사용하게 된 날, 나비에가 턱을 치켜올리면서 한 말이 떠올랐다. 그녀는 방 안을 거닐어보더니 두 팔을 쫙 폈다. 흐음 숨을 크게 들이마시는 시늉을 하다가, 눈이 마주치자 중얼거렸다.

"이게 바로 권력의 향기……."

어이가 없어서 웃음을 터트리자, 나비에는 따라 웃었다. 지금의 소비에슈도 따라 웃었다. 대부분 차가웠지만, 그래. 생각해보면 그녀는 가끔 엉뚱한 소리를 하곤 했다. 그 엉뚱한 소리조차 차가운 얼굴로 말하니 심각하게 들렸지만.

그는 방 안을 멍하니 둘러보다가, 한때 나비에가 사용한 책상이 있던 자리를 찾았다. 지금은 비어버린 그 자리에는, 그가 북왕국에서 구해 온 나무로 1년 내내 다듬어 선물한 책상이 있었다. 소비에슈는 책상에 앉아 팔을 뻗었고, 나비에는 이건 고상하지 않다고 투덜거리다가도 그에게 다가와 슬그머니 머리를 끌어안았다.

"나비에."

소비에슈는 숨쉬기가 힘들어져서 무릎을 꿇고 팔을 떨었다. 대부분 차가웠지만 그래도 이렇게 좋은 추억이 많았는데. 왜 그녀를 차갑게만 여기게 되었을까?

최소한 일주일에 두 번은 둘이서 꼭 식사를 하면서 온갖 대화를 나누었다. 두 사람은 낭만 소설 속 주인공들만큼 알콩달콩하진 않았지만, 좋은 친구였다. 오랜 세월을 함께 지냈고 투닥거린 적도 많지만, 진심으로 싸운 적은 없었다. 황태자와 황태자비이던 시절. 귀족들은 그와 나비에를 보며 한 쌍의 새끼 꾀꼬리 같다고 귀여워했다.

그는 고통에 차 나비에의 이름을 중얼거렸다. 이렇게 될 줄 알았더라면, 처음부터 그 멍청한 셰를 후계자로 삼아버릴걸 그랬다. 좀 더 지켜보다가, 두 사람 사이에 아이가 정 없을 것 같거든 그냥 멍청한 셰를 후계자로 삼아버릴걸 그랬다. 도대체 무엇을 위해서 어린 시절의 친구를, 아내를 버린 건가. 이걸 보자고?

"나비에……."

소비에슈는 바닥을 주먹으로 몇 번이나 연거푸 찍었다.

외롭다. 괴로워. 나비에. 힘들어. 나비에, 한 번만 여길 봐봐. 나비에, 날 봤잖아. 날 보는 걸 봤는데. 커튼 뒤에 숨어 있던 걸 봤는데. 왜 보질 않아. 나비에, 제발 한 번만……

밤중의 일과 지금의 상황이 겹쳐지면서 그의 정신을 혼란스럽게 했다. 옆의 창가에서 그를 똑바로 내려다보던 하인리 황제의 모습이 떠올랐다. 옆에 있는 건 내 아내라고, 네 아내가 아니라고. 이제 그녀와 함께 사는 것도 웃는 것도 손을 잡는 것도 자기라고 말하던 눈빛이었다.

마차를 타고 떠나가던 그 냉정한 눈빛…….

소비에슈는 진심으로 고민했다.

내가 여기서 몸을 던져 죽어버리면, 그러면 넌 날 돌아봐줄까. 내가 죽어가며 미안하다 사과하면, 그때 넌 날 한 번 바라봐줄까. 지금 너무 힘든데. 딱 한 번만 힘내란 말을 듣고 싶은데. 한마디만 해주면 좋을 텐데. 제발 눈이라도 맞춰주었으면 좋을 텐데. 내가 여기서 죽으면 네게 동정이라도 받게 될까?

순간적인 충동과 괴로움에 그의 속이 시커멓게 물들어갔다.

"나비에…… 나의 아내."

소비에슈는 허망하게 웃었다. 도대체 어디부터? 어디부터 잘못된 걸까. 라스타……. 소비에슈는 눈을 감았다. 라스타에게 한 말은 진실이었다. 그는 최소한 자신과 나비에가 헤어진 일로는 라스타를 탓하지 않았다. 하지만 라스타가 배 속의 아이를 자신의 아이라 속이지 않았다면…….

소비에슈는 고개를 저었다. 상황은 달라졌을 것이다. 그러나 그건 근원적인 문제가 아니었다. 라스타를 데려온 게 문제였다. 그날 사냥을 가지 말았어야 했다. 아니, 라스타를 데려와서 치료한 후 동정하지 말았어야 했다. 아니, 라스타를 동정한 후 아내에게 말했어야 했다. 이런이런 이를 구했다고, 자기 때문에 다쳤다고, 그런데 상황이 가엾어 보인다고, 나비에가 서궁에서 하녀로 데리고 있으면 어떨지 물었어야 했다.

— 폐하께서 사냥터에 갔다가 도망 노예 하나를 주워 오셨다던데. 정말인가요?

나비에가 물었을 때 다르게 대답해야 했다.

로라를 가두는 벌을 내리지 말았어야 했다.

라스타와 비교된단 말을 하지 말았어야 했다.

한 번이라도 그냥 넘어가면 안 되냐, 이런 말도 말았어야 했다.

라스타를 정부로 들이지 말았어야 했다.

나비에의 이름을 빌려 라스타에게 선물을 보내지 말았어야 했다.

"그만."

소비에슈는 목에 핏대가 서서 중얼거렸다. 완전히 기진맥진했다. 후회스러운 일들이 걷잡을 수 없이 밀려들자, 도저히 견딜 수가 없었다.

가장 고통스러운 건, 이 수많은 잘못 모두 돌이킬 수 있었단 것이다. 그가 나비에에게 이혼을 청하지 않았다면, 이 잘못 모두 돌이킬 수 있었다. 후회하고 용서를 청하고 다시 조심스럽게 가까워지면서, 이 잘못을 모두 돌이킬 수 있었다.

"술."

소비에슈는 복도로 나가 호위에게 명령했다.

"술을 가져와라."

호위가 술을 가져오자, 소비에슈는 그대로 벌컥벌컥 들이마셨다. 술이 코로 넘어갈 때까지 마시고 마시고 또 마셨다. 술을 마시기 위해 잔을 기울이면, 찰랑이는 옅은 금색의 액체 너머로 책상에 앉아 골똘히 생각에 잠긴 그녀가 보였다. 그러다 이쪽을 보고는 인상을 찡그린다.

"술 좀 그만 마시지?"

"흐으…… 흐으으…… 나비에…… 나비에……."

손에서 힘이 빠져나가며 술잔이 쨍그랑 깨어졌다.

소비에슈는 그 자리에 주저앉아 흐느꼈다. 그의 손으로 모든 걸 망쳐버렸다. 그 자신의 손으로.

흐느끼는 소리 사이로, 사람들이 열광하는 소리가 들려왔다. 로테슈 자작과 알렌 림웰, 이스쿠아 자작 부부의 처형을 환호하는 소리였다.

남궁에서 잠시 감금되었던 라스타는 다음 날 바로 커다란 홀에서, 그녀가 정점에 올랐던 그 커다란 홀에서 폐위되었다. 황후의 관을 빼앗기고 황후의 옷을 빼앗기고, 검은 의상으로 갈아입었다.

소비에슈는 나오지 않았다. 황제에게 분노를 산 황후, 노예 출신인 걸 숨기고 모두의 위에 올라선 황후, 국토를 팔아먹으려던 황후에게 아무도 마지막 예우를 갖추지 않았다.

라스타는 진이 빠져서 이 모든 과정에 기운 없이 서 있기만 했다. 그녀는 아버지가, 그녀를 한 번 버리고 두 번 버렸던 아버지가 법정에서 세 번째 버렸을 때, 완전히 부서져버렸다. 심장 안에 남아 있던 작은 유리구슬이 완전히 박살난 것 같았다.

두 팔을 기사들에게 잡힌 채, 라스타는 탑의 좁고 가파른 계단을 올라갔다. 계단을 올라가는 길에 기사 한 명이 어두운 목소리로 말했다.

"내 손으로 내가 모시던 분을 이혼 법정에 데려갈 때. 그날 이후로 쭉 이날을 기다렸습니다."

라스타는 맨발로 비틀비틀 계단을 올라가다가 옆을 바라보았다.

"너는……"

기사는 자신의 이름을 알려주지 않았지만, 라스타는 기사를 알아보았다. 그녀는 늘 나비에 황후의 뒤를 그림자처럼 따르던 근위기사단 부단장이었다. 아르티나…… 경이라 했던가.

라스타는 멍하니 그녀의 옆모습을 보다가 물었다.

"어떻게 그래?"

"뭘 말입니까."

"왜 다들 배신하지 않아?"

"……"

"다들 나를 배신했어. 올라가고 올라가면 배신당하지 않을 줄 알았는데, 올라가고 나니 더욱 배신하던데. 왜 그 사람은 배신당하지 않아?"

아르티나 경은 입꼬리를 싸늘하게 말아 올렸다.

"무슨 소립니까. 그분이 배신당했으니 당신이 잠시라도 그 자리에 있을 수 있었던 건데."

라스타는 눈을 깜빡거리다가 "아아⋯⋯" 하고 수긍했다. 입가에 희미하게 미소가 떠올랐다.

"그러네."

그 모습에서는 구두를 휘두르며 법정에서 황제를 고자라 외치던 기운이 없었다.

아르티나 경에게 다른 기사가 '미친 거 아닐까요?'라고 눈짓을 보냈다. 아르티나 경은 고개를 저었다. 미쳤거나 말거나 상관없었다. 라스타는 이제 탑에 갇힐 테고, 평생 나오지 못할 테니까.

방 한 칸에서 외롭게 지내면서 자신이 저지른 일들을 매일 매일 매일 곱씹어야 할 것이다. 대화를 나누는 이도 없는데 죽을 방법도 없이, 그저 매일 매일 매일 과거만 곱씹어야 할 것이다.

유폐형은 잔인하지 않은 듯 잔인한 벌이었다. 이곳에선 과거를 뉘우쳐도 뉘우치지 않아도, 그 어떤 변화가 없었다. 탑에 갇혀서 오랜 세월을 지내면, 멀쩡한 사람도 결국 미쳤다. 아르티나는, 흐느적거리는 라스타를 힐긋 보고, 그녀도 오래 버티진 못할 거라 여겼다.

탑 꼭대기에 다다르자, 기사 한 명이 문을 열고, 아르티나 경은 라스타를 안으로 떠밀었다.

"앗."

라스타가 바닥에 엎어지자마자 그들은 문을 쾅 닫고 잠갔다.

철컥 철컥 문이 잠기는 소리가 들려왔다. 라스타는 주위를 둘러보았다. 어두웠다. 촛불 하나 없는 방 안은 어두웠다. 저 높은 곳에

작은 창문이 있었고, 그 안으로 흘러 들어오는 햇빛이 이곳의 유일한 빛이었다. 녹슨 침대 하나와 아주 작은 욕실……. 어둡다. 밤이 되면 더욱 어두워질 것이었다.

여기서 평생을 산다고? 라스타는 뒤늦게 공포에 질렸다.

"싫어……. 싫어!"

그녀는 버럭 외치고서 황급히 문으로 다가가 문을 두드렸다. 쾅쾅 쾅 소리가 작은 방을 흔들었다.

"열어줘! 열어줘!"

라스타는 눈을 커다랗게 뜨고서 문을 계속해서 두드려댔다.

"싫어, 열어줘! 열어달라고!"

문을 걷어차고 주먹으로 때리고 머리로 박았지만, 열리기는커녕 대답도 없었다. 기사들은 이미 계단을 내려간 듯했다. 라스타는 뒤로 물러나, 날카롭게 비명을 질렀다.

"끼아아아아아아아악!"

까마귀라도 된 것처럼, 그녀는 몇 번이나 비명을 질렀다. 죽지 않아 안심한 것도 잠시. 자신이 아주 젊다는 게 떠오른 것이다.

이곳에서 몇십 년을 보내야 한단 거지? 무엇을 하고? 모든 게 공포였다.

"소비에슈! 폐하! 열어줘요!"

라스타는 완전히 혼란에 빠져서 문으로 달려가 두드렸다.

"폐하! 열어줘요! 잘못했어요, 열어줘요! 폐하, 열어줘요!"

라스타는 엉엉 울면서 문을 잡고 매달렸다. 대답 없는 문에 대고 그녀는 고래고래 고함을 질렀다.

"폐하, 제발 열어줘요!"

라스타는 흐어엉 울면서 머리로 문을 들이박았다.

"구해준다 했잖아요! 이젠 힘들지 않게 해준다 했잖아요! 폐하가 날 구원해줄 거라 했잖아요!"

고개를 가로저으면서 그녀는 계속해서 고함을 질러댔으나, 아무도 대답이 없었다.

라스타는 뒤로 주춤주춤 물러나 침대가에 웅크리고 앉았다. 덜덜 떨고 있으려니, 웃으면서 혓바닥을 내밀던 델리스가 떠올랐다. 도망치기 위해 아리언을 찌를 때, 옆구리에 박히던 그 감촉이 떠올랐다. 잘려 있던 픽스의 목이 떠올랐다. 깃털이 뽑힐 때 파란 새의 울음이 떠올랐다. 그 모든 게 하나로 휩싸이더니, 하나의 덩어리가 되어 라스타에게 쏟아졌다.

"싫어! 싫어! 무서워! 폐하! 무서워! 폐하, 무서워!"

라스타는 엉엉 울면서 마구 발을 굴러댔으나, 환영은 사라지지 않았다.

"폐하! 구해줘요!"

라스타는 엉엉 울면서 다시 문으로 달려가 문을 두드렸다.

그 순간.

음식을 들여보내주는 문 아래의 작은 뚜껑이 열리고, 그 안으로 하얀 손이 들어왔다. 손은 바닥에 툭 알약 하나를 내려놓고 사라졌다. 라스타는 멍하니 알약을 내려다보다가, 유령이 아니었단 걸 깨닫고 황급히 다시 문을 두드렸다.

"열어줘! 열어줘요! 열어줘! 제발 도와줘요!"

그러나 잠시 찾아왔던 사람은 발소리도 내지 않고 내려갔다. 몇 시간을 문 앞에 붙어 있다가, 라스타는 천천히 손을 뻗어 손이 내려놓고 간 알약을 주워 들었다. 그녀는 멍하니 알약을 바라보았다. 무슨 알약인지는 설명은 없었지만, 바로 알 수 있었다. 독약이었다.

라스타는 독약을 집어던졌다.

"무슨 뜻이야? 무슨 뜻으로 이걸 준 거야?"

버럭 외쳤으나 대답은 없었다. 그녀는 독약을 노려보다가, 얼른 침대로 가 이불을 똘똘 말고 웅크렸다.

유폐형이라 해놓고 독살이라도 하려고? 죽으라고 저런 걸 보낸 건가? 먹을 줄 알고? 절대! 절대로 먹지 않아! 누구 좋으라고!

하지만 하루가 지나고 이틀이 지나고 사흘이 지나자, 결국 그녀는 독약을 집어 들었다. 그녀는 덜덜 떨면서 알약을 꽉 쥐었다.

도저히 여기에서 버틸 자신이 없었다. 아무것도 하지 않은 채 가만히 있으면, 그녀가 해친 사람들, 해치려 한 사람들의 환영이 어른거렸다. 이혼당하던 나비에가 그녀를 쳐다볼 때의 눈빛이 자꾸만 떠올랐다. 목이 늘어진 로테슈 자작과 이스쿠아 자작 부부가 그녀의 발목을 잡고 이쪽으로 오라며 자꾸만 잡아당겼다.

며칠 동안 계속해 악몽을 꾸었다. 낮이 되면 시간을 보내기 위해 잠을 잤다. 밤이 되면 오히려 잠이 오지 않아, 어둠 속에서 두려움에 떨었다. 더욱 공포스러운 건 이런 날들이 앞으로 몇십 년 반복되리란 것이었다.

결국 그녀는 독약을 집어 입안에 넣었다. 엉엉 울면서 독약을 넣고 삼켰다.

"폐하, 무서워요. 폐하, 무서워요. 폐하…… 왜 구하러 오지 않아
요……."

삼킬 때마다 무서워 울면서도 그녀는 독약을 입에 넣었다. 독약
은 빠르게 그녀의 몸으로 퍼졌다. 라스타는 자신의 몸을 끌어안고
몇 번 뒹굴다가 바닥으로 엎어졌다.

독약의 기운이 퍼지자, 몸에서 자꾸 경련이 멈추지 않았다. 팔과
다리가 자꾸만 덜덜 떨리는데 그 와중에도 마음은 한결 차분해졌
다. 이곳에서 수십 년 갇혀 있지 않아도 된단 것만으로도 다행이라
여겨졌다.

게다가…….

그녀는 저 높은 곳의 창문을 올려다보았다. 작은 창문 너머로 노
란 달이 보였다. 달은 꼭 여길 내려다보며 웃는 것 같았다. 창문 너
머 보이지 않는 곳에 또 다른 눈 한 쌍이 더 있을 것 같았다.

'왜 웃어요?'

라스타는 물어보았다. 입술이 움직이지 않아서 속으로만 물었다.

문득 그녀가 처음으로 안았던 그 아기가 떠올랐다. 궁금해졌다.
그 아기는 대체 누구의 아기였을까. 그녀에게 깊은 상처를 안긴 그
아기는, 대체 어느 집 아기였을까. 그 아기를 잃은 부모는 자신처럼
많이 아파했을까.

서서히 눈이 감겼다. 아무래도 상관없었다.

하지만…… 죽은 후 영혼이 있다면, 이번엔 그 아기가 건강한 모
습도, 살아 있는 모습도 보고 싶었다.

'폐하……. 폐하가 라스타를 싫어해도…… 라스타는 폐하가 정

말 좋았어요…… 폐하를 정말 사랑했어요……'

몇 번 기침을 하자 입에서 피가 나왔다. 그토록 원망했던 남자인데, 그래도 소비에슈가 떠올랐다.

그래도 그가 그녀에게 가장 큰 사랑을 주었던 남자였다.

그래도 그가 그녀에게 가장 큰 행복을 주었던 남자였다.

희미해져 가는 정신 속에서, 그녀는 어둡고 좁은 방 안에 있었다. 로테슈 자작이 죽은 아기를 내밀었다. 하지만 아기는 죽어 있지 않았다. 아기는 아주 건강했다. 거짓말쟁이라고 로테슈 자작의 뺨을 때리자, 소비에슈가 찾아왔다. 그녀를 믿는다고, 여기 가둬서 미안하다고, 다시 나가자고 말했다.

계단을 내려가자 델리스가 서 있었다. 아리언도 그 옆에 서 있었다. 델리스는 혀가 멀쩡했고 아리언도 건강했다. 미안하다고 울음을 터트리자, 다들 괜찮다고 말해주었다.

웬 아이 둘이 자기들끼리 바쁘게 놀기에 누구냐 묻자, 안과 글로리엠이 벌써 저만큼 컸다고 했다. 아이들을 쫓아 꽃이 흐드러지게 핀 정원으로 가자, 나비에 황후가 시녀들에게 둘러싸여 서 있었다.

먼발치에서 그녀를 보았다. 라스타는 긴장해서 마른침을 삼켰다. 나비에 황후는 르베티가 소중히 간직하던 그림 속에 있던 사람이었다. 그래서일까? 실제 사람이 아니라 꼭 동화책 속 사람 같았다.

라스타는 그녀를 불렀다. 그녀가 차가운 눈으로 돌아보았다.

라스타예요.

그게 누구냐는 듯 인상을 찡그린다.

그녀는 울면서 말했다.

라스타예요.

르베티는 라스타가 원하던 모든 걸 가지고 있었다. 그런 르베티가 동경하던 사람이 이 사람이었다.

라스타입니다.

나비에의 차가운 얼굴에 희미하게 미소가 돌았다. 이상한 애라고 말하면서도, 르베티에게 한 것처럼 그녀를 감싸주었다. 그 품은 시원하고…… 차가웠다.

눈을 다 감지 못한 채 라스타는 모든 움직임을 멈췄다. 창문으로 들어온 바람이 그녀의 은발을 나부끼게 만들었다. 홀로 생명을 얻은 것처럼, 긴 머리카락이 허공을 향해 흩날리다 스러졌다.

그녀의 시체가 발견된 건 그날로부터 일주일이 지난 후였다.

6권에서 계속

재혼 황후 5

초판 1쇄 발행 2021년 3월 31일
초판 4쇄 발행 2023년 8월 24일

지은이 알파타르트
펴낸이 김문식 최민석
총괄 임승규
기획편집 박소호 김재원 이혜미 조연수
　　　　　김지은 정혜인 김민혜 명지은
　　　　　신지은 박지원
디자인 배현정

펴낸곳 (주)해피북스투유
출판등록 2016년 12월 12일 제2016-000343호
주소 서울시 성북구 종암로 63, 5층(종암동)
전화 02)336-1203
팩스 02)336-1209

ISBN 979-11-6479-293-1 (04810)
ISBN 979-11-6479-027-2 (세트)